瑶族史诗
盘王大歌
研究

李巧伟 著

文化藝術出版社
Culture and Art Publishing House

图书在版编目（CIP）数据

瑶族史诗《盘王大歌》研究 / 李巧伟著. -- 北京：文化艺术出版社, 2025.4 -- ISBN 978-7-5039-7830-2

Ⅰ. I207.951

中国国家版本馆CIP数据核字第2025J0H264号

瑶族史诗《盘王大歌》研究

著　　者	李巧伟
责任编辑	官　嫔
责任校对	董　斌
书籍设计	马夕雯
出版发行	文化艺术出版社
地　　址	北京市东城区东四八条52号（100700）
网　　址	www.caaph.com
电子邮箱	s@caaph.com
电　　话	（010）84057666（总编室）　84057667（办公室）
	84057696—84057699（发行部）
传　　真	（010）84057660（总编室）　84057670（办公室）
	84057690（发行部）
经　　销	新华书店
印　　刷	国英印务有限公司
版　　次	2025年5月第1版
印　　次	2025年5月第1次印刷
开　　本	710毫米×1000毫米　1/16
印　　张	23.25
字　　数	290千字
书　　号	ISBN 978-7-5039-7830-2
定　　价	88.00元

版权所有，侵权必究。如有印装错误，随时调换。

2021年度湖南省哲学社会科学基金"学术湖南"精品培育项目"瑶族史诗《盘王大歌》收集、整理与研究"结题成果
（批准号：21ZDAJ011）

目 录

001　第一章　《盘王大歌》简介
003　第一节　流传地区
005　第二节　历史渊源
006　第三节　基本内容
019　第四节　曲调特征
038　第五节　存续状况

041　第二章　《盘王大歌》整理

291　第三章　《盘王大歌》的传承
293　第一节　乡村振兴背景下瑶族传统音乐文化的
　　　　　　 传承与认同
305　第二节　《盘王大歌》的传承与族性认同

325　第四章　《盘王大歌》在"盘王节"中的传承
327　第一节　"盘王节"仪式建构

336　第二节　"盘王节"仪式创新与功能转换

345　第五章　《盘王大歌》传承人口述史
347　第一节　郑德宏
359　第二节　赵庚妹

361　参考文献

第一章 《盘王大歌》简介

《盘王大歌》流传在江华瑶族自治县及其他瑶族居住地区，是瑶族人民伴随着世世代代祭祀盘王的礼仪活动而产生并不断发展的古歌史曲，始作于原始社会，雏形于晋代，形成于唐宋时期。清乾隆年间发现了最早的《盘王大歌》手抄本，有十二段词、二十四段词和三十六段词三种，每一段都有 3000 多行，总数共达万行之多，篇幅浩长，内容丰富，涉及创业、迁徙、耕山、狩猎、爱情、婚姻、风俗、宗教等方面。唱一部《盘王大歌》，须七天七夜方能唱完。

　　《盘王大歌》是一部瑶族诗歌总集，它的诗歌多为古体诗，且多体并用；句式长短不一，形式多样，以七言为主；歌不离情，歌情并茂；歌曲并存，歌有歌名，曲有曲牌。它采用独特的比兴手法塑造艺术形象，用世代锤炼的民族语言描述历史与人物，用传统的民族唱腔进行歌唱，深受瑶族人民喜爱，具有广泛的群众性和民间传承性。

第一节　流传地区

　　《盘王大歌》是瑶族重要的文化遗产，为研究瑶族文化艺术提供了重要依据，为瑶族民间歌谣的创作提供了借鉴和原型；它是瑶族讲"根底"（传统）的重要内容，对振奋民族精神和增强民族凝聚力作用巨大，为加强民族团结、构建和谐社会提供了强大的精神支撑。瑶族千百年来传承的《盘王大歌》内容非常广泛，它的社会功能也是多方面的：既是庄严的民族祀典的仪式歌，又是瑶族漫长历史（多为片段）的史歌；既是讴歌生产的劳动歌，也是表现男女愉悦的情歌，还是逗乐的滑稽歌、游戏歌。可以说，《盘王大歌》是瑶歌的"集大成"，或者说瑶族的"民族知识总汇"，充分体现出其史诗古歌的突出特点。作为瑶族的创世歌、瑶族人民的史歌、瑶族民间文学的活化石——《盘王大歌》，受经济全球化和文化多样化的影响，生存环境逐渐恶化，传承后继乏人，文化表现形式处于濒危边缘，保护的形势十分严峻。

《盘王大歌》主要流传在江华及邻近县瑶族居住地区。江华瑶族自治县地处南岭北麓、潇水上游、湖南省的最南端，与广西壮族自治区和广东省接壤，地处东经111°25'45″—112°10'5″，北纬24°38'23″—25°15'45″之间。东北接蓝山县，北枕道县、宁远县，西抵江永县，东南邻广东省连州市、连南瑶族自治县、连山壮族瑶族自治县，西南接广西壮族自治区的贺州市八步区、钟山县、富川瑶族自治县。南北纵长77.92千米，东西横跨72.5千米，总面积3248.72平方千米，占湖南省总面积的1.59%。其区位优势独特，被称为南岭的中心，潇水的源头，是内陆通往广东、广西的重要通道。

江华于元鼎六年（前111）置县，迄今已有2000多年历史。1955年11月25日，经中央人民政府政务院批准成立江华瑶族自治县。现辖16个乡镇，1个国有林业采育场，总人口数54万，其中瑶族人口占比70%，是全国瑶族人口最多、瑶族居住最集中的瑶族自治县，被称为"神州瑶都""中国瑶族第一县"。境内森林资源丰富，水能资源充沛，农产品资源富庶，矿产资源品高量大，旅游资源引人入胜。自然风光绮丽醉人、民风民俗古朴淳厚、民族文化多姿多彩。江华是全国著名的杉木之乡，是南岭地区有名的小水电之乡、有色金属矿之乡、文化艺术之乡。

第二节　历史渊源

《盘王大歌》始作于原始社会，雏形于晋代，形成于唐宋时期，并一直广泛流传于瑶族中。瑶族先民所谓的盘王，是指汉文史籍中记载的盘瓠。作为瑶人神话传说中的始祖，盘王历来受到瑶人的崇拜。在中国南方少数民族的神话中，瑶族《盘瓠》神话所反映的盘瓠崇拜，是高辛氏部落联盟中的龙犬图腾崇拜的曲折反映。据此可以推测，《盘王大歌》始作于原始社会。

瑶族先民祭祀盘瓠的习俗，在汉文史籍中最早见于晋干宝（？—336）《搜神记》卷十四，其中详细记载了盘瓠神话，并记载瑶族先民祭祀盘瓠的习俗："用糁杂鱼肉，叩槽而号，以祭盘瓠，其俗至今。""叩槽而号"的记载，就是早期跳盘王（还盘王愿）的简略记录，大略可见瑶族人民跳盘王的雏形。由此推之，《盘王大歌》的雏形产生于晋代。

唐代诗人刘禹锡（772—842）在朗州撰写的《蛮子歌》诗曰："蛮语钩輖音，蛮衣斑斓布。熏狸掘沙鼠，时节祠盘瓠。"刘禹锡以"时节祠盘瓠"的诗化语言，生动地记载了唐代湘、澧间瑶人祭盘王的活动。宋代瑶人祭祀盘王的活动在古籍中称为"踏瑶""乐盘王"。北宋沈辽《踏盘曲》曰："湘江东西踏盘去，青烟白雾将军树。社中饮食不要钱，乐神打起长腰鼓。"这里描述湖南瑶人的"踏盘"，是吹笙击鼓乐盘王的民俗活动。瑶族先民吹笙击鼓踏盘王的情景，与今天瑶族长鼓祭盘王的场景相同。反映瑶族人历史的《过山榜》最早出现于隋开皇初年，它可视为瑶族先民的历史记忆，是瑶族先民心性的生动记录，更是瑶族人族群认同的符号。在《过山榜》中记载瑶族人祭祀盘王说："吹唱笙歌，祭祀歌乐盛会。"学术界认为唐宋时期《过山榜》已在瑶族人中流传，从瑶经的记载亦可证瑶族人跳盘王，最迟在唐宋时期已经形成祭祀习俗。由此可推《盘王大歌》形成于唐宋之间。

《盘王大歌》经历了一个不断补充和丰富发展的过程。在流传和发展过程中（包括和其他民族的文化交流），不同时代、不同地区的民间艺术家，不断把一些新的内容添加进来，其中一些是超越本民族宗教信仰的世俗民情方面的东西，如《彭祖歌》《石崇富贵》《梁山伯》《夜黄昏》等，经过一定的加工后，形成内容庞杂、篇幅巨大的卓异组歌。在清乾隆年间，发现了《盘王大歌》最早的手抄本，这说明在明末清初《盘王大歌》已经成熟。至今流传的有三种形式，即十二段词、二十四段词和三十六段词，约8000行，形式内容大致相同，只是详略不同而已。20世纪80年代，江华著名的民间艺术家郑德宏先生根据收集的手抄本，进行整理译释，用国际音标译成瑶语，公开出版了《盘王大歌》，共分上下两册，出版后在海内外流传。

第三节　基本内容

《盘王大歌》可以说是一部瑶族诗歌总集。主要讲述盘王的一生，七字句，文辞简练，曲律古雅而浑厚。

从《盘王大歌》的主要内容来看，大体上包括以下六个方面：

第一，关于天地开辟、万物起源的创世神话。如《盘王大歌》下集中的

《远古天地人间》《洪水淹天》《雷落地》《葫芦歌》《禾王送禾到人间》等歌段（章）都是。

第二，关于瑶族历史、迁徙的英雄古歌。《盘王大歌》上集里面的《盘王出世》《盘王献计》《盘王出游歌》《十二姓瑶人游天下》《过山根》《六面词》《桃源洞歌》《千家洞歌》《连州歌》等均属此方面的内容。

第三，关于劳动生产。既有反映瑶族狩猎生活的，如《放猎狗》《立横枪》等；又有表现农耕生活的，如《天大旱》《种竹禾》等；还有描述手工业劳动的，如《鲁班造车》《长鼓出世歌》等。

第四，关于爱情生活。如《日出早》《日正中》《日斜斜》《歌一段》《郎老了》《夜深深》《大小星》《月亮亮》《天地暗》《夜黄昏》《梁山伯》等。《盘王大歌》里面情歌的篇目（或歌段）和分量均较重。《盘王歌》虽是祭典歌，但远古时期祀神与生殖对于氏族（部族）的延续和繁荣来说原是相辅相成的，因而完全可以理解。

第五，反映瑶族所崇奉的神祇。如盘古大王、盘王、雷王、雨王、竹王、唐王、刘王、暖王、鲁班、李广、灶王以及翁爷家先等。这些神祇既有瑶族本民族独特的，也有汉、瑶等民族所共有的。它们有力地表明，瑶、汉等民族在漫长的历史发展中是同源共祖、和睦相处、相互交流的。

第六，表现诙谐、逗乐的生活。如《见大怪》《何物歌》等，均属滑稽歌、谜歌之类。在紧张繁重的劳作或者男女情爱缠绵时，唱唱此类逗趣的歌，可以调剂生活，增加乐趣。

综上所述，瑶族千百年来传承的《盘王大歌》内容非常广泛，它的社会功能也很丰富，但也有部分歌词夹杂了一些封建迷信的糟粕。

一、祭祀盘王的祖先崇拜

《盘王大歌》也称《盘王歌》《盘古歌》或《大歌书》，是自称为"勉"的瑶族在祭祀盘王（盘瓠）时，瑶族师公们吟唱的一部带有宗教性的经典。瑶族典籍《评王券牒》中记载："记典昔日上古，天地不分，乾坤不正，无日月阴阳，是时，忽生我盘古圣王，首先出身置世。"① 上述记载说明盘古神话产生在人类形成之后，三皇五帝出现之前的人类社会蒙昧时期。《盘王图歌》中接着写道："盘古造天又造地，又造江山造人民，大岭原是盘古骨，小岭原是盘古身，两眼变成日和月，牙齿变成金和银，头发变成草和木，才有鸟兽走山林，气化成风汗化雨，血化江河万年流。"② 在《盘王大歌》中，瑶族人民认为盘王不仅是开天辟地的人，还是带领瑶族人发家致富的人。《盘王出世》中写道："出世圣王先出世，圣王出世没有娘，圣王出世无衣着，路逢草骨拗遮身。出世圣王先出世，圣王出世无衣裳，圣王出世无衣着，路逢草骨拗遮凉。"③ 盘王出生在福江，十分贫穷，衣不蔽体，用草来躲避阴凉。"起计盘王先起计，初撒苎麻叶带花，苎麻出世文钱大，一两称来文钱大，一两称来准二钱。"④ 盘王起计，去播种苎麻，苎麻长出来之后有一两大。从盘王创造天地，到带领人们探索，教授种植，原始的生产开始了。种植苎麻，开始纺丝、织布，进而开始挑选布面，追求衣着的华丽，"又挑

---

① 《过山榜》编辑组：《瑶族〈过山榜〉选编》，湖南人民出版社 1984 年版，第 25 页。
② 广西壮族自治区编辑组：《广西瑶族社会历史调查（第二册）》，广西民族出版社 1983 年版，第 86 页。
③ 盘才万等收集编注：《盘王歌》，中国国际广播出版社 2016 年版，第 61 页。
④ 盘才万等收集编注：《盘王歌》，中国国际广播出版社 2016 年版，第 64 页。

李柳花"，于是"儿孙世代绣罗衣"。对美的追求在瑶族人心中根深蒂固，瑶族妇女精于蓝靛印染，至今仍保留着一套完整的印染技术。她们将自己种植的蓝草经过浸泡加工后，提取蓝靛，加入白酒，经草木灰过滤、发酵呈黄色后便可染布。在染布过程中经过数次浸染、晾干，直到布料呈深蓝带暗红色为止。为了使布坚挺耐用、颜色深重，把染好的布放入牛皮溶液或猪血溶液里，进行蒸晒。瑶族人追求衣着华丽，因而开发出了他们特有的蓝靛印染技术。瑶族人有不同的分支，其服饰也是各不相同。他们服饰的最大特点是挑花，挑花图案以及服饰的特征在某种程度上是宗教的反映。广西西林县瑶族保留着一件已有数百年的"师公"（宗教）服饰，上面绣有许多天神、山神、雷神、日神等，表达了瑶族人民多种崇拜的心理特征。

盘王教会人们种植、纺丝、织布后，更是一步步掌握了自然的规律，他们甚至会利用节气来指导自己的生产生活。《盘王出世》中描写道："起计盘王先起计，盘王起计立春齐，鲤鱼水底偷欢喜，专望五雷转一声。起计盘王先起计，盘王起计斗犁耙，斗得犁耙也未便，屋里大塘谷豹芽。起计盘王先起计，盘王起计立清明，立得清明水又足，田里早禾段段青。"[1]说明这时盘王已经开始认识到二十四节气，并且开始用以指导生产，可见盘王在帮助瑶族人如何科学地生产、生活方面做出了不可磨灭的贡献。从一开始的渡海神话，到指导生产、生活，带领瑶族人发家致富，盘王都在其中扮演着不可或缺的角色，因此瑶族人对盘王十分崇拜，并决定在盘王生日这天，也就是农历十月十六日，举行"还盘王愿"来祭祀他们的祖先。

---

[1] 盘才万等收集编注：《盘王歌》，中国国际广播出版社2016年版，第65页。

二、伏羲兄妹传人烟、多神造物的创世神话

在汉族的神话传说中，伏羲、女娲兄妹作为大水中的幸存者，结合繁衍，生了四个孩子，其中一个名为少典，少典生了两个儿子，分别是炎帝和黄帝，炎黄二帝成为中华民族的始祖。但《盘王大歌》中的洪水神话认为是伏羲兄妹躲在葫芦里，最后通婚，才产生了瑶族人。相传有人企图捉雷公，要吃雷公肉，雷公误入陷阱，被关在谷仓，后来得到黄龙的救援，喝了水，恢复了力气，打破谷仓，回到天上。雷公大怒，引发了洪水，燕子在洪水来之前，衔来了葫芦，伏羲兄妹在洪水来之前，藏在大葫芦里，没被水淹死，才得以保全性命，最后两人成亲，生下了瑶族人。《洪水尽》中描述道："洪水尽，淹死天下无万人，重有伏羲两姊妹，天下无人合自亲。"[①] 瑶族人运用神奇的想象认为是一只燕子衔来了葫芦，才让伏羲兄妹躲过一劫。洪水尽，伏羲兄妹好和亲，因此天下瑶人一家亲。伏羲兄妹繁衍生下瑶族人，与汉族神话中伏羲兄妹结婚传人烟的传说有异曲同工之妙。然而，在汉族神话中，女娲和伏羲两人遵从上天的旨意结合在一起，于是产生了人类。瑶族的神话加入了葫芦元素，体现了瑶族人的特性。刘尧汉先生在《论中国葫芦文化》中说"盘即葫芦"，又说"盘瓠是葫芦的别称"。力木先生在《论盘瓠神话的民俗信仰》一文中，认为盘古神话和盘瓠神话都源于对盘瓠器的信仰：

> 葫芦是易生易长的天然植物，原始人先是采集，后又移植。因为葫芦形状像孕育大腹的母体，内里又多籽粒，这必然引起神话时代的

---

① 盘才万等收集编注：《盘王歌》，中国国际广播出版社2016年版，第38页。

原始人对生殖神秘性的联想，于是出现了葫芦生人的神话和将葫芦作为祖先神的祭祀。后来，原始人对葫芦的使用有了发展，不只供作食料，而且发明了并且普遍使用剖瓠而成的盘类容器，盘瓠的形状亦相似母腹，又是具有空间容纳性的物体。原始人将具有空间容纳性的物体象征母体阴性而加以崇拜。这样，原始人继葫芦崇拜之后，又出现了盘瓠崇拜。①

可见，《盘王大歌》体现了瑶族人的原始信仰。在《葫芦歌》中写道："一双燕子白灵灵，口中含核放落泥，口中含核放落地，放落篱根讨地生。"②一双燕子十分有灵性地衔来了种子，未经三夜就开芽，核头开，起青青，满天铺，后葫芦熟，洪水发，便"踏入高楼见大神"了。瑶族人用浪漫的想象，以洪水神话这个典型的事例表现了伏羲兄妹躲避了洪水、合自亲，产生瑶族人的过程。

人类出现后，世界万物则由多神创造。在《造天地》中写道："第一平王造得地，第二高王造得天，第三竹王造得火，第四铜王造得钱。第一平王造得地，第二高王造得天，第三唐王造得火，第四盘王造得衫。"③他们认为平王造得了地，高王造得了天，竹王造得了火，铜王造得了钱，唐王造得了火，盘王造得了衫，这些万物由这些王各自创造，世界便由此产生。《造天地》中也有太阳的产生："初造日头十二个，出世日头两个圆，十个打落铜

---

① 力木：《论盘瓠神话的民俗信仰》，《民族论坛》1988 年第 1 期。
② 盘才万等收集编注：《盘王歌》，中国国际广播出版社 2016 年版，第 34 页。
③ 盘才万等收集编注：《盘王歌》，中国国际广播出版社 2016 年版，第 54 页。

炉国，两个有缘身带金。"① 十二个太阳射中了十个，熔化在铜炉里，另两个有德行，还散发着灿烂金光。这与我们所知的"后羿射日"有相同之处，但瑶族人诗性的智慧，认为是两个太阳有德行，所以散发着金光，这将太阳拟人化，也为太阳的产生蒙上了浪漫色彩。"高王在天置天地，平王在地置青山，置得青山无万阔，又置江河无万湾。"② 体现了他们归置天地、河流，后又置平田、置丝路、置盐田、置天平。在开天辟地、人类出现后，各种世界万物相继产生，以此能够"置定留传报子孙"。正是因为瑶族人所崇尚的盘王、唐王、平王、刘王、高王等共同创造了这样的世界，才得以让瑶族人世代相传，共同享有世界万物，有秩序地生活下去。

三、追求"真""善""美"的生活观

万物的产生，让瑶族人得以更好的生产、生活。《日出早》中写道："日头出早娘挑水，半桶清水半桶沙，半桶煮饭爷娘吃，半桶洗面出莲花。日头出早娘担水，半桶清水半桶泥，半桶煮饭爷娘吃，半桶洗面出风流。日头出早娘担水，半桶清水半桶苔，半桶煮饭爷娘吃，半桶洗面出秀才。日头出早娘担水，半桶清水半桶尘，半桶煮饭爷娘吃，半桶洗面出官人。"③ 反复不断地说"日头出早娘担水"，日头刚出就出去担水，但是挑回来的水还是半桶沙、半桶泥、半桶苔、半桶尘，一次挑回来的水只有一半可用，但即使这样，也是"半桶煮饭爷娘吃"。还要用一半的水来洗面，哪怕是洗面，也

---

① 盘才万等收集编注：《盘王歌》，中国国际广播出版社 2016 年版，第 54—55 页。
② 盘才万等收集编注：《盘王歌》，中国国际广播出版社 2016 年版，第 55—56 页。
③ 盘才万等收集编注：《盘王歌》，中国国际广播出版社 2016 年版，第 6 页。

追求美丽，要洗得出"莲花""风流""秀才""官人"。在生产力落后的时代，即使瑶族人要跑到很远的地方去获取生活用水，甚至不惜"日头出"就去，还是要坚持洗面，并且洗得十分干净。这无疑体现了他们追求"美"的生活观念。物质虽然重要，但还是要保持干净，给人一种美好的感觉，这是对自己生活品质的追求。洗面给人干净的感觉，在任何时刻都应该保持着美。这在《盘王出世》中有所体现，如："玉女梳头不乱发，圣女梳头不乱飞，玉女梳头是佛样，随着盘王双下飞。玉女梳头不乱发，圣女梳头不乱飞，玉女梳头是佛样，正是盘王女子花。"[1] 盘王的一双女儿从小就重视自己的仪态，更是讲究不乱发，无论任何时候，都要有一副姣好的样子，都是女子花。这些小细节恰恰说明了瑶族人自古就追求美、讲究美，希望自己时刻都是以美的形象生活。

瑶族人还热情好客，哪怕自己生活并不好，也要热情待客。在《红旗沙曲》中就有体现："一片乌云四边开，主人请客望客来，来到官厅底，酒盏尊前开，手把银瓶斟老酒，千斟万劝客人尝。"[2] 云开了，可以看得见远处，就忍不住眺望，期盼着客人来，急切地想要看到客人。等到客人来了，便邀请他来到官厅，早早地摆好酒杯并且备好酒，亲自给客人倒出老酒，并千般劝客人尝尝，多喝点。主人不惜拿出好酒招待客人，唯恐怠慢了客人，可见瑶族人热情好客、民风淳朴，体现了瑶族人对善的追求。

瑶族人追求美好的生活品质，用清水洗面。在招待客人中，也体现出了他们善良的性格。同样，瑶族人也渴望返璞归真。相传他们生活在千家峒，

---

[1] 盘才万等收集编注：《盘王歌》，中国国际广播出版社 2016 年版，第 62 页。
[2] 盘才万等收集编注：《盘王歌》，中国国际广播出版社 2016 年版，第 20—21 页。

但瑶族人迁徙多次,十分向往与世隔绝的生活,如汉族人向往桃花源一样,于是他们想象出来了一个"桃源"。瑶族人用诗性的智慧,想象描绘了"桃源"。在《桃源洞》中写道:"一心爱入桃源洞,桃源云雾暗朦朦,大州买得大凉扇,扇开云雾入桃源。"①他们买把凉扇就能扇开满天云雾,运用浪漫的想象和夸张,描绘了仙境般的桃源。进入桃源后,又见"仙人手指白云边"。用仙人,更加表现了桃源的特别。桃源中更是有"花红",河流交错,有木桥也是"凡人空身过不得,仙人骑马过三朝"。"仙人桥头饮老酒,仙娘桥尾吃仙桃。"仙人在桥头喝着酒,仙娘桥尾吃着桃,"仙人""仙娘"的形象更是突出了桃源的生活惬意,表现了瑶族人渴望生活在仙境中,不愿被人打扰。这里更是有"家屋",有"梅果树",有"犁秧地",生活一派盎然成趣,一片怡然自得,叫人怎不心生向往。多番迁徙的生活,让瑶族人渴望回归真实,回归本真,用他们天然的想象,给自己营造了一个悠闲的精神家园。

瑶族人追求"真""善""美"的观念体现在他们的《盘王大歌》中,对待自己,要美丽;对待他人,真诚好客;对待生活,他们更愿意诗意地栖居在那惬意舒服的环境中。比起那些"汲汲于富贵"的人,他们追求的东西自然淳朴。

四、"人生一世莫争强"的价值观

《盘王大歌》以歌的形式记载了他们的生活,表现了他们的价值取向,有利于增强瑶族人民的凝聚力。《石崇富贵》体现了他们独特的价值观:"盘

---

① 盘才万等收集编注:《盘王歌》,中国国际广播出版社2016年版,第96页。

古留传有七格，罗隐书中本无经，石崇富贵传天下，独自岁寒企路边。人生一世莫争先，死入黄泉路上行，石崇富贵天下弹，有钱无处买长生。人生一世莫争强，萝卜能有几个头。"①盘王开天辟地，却没有留下可以流传下来的经验，石崇的富贵名扬天下，却还是冻死在路边，所以说人生这一世都是有定数的，何必总是争强好胜，硬是要争个先呢，反正到头来都是要死去的。反复强调人这一世不要逞强、不要争先，因为无论如何我们都只是被一抔黄土掩埋；无论如何富贵，不过如过眼云烟；本事不管怎样，总归是逃脱不了自然规律的制约。倒不如好好地顺应自然，不争不怨。运用反复的修辞，反复歌唱"人生一世莫争先"，这无疑对瑶族人民不争强、不争先的性格形成有莫大的影响，体现了瑶族人民顺应自然、遵从自然规律的价值观。

瑶族人不争强好胜、顺应规律，虽然富贵可遇而不可求，但是既然拥有了也不该糟蹋、挥霍。这在《石崇富贵》中有所体现："当初富贵真富贵，三箩碎金又话贫，三箩碎金使会尽，富贵也成贫薄人。当初富贵真富贵，起屋沙洲石头上，起屋沙洲水淌过，富贵也成贫薄人。"②这也就是说，当时真是富贵时，却不好好珍惜，拥有了三箩碎金却还要说贫苦潦倒，将这些好不容易得来的富贵又挥霍，即使真的是富贵，最后也会是贫薄的。有了富贵，却不懂得好好珍惜，最后富贵也不过是转瞬即逝，辉煌一时。不知好好珍惜的人，告诫人们要好好珍惜当时的富贵，否则失去了就真的失去了。

拥有富贵之后，那些糟蹋富贵的人，最后也会真正失去。《盘王大歌》严厉地评判了那些不知珍惜富贵的人。如："当初富贵真富贵，富贵打银做

---

① 盘才万等收集编注：《盘王歌》，中国国际广播出版社2016年版，第67页。
② 盘才万等收集编注：《盘王歌》，中国国际广播出版社2016年版，第67—68页。

枕头，有银打焊又嫌白，有金来焊又嫌黄，当初富贵真富贵，富贵打银做屋梁，富贵打银做饭碗，吃饭常闻银气香。"① 有了富贵之后，竟然用银打枕头，还嫌弃它是如此的白，用黄金来焊，又嫌弃它黄，甚至不惜用银来做屋梁，做银碗。有了富贵，竟如此奢侈浪费，甚至连凳头、水桶、菜篮、挂钩都要用金银来焊，可见富贵真的是不久远。

拥有了富贵要好好珍惜，而不是过度浪费享受。要帮助贫民，不嫌弃别人的穷困潦倒，才能使得富贵永不消失。于是在《石崇富贵》中出现了这一段："贫薄爱连富贵女，富贵要遮贫薄人。富贵人，人家富贵子家贫，人家富贵千般有，子家贫薄百般无。不嫌子，不嫌贫薄不嫌穷，门前也有沙纸贴，屋背也有扫钱人。不嫌子，不嫌贫薄不嫌穷，贫薄爱连富贵女，久后成双富贵人。"② 说的是即使富贵了，也要救助贫穷的人，不嫌人贫薄，不嫌弃人穷，因为人并不是一世都穷的，只要勤俭，也会有发达之日。这体现了瑶族人民相信富贵在人，事在人为。因为"门前也有沙纸贴，屋背也有扫钱人"，只要人勤俭，就一定会"久后成双富贵人"。这也折射出瑶族人民相信自然、相信自己的能力，也提倡帮助贫穷、处在困境中的人。

五、"生生死死不离恨"的爱情观

爱情是《盘王大歌》反复传唱的话题，《盘王出世》中写道："相得盘王爱相得，石伽相得在江边，石伽相得三年半，盘王背上着红绫。"③ 后又是

---

① 盘才万等收集编注：《盘王歌》，中国国际广播出版社2016年版，第68页。
② 盘才万等收集编注：《盘王歌》，中国国际广播出版社2016年版，第68—69页。
③ 盘才万等收集编注：《盘王歌》，中国国际广播出版社2016年版，第61—62页。

"盘王生得一对女,一年四季出行游"①。这体现了盘王主动追求自己的爱情。瑶族人民也是勇敢追求自己爱情的,并且喜欢用歌来表达自己的感情,沉浸在爱情中的青年男女更是如此,他们表达情思往往用歌声来表达,对歌更是常事。在《日出早》中唱道:"问娘是晏不是晏,问妹是情不是情,是情报娘煮早饭,担水埠头等旧情。问娘是晏不是晏,是晏报娘煮晏茶,煮的早茶无火送,屋背杨梅暗结花。"②这几句表现了青年男女朦胧的情思,哪怕脸面上冷淡,但实际上却深深地爱着,这是瑶族人单纯青涩的爱情。在《日落岗》中有唱:"日落岗,黄蜂过岭口含糖,黄蜂含糖归结兜,共娘作笑结成双。日落岗,屋背篱根转是阴,看娘便是落岗日,落了报郎何处寻。"③说太阳落了,又到哪里去寻找郎君呢。《夜黄昏》中唱道:"黄昏十二时,久双无偶早思量,早早思量得偶念,莫听爷娘是重长。黄昏十二时,有我无双早寻思,久双无偶商量讨,莫听爷娘商量迟。"④反复吟唱"莫听爷娘商量迟",告诉我们要及早地追求伴侣,不要等待父母之命,要是听了,不知道还要多久才能结合呢。这体现了瑶族人勇敢追求爱情,奋不顾身的爱情观。《月亮亮》中唱:"师父便是深山树,师男便是路边藤。藤缠树,树缠藤,生生死死不离恨。"⑤这里更多表现两人爱之深,就像藤蔓相缠一样,两人也是互相缠绕,不能分离,这也许就是瑶族人的海誓山盟,要"生生死死不离恨"。这就是两个人相爱到了深处,将自己和爱人比作树和藤,并且要生生死死不离

---

① 盘才万等收集编注:《盘王歌》,中国国际广播出版社2016年版,第62页。
② 盘才万等收集编注:《盘王歌》,中国国际广播出版社2016年版,第7页。
③ 盘才万等收集编注:《盘王歌》,中国国际广播出版社2016年版,第10页。
④ 盘才万等收集编注:《盘王歌》,中国国际广播出版社2016年版,第12页。
⑤ 盘才万等收集编注:《盘王歌》,中国国际广播出版社2016年版,第18页。

恨,即我们现在看来的情到深处,实在是不能用话语来表达自己的情感时,便发出情誓,我们生生死死都在一起,这与《上邪》中发出的誓言差不多,"山无陵,天地合,乃敢与君绝"。情感达到了一个高点,这正好说明了瑶族人追求爱情的真挚,这样的情感远远超出了平常人的爱情,上升到了另一个高度。

在《盘王大歌》中也不乏浪漫主义的爱情,这样悲壮的爱,即使生时不能在一起,阴间也一直跟随。《梁山伯与祝英台》便体现了他们之间悲壮的爱情,如:"山伯意连真意连,爷娘领了马家钱,山伯无计吞药死,葬在大州大路边。英台出嫁大路上,梁山摄入里头眠,生时同凳死共眠,死入扬州共合眠。生时两两共把伞,死时两两共合来,生时不念死时念,死入黄泉正来连。生时不得死也得,一对鸳鸯飞上天,一对鸳鸯飞上天,同双同对共姻缘。"①这样浪漫的爱情,无疑鼓励瑶族人努力追求爱情,这样"生命诚可贵,爱情价更高"的爱情观念让人们对爱情充满无限的遐想与憧憬。想到《梁山伯与祝英台》,我们也会联想到汉族中流传的那段美丽的爱情故事。在汉族传说中梁山伯与祝英台变成了蝴蝶,而在《盘王大歌》中他们变成了鸳鸯,虽然有所不同,却表达了人们对爱情的美好追求,都希望有美好的爱情,希望和爱人生死相依。

在瑶族人的祖先崇拜中,盘王带领瑶族人生产、生活,带领他们认识世界,在这之中学会了种植、纺丝、织布,自古以来便有对"美"的追求。从渡海神话到后面的"伏羲兄妹好和亲",我们知道伏羲兄妹不仅在瑶族神话中出现过,汉族更是有伏羲的传说,同样在西南各民族中,也有很多与伏羲相似的传说,土家族神话《布所雍妮》中讲道:齐天大水后,天地下的人都

---

① 盘才万等收集编注:《盘王歌》,中国国际广播出版社2016年版,第87页。

淹死了，布所、雍妮兄妹两人坐在葫芦里，得救了，经仙人指点，天意验证，雍妮、布所兄妹成亲了。[①] 这与《洪水尽》中的瑶族神话相似，伏羲兄妹同样也是在葫芦中躲过一劫，后结婚。因为生活在同一地域，互相学习、互相交往、互相帮助、互相影响。无独有偶，在《侗族·创世歌》中讲道：齐天大水后，只剩姜良、姜妹兄妹，为了繁衍，他们被迫成婚。[②] 由此可见，无论是瑶族还是土家族、侗族神话，兄妹的成亲背景完全一样，都是在洪水过后，为了繁衍的需要，兄妹两人结合成亲，虽然后面的再繁衍神话有所不同，但同样表现了各民族的"同源共祖"，有助于加强中华民族的文化认同，增进各民族交往、交流、交融，形成多民族相互了解、相互尊重、相互包容、相互欣赏、相互学习、相互帮助的良好氛围，对于增强民族团结具有重要的现实价值和启示意义。

第四节　曲调特征

《盘王大歌》是瑶族人民千锤百炼而流传下来的集体创作的结晶，是瑶族人民生产意识的延续和生活欲望的扩大，是一种与音乐、舞蹈互相结合的综合艺术，具有广泛的群众性和民间传承性。它用世代锤炼的民族语言，描

---

① 参见柏贵喜《神话中的宇宙图式与象征结构——土家族象征文化研究之二》，《中南民族大学学报（人文社会科学版）》2007年第1期。
② 参见米舜《侗族日月神话信仰习俗与生态景观》，《贵州大学学报（社会科学版）》2012年第3期。

述历史事件和人物，使人易于接受和传播；通过奇丽的想象与生活实际相结合，揭示了生活的本质和内在感情，使人感到亲切而引起共鸣；多数诗句均用源于生活而又高于生活的浪漫手法，塑造了具有仙幻魅力的艺术形象，使人难以忘怀；歌唱时采用传统的民族唱腔，男女对唱、抑扬顿挫、起伏跌宕、妙趣横生、悦人耳目、引人入胜、百听不厌、民族特点鲜明突出，具有巨大的艺术魅力和强大的生命力。

《盘王大歌》的歌多为古诗体，也有散文诗体、自由诗体和曲牌体。诗体的歌分为程式性章节与选择性章节两大类。程式性章节按"还盘王愿"的活动程序依次歌唱，开头时唱《起声唱》、结束时唱《归去歌》，这是必须唱的；选择性章节则视活动时间的长短，有选择地歌唱，也可唱完全本。句式长短不一，形式多样，达几十种，以七言为主，有的对偶不讲究平仄、对仗、工整，只要意思对上就可以了，节奏自然、音韵和谐，极富音乐之美。

《盘王大歌》汇集了瑶歌中的精华。重要的有"七任曲""长声牌""短声牌""讲歌""带诗""塞留塞""连罗啦哩"等。各种曲调的音调、节奏、感情不一，适应各种歌词，使整个歌唱变化多端，富有感染力。《盘王大歌》的歌与曲并存，演唱时，有的是清唱，有的伴以乐器，有的以诵为主，有的又唱又诵，生动活泼，颇有吸引力。

在《盘王大歌》中，无论是颂史、唱人、唱事，都穿插了爱情歌曲，在歌集的30多首歌中，几乎都包含着言情谈爱的内容，可以说是歌不离情，从而使它更加充满欢乐的气氛，因而它易于被人们接受而长久不衰。

《盘王大歌》是瑶族宗教习俗的产物。具有悠久历史的瑶族还盘王愿，以其多姿多彩的民俗祭祀仪式，显示瑶族盘王崇拜的宗教内涵，是瑶族人宗教信仰体系和仪式形态的完美结合。《盘王大歌》里迎送神灵的歌，所表露的是瑶族先民的原始宗教遗迹。

在《盘王大歌》书中，大量的歌，以七言体喃唱，但每一段的结束用一曲。《盘王大歌》主歌分七大段，设七支曲结尾。《盘王大歌》的"七任曲"，在还愿时先通唱一遍，谓之"礼曲"。然后分段唱《盘王大歌》时，先唱歌后唱曲，这时曲唱二遍，谓之"复曲"。曲分七段，谓之"七任"，即七层之意，"七任曲"的七个曲名是：黄条沙、三逢闲、万段曲、荷叶杯、南花子、飞江南、梅花曲。"七任曲"既是插曲，又是仪式层次，把《盘王大歌》分成七大段进行喃唱，每个大段一个曲子，每个曲子以衬词为"歌母"，实为此曲的旋律。唱法是先来一段歌母为引子，然后接唱正词。从历史渊源考证，或许当时没有记谱的符号，只用衬词代替，读会了衬词，就等于读熟了乐谱一样，所以歌的开头都用衬词。

"七任曲"的唱腔比较简单，音域不宽，常在几度之内，均属吟唱范畴，其音调和节奏强调旋律化，唱腔吸收了瑶歌的"呐发""多赛"和"瓦溜"等精华。一般由瑶师吟唱，通常无器乐和打击乐伴奏；它的基本规律是一字一音，唱中似念，念中似唱，或句尾停顿一拍，或曲末延长一拍，少有拖腔。如二、三曲，虽有快慢之别，主音"1—3—5"的乐汇发展还是一致的，只是二曲轻快活泼，三曲由于节奏放慢，使人听后有某种压抑感。一、七曲基调基本一致，唱法一样，曲调流露出某种"重人生情感，不忘蹉跎岁月"的惋惜心理。四、六曲的主音相似，节奏明快，吟唱自如，如四曲中的四个和六曲的，是唱，也像念，只是前者高低音相差七度，后者相差八度。"七任曲"充满怀念、虔诚、真切、可信和"神化"的民族特点。由于环境和地域以及师道公的流派不同，对"七任曲"的吟唱亦大同小异，同一个法师昨天吟唱和今天吟唱不同。现整理如下：

谱例1：一曲《黄条沙》

黄 条 沙

稍快

（乐谱）

歌词：
啦利连罗利啦哩，连罗啦哩哩啦哩，
连罗啦哩利罗哩，连罗啦利利罗哩。
一片乌云四边开，主人请客望客来，
来到客厅里，酒盏未曾开，手把
银瓶斟老酒，千劝万劝劝客
饮，饮了主人酒（呀），眼泪落纷纷。

一片云雾四边开，主人请客望客来，来到官厅底，酒盏满筵开，手把银瓶斟老酒，千盏万盏劝客饮，酒盏铺桥忆[①]，忆得客人来。

一片乌云四边沙，郎来路远望人家，雨落山头雪，燕子望云遮，

---

① 酒盏铺桥忆，即酒杯摆满席。

燕子衔泥入归家，旧时旧日旧归家，三尺黄凉①锦，郎今且唱黄条沙。

一片乌云四边披，骑马脚短湿罗衣，湿得罗衣了，下马脱罗衣，三尺黄凉都围过，邀娘作笑脱罗衣，且问枕榔树，中厅饮酒醉迷迷。

一片乌云四边披，撑船过海湿罗衣，湿得罗衣了，下船脱罗围，日夜撑船水面转，转面看水水茫茫，屋里爹娘忆，忆了断肝肠。

一片乌云四边云，看官不请当闲人，身着罗纱锦，细细扫泥尘，有酒拿来今夜饮，云罗贵客唱金言，唱得金言了，曲子万千年。

一片乌云四边云，单身无偶爱行乡，十几行乡了，逢着一双娘，欢喜贺龙筵，回家说报郎爷娘，人家路远好双娘，不曾得连念，眼泪落汪汪。

正月桃花二月红，今年不像旧年冬，不信看花落，落了树空空，有酒拿来今夜饮，后生年少像双龙，不信但看人老了，老了失颜容。

二八后生会思量，修山耕种养爷娘，养得爷娘老，头白颈凉凉，大哥教兄兄教嫂，大家孝顺养爷娘，养得爷娘老，老了礼拜敬烧香。

二八后生会过头②，相邀相约起高楼，起得高楼了，木柱起修修，手把罗衫缠金龙，人生一世爱金龙，画过双龙了，二人抽手立阶前。

二八后生会思量，入山倒木架车梁，架得车梁了，远水淹田秧，车灌田，田有水，田中湿润泡芽生，运到官厅底，吃饭饭香香。

二八后生转浪荡，撑船过海念人双，入到深房里，踏脚上娘床，睡到五更郎归去，思量无偶路途茫，传又着人念，双脚蹬地怕大声。

---

① 黄凉，指黄绢、瑶锦，亦泛指歌书。
② 过头，即头脑想事多。

二八后生真是癫,耳环罗帕着满身,身着罗衫锦,装起白连连,今年又逢人还愿,唱歌唱金言,坐席老人声声叹,仔看藕来连。

谱例 2：二曲《三逢闲》

三 逢 闲

稍快

哪哩哪，连罗罗啦哩，连罗啦哩哪，

哩啦哩，连罗啦哩罗利哩，哩罗里，

啦哩连罗啦哩罗利利。广州 燕子青丝结，

四边绞起 银锁线哩，锁眉锁眼细弯弯，便是日头

初出哪 山呀！远看 便是初生月呀，

近前 来看呀 山头雪呀，双丝结子哪，罗哩呀

满山 光，且唱三逢闲客来。

黄巢养女当风企①，手拿针线锁银丝，锁眉锁眼细弯弯，便是日头初出山。青丝头巾拦眉过，金丝罗带拦腰缠，满身装里是官人，谁说黄巢是女人。

黄巢养女真猛勇，踏上马背使刀剑，使刀使剑手条抢，正是黄巢入阵场，黄巢打破亚六寨，十分入阵也是败。头断落地而向东，血水流来满海红。

将钱去买金鸡子，买归家里般般使，般般使使五更啼，啼到娘村成秀才，娘村秀才骑白马，踏上马背琉璃尾，琉璃尾下相公见，头戴大州罗伏丝。

将钱去买黄鹦鹉子，买归家里般般叫，般般叫叫好热闹，且问线丝牢不牢，红丝不牢打得断，遥遥飞上高松树，千声万窜不思归，手把空笼挂树枝。

将钱去买沉香树，买归家里无沙数②，无沙无数佛前烧，烧起沉香来路遥，当初不识等闲事，如今错落松林里。一枝生上二枝枯，松柏成林望久居。

将钱去买铜箱柜，买归家里装嫁妆，妆娘出嫁嫁人乡，嫁落人乡莫望归，手拿禾秆扫人屋，人屋扫净贵人家，扫人服侍是人花，正是深房内种花。

广州路口逢官女，路逢官女口含笑，一心作笑二心思，思作当初少年时，当初不知年少事，少年少事更年少，亘古流传千万年，还是

---

① 当风企，即真伶俐。
② 无沙数，即数量多。

思着少年时。

有银去讨好金偶,金偶配成金柳枝,十分伶俐嫩相思,十五花开正着时,十七十八人来摘,十七十八花正艳,正当少年坐四边,姊妹齐齐坐酒筵。

一日饮酒二日醉,三日不饮酒还醉,酒前酒后败人身,酒盏多杯触怒人,归家说报老人听,老人听语说番番,老人说句不闻难,①手把琵琶马上弹。

鲤鱼生子随南上,错来贵地看风浪,鲢鱼生子鲢鱼补,正是深潭黄鱼尾,交秋七月随龙去,七月交秋龙浅游,随龙归去到龙州,一对鹃鹏水面游。

一槽白马真白马,朝朝骑过娘门下,一人出看二人看,好对风流把你看,南安寺里贼马②反,无人入阵无人押,郎今入阵押相公,血水流来满海红。

一对燕子飞南上,飞来飞去江华县,江华县里口含泥,远路飞来不敢啼。燕子结窝官厅底,官厅台底无人知,主人无酒劝郎餐,便是客来无酒难。

一双燕子飞南上,飞来飞去江华县,江华县里不思归,白纸写书归报家。黄昏路遥远客到,接得好客笑盈盈,接得好客到郎村,坐落席头席尾园。

开箱揲出双杯盏,双杯双盏白银银,家中无酒把空瓶,烦劝客人

---

① 不闻难,即好为难。
② 贼马,指强盗。

远路行。上坊打刀投林宿,声声娘话过路宿,郎来宿夜好暖房,归去声传富贵乡。

开箱揲出黄凉被,差人送上客房里,客人宿夜好暖房,归去声传富贵方。上坊打刀投林宿,声声娘话过路宿,郎来宿夜着霜寒,归去声传着霜寒。

开箱揲出苎麻被,差人送去客村里,客人宿夜着霜寒,归去声传单薄乡。当初起屋仙人起,仙人起屋起高楼,三层四任玲珑阁,一双金鸡在里头。

前门后门金水镀,铜打金门亮灰灰,银匙银筷使金杯,正是翁爷①坟墓堆。出世不曾到别国,如今到国心中愿,一条江水二条沙,流落娘村富贵家。

娘村好住真好住,娘村好住不思归,娘村好住不思去,白纸写书归报家。差落②娘村清水别,离别娘村不舍情,席中饮酒思六亲,起眼便看风过云。

天光早起郎归去,又听言语相留住,大家相伴过龙桥,心里思量郎路长。日头出早多光噪,日晒高空赤颈脖,夜眠不睡无依靠,姊妹心思望郎遮。

今朝出门无被袱,无被无袱空行路,空身行路脚飘摇,脚踏娘村水埠桥。娘村也有风流偶,风流偶住别人村,斟茶来等过郎心,饮盏清茶胜两金。

---

① 翁爷,即祖宗。
② 差落,即移居。

广州路口逢官偶，南海渡头逢好姣，路逢好姣是真花，端正姣娥像金花。十五十六逗人爱，十七十八花正情，今世老了更聪明，四处人传声过京。

十七十八少年少，十九二十正逢时，风吹花朵嫩花开，执笔在台书字齐。且传一句残言语，传言得报圣人知，将来贺圣圣领情，旧时人传郎有名。

鲤鱼协协随水上，随水鲤鱼随水游，逢着黄獭等滩头，黄猴入弯心里愁。搭架织网滩头等，滩头等着鲤鱼来，鲤鱼着网不望归，不望鲤鱼下海归。

谱例3：三曲《万段曲》

万 段 曲

慢

连罗 啦利 利啦利， 啦利连罗 啦利利，

连罗啦哩哩啦哩， 连罗啦 哩哩啦哩。深更夜阑

客来到， 来到主人 门下阶， 主人抽手下阶迎，

迎上 主人 龙贵庄， 空身坐落 龙贵凳， 空口饮娘

龙贵浆，龙浆龙贵贵龙浆，归去声传富贵乡。

　　深更夜阑客来到，抽凳下阶客下马，客人下马震雷声，四边人看雷发声。客人来时又逢雨，立起马头高丈五，满身装里是龙鳞，客人出来愁煞人。

　　黄檀好合官船板，合得船成送官去，送官归去到连州，手捧金牌双泪流。来时不使郎相送，去时不使白粉妆，银匙银筷十三双，鸦鹊排行送上江。

　　红丝好织官腰带，缠上官身撩官爱，莲花生子两头垂，正是官人饮酒归。官人饮酒东厅里，四边官子立衙起，床前白马踏蹄声，乌鸦排行送上京。

　　庭前种苑相思树，随根生上尾拖垂，白鹤飞来心里思，白鹤飞来又飞去，飞下湖南七里路，湖南江口扎条排①，阳鸟催春随路来，姊妹齐齐送上街。

　　庭前种苑青泥竹，朝朝担粪去拥根，担粪拥根望笋长，交秋七月出嫩笋。钢刀来切细演演，有醋无盐淡煞人，日头出早东江照，照见客人远路来。

　　客人头带广南枪，脚踏皮鞋双叠双，手把银瓶斟老酒，千斟万斟劝客饮。好酒饮杯当两杯，客上东阶月团圆，郎在湖南摇船上，船头

---

① 扎条排，瑶语，即有块碑。

船尾浪修修。

撑上湖南好结交，水上结交随浪漂，船头点灯光燎亮，照见远乡客船上，远乡船上是龙鳞，贵客出来愁煞人，郎在湖南身为客，辞别郎家宅。

床头贴枕起泥尘，辞别爷娘愁煞人，郎在十五少年少，老了着人欺，想着当初少年时，泪落胸前谁得知，郎在湖南身为客，辞别郎家宅。

人来客去且煎茶，莫说郎今不在家，郎在十五少年少，朝朝抽手拦胸腰，恐怕人少力不到，恐怕人多力不完，郎在湖南身为客，辞别郎家宅。

高楼望见逍遥殿，望见高楼门扇开，门开得见秀才官，面貌宽宽好做官，大官爱着大衫袖，小官爱缠细丝条，丝条罗带尾拖垂，正是官人饮酒归。

第一鸡啼正半夜，第二鸡啼天光了，一双阳鸟叫啾啾，思着爷娘在远州，初出庭前看云雾，云雾暗山地下乌，南风细雨落微微，立起马头郎转归。

客人会饮衣行酒，郎来饮盏是茶芽，先饮龙浆后饮茶，坐落凳头凳尾转，手拿茶盏泪抛洒，心谢主人上马茶。

官人会饮长行酒，郎今饮盏醉微微，坐落凳头凳尾垂，坐落凳头凳尾转，手拿笛子引娘吹，吹下石山石岭归。

寅卯二年贼马反，百姓也忧官也忧，官忧州府不太平，日夜抛刀马上行，衫袖缠来去投师，不得太平归本乡。

斑鸠原生一对卵，郎姐生郎一个人，偷连偷嫁落人乡，磨利沙刀裂断肠，一双阳鸟叫啾啾，思着爷娘在远州。

当初年少千般好，如今老了百般忧，不望江山倒水流，江山倒流郎转少，千般百事不忧愁，思着少年双泪流。

谱例4：四曲《荷叶杯》

荷 叶 杯

连罗录啦利哪　录哪利哪，连罗啦利，连罗啦利，连罗啦哩。荷叶杯中真荷叶，北上青松柏，能归能海又能龙，求官爱念打手笼，打手笼安箱裹，等到五更流去，五更流去入花宫，几时何日得相逢。

荷叶杯中叶过岸，叶归过岸，叶归过岸满河流，黄桑叶落正合球。身着罗衣全是锦，满身拖色，满身拖色扫泥尘。

荷叶杯中真荷叶，几般荷叶，几般荷叶几般黄，郎来一夜望天光。四行老丈四行娘，宽宽坐位，宽宽坐位偶回乡。

荷叶杯中羊牯独，无人喂养，无人喂养不成畜，朝朝扫屋守着庄。养得三年羊牯大，运下广州，广州宰杀十三双。

　　荷叶杯中好传话，路逢果子未曾尝，将归家里，将归家里养爷娘。大哥教兄兄教嫂，孝孝顺顺，大家孝顺养爷娘。

谱例5：五曲《南花子》

南　花　子

（稍慢）

啦利连罗利，连罗啦哩利，啦利连罗啦哩利，连罗啦哩利啦哩。前唱南花子，后唱木兰花，木兰花发白行行，谁家养得歌二郎。前插金罗带，后插龙凤花，手拿歌卷绣金鸡，六字分分坐酒阶。

　　前唱南花子，后唱木兰花，木兰花发白莲莲，六字分分落酒樽。来时留客住，去时留客人，主人留客客留心，且慢宽宽坐酒樽。

　　前唱南楼屋，后唱北楼仓，南楼屋底使金妆，出世黄禾十万仓。富贵在明月，喽罗随本身，喽罗贵客出金盲，唱得金盲千万年。

　　前唱南楼饮，南楼饮酒饮十分，银瓶载酒锡瓶斟，斟劝四行六路亲。前劝众老大，后劝郎本身，抬头接盏未曾尝，酒盏落台相认亲。

前唱南楼饮，南楼饮酒醉微微，马叫三朝郎不知，魁魁泪落湿衫衣。前插金罗带，后着龙凤衣，一心作笑二心思，思着当初少年时。

出世无兄弟，将钱过路求，路逢船上且宽游，且慢宽宽坐酒构。等得三年郎嫂大，踏上榕树枝，踏上榕树半天高，看见四行六路亲。

出世官多反，手拿龙虎枪，踏上马背马便奔，踏上州门使一枪。出世翁爷争天地，更争北斗星，钢刀落地转兴兴，一朝打破二州城。

人话官多反，手拿标子枪，踏上马背马便奔，走出侯门使一枪。出世翁爷争天地，更争北斗星，钢刀落地转兴兴，到处金牌郎有名。

谱例6：六曲《飞江南》

飞　江　南

利啦禄啦利啦连罗，啦利连罗，啦哩连罗禄呀啦哩。

人山斩木拦江倒，拦东倒，水推杉木挡江河，挡得江河水一条。求官爱行船中路，船中路，船中水路湿罗衣，泪落胸前谁得知。

枫木合船三尺面，三尺面，移移远远能好撑，手把竹篙能自行。

初合琵琶十二面，十二面，撑上流下上圣殿。

九州玉女出来看，出来看，手拿琵琶马上弹，滂滂泼泼塞江河。

东海鲤鱼西海散，西海散，塞得江河水一条。

谱例7：七曲《梅花相送曲》

梅花相送曲

（稍慢）

啦利连罗哩，连罗啦利哩，啦利连罗啦利哩，

连罗啦哩利啦利。风过树头木飞花，

行船水面浪淘沙，一年三百六十日，能有几日应梅花，

风过树头木子嘈，茶蓝树下种红桃，

人话红桃不生子也，红桃生子半天高。日头出早照塘基，

鹊鹏一世也无衣，愿得圣王来施舍，儿孙代代使银匙。

歌娘按瑶师吟唱进度时分时和，陪唱《盘王大歌》，时间为一天一晚。《盘王大歌》是瑶族法师在"还盘王愿"时吟唱于盘王圣像前的娱神歌，是历代瑶师不断创作、完善和搜集民间歌谣而集成的。湖南瑶族的《盘王大歌》流传至今有三种形式，即"行喜"的十二段歌词，"行贺"的二十四段歌词，"行伞"的三十六段歌词。内容大致相同，只是详略不同而已，歌词最详的有3000多行，内容丰富多彩，是瑶族盘瑶支系中遗存最完整的史诗。《盘王大歌》经湖南瑶族学者郑德宏、李本高整理译释，岳麓书社于1987年3月出版了上集。

起声唱、隔席唱、轮娘唱、分歌唱，是瑶师正式唱《盘王大歌》的序歌，谓之"歌堂开篇"。分歌唱后，瑶师、六郎歌师和歌娘各自分唱或陪唱《盘王大歌》，没有对唱形式，大歌中的问答歌，均自问自答，或问而不答，称之"大歌同唱"。

瑶师唱的第一歌章的歌名：日出早、日正中、日斜斜、日落西、日落岗、夜黄昏、夜深深、天星上、大星上、月亮亮等90余首，插第一曲"黄条沙"。

第二歌章的歌名：天大旱、见大怪、天地动、天柱倒、天暗乌、北边暗、雷落地、洪水发、洪水尽、怕不合、为婚了等92首，插第二曲"三逢闲"。

第三歌章的歌名：造得天、造得地、造得火、置山源、置青山、相说报、唐王出世、盘王献计、邀娘买、白凉扇、富贵龙、琵琶龙、喽罗真等80余首，插第三曲"万段曲"。

第四歌章的歌名：赐嫁早、刘岭大、乌云生、梁山伯、大州大等54首，插第四曲"荷叶杯"。

第五歌章的歌名：桃源洞、间山鸟、间山青、入连洞、会造寺、天字大、邓鼓歌等118首，插第五曲"南花子"。

第六歌章的歌名：何物变、得郎变、何物轮、何物烂、何物死、彭祖生、彭祖病、彭祖死、郎老了等206首，插第六曲"飞江南"。

第七歌章的歌名：木倒地、船成了、船到水、送路去、归去也、饮酒了、不唱了等32首，插第七曲"梅花相送"。

唱《盘王大歌》好像平时做喜事的请客吃饭一样，有七个正卷、四个散席，共十一餐酒席。七个正餐按七个歌章排列，唱完一段上一次席，先用托盘盛五碗米粉肉设供盘王位前，然后分成瑶师二席、六郎一席、歌娘一席、众会首（坐席老人）二席。每桌一碗米粉肉，不用筷子，而用大拇指和食指夹起来吃（过去是用生猪肉腌的，现改用米粉肉），谓之"波骨呷"。大歌同唱也叫"坐席唱"，有的地方也叫"坐大歌堂"，就是围席唱《盘王大歌》，没有很多的做作行为。唱一段，摆一次席，《盘王大歌》的七段歌词唱完，七个正席也摆完了。还有四个散席，是许愿时许的四樽酒，在仪式中穿插进行，一是下马酒，二是叩愿酒，三是还愿酒，四是口意酒，也就是送圣酒、化钱酒。每次酒均由主要瑶师亲自奠酒，十个酒杯不摆在供案上，而是摆在盘王像后面，边奠酒边绵绵细语，俗称"盘王私筵"。[①]

瑶族人供奉盘王作为他们的祖先。相传远古时代，瑶族人乘船漂洋过海时，遇上了大风大浪，船在海中360天不能靠岸，随时都有覆舟沉船的危险。瑶族人为了生存，在船中向盘王许下大愿，许愿毕，风平浪静，船靠了

[①] 参见张劲松、赵群、冯荣军《蓝山县瑶族传统文化田野调查》，岳麓书社2022年版，第47—65页。

岸，瑶族人认为是盘王保佑了他们，才得以成功过海，这让瑶族人民开始了对盘王的崇拜。上岸后，他们举行祭祀仪式"还盘王愿"，以答谢盘王对他们的庇护。《盘王大歌》正是瑶族人在祭祀仪式中吟唱的歌曲，然而《盘王大歌》中不仅有关于祭祀的歌曲，还有关于神话、传说、古事、生产、生活、恋情、妇女苦情及滑稽取乐等歌曲。《盘王大歌》是一部瑶族的百科全书，是一部智慧的认知史，是一部民族创始史，是一部艰辛的迁徙史，是一部浪漫的爱情诗。通过对《盘王大歌》进行文本分析，有助于我们认识瑶族人的祖先崇拜、创世神话、生活观、价值观及爱情观。

《盘王大歌》保存了很多颇具价值的史料，记叙了许多神话、传说和生活习俗，叙述了人类、民族、天地万物的形成和发展，以及人类始祖创世的艰辛。瑶族没有文字，其文化传播主要是口耳传承，通过唱《盘王大歌》，把瑶族的历史文化内容代代相传。可以说，它是人类的瑰宝，是瑶族的创世歌，是瑶族人民的史歌，是瑶族历史文化的浓缩和反映，是研究瑶族民间文学的活化石。

《盘王大歌》采用独特的比兴手法，丰富了歌谣的表现方式，对后来瑶族民间歌谣的创作产生了良好的影响，瑶族歌手们的许多创作在形式上依然借鉴于《盘王大歌》，如《今天轮到我当家》就是采用三三七七七句式："寒叶子，野菜花，今天轮到我当家，酒是酒来茶是茶，高山高岭是瑶家。"它保存了瑶族七支古老的曲牌（即"七任曲"），是瑶族重要的文化遗产，是构成瑶族灿烂文化艺术不可缺少的部分；它集音乐、舞蹈、歌谣等于一体，比其他一般的民间文学多了更多的文化内涵，是研究瑶族文化艺术的重要依据。

《盘王大歌》记述了宇宙中奇幻的自然现象，在实践中总结了符合科学的结论。如关于地震的记载："天地动，大州人众立不住，大州磅偏簸箕滚，牯牛鹿马能葫芦。"关于历法的记载："四百天光为一岁，四十月日为月圆"，关于日食、月食的"阴阳扰乱暗分天"，以及一些奇幻的现象，如"天土雷王有五个""七十老婆生嫩娃"等。所有这些，为科技史提供了宝贵的资料。

《盘王大歌》是瑶族人民的史歌，也是瑶族讲"根底"（传统）的重要内容，广泛流传于瑶族社会中。"天下瑶人同根生，分散无下去流落"，但不管流落世界各地，始终传唱着《盘王大歌》。对于他们来说，《盘王大歌》"千唱唱不倦，万听更新鲜"。这充分说明《盘王大歌》集中反映和体现了瑶族人民的精神、信仰和价值取向，对增强民族归属感、振奋民族精神、增强民族凝聚力具有重要的作用。

《盘王大歌》源于瑶族人民的社会生活，深入社会的各个方面，它用高于生活的表现方法反映瑶族的历史和文化，有着广泛而深远的社会影响力，已经成为瑶族及瑶族人民一张极具代表性的"名片"。加强对《盘王大歌》的研究、保护与传承，使其古为今用，对于加强民族团结，构建和谐社会和促进瑶族经济社会可持续性发展将起到重要的积极作用。

第五节　存续状况

由于经济全球化和文化多样化的影响，依靠口头传承的江华瑶族民间文学《盘王大歌》的生存环境日益恶化，出现了岌岌可危的现状。《盘王大歌》的传承后继乏人。最精通《盘王大歌》的江华瑶族文化研究工作者郑德宏老人，年已八旬有余，口传身教《盘王大歌》已十分困难。被誉为江华瑶歌歌妈的赵庚妹女士也已近古稀之年，于外地养老。在江华会讲瑶话、使用瑶语的人越来越少。用瑶语传承《盘王大歌》的人更为稀少。土生土长的年轻人大多数外出打工，再加之现在的年轻人价值取向转变，追求的是时尚娱乐，欣赏、传承古老瑶族歌谣的热情正在丧失。随着时间的流逝，现在能系统演唱《盘王大歌》的人可谓凤毛麟角。这样，具有极为重要价值的瑶族民间文学《盘王大歌》亦失去其生存与发展的时间和空间，将会日益淡化并走向消失，江华瑶族民间文学《盘王大歌》的珍贵资料已经或正在流失。其千腔百调的唱法急需音乐界专业谱曲人士，对其唱腔进行谱写，否则其唱法将彻底失传。由于种种困难，不能对《盘王大歌》艺术价值、社会功能、未来走向等方面的珍贵资料进行全面系统的普查、搜集、发掘、整理。江华瑶族民间文学《盘王大歌》处于失传的边缘，其现状令人担忧，形势十分严峻。现急需采取有力的、可行的保护措施，使《盘王大歌》能继续传承下去。目前情况如下。

1. 流传版本

（1）清朝《盘王大歌》手抄本；

（2）用汉文直译、用国际音标注音形式公开出版发行的《盘王大歌》；

（3）《中华古典名著精解》（中南工业大学出版社1993年版，第428—432页）；

（4）《穿越生命的瑶歌》（中央四台《走遍中国》栏目摄制）。

2. 传承谱系

江华瑶族《盘王大歌》时跨千年，脉传谱系十分复杂。这里仅以在江华有史料记载的盘源、郑开源在江华瑶族自治县及邻近瑶族地区的传承脉络作简略说明。

盘源（1895—1943），男，瑶族，江华岭东人，在江华可谓第一代传人，其主要弟子有郑开源、盘文财等。

郑开源（1911—1963），男，瑶族，江华湘江乡桐冲口村人。

盘文财（1908—1971），男，瑶族，江华贝江乡贝江村人。郑开源的徒弟包括：盘财佑（1920—2006），男，瑶族，江华湘江乡人；盘凤花（1907—1996），女，瑶族，江华未竹口乡人。

在他们的传授下，又培养了第三代、第四代、第五代弟子，活跃在江华瑶族自治县及邻近瑶族地区，如郑德宏、赵庚妹、盘琴、郑艳琼等。

3. 主要传承人（群体）

郑德宏，男，瑶族，1930年10月生，江华湘江乡人。1963年起搜集整理瑶族民间文学，整理译释瑶族人祭祀始祖的《盘王大歌》，并于1987年由岳麓书社出版；合作主编《赵金龙起义》，由湖南出版社出版；整理瑶人祭祀始祖的《瑶人经书》《湖南瑶族风情》，由岳麓书社出版。

赵庚妹，女，瑶族，1950年生，江华湘江人，出生在一个瑶族民间艺人世家，自幼跟随祖父、父亲等人学唱瑶歌。1965年被招入江华歌舞剧团，参加过各种庆典活动和外国瑶胞的接待工作。后调到江华县文化馆、图书馆等单位工作。其间，参加（群体）歌，多次主持全县的坐歌堂、赛歌会等活动，被誉为瑶家"歌妈"。

第二章 《盘王大歌》整理

王书歌[①]

人［ȵien²］话［va⁴］郎［lɔŋ²］村［tshun¹］歌［ka²］堂［daŋ²］到［thao⁵］

湖［hu²］南［nan²］江［kɔŋ²］口［khu³］扦［tshjep⁷］条［ti²］牌［pai²］

共［tɕuəŋ⁴］乡［juaŋ¹］姐［tsei³］妹［mui³］开［khuai¹］书［sou¹］读［tu⁸］

书［sou¹］字［daŋ⁴］不［iam⁴］真［tsien¹］娘［ȵuaŋ²］自［kan²］来［tai²］

听说郎村起歌堂，

湖南江口有路牌，

同路姐妹把牌看，

牌文不清自寻来。

人［ȵien²］话［va⁴］郎［lɔŋ²］村［tshun¹］歌［ka²］堂［daŋ²］到［thao⁵］

娘［ȵuaŋ²］小［fiu³］得［tu⁷］知［pei¹］自［kan²］得［tu⁷］来［tai²］

路［ləu⁴］过［tɕi⁵］县［guen⁴］门［muən²］千［tshien¹］人［ȵien²］见［kin⁵］

无［məu²］木［mu⁸］合［hop⁸］船［tsun²］随［tsuei²］路［ləu⁴］来［tai²］

听说郎村起歌堂，

小妹得知自己来，

路过县城千人见，

无木钉船走路来。

郎［lɔŋ²］到［thao⁵］久［tɕuə³］

娘［ȵuaŋ²］久［tɕuə³］不［iam⁴］闻［muən²］郎［lɔŋ²］出［tshuət⁷］声［siŋ¹］

---

① "王书歌"：《盘王大歌》的一种曲调名。

风［puəŋ²］过［tɕi⁵］树［tsəu⁴］头［tao²］木［mu⁸］叶［ip⁸］落［lo⁸］
船［tsun²］来［tai²］路［ləu⁴］远［vin¹］水［sui³］平［pɛŋ²］声［siŋ¹］
郎来早，
早来没见郎唱歌，
风吹落叶有声响，
行船还有水唱歌。

踏［ta⁷］到［thao⁵］地［tei⁴］
六［luə⁸］笛［tit⁸］甫［phəu¹］苗［mi²］踏［ta⁸］路［ləu⁴］来［tai²］
六［luə⁸］笛［tit⁸］甫［phəu¹］苗［mi²］三［fam²］江［kɔŋ¹］口［khu³］
娘［ȵuaŋ²］今［tɕiem¹］踏［ta⁸］地［tei⁴］入［pie⁸］歌［ka²］堂［daŋ²］
来贵地，
芦苇根茎铺地来，
芦苇长在三江口，
妹来贵地搭歌台。

今［tɕiem²］朝［tsiu¹］行［hɛŋ²］来［tai²］见［puət⁵］那［hai⁵］样［iuŋ⁴］
那［hai⁵］样［iuŋ⁴］阴［iem¹］阴［iem¹］大［tai⁴］路［ləu⁴］头［tao²］
那［hai⁵］样［iuŋ⁴］阴［iem¹］阴［iem¹］大［tai⁴］路［ləu⁴］口［khu³］
那［hai⁵］样［iuŋ⁴］花［khua¹］开［guai¹］在［tsuai⁵］门［muən²］楼［lao²］
今行大路见何物？
何物现影在路头？
何物现影大路口？

哪样开花在门楼？

今［tɕiem²］朝［tsiu¹］行［hɛŋ²］来［tai²］见［puət⁸］福［fua⁷］子［tsei³］
福［fua⁷］子［tsei³］冷［liŋ¹］冷［liŋ¹］大［tai⁴］路［ləu⁴］头［tao²］
福［fua⁷］子［tsei³］冷［liŋ¹］冷［liŋ¹］大［tai⁴］路［ləu⁴］口［khu³］
石［si²］榴［lieu²］花［khua¹］开［guai¹］在［tsuai⁵］门［muən²］楼［lao²］

今朝路上见佛子，

佛子行来在路头，

佛子行来在路口，

石榴开花在门楼。

炼［lin⁵］炼［lin⁵］歌［ka¹］红［əŋ²］丝［fei¹］线［fin⁵］
炼［lin⁵］炼［lin⁵］歌［ka¹］丝［fei²］线［fin⁵］缠［dzen⁴］
炼［lin⁵］炼［lin⁵］歌［ka¹］郎［loŋ²］白［pɛ⁸］净［dzeŋ⁴］
炼［lin⁵］炼［lin⁵］歌［ka¹］白［pɛ⁸］净［dzeŋ⁴］钱［tsin²］
净［dzeŋ⁴］要［ɔi⁵］钱［tsin²］人［ŋien²］要［ɔi⁵］使［sai³］
净［dzeŋ⁴］好［khu³］双［sɔŋ¹］人［ŋien²］要［ɔi⁵］连［lin²］

歌绞线来像丝线，

线缠歌来像线团，

歌比歌来郎最美，

歌好声好最值钱，

白花银子人喜爱，

清秀歌娘人爱连。

拜圣歌 ①

拜［pai⁵］神［tsien²］圣［siŋ⁵］

大［tai⁴］话［ua⁴］拜［pai⁵］神［tsien²］拜［pai⁵］到［thao⁵］齐［dzɔi²］

人［ŋien²］主［tsieu³］声［siŋ²］声［siŋ¹］拜［pai⁵］三［fam¹］拜［pai⁵］

妹［mui⁴］怕［dzi⁵］神［tsien²］多［to²］拜［pai⁵］不［iam⁴］齐［dzɔi²］

  拜神圣，

  大小神圣要拜齐，

  主人恭敬拜三拜，

  妹怕神多拜不齐。

拜［pai⁵］神［tsien²］圣［siŋ⁵］

圣［siŋ⁵］神［tsien²］器（无）［məu²］圣［siŋ⁵］圣［siŋ⁵］器（无）［məu²］难［nan²］

三［fam¹］百［pɛ⁷］二［ŋei⁴］人［ŋien²］郎［lɔŋ²］作［tso⁷］笑［fiu⁵］

人［ŋien²］人［ŋien²］见［kin⁵］我［i¹］拜［pai⁵］神［tsien²］难［nan²］

  拜神圣，

  神圣不在实在难，

  众人面前郎作笑，

  人人见我拜神难。

拜［pai⁵］声［siŋ¹］唱［tshuaŋ⁵］

圣［siŋ⁵］声［siŋ¹］桃［tu²］木［muə³］起［khi³］歌［ka⁵］头［tao²］

---

① 拜圣：泛指敬拜盘王及各庙王、五谷神人等。

唱［tshuaŋ⁵］得［tu⁷］歌［ka²］头［tao²］望［məŋ⁴］歌［ka²］尾［m̥uei¹］

青［tshiŋ²］山［sien¹］楠［nan²］木［muə⁸］尾［m̥uei¹］来［tai²］修［fieu¹］

起声唱，

敲响桃木①起歌头，

唱歌有头又有尾，

青山楠木尾尖溜。

引［iem³］歌［ka²］出［tshuət⁷］

引［iem³］出［tshuət⁷］歌［ka²］词［tsei²］引［iem³］地［tei⁴］甫［phəu¹］

天［thin²］光［guaŋ¹］落［lo⁸］日［ŋue⁸］歌［ka²］堂［daŋ²］散［dzan⁵］

主［tsieu³］人［ŋien²］贵［kuei⁵］地［tei⁴］出［tshuət⁷］珍［tsien²］珠［tsieu¹］

引歌出，

引出好歌满盘珠，

天光月落歌堂散，

主人宝地出珍珠。

引［iem³］郎［lɔŋ²］唱［tshuaŋ⁵］

手［sieu³］拿［pa³］笛［tip²］子［tsei³］引［iem³］郎［lɔŋ²］吹［tshui¹］

手［sieu³］拿［pa³］笛［tip²］子［tsei³］引［iem³］郎［lɔŋ²］话［va⁴］

大［tai⁴］哥［ko⁵］出［tshuət⁷］声［siŋ¹］妹［mui⁴］便［pin⁴］随［tsuei²］

引郎唱，

---

① 桃木：道师请神的朝板。

手拿笛子引郎吹,

手拿笛子引郎唱,

郎哥开声妹伴随。

引［iem³］郎［lɔŋ²］唱［tshuaŋ⁵］

三［fam²］斗［tao³］油［ieu²］麻［ma⁸］来［tai²］引［iem³］头［tao²］

三［fam²］斗［tao³］油［ieu²］麻［ma⁸］来［tai²］引［iem³］发［fat⁷］

今［tɕiem²］夜［i⁵］邀［jiu¹］郎［lɔŋ²］出［tshuət⁷］唱［tshuaŋ⁵］游［ieu²］

引郎唱,

三斗油麻①来引逗,

三斗油麻引唱了,

今夜陪郎出唱游。

引［iem³］郎［lɔŋ²］唱［tshuaŋ⁵］

三［fam²］木［khua¹］做［tsou⁵］梳［tsa⁷］来［tai²］引［iem³］头［tao²］

三［fam²］木［khua¹］做［tsou⁵］梳［tsa⁷］来［tai²］引［iem³］火［khui³］

今［tɕiem²］夜［i⁵］邀［jiu¹］郎［lɔŋ²］唱［tshuaŋ⁵］出［tshuət⁷］流［lieu²］

引郎唱,

三光木②梳梳歌头,

三光木梳引郎唱,

---

① 油麻：农村的最佳芳香食品,它粒小、数多、味美,借以比拟歌的丰盛美好。

② 三光木：一种木质坚韧、光滑的杂木。

今夜陪郎唱到头。

来［tai²］世／试［sei⁵］唱［tshuaŋ⁵］

世／试［sei⁵］唱［tshuaŋ⁵］一［iet⁷］条［ti²］同［toŋ²］不［iam⁴］同［toŋ²］

声［siŋ²］一［iet⁷］唱［tshuaŋ⁵］条［ti²］先［fin²］入［pie⁸］县［guen⁴］

声［siŋ²］二［ŋei⁴］唱［tshuaŋ⁵］条［ti²］先［fin²］入［pie⁸］冲［suaŋ¹］

来试唱，

试唱一支同不同，

先唱一支入贵县，

再唱一支进山冲。

来［tai²］世［sei⁵］逢［puaŋ²］

东［toŋ¹］海［khuai³］鲤［lei²］鱼［ŋieu²］西［fai²］海［khuai³］龙［luaŋ²］

东［toŋ¹］海［khuai³］鲤［lei²］鱼［ŋieu²］西［fai²］海［khuai³］散［dzan⁵］

谁［dzuan³］知［pei¹］今［tɕiem²］夜［i⁵］得［tu⁷］相［faŋ²］逢［puaŋ²］

初相逢，

东海鲤鱼西海龙，

东海鲤鱼西海游，

谁知今夜两相逢。

来［tai²］世／试［sei⁵］声［siŋ¹］

郎［lɔŋ²］在［tsuai⁵］湖［hu²］南［nan²］妹［mui⁴］在［tsuai⁵］京［kiŋ¹］

郎［lɔŋ²］在［tsuai⁵］湖［hu²］南［nan²］松［tsoŋ²］柏［pɛ⁷］县［guen⁴］

妹［mui⁴］在［tsuai⁵］贵［kuei⁵］州［tsieu¹］来［tai²］听［thiŋ⁵］声［siŋ¹］
试歌声，
郎在湖南妹在京①，
郎在湖南松柏县，
妹在贵州来听音。

来［tai²］世［sei⁵］收［sieu¹］
郎［lɔŋ²］在［tsuai⁵］湖［hu²］南［nan²］妹［mui⁴］在［tsuai⁵］州［tsieu¹］
郎［lɔŋ²］在［tsuai⁵］湖［hu²］南［nan²］松［tsoŋ²］柏［pɛ⁷］县［guen⁴］
妹［mui⁴］在［tsuai⁵］京［kiŋ¹］州［tsieu¹］双［suŋ¹］泪［luei⁴］流［lieu²］
歌声悠，
郎在湖南妹在州，
郎在湖南松柏县，
妹在京州双泪流。

不［iam⁴］唱［tshuaŋ⁵］了［liu¹］
收［sieu²］拾［tsiep⁸］歌［ka²］词［tsei²］簧［lɔŋ⁵］里［n̩uə⁴］床［tsuaŋ²］
三［fam²］更［kɛŋ¹］半［dam³］夜［muən¹］人［n̩ien²］相［faŋ²］请［tshiŋ³］
不［iam⁴］曾［kɛŋ²］把［pa³］火［khui⁸］过［tɕi⁵］香［juaŋ¹］桥［tɕieu²］
不唱了，
收起歌书放笼中，

---

① "京""松柏县"是比拟语，并非实指。

三更半夜来请我，

不点火把走厢桥①。

不［iam⁴］唱［tshuaŋ⁵］了［liu¹］

风［puəŋ²］吹［tshui¹］木［mu²］浣［jun²］转［dzuən⁵］魁［khuei²］魁［khuei²］

风［puəŋ²］吹［tshui¹］木［mu²］浣［jun²］魁［khuei²］魁［khuei²］转［dzuən⁵］

且［tshi³］唱［tshuaŋ⁵］一［iet⁷］条［ti²］转［dzuən⁵］月［la⁵］归［kuei¹］

不唱了，

风吹木叶转飞飞，

风吹木叶飞飞转，

且唱一支送月归。

庙愿歌

青［tshiŋ²］山［sen¹］埂［kɛŋ⁵］

青［tshiŋ²］山［sen¹］埂［kɛŋ⁵］口［khu³］雾［məu⁴］齐［dzɔi²］齐［dzɔi²］

人［njen²］话［va⁴］青［tshiŋ²］山［sen¹］不［iam⁴］披［phun¹］雾［məu⁴］

雾［məu⁴］下［dzam⁴］三［fam²］天［thin¹］神［tsien²］才［tshiŋ⁵］行［hɛŋ²］

青山陇，

青山陇口雾沉沉，

人说青山不披雾，

雾罩三天神才行。

---

① 厢桥：山谷中架设拉木出山的桥。

青［tshiŋ²］山［sen¹］青［tshiŋ²］

青［tshiŋ²］山［sen¹］广［kuaŋ³］岭［liŋ¹］青［tshiŋ¹］油［ieu²］油［ieu¹］

深［siem²］山［sen¹］青［tshiŋ²］岭［liŋ¹］花［khua¹］发［fat⁷］平［dzieu³］

仰［ŋɔŋ³］看［maŋ⁴］高［ku²］山［sen¹］水［sui³］平［pɛŋ²］流［lieu¹］

人［mien²］话［va⁴］青［tshiŋ²］山［sen¹］不［iam⁴］无［məu²］娥［ŋo¹］

深［siem¹］山［sen¹］嫩［nun⁴］娥［ŋo¹］随［dzuei⁴］过［tɕi⁵］州［tshieu¹］

青山青，

青山道道碧幽幽，

深山高岭花发早，

仰望高山水飞流，

人说深山无娇娥，

深山娇娥赛过州。

庙［mi¹］前［tsiŋ²］竹［tuə⁷］

庙［mi¹］前［tsiŋ²］斑［pan²］竹［tuə⁷］到［thao⁵］尾［muei²］斑［pien¹］

斑［pien¹］竹［tuə⁷］暗［ɔm⁵］里［lei¹］现［hin⁴］花［khua²］朵［to³］

瑶［iu²］人［mien²］还［tɕa³］愿［ŋun³］在［tsuai⁵］青［tshiŋ²］山［sen¹］

庙前竹，

庙前斑竹花斑斑，

斑竹暗里显花色，

瑶人还愿在深山。

开［guai¹］声［siŋ¹］唱［tshuaŋ⁵］

青［tshiŋ²］山［sen¹］楠［nam²］木［muə²］起［tɕhi³］歌［ka²］头［tao²］

起［tɕhi³］得［tu⁷］歌［ka²］头［tao²］望［mɔŋ⁴］歌［ka²］尾［muei¹］

有［mai²］头［tao²］无［məu²］水／尾［muei¹］那［dzuəŋ³］样［iuŋ⁴］收［sieu¹］

开声唱，

青山楠木起歌头，

唱起歌头连结尾，

有头无尾歌难收。

引［iem³］歌［ka²］出［tshuət⁷］

三［fam²］斗［tao³］油［ieu²］麻［ma⁸］起［tɕhi³］歌［ka²］头［tao²］

数［sa³］尽［tsin⁴］油［ieu²］麻［ma⁸］引［ien¹］末［mei⁸］了［li¹］

隔［gɛ⁷］岸［ŋan⁴］亚［a²］眉［mei²］能［naŋ³］样［iuŋ²］求［tɕieu²］

来引歌，

三斗油麻引歌头，

油麻数尽歌难引，

隔山画眉难引逗。

引［iem³］娘［ŋuaŋ²］唱［tshuaŋ²］

手［sieu³］拿［pa³］竹［luə⁸］笛［tit⁸］引［ien³］娘［ŋuaŋ²］吹［tshui¹］

晚［gə⁷］下［dʑi⁴］刘［lieu²］山［sen¹］刘［lieu²］岭［liŋ¹］岸［ŋan⁴］

凤［fəŋ⁴］娘［ŋuaŋ²］出［tshuət⁷］声［siŋ¹］郎［lɔŋ²］小［fiu³］陪［pui²］

引妹唱，

拿起竹笛引妹吹，

吹到刘山刘岭上，
娇娥开腔郎伴陪。

引[iem³]歌[ka¹]出[tshuət⁷]
引[iem³]出[tshuət⁷]歌[ka²]词[tsei²]千[tshin¹]万[man⁴]双[sɔŋ²]
天[thin²]光[giuaŋ¹]月[ȵut⁸]落[lo⁸]歌[ka²]堂[daŋ²]散[dzan⁵]
银[ŋɔn²]钱[tsin²]铺[phou¹]地[tei⁴]主[tsieu³]人[ȵien²]堂[tɔŋ²]

引唱了，
引出好歌千万章，
天光月落歌堂散，
白银撒满大厅堂①。

初[tsho²]会[hui⁴]逢[puəŋ²]
鲤[lei²]鱼[ȵieu²]初[tsho²]会[hui⁴]海[khuai³]里[ȵuə¹]龙[luəŋ²]
东[tɔŋ¹]海[khuai³]鲤[lei²]鱼[ȵieu²]西[fai¹]海[khuai³]散[dzan⁵]
路[ləu⁴]长[tuaŋ²]久[tɕuə³]远[vin²]难[nan²]会[hui⁴]逢[puəŋ²]

初相逢，
鲤鱼初会海里龙，
东海鲤鱼西海游，
路途遥远难相逢。

---

① 比喻句，形容歌堂的兴旺荣耀。

试［sei⁵］歌［ka²］勾［ŋao¹］

郎［lɔŋ²］在［tsuai⁵］湖［hu²］南［nan²］娘［ŋuaŋ²］在［tsuai⁵］州［tsieu¹］

郎［lɔŋ²］在［tsuai⁵］湖［hu²］南［nan²］松［tsəŋ²］柏［pɛ⁷］县［guen⁴］

唱［tshuaŋ⁵］歌［ka¹］作［tso⁷］笑［fiu⁵］讨［thu³］风［puəŋ²］流［lieu²］

歌引逗，

郎在湖南娘在州，

郎在湖南松柏县，

我俩唱歌好风流。

来［tai²］试［sei⁵］唱［tshuaŋ⁵］

试［sei⁵］唱［tshuaŋ⁵］一［iet⁷］条［ti²］颈［tɕaŋ¹］放［puŋ⁵］松［fəŋ¹］

头［tao²］唱［tshuaŋ⁵］一［iet⁷］条［ti²］广［kuaŋ⁴］过［tɕi⁵］界［tɕai⁵］

第［tei²］二［ŋei⁴］唱［tshuaŋ⁵］条［ti²］广［kuaŋ⁴］过［tɕi⁵］冲［suəŋ¹］

来试唱，

试唱一支开歌喉，

先唱一支飞过岭，

再唱一支飞过冲。

离［ɕuə³］久［lei²］了［li¹］

今［tɕiem²］夜［i⁵］打［bo⁷］开［guai¹］歌［ka²］卷［tɕun⁵］图［təu²］

歌［ka²］卷［tɕun⁵］内［nɔi⁴］里［lei¹］装［tsuaŋ²］句［tɕieu⁵］话［wa⁴］

望［mɔŋ⁴］郎［lɔŋ²］细［sai⁵］声［siŋ¹］随［tsuei²］慢［man⁴］读［tu⁸］

荒疏了，

今夜开卷翻歌书,

歌书里头句句话,

望郎细心慢慢读。

要 [ɔi⁵] 想 [nam̥³] 唱 [tshuaŋ⁵] 歌 [ka²] 丢 [dieu⁵] 久 [vin¹] 了 [li̥¹]

要 [ɔi⁵] 想 [nam̥³] 看 [məŋ¹] 娘 [ŋuaŋ²] 路 [ləu⁴] 头 [tao²] 游 [ieu²]

要 [ɔi⁵] 想 [nam̥³] 读 [tu⁵] 书 [səu¹] 书 [səu¹] 字 [dzaŋ⁴] 深 [siem¹]

捻 [ien¹] 开 [guai¹] 书 [səu¹] 卷 [tɕun⁵] 又 [ieu⁴] 关 [kuən²] 收 [sieu¹]

要想唱歌歌丢久,

要想会姣路途长,

要想读书书意深,

刚刚打开又想收。

离 [ɕuə³] 久 [lei²] 了 [li̥¹]

歌 [ka²] 词 [tsei²] 不 [iam⁴] 有 [mai²] 肚 [təu⁴] 里 [lei¹] 头 [tao²]

今 [tɕiem²] 夜 [i⁵] 贵 [kuei⁵] 郎 [lɔŋ²] 邀 [iu¹] 娘 [ŋuaŋ²] 唱 [tshuaŋ⁵]

十 [tsiep⁸] 三 [fam²] 条 [ti²] 竹 [tuə⁷] 子 [tsei³] 那 [dzuəŋ³] 成 [tsiaŋ²] 楼 [lao²]

荒疏了,

歌词不在肚里头,

今夜好郎邀妹唱,

十三① 根竹子怎起楼?

---

① 十三是单数,十三根竹,不能够起亭楼,起亭楼要双数竹木。比喻语。

说［suə⁷］是［tsei¹］娘［ŋuaŋ²］娥［ŋo¹］丢［dieu⁵］歌［ka³］久久［tɕuə³］

千［tshin¹］年［nin¹］歌［ka²］词［tsei²］内［nɔi⁴］里［lei¹］暗［ɔm¹］

娘［ŋuaŋ²］娥［ŋo¹］不［iam⁴］曾［kɛŋ²］口［khu³］上［tsuaŋ⁴］念［siet⁷］

歌［ka²］词［tsei²］现［hen⁴］本［puən³］肚［təu⁴］里［lei¹］装［tsuaŋ²］

姣娥口说歌丢久，

千歌万曲记心头，

姣娥只要开口唱，

歌随人意似水流。

不［iam⁴］唱［tshuaŋ⁵］了［li⁵］

风［puəŋ²］吹［tshui¹］木［muə⁸］叶［i⁸］响［hiŋ⁵］玲［liŋ²］玲［liŋ²］

深［siem²］山［sen¹］木［muə²］林［liŋ²］兴［hiŋ²］兴［hiŋ⁵］转［dzuəŋ⁵］

同［toŋ²］众［tsuəŋ⁵］唱［tshuaŋ⁵］条［ti²］回［ui²］转［dzuəŋ⁵］厅［thiŋ¹］

不唱了，

风吹木叶响铃铃，

林中木叶随风转，

同唱一支回转程。

围愿歌①（一）

愿［ŋun⁴］为［uei²］地［tei⁴］

---

① 围愿：还盘王愿中的一个程序或一个活动。即围绕还愿这个中心活动，大家围坐在一起听歌师和歌娘唱愿歌，活跃气氛。

子［tsei³］能［n̥aŋ³］黄［viaŋ²］龙［luəŋ²］围［vei²］月［la⁵］齐［dzɔi²］

愿［ŋun⁴］为［vei²］深［siem²］潭［tɔŋ²］嫩［nun⁴］鱼［ŋieu²］子［tsei³］

愿［ŋun⁴］为［vei²］贵［kuei⁵］地［tei⁴］看［maŋ⁴］花［khua²］开［guai¹］

来围愿，

好比黄龙围月光，

好比深潭围鱼仔，

围愿唱歌看娇娘。

为［vei²］便［pin⁴］为［vei²］

黄［viaŋ²］龙［luəŋ²］围［vei²］过［tɕi⁵］外［ŋi⁴］门［muən²］眉［mui²］

黄［viaŋ²］龙［luəŋ²］围［vei²］过［tɕi⁵］三［fam²］重［tsoŋ²］外［ŋi⁴］

听［thiŋ⁴］妹［mui⁴］出［tshuət⁷］心［fiem⁴］思［fei¹］不［iam⁴］思［fei¹］

把愿围，

好比黄龙围门楼，

黄龙紧围三重外，

听妹心思在歌中。

正［tsiŋ⁵］月［ŋut⁷］朝［tsi¹］

云［vin²］雾［məu⁴］曾［dzam⁴］山［sen¹］能［naŋ³］火［khui³］烟［in¹］

红［muei¹］罗［lo¹］过［tɕi⁵］山［sen¹］等［taŋ⁴］三［fam²］等［taŋ³］

等［taŋ³］着［tsu²］桃［tu²］花［khua¹］宅［dzɛ⁷］乱［lun⁴］心［fim¹］

正月间，

山间大雾似火烟，

蜜蜂过岭受阻扰，

桃花等得芳心焦。

二［ŋei⁴］月［ŋut⁸］二［ŋei⁴］

二［ŋei⁴］月［ŋut⁸］李［lei²］花［khua¹］白［pɛ⁸］才［dzɔi²］才［dzɔi²］

摘［dzɛ⁷］得［tu⁷］一［iet⁷］枝［tsei¹］头［tao²］上［tsuaŋ⁴］插［tshiep⁷］

又［ieu⁴］摘［dzɛ⁷］二［ŋei⁴］枝［tsei¹］伴［pien⁵］手［sieu³］来［tai²］

二月二，

二月李花白皑皑，

先摘一朵头上戴，

再摘两朵手捧来。

三［fam¹］月［ŋut⁸］三［fam¹］

古［kəu³］木［mu⁸］开［guai¹］花［khua¹］春［thun¹］正［tsiŋ⁵］深［siem¹］

春［thun¹］水［sui³］深［siem²］深［siem¹］淹［iem³］通［thoŋ¹］过［tɕi⁵］

摘［dzɛ³］朵［to³］好［khu³］花［khua¹］来［tai²］定［tiŋ⁴］亲［tshien¹］

三月三，

古木开花春已深，

春水滔滔河难渡，

摘花投水会情人。

四［fei⁵］月［ŋut⁸］四［fei⁵］

四［fei⁵］月［ŋut⁸］金［tɕiem²］斗［tao³］发［fat⁷］天［thin¹］开［guai¹］

摘［dzɛ⁷］得［tu⁷］一［iet⁷］枝［tsei¹］头［tao²］上［tsuaŋ⁴］插［tshiep⁷］

又［ieu⁴］摘［dzɛ⁷］二［ŋei⁴］枝［tsei¹］伴［pien⁵］手［sieu³］来［tai²］

四月四，
金斗①鲜花遍地开，
先摘一朵头上扦，
又摘二枝伴我来。

五［ŋ¹］月［ŋut⁸］南［nan²］球［tɕieu²］花［khua¹］上［tsuaŋ⁴］发［fat⁷］

南［nan²］球［tɕieu²］花［khua¹］上［tsuaŋ⁴］在［tsuai⁵］花［khua²］中［tuəŋ¹］

南［nan²］球［tɕieu²］花［kha¹］中［tuəŋ¹］无［məu²］人［ŋien²］见［kin⁵］

莫［i⁵］放［puŋ⁵］风［puaŋ²］吹［tshui¹］落［lo⁸］草［tshu³］中［tuəŋ¹］

五月南球花②枝发，
鲜花开在绿叶中，
南球开花人难见，
莫让风吹落草丛。

六［lua⁸］月［ŋut⁸］六［lua⁸］

六［lua⁸］月［ŋut⁸］芙［fu²］蓉［ioŋ²］花［khua¹］正［tsinŋ⁵］红［əŋ²］

手［sieu³］里［ŋuə¹］偷［əm⁵］来［tai²］又［ieu⁴］怕［dzi⁵］死［fei³］

口［khu³］里［ŋuə¹］含［gəm¹］来［tai²］又［ieu⁴］怕［dzi⁵］溶［ieu⁸］

---

① 金斗花：又说蒿菜花，民间春天折来和糯米做粑粑吃，可防风湿。

② 南球花：又说樱桃花。

六月六，

六月芙蓉花正红，

摘来捧着怕花死，

口里含着又怕溶。

七［tshiet⁷］月［ŋut⁸］七［tshiet⁷］

七［tshiet⁷］月［ŋut⁸］莲［lin²］花［khua¹］佛［fuə⁷］前［tsin²］安［ɔn¹］

摘［dzɛ⁷］得［tu⁷］一［iet⁷］枝［tsei¹］头［tao²］上［tsuaŋ⁴］插［tshiep⁷］

莫［i⁵］嫌［gem²］手［si̥eu³］世［sui⁵］不［iam⁴］嫌［gem²］蚕［dzɔŋ¹］

七月七，

摘下莲花供佛前，

佛头扦上莲一枝，

莫嫌手粗看心愿。

八［piet⁷］月［ŋut⁸］八［piet⁷］

八［piet⁷］月［ŋut⁸］禾［biao²］花［khua¹］口［khu³］里［ŋuə¹］生［tsian²］

十［tsiep⁸］二［ŋei²］个［nɔm¹］山［sen²］头［tao²］花［khua¹］谢［tsi⁴］了［liu¹］

问［muən⁴］郎［lɔŋ²］摘［dzɛ⁷］花［khua¹］随［tsuei²］那［hai⁵］行［hɛŋ²］

八月八，

只有禾花壳内生，

十二山头花都谢，

问郎摘花去哪边。

九［tɕuə³］月［ȵut⁸］芋/葛［ka²］腾［taŋ²］花［khua¹］过［tɕi⁵］路［ləu⁴］
二［ȵei⁴］人［ȵien²］相［faŋ²］邀［iu¹］入［pie⁸］花［khua²］林［liem²］
二［ȵei⁴］人［ȵien²］相［faŋ²］摘［dzɛ⁷］花［khua²］林［liem²］了［liu¹］
打［bɔŋ¹］开［guai¹］花［khua²］叶［nɔm²］摘［dzɛ⁷］花［khua²］芯［fim¹］

　　　　九月葛藤花连花，
　　　　两人相邀进花林，
　　　　二人同摘花一朵，
　　　　掰开花瓣一个芯。

十［tsiep⁸］月［ȵut⁸］十［tsiep⁸］
十［tsiep⁸］月［ȵut⁸］鸡［tɕai²］公［kɔŋ⁵］满［ȵien¹］杵［tsəu⁴］红［əŋ²］
手［sieu³］里［ȵuə¹］偷［ɔm⁵］来［tai²］不［iam⁴］怕［dzi⁵］蚕［dzɔŋ¹］
口［khu³］里［ȵuə¹］含［gəm¹］来［tai²］不［iam⁴］怕［dzi⁵］溶［ieu⁸］

　　　　十月十，
　　　　十月鸡冠花正红，
　　　　手捧红花不怕谢，
　　　　口含红花不怕溶。

十［tsiep⁸］一［iet⁷］月［ȵut⁸］梅［mui²］花［khua¹］冷［liŋ¹］愁［tɕhiu²］愁［tɕhiu²］
梅［mui²］花［khua¹］杵［tsəu⁴］上［tsuaŋ⁴］结［kit⁷］红［əŋ²］球［tɕieu²］
归［kuei¹］家［tɕa¹］说［suə⁷］报［bu⁵］众［tsuaŋ⁵］姐［tsei³］妹［mui⁴］
树［tsəu⁴］有［mai²］好［khu³］花［khua¹］齐［dzi²］重［tsoŋ⁴］收［sieu¹］

　　　　十一月梅花在枝头，

一树寒梅似火球，

归家报与众姐妹，

树有好花快同游。

十［tsiep⁸］二［ŋei⁴］月［ŋut⁸］梅［mui²］花［khua¹］了［liu¹］

拿［pa³］钱［tsin²］下［zi⁴］广［kuaŋ³］买［mai¹］真［tsien²］花［khua¹］

买［mai¹］得［tu⁷］真［tsien²］花［khua¹］十［tsiep⁸］二［ŋei⁴］样［iuŋ⁴］

样［iuŋ⁴］样［iuŋ⁴］挣［bai²］来［tai²］真［tsien²］秀［fieu⁵］花［khua¹］

十二月梅花谢，

拿钱广东去买花，

买来真花十二样，

样样都是好香花。

围愿歌（二）

围［uei²］歌［ka²］出［tshuət⁷］

引［iem³］得［tu⁷］歌［ka²］词［tsei²］屋［əp⁷］里［lei¹］铺［phou¹］

天［thin¹］光［guaŋ¹］月［ŋut⁸］落［lo⁸］歌［ka²］堂［daŋ²］散［dzan⁵］

主［tsieu³］人［ŋien²］堂［toŋ²］里［noi⁴］金［tɕiem²］银［ŋɔn²］珠［tsieu¹］

来引歌，

引出歌来唱满屋，

天明月落歌堂散，

金银珍珠满堂铺。

来［tai²］围［uei²］愿［ŋun⁴］
之［tsei¹］能［naŋ³］蚕［tsɔŋ²］丝［fei¹］围［uei²］缠［dzen⁴］家［tɕa¹］
之［tsei¹］能［naŋ³］麻［tshi⁷］网［muŋ¹］围［uei²］鱼［ŋieu²］子［tsai³］
看［maŋ⁴］得［tu⁷］贵［kuei⁵］地［tei⁴］发［fat⁷］莲［lin²］花［khua¹］

来围愿，

好比桑蚕织成茧，

好比麻网围鱼仔，

且看贵地莲花开。

后［hu²］生［sɛŋ¹］年［nin²］少［siu⁵］少［siu⁵］年［nin²］思［fei¹］
花［khua²］发［fat⁷］不［iam⁴］摘［dzɛ⁷］第［tei²］几［tsi⁵］时［tsei²］
不［iam⁴］信［sien⁵］且［tshi³］看［maŋ⁴］黄［iuaŋ²］蝶［iep⁸］子［tsai³］
三［fam⁴］朝［tsiu¹］七［tshiet⁷］日［ŋiet⁷］世［sei⁵］难［nan²］飞［buei¹］

年少后生爱相思，

花开不摘等何时？

不信请看黄蝴蝶，

三朝七日难展翅。

围［uei²］外［ŋi⁴］围［uei²］
黄［iuaŋ²］龙［luəŋ²］围［uei²］过［tɕi⁵］外［ŋi⁴］门［muən²］眉［mui²］
三［fam²］方［puŋ¹］四［fei⁵］处［tsheu⁵］龙［luəŋ²］围［uei²］过［tɕi⁵］
娘［ŋuaŋ²］要［ɔi⁵］转［dzuən⁵］面［min⁴］世［sei⁵］难［man²］回［ui²］

围外圈，

黄龙围在门外边，

四面八方都围上，

妹要回家难出圈。

郎［lɔŋ²］发［fat⁷］癫［din¹］

空［khun⁵］身［sin¹］起［tɕhi³］脚［tɕuə⁷］踏［ta⁸］入［pi⁸］厅［thiŋ¹］

好［khu³］着［tsu⁸］刘［lieu²］三［fam¹］手［sieu³］子［tsei³］巧［tɕhiao³］

抛［bei¹］出［tshuət⁷］一［iet⁷］条［ti²］桃［du²］马［m̥a¹］秆［kan³］

郎疯癫，

轻身跳进大愿厅，

好似刘三①手灵巧，

抛出绳子套歌人。

郎［lɔŋ²］发［fat⁷］癫［din¹］

抽［tshao¹］凳［taŋ⁵］拦［lan²］门［muən²］坐［tsuei¹］外［ŋi⁴］前［tsiŋ²］

赌［dəu³］娘［ɲuaŋ²］转［dzuən⁵］身［sin¹］凳［taŋ⁵］底［di³］过［tɕi⁵］

凳［taŋ³］娘［ɲuaŋ²］凳［taŋ²］底［di³］站［thip⁷］半［pien⁵］天［thin¹］

郎疯癫，

抽凳横坐在门前，

赌妹弯腰凳底过，

要妹凳下站半天。

---

① 刘三：歌仙刘三妹。

郎 [lɔŋ²] 发 [fat⁷] 癫 [din¹]
托 [tho⁷] 来 [tai²] 沙 [sa²] 石 [tsi⁸] 讨 [thu³] 妹 [ŋuaŋ²] 煎 [tsin¹]
煎 [tsin¹] 暖 [nun¹] 沙 [sa²] 石 [tsi⁸] 壁 [pi⁷] 上 [tsuaŋ⁴] 贴 [nit⁷]
同 [toŋ²] 娘 [ŋuaŋ²] 行 [hɛŋ²] 游 [ieu²] 年 [nin¹] 过 [tɕi⁵] 年 [nin¹]

郎疯癫,
手托石头要妹煎,
煎暖石头贴壁上,
与妹行游年复年。

石 [tsi⁸] 上 [tsuaŋ⁴] 石 [tsi⁸] 崩 [kɔŋ²] 仑 [ŋɔŋ¹]
今 [tɕiem²] 夜 [i⁵] 世 [sei⁵] 撩 [liu²] 三 [fam²] 庙 [mi⁴] 娘 [ŋuaŋ²]
大 [təm²] 胆 [tam³] 世 [sei⁵] 撩 [liu²] 三 [fam²] 庙 [mi⁴] 娥 [ŋo¹]
撩 [liu²] 得 [tu⁷] 愿 [ŋun⁴] 堂 [toŋ²] 唱 [tshuaŋ⁵] 歌 [ka²] 人 [ɲien²]

石山上面跳,
今把三庙歌娘撩,
大胆来撩三庙妹,
撩得歌堂歌声飘。

源流歌

盘 [pien²] 王 [huŋ²] 深 [siem²] 文 [man²] 传 [tsun²] 天 [thin²] 下 [di³]
金 [tɕiem²] 台 [tɔi²] 龙 [luəŋ²] 会 [hui⁵] 好 [khu³] 修 [fieu¹] 形 [tsiŋ²]
栏 [lan²] 扎 [tsɔ⁴] 圣 [siŋ⁵] 贤 [huŋ²] 龙 [luəŋ²] 转 [dzuəŋ⁵] 椅 [ei³]
音 [iem²] 容 [ioŋ²] 圣 [siŋ⁵] 殿 [tin⁴] 听 [muəŋ⁵] 龙 [luəŋ²] 声 [siŋ¹]

盘王大歌传天下，

众聚歌堂叙古情，

堂上先贤坐龙椅，

坐殿颜开听歌声。

蒙［məŋ²］惟［uei²］东［təŋ²］家［tɕa¹］还［vien²］恩［en¹］主［tsien³］

意［ei⁵］欲［iuə⁸］凡［pan²］阳［iaŋ²］老［ku⁵］幼［ieu⁴］林［liem²］

酬［tsi⁴］恩［en¹］一［iet⁷］门［muan²］天［thin²］官［tɕuan¹］赐［tshei⁵］

添［thim¹］财［tsɔi²］家［ka²］进［pi⁸］中［tsuəŋ⁵］官［tɕuən²］员［ŋuən²］

祝贺主家还良愿，

保佑人间老少人，

主人还愿天赐福，

添财进宝中状元。

圣［siŋ⁵］王［huŋ²］保［pu³］佑［ieu⁴］千［tshin²］年［nin¹］吉［tɕiem²］

岁［fui⁵］岁［fui⁵］安［ɔn²］宁［neŋ²］添［thim¹］进［pi⁸］丁［tiŋ¹］

香［juaŋ²］花［khua¹］道［təm²］路［ləu⁴］门［muan²］师［sai¹］旺［uaŋ⁴］

三［fam²］乡［juaŋ¹］把［pa³］火［khui³］四［fei⁵］乡［juaŋ¹］迎［ien²］

圣王保佑千年好，

岁岁安宁添人丁，

一脉祖师香烟旺，

四面八方请圣人。

贱［tsan⁴］小［fiu³］贺［ho²］惟［uei²］酬［tsi⁴］恩［en¹］主［tsieu³］

一［iet⁷］岁［fui⁵］酬［tsi⁴］还［vien²］万［man²］年［nin²］兴［hin¹］

圣［siŋ⁵］王［huŋ²］保［pu³］佑［ieu⁴］千［tshin²］年［nin¹］盛［siŋ⁵］

五［ŋ̍¹］谷［ku⁷］丰［puəŋ²］登［taŋ¹］万［man⁴］千［tshin²］年［nin¹］

郎来恭贺还愿主，

一年还愿万年兴，

保佑主家千载盛，

五谷丰登千万年。

血［hit⁸］财［tsɔi²］兴［hin¹］旺［uaŋ¹］人［ŋien²］丁［tiŋ¹］盛［siŋ⁵］

禄［buə⁸］燕［hin⁵］广［kuaŋ³］飞［buei¹］门［muən²］外［ŋi⁴］声［siŋ¹］

圣［siŋ⁵］王［huŋ²］赐［tshei⁵］主［tsieu³］家［tɕa¹］堂［daŋ²］富［fu²］

百［pɛ⁷］事［dzɔi⁴］顺［suən⁴］意［ei⁵］安［ɔn²］宁［niŋ²］年［nin¹］

财源兴旺人丁盛，

燕语呢喃门外声，

主家富贵圣王赐，

百事顺心人安宁。

盘［pien²］头［tao²］扦［tshiep⁷］花［khua¹］万［man⁴］相［faŋ¹］对［tɔi⁵］

起［tɕi¹］唱［tshuaŋ⁵］盘［pien²］王［huŋ²］出［tshuət⁷］世［sei⁵］因［iem¹］

盘［pien²］王［huŋ²］出［tshuət⁷］世［sei⁵］置［tsei⁵］天［thin¹］地［tei⁴］

先［fin²］置［tsei⁵］江［kɔŋ²］河［ho²］后［hu¹］置［tsei⁵］园［vin²］

江［kɔŋ²］山［kem³］依［ei¹］还［vien²］年［nin²］年［nin¹］在［tsuai⁵］

置［tsei⁵］前［tsiŋ²］不［iam⁴］见［kin⁵］旧［tɕieu⁴］朝［tsi²］贤［huŋ²］
置［tsei⁵］立［liep⁸］江［kɔŋ²］山［kem²］凡［pan²］人［ȵien²］种［tsuəŋ⁵］
万［man⁴］古［kəu³］传［tsun²］流［lieu²］到［thao⁵］世［sei⁵］年［nin¹］

台前插花千万对，
先唱盘王出世歌，
盘王出世置天地，
置下江河置家园。
江山依旧千年在，
不见前朝圣和贤，
置下江山人耕种，
万古流传到今年。

盘［pien²］王［huŋ²］置［tsei⁵］立［liep⁸］十［tsiep⁸］三［fam¹］省［sɛŋ³］
宽［guen²］台［tɔi²］万［man⁴］化［va⁵］上［tsuaŋ⁴］朝［tsiu²］天［thin¹］
世［sei⁵］有［mai²］三［fam²］百［pɛ⁷］六［luə⁸］十［tsiep⁸］姓［fiŋ⁵］
发［fat⁸］下［dzi⁴］天［thin²］南［nan²］百［pɛ⁸］姓［fiŋ⁵］烟［in¹］

盘王置立十三省，
天宽地大没有边，
人间三百六十姓，
天南地北有人烟。

前［tsiŋ²］劫［tɕit⁷］年［nin²］间［tɕin¹］无［məu²］日［ȵiet⁷］月［ŋuə⁸］
阴［iem²］阳［iuaŋ²］黑［əu⁵］暗［ɔm⁵］雾［məu⁴］连［lin²］连［lin²］

天［thin²］宫［kəŋ¹］后［hu¹］置［tsei⁵］十［tsiep⁸］二［ŋei⁴］日［ŋut⁸］
未［mei⁴］存［kɛŋ²］分［puŋ¹］昼［iuaŋ²］夜［i⁵］同［toŋ²］升［hɛŋ²］
抽［tshao¹］手［sieu³］空［khun⁵］坐［tsuei¹］凡［pan²］天［thin¹］下［dzi⁴］
也［iam⁴］无［mai²］耕［kɛŋ²］种［tsuəŋ²］也［iam⁴］无［məu²］园［vin²］
人［ŋien²］无［məu²］衣［ei¹］着［tsu⁷］年［nin²］多［to²］寿［sieu⁴］
一［iet⁷］年［nin¹］岁［fui⁵］往［mɔŋ³］邻［lin²］长［tuaŋ²］延［ien²］
三［fam²］百［pɛ⁷］花［khua²］男［nam²］年［nin²］老［lu¹］岁［fui⁵］
未［mei⁴］存［kɛŋ²］娶［thu³］妇［fəu⁵］讨［tsiaŋ²］配［phui⁵］姻［iem¹］
肚［tu⁴］饿［ŋo⁴］口［khu³］吃［khi³］花［khua¹］林［liem²］叶［nɔm²］
落［lo⁸］肚［tu⁴］不［iam⁴］荣［ioŋ²］思［fei¹］可［kho²］怜［lin²］

混沌初开无日月，
昼夜不分黑雾连，
天宫后置十二日，
日头升起无夜间；
普天之下人之初，
不会耕种无家园，
人无衣衫岁月久，
年来岁往年跟年。
三百老叟年纪大，
未曾娶妻配良缘，
肚饿充饥花果叶，
落肚难溶实可怜。

寅[ien²]卯[ma¹]二[ŋei⁴]年[nin¹]天[thin¹]大[tai⁴]旱[han¹]
四[fei⁵]海[khuai³]龙[luəŋ²]门[muən²]无[məu²]水[sui³]声[siŋ¹]
深[sien²]山[sen¹]竹[tuə⁷]木[muə⁸]全[tsun²]焦[tsi¹]尽[tsin⁴]
百[pɛ⁷]怪[kuai⁵]生[tsiaŋ²]来[tai²]现[hin⁴]怪[kuai⁵]精[tsiŋ¹]
焦[tsi¹]木[muə⁸]将[tso⁷]来[tai²]吹[pom³]出[tshuət⁷]火[khui³]
水[sui³]底[di³]青[tshiŋ²]苔[tɔi²]自[kan²]出[tshuət⁷]烟[in¹]
四[fei⁵]门[muən²]八[pət⁷]路[ləu⁴]无[məu²]投[dao²]叩[khao⁵]
黄[viaŋ²]龙[luəŋ²]宣[viet⁴]宣[viet⁴]走[piao³]上[tsuaŋ⁴]天[thin¹]

寅卯两年天大旱，
四海龙潭无水声；
深山竹木枯焦尽，
千精百怪显妖形；
芭蕉树茎吹出火，
水底青苔自冒烟；
四面八方无生路，
黄龙滚滚腾上天。

天[thin¹]上[tsuaŋ⁴]雷[buə²]神[tsiən²]有[mai²]五[ŋ̍¹]帅[sui⁵]
半[pien⁵]天[thin¹]把[pa³]火[khui³]踏[ba¹]雾[məu²]云[vin²]
遇[i⁵]得[tsu⁸]凡[pan²]阳[ken¹]发[fat⁸]果[ko³]老[lo⁷]
欺[tchaŋ¹]捉[tso⁷]雷[buə²]神[tsien²]在[tsuai⁵]地[tei⁴]园[vin²]
雷[buə²]神[tsien²]锁[fo³]在[tsuai⁵]仓[tshɔn²]笼[ləŋ¹]里[lei¹]
投[dao²]天[thin¹]哭[ŋiem³]主[tsieu³]拜[pai⁵]声[siŋ²]响[ɛŋ³]

雷［buə²］叩［kuəu⁵］伏［fu²］羲［hei¹］二［ŋei⁴］仙［fiŋ¹］人［ŋien²］
开［guai¹］笼［ləŋ²］赦［tsi⁴］放［puŋ⁵］上［tsuaŋ⁴］天［thin¹］归［kuei²］

　　　　　天上雷神有五帅，
　　　　　半天举火踏雾行，
　　　　　碰上人间发果老，
　　　　　捉住雷神锁人间；
　　　　　雷神锁在仓笼里，
　　　　　喊天叫爷拜不仃；
　　　　　全靠伏羲兄妹俩，
　　　　　开笼放了雷归天。

雷［buə²］神［tsien²］踏［ba¹］云［vin²］腾［daŋ²］天［thin¹］去［tɕhieu⁵］
酬［tsi⁴］恩［ən¹］分［pun¹］齿［tshei³］报［bu⁵］二［ŋei⁴］仙［fiŋ¹］
叩［kuəu⁵］土［tei⁴］花［khua²］园［viŋ²］内［nɔi⁴］里［lei¹］种［tsuaŋ⁵］
三［fam²］朝［tsi¹］现［hin⁴］生［tsiaŋ²］香［juan²］花［khua¹］青［tshiŋ¹］

　　　　　雷神腾云上天去，
　　　　　拔牙酬赠伏羲仙，
　　　　　伏羲挖土把牙种，
　　　　　三朝苗青花又鲜。

阳［iuŋ²］鸟［piu³］声［siŋ²］声［siŋ¹］催［tshui²］春［tshun¹］报［bu⁵］
快［siep⁷］摘［kɛ³］修［fieu²］划［va⁵］带［to²］回［dzuən⁵］园［vin²］
天［thin²］官［tɕiuen¹］赐［tshei⁵］得［tu⁷］葫［ha²］芦［ləu²］大［tai⁴］

化［va⁵］屋［əp⁷］居［iem²］落［lo⁸］住［piŋ⁵］二［ŋei⁴］贤［hen²］

催春阳鸟声声叫，

快摘葫芦归家园，

天官保佑葫芦大，

葫芦变屋住二贤①。

四［fei⁵］角［ko⁷］龙［luəŋ²］门［muən²］通［thoŋ¹］天［thin¹］响［εŋ³］

荫［iem⁵］塞［sε⁷］龙［luəŋ²］门［muən²］水［sui³］满［mien¹］天［thin¹］

天［thin²］底［di³］也［iam⁴］无［məu²］留［lieu²］一［iet⁷］个［ko⁵］

重［tsoŋ⁴］留［lieu²］人［ŋien²］种［tsuəŋ³］姊［tsei³］妹［mui⁴］仙［fiŋ¹］

洪［əŋ²］水［sui³］发［fat⁷］天［thin¹］七［tshiet⁷］朝［tsiu¹］夜［i⁵］

龙［luəŋ²］门［muən²］放［puŋ⁵］水［sui³］倒［tu³］海［khuai³］完［vin²］

洪［əŋ²］水［sui³］重［tsoŋ⁴］有［mai²］落［lo⁸］底［du⁷］日［ŋut⁸］

起［tɕi¹］眼［ŋen¹］天［thin²］底［di³］不［iam⁴］无［məu²］烟［in¹］

石［tsi⁸］岭［liŋ²］沙［sa⁵］石［tsi⁸］永［vin¹］落［lo⁸］世［sei⁵］

世［sei⁵］上［tsuaŋ⁴］不［iam⁴］无［məu²］前［tsiŋ²］世［sei⁵］人［ŋien²］

伏［fu²］羲［hei¹］姊［tsei³］妹［mui⁴］在［tsuai⁵］落［lo⁸］世［sei⁵］

意［ei⁵］合［hop⁸］商［faŋ²］量［luaŋ²］结［kit⁷］配［phui⁵］姻［in¹］

四角龙门通天响，

龙门塞死水满天，

世间凡人都淹死，

————————

① 二贤：伏羲兄妹。

伏羲兄妹存人间。

洪水淹天七昼夜，

放开龙门倒海干，

洪水终有消落日，

起眼天下无人烟。

悬崖石岭依然在，

世间没有昔时人，

伏羲兄妹在人世，

兄妹商量配姻缘。

伏［fu²］羲［hei¹］姊［tsei³］妹［mui⁴］天［thin¹］上［tusaŋ⁴］赐［tshei⁵］
木［muə⁸］媒［mui²］树［tsəu⁴］底［di³］拜［pai⁵］成［tsiaŋ²］亲［tsien¹］
金［tɕiem²］花［khua¹］水［sui²］粉［buən³］身［sin¹］带［to²］孕［iun⁴］
十［tsiep⁸］月［la⁵］胎［thɔi¹］肚［təu⁴］化［va⁵］为［uei²］人［ŋien²］
生［tsiaŋ²］下［dzi⁴］冬［toŋ²］瓜［kua¹］无［məu²］名［meŋ²］姓［fiŋ⁵］
冬［toŋ²］瓜［kua¹］内［nɔi⁴］化［va⁵］子［tsei³］为［uei²］眠［mien²］
太［thai²］昊［liŋ²］年［nin²］间［ken¹］无［məu²］百［pɛ⁸］姓［fiŋ⁵］
丹［tan¹］至［tsei⁵］瑶［iu²］人［ŋien²］十［tsiep²］二［ŋei⁴］贤［hen²］

伏羲兄妹天上赐，

梅木树下结成亲；

金花传粉身有孕，

十月怀胎不成人；

生下冬瓜无人样，

冬瓜有籽瓜内眠，

太昊年间①无百姓，

只有瑶人十二贤。

四［fei⁵］百［pɛ⁷］日［ŋiet⁷］为［uei²］一［iet⁷］年［nin¹］岁［fui⁵］

月［la⁵］数［sa³］推［thui¹］来［tai²］四［fei⁵］十［tsiep⁸］园［viŋ²］

阴［iem²］阳［iaŋ²］不［iam⁴］对［tɔi⁵］凡［pan²］阳［iaŋ²］路［ləu⁴］

日［ŋut⁸］月［la⁵］推［thui¹］来［tai²］不［iam⁴］对［tɔi⁵］星［fiŋ¹］

四百昼夜为一年，

一月就有四十天，

阴府不对阳间事，

日月过天不见面。

五［ŋ̍¹］谷［ku⁷］神［tsien²］王［huŋ²］来［tai²］舍［si³］世［sei⁵］

分［pun⁴］粮［luaŋ²］通［thoŋ¹］到［thao⁵］圣［siŋ⁵］王［hun²］前［tsiŋ²］

置［tsei⁵］下［dzi⁴］粳［tsin¹］禾［biao²］十［tsiep⁸］二［ŋei⁴］姓［fiŋ⁵］

分［pun⁴］流［lieu²］天［tuin²］下［di³］九［tɐuɔ³］州［tsieu¹］园［viŋ²］

五谷神王来救世，

分赐粮食到人间，

生出粳禾十二种，

撒到天下九州园。

---

① 太昊：虚指远古时期

置［tsei⁵］立［liep⁸］平［pɛŋ²］田［tiŋ²］开［guai¹］沟［kao¹］圳［tsuən⁵］
塞［sɛ⁷］河［dai³］苗［miu²］水［sui³］荫［iem⁵］秧［iuaŋ²］田［tiŋ²］
年［nin²］年［nin²］岁［fui⁵］岁［fui⁵］人［ŋien²］耕［kɛŋ²］种［tsuəŋ⁵］
古［kəu³］来［tai²］传［tsun²］流［lieu²］到［thao⁵］世［sei⁵］年［nin¹］

劈山造田开沟渠，

塞河引水润禾田，

年来岁往勤耕种，

远古流传到今天。

初［tsho¹］来［tai²］世［sei⁵］人［ŋien²］无［məu²］衣［ei⁵］串［tshun⁵］
路［ləu⁴］逢［puəŋ²］金［tɕiem²］骨［kuət⁷］拗［ao³］遮［dzi¹］身［sin¹］
半［pien⁵］忧［ieu¹］半［pien⁵］忆［ei⁵］世［sei⁵］朝［tsiu²］上［tsuən⁴］
欢［giuen²］愁［dzao²］修［fieu²］守［sieu³］顺［suən⁴］由［ieu²］天［thin¹］

远古世人无衣着，

金骨叶子来遮身，

时忧时愁过日子，

喜乐哀怨概由天。

一［iet⁷］统［thəŋ³］江［kɔŋ²］山［kem²］七［tshiet⁷］二［ŋei⁴］国［kuə⁷］
评［pɛŋ²］王［huŋ²］吉［kit⁷］造［tsu⁴］万［man⁴］千［tshin²］年［nin¹］
酉［jeu¹］为［uei⁴］高［ku²］王［huŋ²］争［dzɛŋ¹］天［thin²］地［tei⁴］
夺［tu²］国［kuə⁷］为［uei⁴］朝［tsiu²］扰［iu³］乱［lun⁴］天［thin¹］

七十二国成一统，

评王管下千万年，

高王起心争天地，

争夺江山扰乱天。

甫［phəu¹］天［thin¹］逗［puɔ³］府［fəu³］移［ei²］原［ŋun²］园［vin²］

准［tsun³］无［məu²］来［tai²］敢［kan³］隔［gɛ⁷］高［ku²］王［huŋ²］

三［fam²］年［nin¹］圣［siŋ⁵］榜［pɔŋ³］朝［tsi²］门［muən²］挂［kuai⁵］

没［məu²］处［tshəu⁵］通［thoŋ¹］关［tɕuən¹］限［han⁴］不［iam⁴］赢［hiŋ²］

天下纷乱毁家园，

无人敢于战高王，

红榜城头三年挂，

无人揭榜去边关。

京［tɕiŋ¹］城［tsiŋ²］广［kuaŋ³］巷［hɔŋ⁴］挂［kuai⁵］红［əŋ²］榜［pɔŋ³］

挂［kuai⁵］上［tsuaŋ⁴］州［tsieu²］门［muən²］传［tsun²］广［kuaŋ³］天［thin¹］

有［mai²］贤［hen²］敢［kan³］且［tshi³］京［tɕiŋ¹］红［əŋ²］榜［pɔŋ³］

结［kit⁷］下［dzi⁴］千［tshin²］金［tɕiem²］百［pɛ⁷］万［man⁴］钱［tsin²］

京城四处挂红榜，

招贤迎敌天下传，

谁敢揭榜去迎战，

赏赐千金百万钱。

千［tshin²］官［tɕiem¹］百［pɛ⁷］将［tsuŋ⁵］形［hɛŋ²］龙［ləŋ²］会［hui⁴］

文［man²］武［u³］大［ləm²］齐［dzɔi²］下［dzi⁴］马［ma̱¹］领［lɛŋ¹］

叩［khao⁵］拜［pai⁵］评［pɛŋ²］王［huŋ²］高［ku²］殿［tin⁴］上［tsuaŋ⁴］

书［səu¹］报［buə⁵］回［ui²］京［tɕiŋ¹］不［iam⁴］敢［kan³］行［hɛŋ²］

百将千官聚榜下，

文才武士下马盯，

叩拜殿上评王知，

书报回京不敢行。

书［səu¹］卷［tɕun⁵］评［pɛŋ²］王［huŋ²］提［tso⁷］笔［pat⁷］造［tsu⁴］

金［tɕiem²］轮［luən²］飞［buei¹］奏［tɕieu⁵］上［tsuaŋ⁴］天［thin²］庭［tiŋ²］

遇［i⁵］帝［huŋ²］得［tu⁷］闻［muən²］开［guai¹］君［tɕun¹］令［liŋ⁴］

提［luaŋ⁴］点［tim³］太［thai²］白［pɛ⁵］下［dzi⁴］凡［pan²］园［viŋ¹］

评王提笔写奏章，

金轮①带奏上天庭，

玉帝得闻发下令，

差遣太白②下凡尘。

化［ua⁵］人［ŋien²］下［dzi⁴］凡［pan²］查［tsa²］事［dzɔi⁴］因［iem¹］

化［ua⁵］犬［tɕu³］游［ieu²］山［sen¹］打［bɔŋ¹］猎［hai⁵］行［hɛŋ²］

化［ua⁵］成［tsiaŋ²］龙［luəŋ²］犬［tɕu³］评［pɛŋ²］王［huŋ²］殿［tin⁴］

---

① 金轮：指传递奏章的神。

② 太白：天上太白金星。

叩［khao⁵］头［tao²］拜［pai⁵］主［tsieu³］望［mɔŋ⁴］分［pun²］音［iem¹］
若［io⁴］是［tsei¹］有［mai²］贤［hen²］过［tei⁵］海［khuai³］去［tɕhieu⁵］
敢［tshi³］斩［tsam³］高［ku²］王［huŋ²］杀［set⁷］死［fei³］身［sin¹］
拖［tho¹］头［tao²］带［to²］回［ui²］报［buɛ⁵］王［huŋ²］主［tsieu³］
当［tɔŋ¹］朝［tsu²］许［hei³］配［phui⁵］二［ŋei⁴］花［khua²］仙［fiŋ¹］
金［tɕiem²］仓［tshɔŋ¹］百［pɛ⁷］万［man⁴］齐［dzɔi²］同［toŋ²］受［sieu⁴］
天［thin²］底［di³］江［kɔŋ²］山［kem²］给［fun⁵］半［pien⁵］边［pin¹］

太白下凡来访情，
化变盘护打猎行；
盘护来到评王殿，
叩头拜王听赐音。
若有贤能过海去，
斩杀高王头离身，
抱头回殿来报喜，
当朝许配二宫仙，
百万金银同享受，
天下江山给半边。

抬［tshɛo¹］头［tao²］领［leŋ¹］得［tu⁷］评［pɛŋ²］王［huŋ²］令［liŋ⁴］
皇［huŋ²］宫［tɕiuen¹］百［pɛ⁸］差［ioŋ³］拜［pai⁵］送［fuŋ⁵］行［hɛŋ²］
来［tai²］到［thao⁵］峒［toŋ⁴］头［tao²］黄［viaŋ²］河［ho²］海［khuai³］
腾［daŋ²］云［van²］过［tei⁵］海［khuai³］外［ŋi⁴］朝［tsiu²］天［thin¹］

盘护叩头领王令，

京城百官来送行，
来到峒头黄河海，
腾云过海外国城。

海［khuai⁵］上［tsuaŋ⁴］外［ŋi⁴］朝［tsu²］高［ku²］王［huŋ²］国［kuə⁷］
搭［ta⁷］台［tɔi²］唱［pa⁵］戏［hei⁵］闹［nao⁴］声［siŋ²］声［siŋ¹］
日［ɲiet⁷］里［lei̥¹］同［toŋ²］共［tɕuəŋ⁴］金［tɕiem²］銮［luəŋ²］殿［tin⁴］
夜［i⁵］里［lei̥¹］龙［luəŋ²］犬［tɕu³］守［sieu³］王［huŋ²］身［sin¹］

过海来到高王国，
搭台唱戏好闹热，
日里随王坐王殿，
夜里跟王守门前。

久［tɕuə³］陪［pui²］高［ku²］王［huŋ²］心［fiem²］松［fəŋ¹］放［puŋ⁵］
随［tsuei²］王［huŋ²］游［ieu²］耍［dzao²］进［dam²］花［khua²］园［vin²］
园［vin²］里［lei̥¹］百［pɛ⁷］花［khua²］千［tshin²］万［man⁴］对［tɔi⁵］
花［khua²］楼［lao²］饮［iem²］酒［ti³］笑［fiu⁵］声［siŋ²］声［siŋ¹］

陪王日久疑心放，
随王游玩进花园，
赏尽鲜花千万种，
花楼饮酒笑声甜。

高［ku²］王［huŋ²］饮［tem²］酒［ti³］身［sin²］弱［no⁴］软［ŋun²］

比［pei³］能［naŋ³］魂［ɔn²］魄［bɛ⁷］传［tsun²］外［ŋi⁴］天［thin¹］
起［khi³］手［sieu³］七［tshiet⁷］星［fiŋ¹］八［piet⁷］宝［pu³］剑［dzu³］
力［lei²］斩［tsam³］高［ku²］王［huŋ²］头［tao²］脱［thut⁷］身［sin¹］

高王饮酒醉醺醺，

不省人事丢了魂，

手举七星八宝剑，

斩杀高王头离身。

斩［tsam³］断［tun⁵］高［ku²］王［huŋ²］头［tao²］脱［thut⁷］身［sin¹］
拖［tho¹］头［tao²］过［tɕi⁵］海［khuai³］转［dzuən⁵］京［teiŋ¹］城［tsiŋ²］
叩［khao⁵］朝［tsu²］禀［pin³］上［tsuaŋ⁴］王［huŋ²］天［thin¹］坐［tsuei¹］
头［tao²］脚［tɕeu⁷］红［əŋ²］荫［iem³］血［hit⁸］普［phəu¹］林［liem²］
文［man²］武［u³］百［pɛ⁸］官［tɕuən¹］齐［dzɔi²］齐［dzɔi²］到［thao⁵］
来［tai²］朝［tsu²］拜［pai⁵］主［tsieu³］贺［ho⁴］声［siŋ²］声［siŋ¹］

高王头体两截分，

拖头过海回京城，

进朝上殿拜评王，

头脚血染湿淋淋，

文武百官齐上朝，

朝拜评王贺喜临。

评［pɛŋ²］王［huŋ²］踏［ta⁷］上［tsuaŋ⁴］金［tɕiem²］銮［luan²］殿［tin⁴］
把［tso⁷］印［ien⁵］赐［tshei⁵］封［puəŋ¹］盘［pien²］护［fəu⁵］身［sin¹］

当［toŋ²］朝［tsu²］金［tɕiem²］仓［tshoŋ¹］百［pɛ⁸］万［man⁴］送［fuŋ⁵］

龙［luəŋ²］犬［tɕu³］婿［mui⁴］郎［lɔŋ²］盘［pien²］太［thai⁵］守［liŋ²］

分［pun¹］下［dzi⁴］江［kɔŋ²］山［kem²］半［pien⁵］朝［tsu²］国［kuə⁷］

花［khua²］英［iem¹］王［huŋ²］女［ȵieu¹］合［hop³］为［uei²］姻［ien¹］

评王坐在金銮殿，
赐封盘护给金印，
当朝偿金千百万，
花英许配盘太宁①，
万顷江山给一半，
太宁花英合为姻。

刁［ti¹］公［kəŋ¹］封［puəŋ¹］造［tsu⁷］深［siem²］恩［an¹］记［tɕei⁵］

刻［khɛ⁷］立［liep⁸］铜［toŋ²］碑［pui¹］传［tsun²］万［man⁴］年［nin²］

给［pun¹］付［fu⁴］王［huŋ²］瑶［lu²］千［tshin¹］古［kəu³］地［tei⁴］

晋（留）［lieu²］传［tsun²］耕［kɛŋ²］种［tsuəŋ⁵］圣［siŋ⁵］王［huŋ²］天［thin¹］

凿石刻碑记恩典，
又刻铜印万年传，
赐给瑶人千古地，
圣王田地任瑶耕。

同［toŋ²］绿［iun²］退［thui⁵］下［dzi⁴］金［tɕiem²］銮［luən²］殿［tin⁴］

---

① 花英是评王二女；太宁即盘护真名。

官［tɕuən¹］差［tshai¹］百［pɛ⁸］万［man⁴］护［fəu⁴］身［sin¹］行［hɛŋ²］

驾［tɕa⁵］上［tsuaŋ⁴］白［pɛ⁸］云［vin²］八［pət⁷］仙［fi¹］峒［toŋ］

安［ɔn²］居［tɕei¹］落［lo⁸］住［tsəu⁴］换［vien⁴］瑶［iu²］形［hɛŋ²］

生［tsiaŋ²］下［dzi⁴］六［luə⁸］男［nam²］又［ieu⁴］六［luə⁸］女［ȵieu¹］

六［luə⁸］男［nam²］娶［tshi³］妇［fəu⁵］赘［tsi¹］六［luə⁸］姻［ien¹］

盘［pien²］沈［siem³］包［pei¹］黄［huaŋ²］李［lei¹］邓［taŋ⁴］姓［fiŋ⁵］

赵［tsiao⁵］胡［hu²］雷［lui²］唐［toŋ²］冯［buəŋ²］周［tsieu¹］人［ȵien²］

　　　　大宁花英退出殿，

　　　　官差百万护随行，

　　　　来到白云八仙峒，

　　　　安居落住是瑶人。

　　　　生下六男又六女，

　　　　六男娶妇女赘亲，

　　　　盘沈包黄李邓姓，

　　　　赵胡雷唐冯周人①。

太［thai²］宁［liŋ²］王［huŋ²］主［tsieu³］八［pət⁷］百［pɛ⁷］寿［sieu⁴］

游［ieu²］仙［sen¹］打［bɔŋ¹］猎［hai⁵］全［tsun²］有［mai²］贤［hen²］

行［hɛŋ²］到［thao⁵］天［thin²］台［tɔi²］石［tsi⁷］壁［pi⁷］巷［hɔŋ⁴］

石［tsi⁸］羊［iuŋ²］打［bo⁷］死［fei³］命［mɛŋ⁴］归［kuei²］天［thin¹］

　　　　太宁王主八百寿，

---

① 瑶人十二姓。

游仙打猎有奇能，
来到天台石壁峒，
打死石羊自丧身。

十［tsiep⁸］二［ŋei⁴］子［tsei³］传［tsun²］七［tshiet⁷］二［ŋei⁴］国［kuə⁷］
王［huŋ²］主［tsieu³］功［kəŋ²］名［meŋ²］满［mien¹］州［tsieu²］廷［tiŋ²］
普［phəu³］天［thin¹］广［kuaŋ³］念［nim⁴］重［tsoŋ⁴］恩［ən²］主［tsieu³］
画［ua¹］容［ioŋ²］阳［iuaŋ²］面［min⁴］奉［boŋ⁴］香［iuaŋ²］烟［in¹］

十二姓子孙七十二国，
始祖功名满州廷，
普天同悼王恩重，
画容雕像供香灵。

唐［toŋ²］王［huŋ²］封［puaŋ¹］立［liep⁸］深［sien²］恩［ən¹］记［tɕei⁵］
教［buə⁵］准［tsun³］王［huŋ²］傜（瑶）［iu²］千［tshin¹］万［man²］年［nin¹］
三［fam²］年［nin¹］谢［tsi⁴］福［fu⁷］还［vien²］良［luaŋ²］愿［ŋun³］
花［khua¹］童［toŋ²］百［pɛ⁷］对［tɔi⁵］唱［tshuaŋ⁵］歌［ka²］圆［vin］

唐王写下深恩记，
交给瑶人万年存，
三年一届酬良愿，
花童百对唱歌甜。

凡［pan²］阳［iaŋ²］世［sei⁵］间［tɕin¹］人［ŋien²］多［to²］众［tsuaŋ⁵］

隐（稳）[pan¹]心[fiem¹]圣[siŋ⁵]主[tsieu³]封[puəŋ¹]下[dzi⁴]言[ŋien²]
九[tɕuə³]步[pəu⁴]安[ɔn¹]居[tɕei¹]念[nim⁴]圣[siŋ⁵]主[tsieu³]
不[iam⁴]敢[kan³]抛[bieu¹]休[ieu¹]荒[vaŋ¹]圣[siŋ⁵]人[ŋien²]

天下人间民众多，

圣主传下安民言，

世代安居念始祖，

不可抛弃始祖恩。

天[thin²]顺[suən⁴]二[ŋei⁴]年[nin¹]天[thin¹]大[tai⁴]旱[han¹]
三[fam²]年[nin¹]无[məu²]水[sui³]荫（润）[iem⁵]秧[iuaŋ²]苗[tiŋ²]
阴[iem²]阳[iaŋ²]反[bien³]乱[lun⁴]无[məu²]样[iuŋ⁴]吃[khi³]
败[pai⁴]了[li¹]千[tshi²]山[sen¹]百[pɛ⁷]样[iuŋ⁴]青[tshiŋ²]

天顺二年天大旱，

三年无水润禾苗，

风雨不调人无食，

千山满眼无一青。

景[tɕiŋ³]定[tiŋ⁴]元[vin²]年[nin¹]四[fei⁵]月[ŋut⁸]八[pət⁷]
漂[bieu²]游[ieu²]过[tɕei⁵]海[khuai³]远[vin¹]处[ŋi⁴]行[hɛŋ²]
船[tsun²]行[hɛŋ²]大[tai⁴]海[khuai³]船[tsun²]度[təu⁴]烂[lan⁴]
风[puəŋ¹]来[tai²]水[sui³]荡[thɔŋ⁵]难[nan²]起[tɕi¹]行[hɛŋ²]
十[tsiep⁸]二[ŋei⁴]瑶[iu²]人[ŋien²]无[məu²]计[tɕei⁵]奈[nɔi⁴]
漂[bieu²]游[ieu²]落[lo⁸]海[khuai³]难[nan²]思[fei¹]连[lin²]

过［tɕi⁵］了［li¹］三［fam²］百［pɛ⁷］六［luə⁸］十［tsiep⁸］日［ŋiet⁷］
愁［dzao²］愁［dzao²］忆［ei⁵］忆［ei⁵］在［tsuai⁵］船［tsun²］行［hɛŋ²］
叩［khao⁵］上［tsuaŋ⁴］圣［siŋ⁵］王［huŋ²］分［pun¹］恩［ən¹］赐［tshei⁵］
保［pu⁷］吉［kit⁷］漂［bieu²］游［ieu²］船［tsun²］顺［suən⁴］行［hɛŋ²］

　　　景定元年四月八，

　　　漂游过海①远乡行。

　　　航行大海船伤损，

　　　风来浪起阻行程。

　　　十二姓瑶人无可奈，

　　　茫茫无边实可怜。

　　　行船三百六十日，

　　　忧忧愁愁叹长声。

　　　全靠盘王慈悲心，

　　　保佑漂航船顺行。

在［tsuai⁵］落［lo⁸］船［tsun²］中［tuəŋ¹］叩［khao⁵］圣［siŋ⁵］主［tsieu³］
求［tɕieu²］献［hin⁵］圣［siŋ⁵］王［huŋ²］祖［tsəŋ²］宗［tsəu³］情［tsiŋ¹］
许［hei³］下［dzi⁴］元［iun²］盆［pun²］歌［ka²］堂［daŋ²］愿［ŋun⁴］
船［tsun²］行［hɛŋ²］到［thao⁵］岸［ɔn⁵］马［ma²］行［hɛŋ²］乡［juaŋ¹］
盘［pien²］王［huŋ²］圣［siŋ⁵］主［tsieu³］开［guai¹］金［tɕiem²］口［khu³］
部［pəu⁴］正［tsi⁵］王［huŋ²］瑶［iu²］子［tsei³］孙［fun¹］行［hɛŋ²］

---

① "景定元年"曾颁发"评皇券牒"，"天顺二年"是否有此事件，待考。

困在船中求盘王，

求王念在子孙情，

许下元盆歌堂愿①，

船行靠岸保安宁，

盘王始祖开金口，

护佑瑶人子孙行。

游［ieu²］落［lo⁸］广［kuaŋ²］东［toŋ²］朝［tsiu²］州［tsieu¹］府［fəu³］

乐［lo⁸］昌［tshiaŋ¹］安［ɔn²］答［dzep⁷］数［su⁵］多［to²］年［nin¹］

置［tsei⁵］立［liep⁸］平［pɛŋ²］田［tiŋ²］安［ɔn¹］居［tɕei¹］住［tsəu⁴］

儿［tsei³］孙［fun¹］承［tsaŋ⁴］接［dzip⁷］奉［fəŋ⁴］香［siaŋ²］烟［in¹］

落到广东潮州府②，

乐昌扎寨不少年，

开山造田立村寨，

儿孙念祖供香烟。

游［ieu²］落［lo⁸］广［kuaŋ²］东［toŋ¹］南［nan²］海［khuai⁵］岸［ŋan⁴］

置［tsei⁵］立［liep⁸］行［hɛŋ²］田［tiŋ²］无［məu²］万［man⁴］千［tshi²］

立［liep⁸］有［mai²］连［lin²］州［tsieu¹］行［hɛŋ²］平［hɛŋ²］庙［mi¹］

立［liep⁸］有［mai²］伏［bua⁸］江［kɔŋ¹］圣［siŋ⁵］王［huŋ²］堂［tɔŋ²］

---

① 元盆愿：瑶族许下的一种愿，传说这种愿是最大之愿。

② 广东潮州府：传说即今广东潮州，但从时间上分析，有很大差距，恐有误，待考。

落到广东南海岸,

开山造田万万千,

置立连州行平庙,

又立伏江圣王堂。

交［tɕi¹］过［tɕi⁵］王［huŋ²］母［mɔu¹］元［vin²］年［nin¹］转［dzuɐn⁵］
逢［puəŋ²］劫［tɕit⁷］年［nin²］间［tɕin¹］不［iam⁴］太［thai⁵］平［hɛŋ²］
改［tɕai³］换［vien²］盘［pien²］王［huŋ²］坐［tsuei¹］圣［siŋ⁵］殿［tin⁴］
瑶［mien²］人［ȵien²］退［thui⁵］下［dzi⁴］圣［siŋ⁵］王［huŋ²］前［tsiŋ²］

时逢王母元年①到,

劫乱之年不太平,

改换盘王坐圣殿,

瑶人退下一朝天。

久［tɕuə³］步［pəu⁴］年［nin²］间［tɕin¹］话［va⁴］不［iam⁴］到［thao⁵］
前［tsiŋ²］古［kəu³］百［pɛ⁷］般［pan¹］话［va⁴］不［iam⁴］齐［dzɔi²］
龙［luəŋ²］华［fa²］林［liem²］林［liem²］话［va⁴］不［iam⁴］尽［tsin⁴］
齐［dzɔi²］齐［dzɔi²］作［tso⁷］笑［fiu⁵］意［ei⁵］花［khua²］开［guai¹］
盘［pien²］头［tao²］抒［tshiep⁷］花［khua¹］万［man⁴］相［faŋ¹］对［tɔi⁵］
龙［luəŋ²］华［fa²］众［tsuəŋ⁵］姊［tsei³］再［tsuai⁵］添［thim¹］言［ȵien²］
细［fai⁵］报［bua⁵］广［kuaŋ²］情［tsiŋ²］意［ei⁵］根［kuan²］源［ȵuən²］

---

① 王母元年:假借而非实指。

六［luə⁸］笛［tit⁸］吹［tshui¹］劝［tɕhuen⁵］声［siŋ¹］声［siŋ¹］齐［dzɔi²］

古史日久讲不尽，

往事千般叙不完，

源流种种难详表，

大伙唱歌溯远源。

盘头插花千万朵，

聪明姐妹再添言，

漫唱往古根源事，

吹起芦笛伴歌声。

盘古歌①

哪［hai⁵］人［ɲien²］开［guai］天［thin］置［tsei⁵］日［ɲut⁸］月［la⁵］

哪［hai⁵］人［ɲien²］秀［fieu⁵］地［tei⁴］邓［təŋ⁵］高［ku²］山［sen¹］

置［tsei⁵］有［mai²］几［tsi⁵］个［nɔm¹］日［ɲut⁸］头［tao³］几［tsi⁵］

个［nɔm¹］月［la⁵］

照［tsi⁵］死［fei³］凡［pan²］间［tɕin¹］几［tsi⁵］多［to²］人［ɲien²］

谁人开天造日月？

谁人造地置高山？

先造日月多少个？

晒死凡间多少人？

---

① 盘古歌：盘问古典的歌。

盘［pien²］古［kəu³］圣［siŋ⁵］人［ȵien²］置［tsei⁵］日［ȵut⁸］月［la⁵］

盘［pien²］古［kəu³］秀［fieu⁵］地［tei⁴］邓［tən］高［ku²］山［sen¹］

置［tsei⁵］有［mai²］九［tɕuə³］个［nɔn¹］日［ȵut⁸］头［tao²］十［tsiep⁸］

个［nɔm¹］月［la⁵］

晒［phui¹］死［fei³］凡［pan²］阳［iuaŋ³］无［məu²］万［man⁴］千［tshin¹］

盘古圣皇造日月，

盘古立地置高山，

造有九个日头十个月，

晒死凡间人万千。

哪［hai⁵］个［tao²］仙［fiŋ²］人［ȵien²］箭［dzin⁵］日［ȵut⁸］月［la⁵］

射［fi⁵］落［lo⁸］日［ȵiet⁷］月［la⁵］落［lo⁸］哪［hai⁵］方［puŋ¹］

留［lieu²］有［mai²］几［tsi⁵］个［nɔm¹］日［ȵut⁸］头［tao²］几［tsi⁵］

个［nɔm¹］头［tao²］

照［tsi⁵］看［maŋ⁴］天［thin²］底［di³］凡［pan²］阳［iuaŋ²］间［tɕin¹］

哪个能人射日月？

射落日月掉何方？

留有日月多少个？

照耀天下人世间。

龙［luaŋ²］广［kuaŋ³］仙［fiŋ²］人［ȵien²］箭［dzin⁵］日［ȵut⁸］月［la⁵］

射［fi⁵］落［lo⁸］日［ȵiet⁷］月［la⁵］在［tsuai⁵］西［fai²］天［thin²］

留［lieu²］有［mai²］一［iet⁷］个［nɔm¹］日［ȵut⁸］头［tao²］一［iet⁷］

个 [nɔm¹] 月 [la⁵]

打 [thi³] 斛 [tsu³] 过 [tɕi⁵] 天 [thin¹] 照 [tsi⁵] 凡 [pan²] 间 [tɕin¹]

龙广能人射日月，

日月射落在西天，

留得日月各一个，

轮换过天照人间。

当 [toŋ²] 初 [tsho¹] 哪 [hai⁵] 人 [ɲien²] 行 [hɛŋ²] 天 [thin²] 下 [di³]

打 [ta³] 根 [ti²] 棍 [duən⁵] 子 [tsei³] 有 [mai²] 几 [tsi⁵] 长 [tuaŋ²]

行 [hɛŋ²] 时 [tsei²] 头 [tao²] 发 [mie⁴] 哪 [hai⁵] 样 [iuŋ⁴] 乌 [tɕi⁷]

回 [hui²] 转 [dzuən⁵] 头 [tao²] 发 [mie⁴] 哪 [hai⁵] 样 [iuŋ⁴] 白 [pɛ⁸]

当初哪人走天下？

拄根棍子有多长？

去时头发怎样黑？

回来头发怎样白？

穿 [tshun⁵] 天 [thin¹] 大 [təm²] 王 [huŋ²] 行 [hɛŋ²] 天 [thin²] 下 [di³]

打 [ta³] 根 [ti²] 棍 [duən⁵] 子 [tsei³] 七 [tshiet⁷] 尺 [tshi⁷] 长 [tuaŋ²]

行 [hɛŋ²] 时 [tsei²] 头 [tao²] 发 [mie⁴] 黑 [mɛ⁸] 烟 [in¹] 乌 [tɕi⁷]

回 [hui²] 时 [tsei²] 头 [tao²] 发 [mie⁴] 白 [pɛ⁸] 早 [dzieu²] 霜 [sɔŋ¹]

穿天大王走天下，

拄根棍子七尺长，

去时头发墨样黑，

回来头发白如霜。

行［hɛŋ²］东［toŋ¹］落［lo¹］西［fai¹］有［mai²］几［tsi⁵］远［vin¹］
行［hɛŋ²］南［nan²］落［lo¹］北［pa⁷］有［mai²］几［tsi⁵］宽［ŋiuen¹］
游［ieu²］尽［tsin⁴］天［thin²］底［di³］有［mai²］几［tsi⁵］路［ləu⁴］
回［hui²］时［tsei²］撑［bia⁴］棍［duən⁵］有［mai²］几［tsi⁵］长［tuaŋ²］

从东到西有多远？
从南到北有好宽？
走尽天下多少路？
回来棍子剩多长？

行［hɛŋ²］东［toŋ¹］落［lo¹］西［fai¹］无［məu²］万［man⁴］远［vin¹］
行［hɛŋ²］南［nan²］落［lo¹］北［pa⁷］无［məu²］万［man⁴］宽［ŋiuen¹］
游［ieu²］尽［tsin⁴］天［thin²］底［di³］长［tuaŋ²］远［vin¹］路［ləu⁴］
回［hui²］时［tsei²］撑［ba⁴］棍［duən⁵］五［ŋ¹］寸［tshun⁵］长［tuaŋ²］

从东到西千万里，
从南到北又万千，
走尽天下长远路，
回来拄棍五寸长。

上［tsuaŋ⁴］元［ŋuən²］盘［pien²］古［kəu³］生［tsiaŋ²］
哪［hai⁵］年［nin¹］哪［hai⁵］月［la⁵］哪［hai⁵］日［ŋut⁸］哪［hai⁵］
时［tsiaŋ²］生［tsiaŋ²］

几［tsi⁵］手［puə¹］几［tsi⁵］脚［tɕuə⁷］几［tsi⁵］眼［ŋen¹］几［tsi⁵］耳［nɔm²］几［tsi⁵］眉［muŋ²］毛［mai²］

中［tsoŋ²］元［ŋuən²］盘［pien²］古［kəu³］哪［hai⁵］年［nin¹］哪［hai⁵］月［la⁵］哪［hai⁵］时［tsiaŋ²］生［tsiaŋ²］

几［tsi⁵］手［bu¹］几［tsi⁵］脚［tɕuə⁷］几［tsi⁵］眼［ŋen¹］几［tsi⁵］耳［nɔm²］几［tsi⁵］眉［muŋ²］毛［mai²］

上元盘古降世间，

哪年哪月哪时辰？

几手几脚几眼几耳几眉毛？

中元盘古哪年哪月哪时生？

几手几脚几眼几耳几眉毛？

上［tsuaŋ⁴］元［ŋuən²］盘［pien²］古［kəu³］天［thin²］酉［jeu¹］元［ŋuən²］年［nin²］生［tsiaŋ²］

正［tsiŋ⁵］月［la⁵］十［tsiep⁸］六［luə⁸］午［ŋ̍¹］时［tsiaŋ²］生［tsiaŋ²］

八［pət⁷］手［puə¹］八［pət⁷］脚［tsao⁵］八［pət⁷］眼［ŋen¹］八［pət⁷］耳［nɔm²］八［pət⁷］眉［muŋ²］毛［mai²］

中［tsoŋ²］元［ŋuən²］盘［pien²］古［kəu³］天［thin²］酉［jeu¹］二［ŋei⁴］年［nin²］生［tsiaŋ²］

七［tshiet⁷］月［la⁵］十［tsiep⁸］六［luə⁸］午［ŋ̍¹］时［tsiaŋ²］生［tsiaŋ²］

六［tɕu⁷］手［puo¹］六［tɕu⁷］脚［tsao⁵］六［tɕu⁷］眼［ŋen¹］六［tɕu⁷］耳［nɔm²］六［tɕu⁷］眉［muŋ²］毛［mai²］

下［na⁴］元［ŋuən²］盘［pien²］古［kəu³］天［thin²］酉［jeu¹］三［fam²］

年［nin²］生［tsiaŋ²］

十［tsiep⁸］月［la⁵］十［tsiep⁸］六［luə⁸］午［ŋ̍¹］时［tsiaŋ²］生［tsiaŋ²］

两［ŋei⁴］手［sieu³］两［ŋei⁴］脚［tsao⁵］两［ŋei⁴］眼［ŋen¹］两［ŋei⁴］

耳［nɔm²］两［ŋei⁴］眉［muŋ²］毛［mai²］

上元盘古天酉^①元年生，

正月十六中午是时辰，

八手八脚八眼八耳八眉毛。

中元盘古天酉二年生，

七月十六中午是时辰，

六手六脚六眼六耳六眉毛。

下元盘古天酉三年生，

十月十六中午是时辰，

两手两脚两只耳，

两眼两条大眉毛。

第［tei²］一［iet⁷］等［taŋ²］皷（鼓）［kəu³］有［mai²］几［tsi⁵］丈［tsuŋ¹］

第［tei²］二［ŋei⁴］等［taŋ²］皷（鼓）［kəu³］有［mai²］几［tsi⁵］长［tuaŋ²］

第［tei²］三［fam²］等［taŋ²］皷（鼓）［kəu³］几［tsi⁵］寸［tshun⁵］口［khu³］

何［hai⁵］人［ŋien²］置［tsei⁵］皷（鼓）［kəu³］不［iam⁴］成［tsiaŋ²］双［sɔŋ¹］

头号长鼓有几丈？

二号长鼓有丈长？

---

① 天酉并非实指年号，这是远古的传说。

三号长鼓有寸口？

何人置鼓不成双？

第［tei²］一［iet⁷］等［taŋ²］皱（鼓）［kəu³］一［iet⁷］丈［tsuŋ²］二［ŋei⁴］

第［tei²］二［ŋei⁴］等［taŋ²］皱（鼓）［kəu³］三［fam²］尺［tshi⁷］长［tuaŋ²］

第［tei²］三［fam²］等［taŋ²］皱（鼓）［kəu³］三［fam²］寸［tshun⁵］口［khu³］

风［puəŋ²］王［huŋ²］置［tsei⁵］皱（鼓）［kəu³］不［iam⁴］成［tsiaŋ²］双［sɔŋ¹］

一号长鼓一丈二，

二号长鼓三尺长，

三号长鼓三寸口，

风箱当鼓不成双。

当［toŋ²］初［tsho¹］等［taŋ²］皱（鼓）［kəu³］是［tsei⁴］何［hai⁵］木［muə⁵］

木［muə⁸］在［tsuai⁵］深［siem²］山［sen¹］哪［hai⁵］岭［liŋ¹］藏［ləm⁴］

哪［hai⁵］人［ȵien²］发［fat⁷］兵［pɛŋ¹］去［tɕieu⁵］倒［tu³］木［muə⁵］

哪［hai⁵］人［ȵien²］置［tsei⁵］皱（鼓）［kəu³］两［ŋei⁴］头［tao²］蒙［muəŋ¹］

当初长鼓是何木？

树在深山何处藏？

谁人遣兵去砍树？

谁人挖空两头蒙？

等［taŋ²］皱（鼓）［kəu³］当［toŋ²］初［tsho¹］梓［tsei³］青［tshiŋ¹］木［muə⁵］

木［muə⁸］在［tsuai⁵］西［fai²］眉［mi⁴］岭［liŋ¹］上［tsuaŋ⁴］藏［ləm⁴］

儿［tsei²］孙［fun¹］发［fat⁷］兵［pɛŋ¹］倒［tu³］大［tai⁵］木［muə⁵］
鲁［lu²］班［pan¹］置［tsei⁵］皷（鼓）［kəu³］两［ŋei⁴］头［tao²］蒙［muəŋ¹］

当初长鼓是梓木，

长在西面大岭上，

瑶人儿孙去砍树，

鲁班挖空两头蒙。

哪［hai⁵］人［ŋien²］置［tsei⁵］皮［pei²］蒙［muəŋ¹］两［ŋei⁴］头［tao²］
哪［hai⁵］人［ŋien²］瓜［kɔt⁷］麻［du²］来［tai²］念［siet⁷］滔［thu¹］
哪［hai⁵］人［ŋien²］置［tsei⁵］勾［ŋao¹］勾［ŋao¹］两［ŋei⁴］边［pin¹］
上［tsuaŋ⁴］勾［ŋao¹］下［dzi⁴］勾［ŋao¹］有［mai²］几［tsi⁵］勾［ŋao¹］
缠［dzən⁴］来［tai²］伏［fuə⁷］去［tɕhieu⁵］有［mai²］几［tsi⁵］滔［thu¹］
无［məu²］事［dzɔi⁴］将［tsiaŋ²］来［tai²］哪［hai⁵］里［tshəu⁵］挂［kuai⁵］
有［mai²］事［dzɔi⁴］将［tsiaŋ¹］来［tai²］样［iaŋ⁵］何［hai⁵］神［tsien²］

什么皮子蒙鼓头？

什么剥麻撑细线？

什么制勾勾两边？

长鼓两头钩多少？

麻索围绞有几圈？

无事长鼓挂何处？

有事舞鼓敬何神？

杨［iuŋ²］良［lɔŋ²］置［tsei⁵］皮［pei⁴］两［ŋei⁴］头［tao²］蒙［muəŋ¹］

张［tsuŋ⁵］良［lɔŋ²］置［tsei⁵］勾［ŋao¹］勾［ŋao¹］两［ŋei⁴］边［pin¹］

李［lei¹］良［lɔŋ²］瓜［kɔt⁷］麻［du⁴］来［tai²］念［siet⁷］线［sui⁵］

缠［dzən⁴］来［tai²］伏［fuə⁷］去［tɕhieu⁵］一［iet⁷］线［sui⁵］连［lin²］

等［taŋ²］皷（鼓）［kəu³］原［ŋun²］来［tai²］勾［ŋao¹］十［tsiep⁸］二［ŋei⁴］

无［məu²］事［dzɔi⁴］冬［tɔŋ²］厅［thiŋ¹］内［nɔi⁴］里［lei¹］挂［khuaŋ¹］

有［mai²］事［dzɔi⁴］将［tsiaŋ¹］来［tai²］样［iaŋ⁵］神［tsien²］灵［lin²］

野羊皮子蒙两头，

手指剥麻搓成线，

缠来绕去圈连圈，

好铁打勾勾两边，

蒙制长鼓勾十二，

无事厅堂里面挂，

有事拿来敬神灵。

大［təm²］王［huŋ²］儿［tsei²］孙［fun¹］

身［sin¹］带［to²］大［təm²］皷（鼓）［kəu³］几［tsi⁵］双［suŋ¹］

小［kəu²］皷（鼓）［kəu³］几［tsi⁵］双［suŋ¹］

纲［kaŋ⁴］纪［ki⁵］几［tsi⁵］个［nɔm¹］

几［tsi⁵］人［ŋien²］前［tsiŋ²］来［tai²］

雨［tshɛŋ⁵］伞［fan⁵］几［tsi⁵］把［pɛŋ⁵］

邓［tuən⁵］棍［duən⁵］几［tsi⁵］根［ti²］

芒［mɔŋ²］皮［pei²］草［kan²］鞋［he⁵］几［tsi⁵］双［suŋ¹］

盘王儿孙，

身背长鼓几双?

小鼓几对?

小锣几个?

几人同行?

雨伞几把?

神棍几根?

芒皮草鞋几双?

庙[mi¹]祝[tuə⁷]师[sai¹]

鼓[kəu³]板[pien³]儿[tsei²]孙[fun¹]

五[ŋ̍¹]人[ȵien²]前[tsiŋ²]来[tai²]

大[təm²]鼓[kəu³]两[ŋei⁴]双[suŋ¹]

小[kəu²]鼓[kəu³]两[ŋei⁴]双[suŋ¹]

纲[kaŋ⁴]纪[ki⁵]九[tɕuə³]个[nɔm¹]

雨[tshɛŋ⁵]伞[fan⁵]两[ŋei⁴]把[pɛŋ⁵]

邓[tuən⁵]棍[duən⁵]六[tɕu⁷]根[ti²]

芒[mɔŋ²]皮[pei²]草[kan²]鞋[he⁵]无[məu²]沙[sa¹]数[səu⁵]

神[tsien²]坛[tan²]三[pu¹]转[dzuən⁵]

庙祝师①,

鼓乐师徒,

五人同行,

---

① 庙祝师,即盘王愿中的主持法师。

长鼓两双，

小鼓两对，

小锣九个，

雨伞两把，

道师棍六根，

芒皮草鞋数不尽，

起舞三转。

盘王歌
（1）远古天地人间

盘［piən²］古［kəu³］开［guai²］天［thin¹］置［tsei⁵］立［liep⁸］地［tei⁴］

置［tsei⁵］有［mai²］江［kɔŋ²］河［hɔ²］又［ieu⁴］置［tsei⁵］田［tin²］

开［guai²］基［tɕei¹］化［ua⁵］苋［viŋ²］年［nin²］发［fat⁷］久［tɕuə³］

阴［iem¹］阳［tuaŋ²］撩［liu²］乱［lun⁴］暗［ɔm⁵］分［phun⁵］天［thin¹］

盘古开天又立地，

置有山河与田园，

混沌初开乾坤定，

阴阳交错日月现。

盘［piən²］王［huŋ²］置［tsei⁵］有［mai²］十［tsiep⁸］三［fam¹］子［tsei³］

王［huŋ²］置［tsei⁵］官［tɕiuen²］人［ŋien²］置［tsei⁵］圣［siŋ⁵］贤［ien²］

天［thin¹］底［di³］三［fam²］百［pɛ⁷］六［luə⁸］十［tsiep⁸］姓［fiŋ⁵］

南［nan²］东［toŋ¹］四［fei⁵］落［lo⁸］有［mai²］火［khui³］烟［in¹］

天王置有十三子，

世上有官有圣贤，

天下三百六十姓，

东南西北有人烟。

前［tsiŋ²］时［tsei²］世［sei⁵］间［tɕin¹］无［məu²］日［ŋut⁸］月［la⁵］

阴［iem²］阳［iuaŋ²］乌［əu⁵］暗［ɔm⁵］雾［məu⁴］渐［dzam⁴］深［siem¹］

出［tshun¹］手［sieu³］空［khuŋ²］坐［tsuei¹］凡［pan²］天［thin¹］下［di³］

不［iam⁴］无［məu²］耕［kɛŋ²］种［tsuaŋ⁵］无［məu²］人［ȵien²］苋［viŋ²］

古时天上无日月，

天上地面黑沉沉，

空手住在人世间，

不会耕种无家园。

世［sei⁵］无［məu²］衣［ei¹］着［tsu⁷］多［to²］寒［hɔn²］岁［fui⁵］

人［ȵien²］度［təu⁴］千［tshin¹］岁［fui⁵］不［iam⁴］无［məu²］长［tuaŋ²］

三［fam²］百［pɛ⁷］年［nin²］庚［kɛŋ¹］花［khua¹］嫩［nun⁴］朵［to³］

未［mei⁴］经［kɛŋ²］娶［tshi³］妇［fəu⁵］配［phui⁵］双［sɔŋ²］姻［in¹］

肚［təu⁴］饿［ŋo⁴］口［khu³］吃［khi³］花［khua²］林［liem²］果［ko³］

落［lo⁸］肚［təu⁴］难［nan²］溶［ieu⁸］实［si²］可［kho³］怜［lin²］

人无衣穿受寒冻，

千岁不算寿命长，

三百春秋是年少，

不经嫁娶自联姻，

肚饿口吃花果叶，

落肚难溶真可怜。

（2）洪水淹天

寅［ien²］卯［ma³］二［ŋei⁴］年［nin¹］天［thin²］地［tei⁴］旱［han¹］

四［fei⁵］海［khuai³］龙［luəŋ²］门［muən²］无［məu²］水［sui³］声［siŋ¹］

到［thao⁵］处［tshəu⁵］江［kɔŋ²］河［hɔ²］无［məu²］细［fai⁵］鱼［ŋieu²］

龙［luəŋ²］王［huŋ²］海［khuai³］底［di³］难［nan²］躲［to³］身［sin¹］

寅卯二年①天大旱，

四海龙潭无水声，

江海枯竭鱼绝种，

海底龙王难藏身。

天［thin²］底［di³］焦［tsi²］枯［khəu¹］无［məu²］投［dao²］叩［khao⁵］

黄［iuaŋ²］龙［luəŋ²］写［fi³］本［puəŋ³］上［tsuaŋ²］青［tshiŋ²］天［thin¹］

天［thin¹］上［tsuaŋ⁴］差［tshai¹］有［mai²］五［ŋ¹］雷［lui²］将［tsuŋ⁵］

打［bo⁷］闪［hin³］拖［tho¹］链［lin⁴］行［hɛŋ²］四［fei⁵］边［pin¹］

天下大旱难生存，

龙王告状上青天，

天王差遣五雷将，

---

① 指寅年和卯年。

雷鸣电闪走四边。

天［thin²］雷［lui²］下［dzi⁴］凡［pan²］逢［puəŋ²］老［lu²］郭［ko⁷］

老［lu²］郭［ko⁷］力［tɕha⁷］大［lu¹］都［to¹］有［mai²］神［tsien²］

捉［tso⁷］到［tai²］雷［bu²］王［huŋ²］醃［ip⁷］雷［bu²］神［tsien²］

雷［lui²］王［huŋ²］关［uən⁵］紧［tɕien³］仓［tshɔŋ²］笼［ləŋ²］间［tɕin¹］

　　　　雷神下凡遇发果①，
　　　　发果力大能擒魔，
　　　　捉拿雷神醃雷酢，
　　　　雷王关禁在仓角。

老［lu²］郭［ko⁷］捉［tso⁷］雷［bu¹］仓［tshɔŋ²］笼［ləŋ²］间［tɕin¹］

雷［lui²］王［huŋ²］求［tɕieu⁵］拜［pai⁵］叫［he⁴］声［siŋ²］声［siŋ²］

求［tɕieu²］得［tu⁷］伏［buə⁸］羲［hei¹］二［ŋei⁴］姊［tsei³］妹［mui⁴］

开［guai¹］笼［ləŋ²］放［puŋ⁵］走［piao⁵］上［tsuaŋ⁴］青［tshiŋ²］天［thin¹］

　　　　发果关雷在仓间，
　　　　跪拜求放吐哀声，
　　　　恰遇伏羲兄妹俩，
　　　　开仓放雷上青天。

雷［bu²］王［huŋ²］回［ui²］到［thao²］天［thin²］心［fiŋ¹］内［nɔi⁴］

---

① 发果是民间故事中的孝子，能活捉雷王。

起［tɕhi³］报［bu⁵］凡［pan²］阳［laŋ²］石［man⁴］朝［tsi²］宽［ɕiŋ²］
凡［pan²］人［ŋien²］造［tsu⁴］乱［lun⁴］天［thin²］心［fiŋ¹］国［kuə²］
定［tsi²］把［tso⁷］换［vien⁴］朝［tsi²］水［sui³］淹［iem⁵］天［thin¹］

　　　　雷神回到天堂上，

　　　　禀告遇难在人间，

　　　　凡人要造天府反，

　　　　灭了凡间水淹天。

云［van²］雾［məu⁴］纷［phuən²］纷［phuən¹］暗［ɔm⁵］渐［dzam⁴］天［thin¹］
雷［bu²］王［huŋ²］把［pa³］火［khui³］行［hɛŋ²］四［fei⁵］边［pin¹］
红［aŋ²］水［sui³］教［dzan⁵］落［lo⁵］凡［pan²］阳［iaŋ²］地［tei⁴］
高［ku²］山［sen¹］平［pɛŋ²］漕［tei⁴］水［sui³］满［m̥ien¹］连［lin²］

　　　　云雾纷纷天昏暗，

　　　　雷神挥火到人间，

　　　　红雨倾泼落地上，

　　　　高山平地洪水淹。

井［tsiŋ³］水［sui³］游［ieu²］游［ieu²］淹［iem³］上［tsuaŋ⁴］天［thin¹］
雷［bu²］王［huŋ²］踏［ba¹］雾［məu¹］落［lo⁸］人［ŋien²］间［tɕin¹］
求［tɕieu²］得［tu⁷］伏［buə⁸］义［hei¹］二［ŋei⁴］姊［tsei³］妹［mui⁴］
好［khu³］言［ŋien²］好［khu³］意［ei⁵］答［ta⁸］谢［tsi⁴］恩［en¹］

　　　　茫茫洪水涌上天，

　　　　雷王腾雾下人间，

找到伏羲兄妹俩，
答谢一片救命恩。

雷［bu²］王［huŋ²］来［tai²］到［thao⁵］答［ta⁸］谢［tsi⁴］恩［ŋin¹］
起［tɕhi³］牙［ŋa²］交［tɕi¹］得［tu⁷］二［ŋei⁴］留［lieu²］仙［fiŋ¹］
青［tshiŋ²］山［sen¹］阳［iuŋ²］鸟［piu³］开［guai¹］声［siŋ¹］劝［khiun⁵］
雷［bu²］牙［ŋa²］落［lo⁸］土［tei⁴］秧［iuaŋ¹］苋［viŋ²］边［pin¹］

雷王下地谢深恩，
取下雷牙来奉献，
青山阳鸟开声唱，
快把雷牙种进园。

天［thin¹］乌［əu¹］地［fei⁴］乌［əu¹］大［təm²］雨［buŋ⁴］淋［liem²］
雷［bu²］牙［ŋa²］三［fam²］朝［tsi¹］苗［mi²］叶［it⁵］青［tshiŋ¹］
七［tshiei¹］朝［tsi¹］七［tshiei¹］夜［i⁵］苗［mi²］芽［ŋia²］长［tuaŋ²］
补［phəu¹］苗［mi²］结［kit⁷］瓜［kua¹］地［tei⁴］中［tuaŋ¹］眠［min²］

乌天黑地大雨倾，
种牙三朝苗叶青，
七天七夜苗叶长，
苗藤结瓜地上眠。

青［tshiŋ²］山［sen¹］阳［iuŋ²］鸟［piu³］劝［khiun⁵］不［iam⁴］停［tiŋ²］
洪［əŋ²］水［sui³］淹［iem³］来［tai²］上［tsuan⁴］天［thin¹］庭［tiŋ²］

打［ta³］开［guai¹］葫［ha²］芦［ləu²］内［noi⁴］里［lei̥¹］坐［ŋam³］

葫［ha²］芦［ləu²］随［tsuei²］水［sui³］救［ieu⁵］人［ŋien²］丁［tiŋ¹］

青山阳鸟唱不停，

洪水滔滔淹天庭，

凿开葫瓜里头坐，

水浮葫瓜救人命。

洪［əŋ²］水［sui³］茫［moŋ²］茫［moŋ²］淹［iem²］上［tsuaŋ¹］天［thin¹］

伏［buə⁸］羲［hei¹］姊［tsei³］妹［mui⁴］葫［ha²］芦［ləu²］眠［mien²］

天［thin¹］底［di³］凡［pan³］人［ŋien²］齐［dzɔi²］淹［iem³］死［fei³］

洪［əŋ²］水［sui³］退［thui⁵］干［gai¹］无［məu²］人［ŋien²］烟［in¹］

洪水茫茫涌上天，

伏羲兄妹瓜里眠，

天下凡人全淹死，

洪水退后无人烟。

洪［əŋ²］水［sui³］退［thui³］干［gai¹］转［dzuən⁵］人［ŋien²］觅［viŋ²］

天［thin¹］底［di³］茫［moŋ²］茫［moŋ²］无［məu²］火［khui³］烟［in¹］

伏［buə⁸］羲［hei¹］姊［tsei³］妹［mui⁴］自［kau²］相［faŋ²］配［phui⁵］

传［tsun¹］人［ŋien²］接［dzip⁷］根［kuan¹］添［thim¹］子［tsei³］孙［fun¹］

洪水退落地还原，

茫茫大地无火烟，

伏羲兄妹自相配，

传根接种人繁衍。

松［tsəŋ²］梅［mui²］树［tsəu⁴］底［di³］自［kau²］合［hop³］姻［in¹］

风［puəŋ²］吹［tshui¹］花［khua²］粉［buən³］上［tsuəŋ⁴］娘［ŋuaŋ²］身［sin¹］

花［khua²］胎［thuai¹］在［tsuai⁵］落［lo⁸］娘［ŋuaŋ²］身［sin¹］上［tsuaŋ⁴］

落［lo⁸］胎［thuai¹］出［tshuət¹］世［sei⁴］无［məu²］是［tsei⁴］人［ŋien²］

生［tsiaŋ²］下［dzi⁴］冬［təŋ²］瓜［kua¹］是［tsei⁴］一［iet⁷］个［ko⁵］

切［thit⁷］碎［fui⁵］冬［təŋ²］瓜［kua¹］化［ua⁵］为［uei²］民［min²］

散［ha¹］到［thao⁵］高［ku²］山［sen¹］成［tsiaŋ²］瑶［mien²］姓［fiŋ⁵］

发［fat⁷］下［dzi⁴］洞［təŋ⁴］头［tao²］百［pɛ³］姓［fiŋ⁵］人［ŋien²］

松柏树下结良缘，

风传花粉上妹身。

花胎怀在妹身上，

呱呱坠地不成人；

生下冬瓜一大个，

切碎冬瓜化为人，

撒上高山成瑶族，

撒到平地百姓人①。

发［fat⁷］世［si⁴］前［tsin²］时［tsei²］世［sei⁵］传［tsun¹］言［ŋien²］

人［ŋien²］娘［ŋuaŋ²］鹿［luə⁸］马［ma¹］共［tsuəŋ⁴］山［sen²］觅［viŋ²］

四［fei⁵］百［pɛ⁷］天［thin²］光［giuaŋ¹］为［uei²］一［iet⁷］岁［fui⁵］

---

① 百姓人即除瑶外的其他各民族。

四［fei⁵］十［tsiep⁸］月［la²］日［ȵiet⁷］为［uei²］月［la⁵］圆［viŋ²］

阴［iem¹］阳［iaŋ²］不［iam⁴］对［tɔi⁵］凡［pan²］阳［iaŋ²］路［ləu⁴］

日［ȵiet⁷］月［la²］不［iam⁴］对［tɔi⁵］行［hɛŋ²］天［thin²］星［fiŋ¹］

半［pien⁵］愁［dzao²］半［pien⁵］忆［ei⁵］人［ȵien²］世［sei⁵］上［tsuaŋ⁴］

宽［guen²］游［ieu²］愁［dzao²］忆［ei⁵］尽［tsin⁴］由［ieu²］天［thin¹］

从前古事代代传，

人跟鹿马①住山间，

四百日夜为一岁，

四十昼夜为一月，

阴间不对阴间路，

日月同行不对星，

忧忧愁愁在世上，

欢乐苦闷都由天。

（3）禾王送禾到人间

伏［fuə⁷］农［noŋ²］天［thin²］子［tsei³］升［siŋ¹］王［huŋ²］殿［tin⁴］

雷［bu²］王［huŋ²］送［fuŋ⁵］水［sui³］落［lo⁸］人［ȵien²］间［tɕin¹］

禾［biao²］王［huŋ²］送［fuŋ⁵］禾［biao²］十［tsiep⁸］二［ŋei⁴］姓［fiŋ³］

种［tsuaŋ⁵］到［thao⁵］九［tɕuə³］州［tsicu¹］养［iuŋ¹］人［ȵien²］苋［viŋ²］

伏农天子②坐王殿，

---

① "鹿马"泛指野兽。

② "伏农天子"指伏羲、神农、黄帝。

雷王送水到人间，

禾王送禾十二种，

撒到九州养人身。

斩［tsam³］败［pai⁴］青［tshiŋ²］山［sen¹］开［guai¹］大［tai⁴］田［tiŋ²］

拦［lan²］江［kɔŋ¹］淹［iem⁵］水［sui³］浸［iun⁴］高［ku²］田［tiŋ²］

年［nin¹］年［nin¹］岁［fui²］岁［fui²］有［mai²］耕［kɛŋ²］种［tsuəŋ⁵］

年［nin¹］愁［dzao²］肚［təu⁴］饥［ki¹］年［nin¹］过［tɕi⁵］年［nin¹］

斩山挖地开大田，

拦河堵水润田园，

年年岁岁有耕种，

不愁饥饿度流年。

发［fat⁸］世［si⁴］凡［pan²］人［ȵien²］不［iam⁴］无［məu²］衣［ei¹］

路［ləu⁴］逢［puəŋ²］金［tɕiem²］骨［kut⁷］摘［dzɛ⁷］遮［dzi¹］身［sin¹］

开［guai¹］觅［viŋ²］种［tsuəŋ⁵］苎［du⁴］瓜［kuat⁷］麻［ma²］线［fin⁵］

九［tɕuə³］磨［mo⁴］十［tsiep］东［lin⁴］软［ȵun¹］成［pien⁵］棉［min²］

架［tɕa⁵］起［tɕi¹］高［ku²］机［tɕei¹］织［dat⁷］细［fai⁵］布［di¹］

白［pɛ⁸］霜［sɔŋ¹］白［pɛ⁸］雪［buən⁵］暖［nun¹］缠［dzen⁴］身［sin¹］

远古前人无衣穿，

摘叶遮体暖人身，

开山撬地种苎麻，

九揉十搓变成纱，

架起织机来织布，

寒来有布裹人身。

（4）盘王登殿　瑶人出世

评［pɛŋ²］王［huŋ²］坐［tsuei¹］殿［tin⁴］安［ɔn²］乐［lo⁸］年［nin¹］

一［iet⁷］统［thən³］江［koŋ²］山［kem²］七［tshiet⁷］二［ŋei⁴］苋［viŋ²］

为［vei²］着［tsu⁸］高［ku²］王［huŋ²］争［dzɛŋ¹］天［thin²］地［tei⁴］

扰［iu³］乱［lun⁴］世［sei⁵］间［tɕin¹］几［tsi⁵］多［to¹］年［nin²］

评王坐殿太平年，

七十二国一朝天，

霸主高王争天地，

多年扰乱人世间。

夺［diei⁵］苋［viŋ²］争［dzɛŋ¹］占［dzim⁵］扰［iao³］乱［lun⁴］天［thin¹］

不［iam⁴］无［məu²］人［ŋien²］敢［kam³］斩［tsan²］贼［tsa⁸］奸［tɕien¹］

三［fam²］关［kiuen¹］四［fei⁵］面［min⁴］来［tai²］卡［kha³］守［sieu³］

王［huŋ²］榜［pɔŋ³］红［əŋ²］文［uən²］贴［nit⁷］高［ku²］城［tsiŋ²］

争国夺位扰乱天，

无人能除老贼奸，

四面关卡紧把守，

招贤红榜贴城前。

王［huŋ²］榜［pɔŋ³］红［əŋ²］文［uən²］九［tɕeu³］州［tsieu¹］苋［viŋ²］

召[tsi¹]兵[pɛŋ¹]选[fun⁵]能[hen²]天[thin²]底[di³]全[tsun²]
有[mai²]贤[hen²]斩[tsam³]败[pai⁴]高[ku²]王[huŋ²]将[tsuŋ⁵]
愿[ŋun⁴]尝[suŋ³]金[tɕiem²]珠[tsəu¹]无[məu²]万[man⁴]千[tshin¹]

    招贤榜贴九州城，

    觅将选能天下传，

    谁能斩除高王贼，

    愿尝珠宝万万千。

文[uən²]榜[pɔŋ⁵]传[tsun²]到[thao⁵]九[tɕuə³]州[tsieu¹]觅[viŋ²]
贤[hen²]能[nien²]好[khu³]手[sieu³]立[liep⁸]榜[pɔŋ³]前[tsiŋ²]
叩[khao⁵]头[tao²]叹[than⁵]声[siŋ¹]无[məu²]计[tɕei⁵]奈[nɔi⁴]
空[khuŋ¹]身[sin¹]立[liep⁸]马[ma¹]又[ieu⁴]转[dzuən⁵]觅[viŋ²]

    红榜招贤九州传，

    能人好手立榜前，

    摇头叹气无策计，

    跃马扬鞭空回转。

评[pɛŋ²]王[huŋ²]文[uən²]榜[pɔŋ³]天[thin²]底[di³]全[tsun²]
天[thin¹]王[huŋ²]知[pei¹]得[tu⁷]起[khi³]口[khu³]言[ŋien²]
直[tsa⁸]下[dzi⁴]凡[pan²]阳[iaŋ²]太[thai²]白[pɛ⁸]星[fiŋ¹]
查[jai¹]明[meŋ²]凡[pan²]阳[iaŋ²]乱[lun⁴]世[sei⁵]源[ŋuən²]

    评王招贤传上天，

    天王得知传下言，

差遣太白①来下凡，
　　查明人间乱世源。

太［thai²］白［pɛ⁸］化［ua⁵］犬［khiuŋ³］上［tsuaŋ⁴］龙［luəŋ²］殿［tin⁴］
评［pɛŋ¹］王［huŋ²］殿［tin⁴］内［nɔi⁴］不［iam⁴］离［lei²］身［sin¹］
日［ɲjet⁷］头［tao²］出［tshuət⁷］早［dzieu³］东［təŋ²］门［muən²］上［tsuaŋ⁴］
龙［luəŋ²］犬［khiuŋ³］扯［tshi³］榜［pɔŋ³］到［thao⁵］王［huŋ²］前［tsiŋ²］
　　太白化变为盘护，
　　跟随评王不离身，
　　一轮红日东山起，
　　盘护揭榜到王前。

差［tshai¹］人［ɲien²］守［sieu³］榜［pɔŋ³］不［iam⁴］老［lu²］成［tsiet³］
龙［luəŋ²］犬［khiuŋ³］扯［tshi³］下［dzi⁴］红［əŋ²］榜［pɔŋ³］文［muən²］
差［tshai¹］人［ɲien²］话［ua⁴］犬［khiuŋ³］雷［bu²］公［əŋ¹］胆［tam³］
犯［bam¹］下［dzi⁴］王［huŋ²］法［fat⁷］要［ɔi⁵］杀［set⁷］身［sin¹］
　　差人守榜不老成，
　　盘护扯下红榜文，
　　差人骂护雷公胆，
　　乱扯榜文要杀身。

----

① 太白即太白星。

龙［luəŋ²］犬［khiun³］挑［dam¹］榜［pɔŋ³］进［pi⁸］京［kin²］殿［tin⁴］
一［iet⁷］宗［tsoŋ¹］怪［kuai⁵］事［tsaŋ⁴］四［fei⁵］方［huŋ⁵］传［tsun¹］
众［tsuəŋ⁵］人［ȵien²］姊［tsei³］妹［mui⁴］齐［dzɔi²］齐［dzɔi²］话［ua⁴］
龙［luəŋ²］犬［khiun³］胆［tam³］大［tai⁴］包［pieu¹］过［gɔm⁵］天［thin²］

　　　　盘护拿榜来王殿，
　　　　奇闻奇事天下传，
　　　　老少百姓街巷议，
　　　　盘护胆大包过天。

龙［luəŋ²］犬［khiun³］来［tai²］到［thao⁵］评［pɛŋ³］王［huŋ²］殿［tin⁴］
王［huŋ²］前［tsiŋ²］补［ba¹］地［tei⁴］叫［khiun⁵］声［siŋ²］声［siŋ¹］
口［khu³］含［hɔn²］文［muən²］榜［pɔŋ³］拜［pai⁵］三［fam²］拜［pai⁵］
评［pɛŋ³］王［huŋ²］开［guai²］口［khu³］问［muən⁴］金［tɕiem²］言［ȵien²］

　　　　盘护来到评王殿，
　　　　伏在王前唱声声，
　　　　手拿榜文拜三拜，
　　　　评王开口问根源。

犬［khiun³］子［tsai³］扯［tshi³］榜［pɔŋ³］犬［khiun³］子［tsai³］成［seŋ²］
斩［tsam³］杀［set⁷］高［ku²］王［huŋ²］要［ɔi⁵］前［tsiŋ²］行［hɛŋ²］
去［tɕieu⁵］斩［tsan³］高［ku²］王［huŋ²］头［tao²］代［to²］转［dzuən⁵］
王［huŋ²］来［tai²］报［buə⁵］恩［ən¹］田［tim²］好［khu³］情［tsiŋ²］

　　　　盘护扯榜护担承，

除斩高王在你身，
杀死高贼取头回，
本王厚尝报你恩。

深［siem²］深［siem¹］拜［pai⁵］谢［tsi⁴］好［khu³］恩［ən¹］情［tsiŋ²］
宫［kəŋ¹］里［iei¹］女［ŋieu¹］娥［ŋɔ¹］为［uei²］花［khua²］英［in¹］
广［kiuŋ³］苋［viŋ²］江［kɔŋ²］山［kem²］相［faŋ²］分［puən⁴］送［fuŋ⁵］
金［tɕiem²］珠［tsəu¹］银［ŋɔn²］宝［pu³］奉［fəŋ⁴］手［sieu³］前［tsiŋ²］
重重报答除恶恩，
许你宫女为花英①，
天下江山送一半，
赐给千金和万银。

仙［fiŋ¹］投［dao²］龙［luəŋ²］犬［khiun³］立［liep⁸］起［tɕi¹］身［sin¹］
谢［tsi⁴］王［huŋ²］回［vin¹］头［tao²］出［tshuət⁷］高［ku²］城［tsiŋ²］
踏［ba¹］云［vin²］走［dzai³］雾［məu⁴］外［ŋi⁴］天［thin¹］去［tɕieu⁵］
漂［bieu²］游［ieu²］过［tɕi⁵］海［khuai³］高［ku²］王［huŋ²］城［tsiŋ²］
仙胎盘护起身行，
拜别评王出了城，
腾云驾雾天外去，
过海来到高王城。

---

① 花英是评王的二女。

龙［luəŋ²］犬［khiun³］路［lou⁴］头［tao⁴］不［iam⁴］经［kɛŋ²］停［tiŋ²］
过［tɕi⁵］海［khuai³］来［tai²］到［thao²］高［ku²］王［huŋ²］前［tsin²］
囊［din⁴］中［tuəŋ¹］高［ku²］王［huŋ²］下［dzi⁴］三［fam¹］拜［pai⁵］
伏［fu²］地［tei⁴］摇［viet⁷］尾［tuei³］叫［khiun⁵］三［fam²］声［siŋ¹］

盘护出征不歇停，
来到高王大殿厅，
高王膝下行三拜，
伏地叩头喊三声。

高［ku²］王［huŋ²］一［iet⁷］见［kin⁵］心［fiem²］内［nɔi⁴］惊［kiŋ¹］
是［tsei⁴］得［tu⁷］犬［khiun³］子［tsai³］得［tu⁷］王［huŋ²］前［tsin²］
弓［tɕuə⁷］眉［muei⁴］相［faŋ²］思［fei¹］心［fiem²］中［tuəŋ¹］暗［ɔm⁵］
犬［khiun³］子［tsai³］护［həu⁴］王［huŋ²］定［tiŋ⁴］得［tu⁷］天［thin¹］

高王见护心内惊，
盘护进殿是何因？
锁眉定神暗思忖，
盘护来朝一统天。

犬［khiun³］子［tsai³］护［həu⁴］王［huŋ²］过［tɕi⁵］长［tuaŋ²］年［nin¹］
搭［ta²］台［tɔi²］唱［tshuaŋ⁵］歌［ka¹］奉［tɕeŋ⁵］天［thin²］神［tsien²］
犬［khiun³］子［tsai³］护［həu⁴］王［huŋ²］陪［bien¹］王［huŋ²］游［ieu²］
夜［i⁵］守［sieu³］高［ku²］王［huŋ²］床［tsɔŋ³］面［min⁴］前［tsiŋ²］

盘护进朝喜来临，

搭台唱戏敬天神，

高王闲游护随伴，

三更半夜守床前。

龙［luəŋ²］犬［khiun³］行［hɛŋ²］游［ieu²］外［ŋi⁴］国［kuə⁷］苋［viŋ²］

日［ŋut³］落［lo⁸］数［sa³］来［tai²］四［fei⁵］九［tɕuə³］天［thin¹］

斩［tsan³］杀［set⁷］高［ku²］王［huŋ²］心［fiem²］中［tuəŋ¹］急［tɕiep⁷］

时［tsiaŋ²］辰［hu⁴］不［iam⁴］到［thao⁵］难［nan²］起［khi³］心［fiem¹］

盘护来到高王厅，

日出日落四十九天，

杀贼除霸心如焚，

时机不到难起心。

月［la²］光［giuaŋ¹］出［tshuət⁷］早［dzieu³］行［hɛŋ²］正［tsiŋ⁵］天［thin¹］

看［maŋ⁴］花［khua¹］饮［iem³］酒［ti³］进［pi⁸］花［khua²］苋［viŋ²］

两［ŋei⁴］苋［viŋ²］饮［iem³］酒［ti³］歌［ka²］声［siŋ¹］令［lɛŋ⁵］

高［ku²］王［huŋ²］饮［iem³］酒［ti³］醉［tsui⁴］梅［mui²］梅［mui²］

夜深人静月当天，

唱歌饮酒在花园，

酒令歌声阵阵起，

高王饮酒醉醺醺。

夜［i⁵］深［siem¹］月［la²］光［giuaŋ¹］托［tho⁷］高［ku³］王［huŋ²］

三［them¹］更［kɛŋ¹］四［fei⁵］处［tshəu⁵］杀［set⁷］争［tsiŋ⁴］王［huŋ²］
斩［tsan³］杀［set⁷］高［ku²］王［huŋ²］时［tsiaŋ²］辰［hu⁴］到［thao⁵］
龙［luəŋ²］犬［khiun³］化［ua⁵］身［sin¹］转［dzuən⁵］人［ɲien²］形［hin²］

夜深明月下西岭，
王宫内外静无声，
斩杀高王良机到，
盘护设法进王厅。

龙［luəŋ²］犬［khiun³］急［tɕiep⁷］心［fiem¹］手［sieu³］不［iam⁴］停［tiŋ²］
拖［tho¹］过［tɕi⁵］高［ku²］王［huŋ²］八［pət⁷］宝［pu³］箭［dzin³］
亮［luaŋ⁴］起［tçi¹］刀［ku¹］子［tsei³］杀［set⁷］王［huŋ²］头［tao²］
斩［tsan³］得［tu⁷］高［ku²］王［huŋ²］八［pət⁷］洞［toŋ⁴］金［tɕiŋ¹］

盘护心急手敏捷，
拔出高王八宝剑，
剑光一闪头落地，
高王一体两截分。

日［ɲut⁸］头［tao²］出［tshuət⁷］早［dzieu³］在［tsuai⁵］青［tshiŋ²］岭［liŋ¹］
拖［tho¹］头［tao²］转［dzuən⁵］面［min⁴］行［hɛŋ²］不［iam⁴］停［tiŋ²］
进［pi⁸］厅［thiŋ¹］拜［pai⁵］叩［khao⁵］评［pɛŋ²］王［huŋ²］脚［tɕuə⁷］
评［pɛŋ²］王［huŋ²］起［khi³］眼［ŋen¹］看［maŋ⁴］分［pun³］明［meŋ²］

朝阳未登青山岭，
盘护杀贼回朝廷，

进殿拜在评王下，

评王站起看分明。

评［pɛŋ²］王［huŋ²］前［qaŋ²］头［tsiŋ²］龙［luəŋ²］犬［khiun³］身［sin¹］

高［ku²］王［huŋ¹］头［pet¹］演［iem³］血［hit⁸］流［lieu²］林［lin²］

百［pɛ²］众［tsuəŋ⁵］官［tɕien¹］人［ŋien²］厅［thiŋ²］中［tuəŋ¹］看［maŋ⁴］

当［tɔŋ²］真［tsien¹］贼［tsa²］头［pei³］无［məu³］谎［uaŋ³］言［ŋien²］

评王跟前盘护伏，

献上贼头血淋淋，

文武百官厅中看，

真假贼头辨认清。

王［huŋ²］府［fəu³］殿［tin²］堂［tɔŋ²］话［ua⁴］不［iam⁴］仁［hiŋ²］

评［pɛŋ²］王［huŋ²］欢［giuen²］喜［hei³］笑［fiu⁵］到［tsuai⁵］心［fiem¹］

殿［tin⁴］府［fəu³］内［nɔi⁴］里［lei¹］摆［ben⁴］席［tsi⁸］酒［ti³］

众［tsuəŋ⁵］齐［dzɔi²］官［tɕien²］人［ŋien²］贺［ho⁴］主［tsieu³］声［siŋ¹］

王殿王宫笑声盈，

评王欢喜透了心，

王府厅中摆国宴，

庆贺除恶大事成。

大［tai⁴］厅［thiŋ¹］摆［pai³］酒［ti³］贺［ho⁴］声［siŋ²］声［siŋ¹］

评［pɛŋ²］王［huŋ²］当［tɔŋ¹］官［tɕien¹］化［ua⁴］金［tɕiem²］言［ŋien²］

金［tçiem²］银［ŋɔn²］财［tsɔi²］宝［pu³］当［tɔŋ²］厅［thiŋ¹］赐［tshei⁵］
又［ieu⁴］赐［tshei⁵］龙［luəŋ²］名［meŋ²］盘［pien²］太［thai⁵］宁［lin²］

国宴席中贺功臣，
评王殿上开金言，
金银财宝当厅赠，
赐名盘护盘太宁。

水［sui³］下［dzi⁴］山［sen²］源［ŋuən²］无［məu²］回［ui²］面［min⁴］
话［ua⁴］出［tshuət⁷］口［khu³］头［tao²］难［nan²］收［sieu¹］声［siŋ¹］
江［kɔŋ²］山［kem²］一［iet⁷］分［puən⁴］点［tim³］分［pun¹］到［thao³］
许［həu³］下［dzi⁴］花［khua²］英［in¹］配［pui⁵］太［thai⁵］守［lin²］

流水下山不回源，
话出金口难收言，
江山一分当厅点，
王女花英配太宁。

拜［pai⁵］得［tu⁷］评［pɛŋ²］王［huŋ²］退［thui⁵］下［dzi⁴］厅［thiŋ²］
齐［dzɔi²］众［tsuəŋ⁵］百［pɛ⁷］官［tçien¹］护［həu⁴］身［sin¹］行［hɛŋ¹］
出［tshuət⁷］得［tu⁷］厅［thiŋ²］前［tsiŋ²］日［ŋut⁸］当［tɔŋ²］照［tsi¹］
龙［luəŋ²］犬［khiun³］仙［fiŋ²］身［sin¹］转［dzuən⁵］人［ŋien²］形［hin¹］

拜别评王退下厅，
文武百官送太宁，
红日当空晴万里，

盘护仙身转人形。

太［thai²］宁［lin²］花［khua²］英［in¹］上［tsuaŋ⁴］路［ləu⁴］行［hɛŋ¹］
管［kun³］半［puən⁴］江［kɔŋ²］山［kem²］半［pien²］分［puən⁴］天［thin¹］
来［tai²］到［thao⁵］白［pɛ⁸］云［vin²］三［viaŋ²］百［pet⁷］峒［toŋ⁴］
落［lo⁸］根［kuan¹］起［tɕi¹］头［tao²］立［liep⁸］瑶［iao²］厅［thiŋ¹］

　　　　太宁花英上路行，
　　　　一份江山一份天，
　　　　来到白云王百峒，
　　　　从头开基立瑶厅。

龙［luəŋ²］犬［khiun³］太［thai²］宁［lin²］配［pui⁵］花［khua²］英［in¹］
百［pɛ⁷］官［tɕien¹］文［uən²］武［u³］护［həu⁴］身［sin¹］行［hɛŋ¹］
生［tsiaŋ²］下［dzi⁴］六［luə³］男［nan²］又［iue⁴］六［luə³］女［ŋieu¹］
六［luə³］男［nan²］六［luə³］女［ŋieu¹］不［iam⁴］无［məu²］名［meŋ²］

　　　　花英王女配太宁，
　　　　自云山下建瑶厅，
　　　　生下六男又六女，
　　　　六男六女无姓名。

平［pɛŋ²］王［huŋ²］知［pei¹］得［tu⁷］好［khu³］宽［gieun²］心［fiem¹］
当［tɔŋ²］厅［thiŋ²］取［thi³］出［tshuət⁷］十［tsiep⁸］二［ŋei⁴］姓［fiŋ⁵］
盘［pien²］沈［siem³］包［pei¹］黄［iusŋ²］李［li³］邓［tən⁵］姓［fiŋ⁵］

赵［tsiao⁵］胡［hu²］雷［lui²］唐［tɔŋ²］冯［həŋ²］周［tsieu¹］人［ŋien²］

　　评王得知好欢心，
　　当厅赐给十二姓，
　　盘沈包黄李邓姓，
　　赵胡雷唐冯周人。

十［tsiep⁸］二［ŋei⁴］姊［tsei³］妹［mui⁴］十［tsiep⁸］二［ŋei⁴］姓［fiŋ⁵］
女［ŋieu¹］人［ŋien²］招［tsi¹］婿［lɔŋ²］男［tɕuei³］讨［thu³］亲［tshien¹］
天［thin²］底［di³］江［kɔŋ²］山［kem²］卡［kha³］守［sieu³］好［khu³］
姊［tsei³］妹［mui⁴］分［pun²］居［tɕei¹］落［lo²］四［fei⁵］边［pin¹］

　　十二姊妹十二姓，
　　女人招婿男娶亲，
　　天下江山据守好，
　　兄妹分居守四边。

（5）翁爷① 去九泉

太［thai²］宁［lin²］王［huŋ²］主［tsieu³］九［tɕuə³］八［pet⁷］寿［sieu⁴］
青［tshiŋ²］山［sen¹］四［fei⁵］处［tshəu⁵］打［bɔŋ¹］猎［ɔ³］行［hɛŋ²］
行［hɛŋ²］来［tai²］天［thin²］台［tɔi²］石［tsi²］壁［pi⁷］卷［hɔŋ⁴］
野［i²］羊［iuŋ²］起［khi⁵］跳［thi⁵］过［tɕi⁵］青［tshiŋ²］岭［liŋ¹］

　　太宁王主九八龄，

---

① "翁爷"即祖公爷，亦是对老公公的尊称。

深山大岭打猎行，

来到天台石壁堑，

野羊逃命穿山林。

太［thai²］宁［lin²］王［huŋ²］主［tsieu³］在［tsuai⁵］壁［pi⁷］前［tsiŋ²］

起［khi³］眼［ŋen¹］把［pa³］弓［tɕuəŋ⁷］发［fat⁷］利［lai⁴］箭［dzin⁵］

石［tsi⁸］头［tao²］脚［tɕuə⁷］底［di³］不［iam⁴］立［liep⁸］温［uən³］

石［tsi⁸］崩［buaŋ¹］人［ȵien²］落［lo⁸］树［tsəu⁴］杈［tsha¹］身［sin¹］

王主来到堑壁前，

张弓瞄准射利箭，

脚踏崖前石壁垮，

人落悬崖树杈间。

翁［əŋ¹］爷［ie²］王［huŋ²］主［tsieu³］太［thai²］宁［lin²］贤［hen¹］

错［tsho⁵］落［lo⁸］石［tsi⁸］壁［pi⁷］木［muə⁸］巷［hɔŋ⁴］间［tɕin¹］

九［tɕueu³］八［pet⁷］寿［sieu⁴］源［ŋuən²］木［muə⁸］巷［hɔŋ⁴］断［tun⁵］

王［huŋ²］主［tsieu³］命［mɛŋ⁴］归［kuei¹］落［lo⁸］九［tɕueu³］泉［tɕhien²］

翁爷王主盘太宁，

失足落崖树上悬，

九八高龄崖下断，

王主命终去九泉。

惊［tɕiŋ¹］天［thin¹］动［toŋ⁴］地［tei⁴］出［tshuət⁷］事［si⁴］因［in¹］

通［thoŋ¹］天［thin¹］传［tsun²］报［bu⁵］十［tsiep⁸］二［ŋei⁴］名［miŋ²］

千［tshin¹］子［tsei³］万［man⁴］孙［fun¹］戴［tao²］孝［doŋ⁵］布［tɕha⁵］

天［thin²］底［di²］子［tsei³］孙［fun¹］记［tɕaŋ⁵］翁［əŋ¹］情［tsiŋ²］

噩耗传来天地惊，

传告天下十二姓，

天下子孙披麻孝，

翁爷深恩刻在心。

人［ŋien²］落［lo⁸］黄［iuaŋ²］土［thəu³］立［liep⁸］记［tɕaŋ⁵］心［fim¹］

四［fei⁵］行［hɔŋ²］姊［tsei³］妹［mui⁴］泪［lui⁴］不［iam⁴］停［tiŋ²］

同［təŋ²］众［tsuaŋ⁵］齐［dzɔi²］齐［dzɔi²］重［tsəŋ⁴］恩［ŋən²］主［tsieu³］

画［ua¹］容［ioŋ²］刁［ti¹］面［min⁴］奉［fəŋ⁴］香［iuaŋ²］烟［in¹］

翁爷入土地中眠，

子孙千万泪不干，

天下瑶人同悲切，

画容雕像供香烟。

王［huŋ²］主［tsieu³］义［ŋei⁴］情［tsiŋ²］传［tsun²］万［man⁴］年［nin¹］

儿［tsei³］孙［fun¹］世［sei⁵］代［tɔi⁴］接［dzip⁷］得［tu⁷］全［tsun¹］

三［fam²］年［nin¹］五［ŋ̍¹］岁［fui⁵］田［tim²］谢［tei⁴］主［tsieu³］

花［khua²］童［toŋ²］百［pɛ⁷］对［tɔi⁵］唱［tshuaŋ⁵］歌［ka²］苋［viŋ²］

翁爷深恩世代传，

儿孙代代苦思念，

三年五载酬恩会,

花童百对歌满天。

王[huŋ²]瑶[iu²]子[tsei³]孙[fun¹]万[man⁴]万[man⁴]千[tshin¹]
年[nin¹]年[nin¹]岁[fui⁵]岁[fui⁵]好[khu²]种[tsuəŋ⁵]春[tshun¹]
到[thao⁵]处[tshəu⁵]山[sen¹]头[tao²]立[liep⁸]人[ȵien²]屋[əp⁷]
高[ku²]机[tɕei¹]细[fai⁵]细[fai⁵]花[khua²]衣[ei¹]裙[tɕun²]

瑶男瑶女万万千,

年年岁岁勤耕耘,

处处山头立村寨,

分麻搓线绣花裙。

仔[tɕuei³]头[tao²]带[taŋ²]帕[pa⁵]女[ȵieu⁴]带[tɔi⁴]圈[tɕun²]
架[tɕa⁵]炉[ləu²]打[ta³]花[khua¹]上[tsuan⁴]娘[ȵuaŋ²]身[sin¹]
斑[pan²]滔[thu¹]罗[lo⁵]带[tai⁵]真[tsien¹]是[tsei⁴]好[khu³]
唱[tshuaŋ⁵]歌[ka¹]作[tso⁷]笑[fiu⁵]万[man⁴]代[tɔi⁴]传[tsun¹]

男扎头帕女花巾,

架起风炉打白银,

斑花绣带腰上扎,

欢歌起舞代代传。

（6）受驱逼走

太[thai²]宁[lin²]王[huŋ²]主[tsieu²]命[meŋ⁴]归[kuei¹]阙[lem¹]

瑶［iu²］人［ȵien²］退［thui⁵］下［dʑi⁴］圣［siŋ³］王［huŋ²］前［tsiŋ²］
错［tsho⁵］落［lo⁸］人［ȵien²］间［tɕin¹］吃［khi³］人［ȵien²］国［kuə⁷］
凡［pan²］阳［iaŋ²］缭［liu²］乱［lun⁴］改［tɕai³］换［iuen⁴］天［thin¹］

　　　　　翁爷盘王去九泉，
　　　　　瑶人退下圣王殿，
　　　　　落到世上吃人国①，
　　　　　人间混乱变了天。

世［sei⁵］逢［puəŋ²］缭［liu²］乱［lun⁴］无［məu²］好［khu²］情［tsiŋ²］
人［ȵien²］无［məu³］落［lo⁸］处［tshəu⁵］又［ieu⁴］旱［han⁴］田［thin¹］
王［huŋ²］瑶［iu²］子［tsei²］孙［fun¹］无［məu²］计［tɕei⁵］奈［nɔi⁴］
愁［dzao²］忆［ei⁵］过［tɕi⁵］山［sen¹］又［ieu⁴］过［tɕi⁵］岭［liŋ¹］

　　　　　人生乱世不安宁，
　　　　　无处安身又旱天，
　　　　　瑶家老少没奈何，
　　　　　满肚忧愁山过山。

阴［iem¹］阳［iuaŋ²］反［bien¹］乱［lun⁴］世［sei⁵］无［mən²］安［ɔn¹］
王［huŋ²］瑶［iu²］子［tsei²］孙［fun¹］出［tshuət⁷］世［sei⁵］难［nan²］
不［iam⁴］得［tu⁷］耕［keŋ²］种［tsuəŋ⁵］肚［təu⁴］难［nan²］哄［huaŋ³］
吃［khi¹］尽［tsin⁴］深［siem²］山［sen¹］百［pe⁷］青［tshin²］般［pan¹］

---

① "吃人国"指不平的世间。

天灾人祸降瑶村，

王瑶子孙受苦辛，

无种无收肚难哄，

尝尽深山百样青。

阴［iem¹］阳［iuaŋ²］反［bien¹］乱［lun⁴］得［tu⁷］旱［han⁴］天［thin¹］
三［fam²］年［nin¹］无［məu²］水［sui³］淹［iem⁵］阳［iuaŋ²］春［tshun¹］
王［huŋ²］瑶［iu²］子［tsei²］孙［fun¹］无［məu²］投［dao²］叩［khao⁵］
漂［bieu²］游［ieu²］过［tɕi⁵］海［khuai³］行［hɛŋ²］外［ŋi⁴］天［thin¹］

天灾人祸落瑶村，

三年无雨润阳春，

王瑶子孙无依靠，

漂洋过海天外行。

八［pet⁷］月［la⁵］十［tsiep⁸］五［ŋ¹］苦［khəu³］不［iam⁴］尽［tsin¹］
齐［dzɔi²］齐［dzɔi²］行［hɛŋ²］来［tai²］海［khuai³］上［tsuai⁴］边［pin¹］
十［tsiep⁸］二［ŋei⁴］姓［fiŋ⁵］姊［tsei³］妹［mui⁴］无［məu²］计［tɕei⁵］奈［nɔi⁴］
漂［bieu²］游［ieu²］过［tɕi⁵］海［khuai³］到［thao⁵］东［toŋ²］京［tɕiŋ¹］

八月十五苦不尽，

瑶人来到大海边，

十二姓弟兄无去路，

漂流过海到东京①。

大［tai⁴］海［khuai³］茫［mɔŋ²］茫［mɔŋ²］不［iam⁴］无［məu²］边［pin¹］
愁［dzao²］愁［dzao²］忆［ei⁵］忆［ei⁵］叹［than⁵］声［siŋ²］声［siŋ¹］
船［tsun²］行［hеŋ²］三［fam²］百［pe⁷］六［luə⁸］十［tsiep⁸］日［ȵiet⁷］
齐［dzɔi²］齐［dzɔi²］叩［khao⁵］主［tsieu⁸］护［həu⁴］人［ȵien³］丁［tiŋ¹］

大海茫茫不见边，

人有愁肠无笑颜，

船行三百六十日，

祈求盘王保太平。

船［tsun²］行［hɛŋ²］大［tai⁴］海［khuai³］风［puəŋ¹］不［iam⁴］停［tiŋ²］
大［tai⁴］船［tsun²］旁［buŋ²］偏［bien³］愁［dzao²］乱［lun⁴］心［fiem¹］
齐［dzɔi²］在［tsuai⁵］船［tsun²］中［tuəŋ¹］求［tɕieu²］王［huŋ²］圣［siŋ⁵］
王［huŋ²］主［tsieu³］开［guai¹］口［khu³］风［puəŋ¹］定［tiŋ⁴］停［tiŋ²］

船行大海风不停，

起伏颠簸愁煞人，

齐在船中求盘王，

护我风平浪静行。

不［iam⁴］到［thao⁵］三［fam²］日［ȵiet⁷］船［tsun²］到［thao⁵］岸［ɔn⁵］

---

① "东京"其说不一。

大［tai⁴］船［tsun²］到［thao⁵］岸［ɔn⁵］马［ma¹］行［hɛŋ²］乡［iuaŋ¹］
游［ieu²］落［lo⁸］广［kuaŋ²］东［təŋ¹］潮［tshiao²］州［tsieu¹］府［fəu³］
乐［lo⁸］昌［tshiaŋ¹］立［liep⁸］脚［tɕuə⁷］开［guai¹］田［tiŋ²］塘［tɔŋ²］

漂行三日船靠岸，

舍船登岸再向前，

落脚广东潮州府，

乐昌安住开塘田。

立［liep⁸］起［mai²］连［lin²］州［tsieu¹］福［fu²］江［kɔŋ¹］庙［mi⁴］
又［ieu⁴］立［liep⁸］香［iuaŋ²］竹［tuə⁷］圣［siŋ³］王［huŋ²］堂［tɔŋ²］
立［liep⁸］有［mai²］村［tshun²］堂［tɔŋ²］立［liep⁸］下［dzi⁴］脚［tɕuə⁷］
子［tsei²］孙［fun¹］万［man⁴］代［tɔi⁴］奉［fəŋ⁴］烟［in²］香［iuaŋ²］

立起连州福江庙，

又建黄竹圣王堂，

建村搭棚落下户，

儿孙代代供烟香。

葫芦晓①

景［tɕiŋ³］定［tiŋ⁴］元［vin²］年［nin²］四［fei⁵］月［ŋut³］八［pet⁷］
逢［puəŋ²］春［tsu⁸］圣［siŋ³］王［huŋ²］改［kuai³］换［vien⁴］天［thin¹］
改［kuai³］换［vien⁴］山［sen³］源［ŋuen²］向［huŋ⁵］水［sui²］口［khu³］

---

① "葫芦晓"意拟葫芦知晓。

阴［iem⁵］杀［set⁷］天［thin²］下［di³］万［man⁴］由［ieu²］人［ŋien²］

景定元年①四月八，

时逢圣王改换天，

水漫高山成大海，

淹死凡人万万千。

寅［ien²］卯［ma¹］二［ŋei⁴］年［nin¹］洪［əŋ²］水［sui³］发［fat⁷］

高［ku²］天［thin¹］落［lo⁸］水［sui³］阴［iem⁵］大［tai⁴］州［tsieu¹］

天［thin¹］上［tsuaŋ⁴］雷［bu²］王［huŋ²］邦［boŋ²］响［lui⁴］皷（鼓）［kəu³］

凡［pan²］阳［iuaŋ²］天［thin²］底［di³］水［sui²］平［peŋ¹］良［luaŋ¹］

寅卯两年发洪水，

高天泼水淹大州，

天上雷王擂大鼓，

天底人间水乱流。

寅［ien²］卯［ma¹］二［ŋei⁴］年［nin¹］雷［bu²］发［fat⁷］闪［hin⁵］

伏［fu²］太［thai⁵］二［ŋei⁴］年［nin¹］雷［bu²］发［fat⁷］癫［din¹］

雷［bu²］王［huŋ²］把［pa³］火［khui³］天［thin¹］上［tsuaŋ⁴］过［tɕi⁵］

天［thin¹］穿［pɔt⁸］水［lao⁴］娄［sui³］线［sui⁵］连［lin²］连［lin²］

寅卯两年雷闪火，

伏泰二年雷疯癫，

---

① 景定元年大约是指南宋理宗时期（公元1260年），也可能非实指年代。

雷王放火天上过，

天穿水漏雨绵绵。

天［thin¹］上［tsuaŋ⁴］五［ŋ̊²］雷［bu²］有［mai²］五［ŋ̊¹］个［ko⁵］
地［tei⁴］下［dzi⁴］江［kɔŋ²］河［ho²］四［mɘu²］万［man⁴］名［meŋ²］
天［thin¹］子［tsei³］杀［set⁷］身［sin¹］救［dzieu⁵］爷［i²］母［tsi³］
鲁［lu²］班［pan¹］杀［set²］子［tɕuei³］救［dzieu⁵］爷［i²］娘［ȵuaŋ²］

天上雷王有五个，

地下江河万万千，

天子舍生救父母，

鲁班杀子救爷娘。

寅［ien²］卯［mḁ¹］二［ȵei⁴］年［nin¹］雷［bu¹］发［fat⁷］令［liŋ⁴］
伏［fu²］太［thai⁵］二［ȵei⁴］年［nin¹］雷［bu¹］发［fat⁷］题［tiaŋ¹］
十［tsiep⁸］五［ŋ̊¹］年［nin²］间［ken¹］洪［əŋ²］水［sui³］发［fat⁷］
七［tshiet⁷］十［tsiep⁸］老［lu²］婆［ma⁴］生［tsiaŋ⁴］嫩［nun⁴］人［ȵien²］

寅卯两年雷火闪，

伏泰两年雷打山，

十五年间发洪水，

七十老婆生娃娃。①

---

① 指一切都反常。所谓"寅卯""伏泰"年号亦假拟，非实指。

北［pɛ⁴］边［pin¹］暗［ɔm⁵］

北［pɛ⁴］边［pin¹］暗［ɔm⁵］了［li¹］南［nan²］边［pin¹］乌［əu¹］

东［təŋ¹］西［fai¹］两［ŋei⁴］头［tao²］齐［dzɔi²］乌［əu¹］暗［ɔm⁵］

凡［pan²］阳［iaŋ²］天［thin²］底［di³］墨［mɛ⁸］批［phai¹］图［təu²］

北边暗，

北边暗了南边乌，

东西两头全黑了，

天下乌黑如墨涂。

天［thin¹］暗［ɔm⁵］乌［əu¹］

云［van²］雾［məu²］渐［dzam²］山［sen¹］连［lin²］地［tai⁴］铺［phəu¹］

层［dzaŋ²］层［dzaŋ²］塔［lap⁷］塔［lap⁷］相［faŋ⁵］天［thin²］底［di³］

谁［dzuaŋ³］样［iuŋ⁴］高［ku²］天［thin¹］谁［dzuaŋ³］样［iuŋ⁴］州［tsieu¹］

天暗乌，

大雾漫山满岭铺，

云雾层层压天底，

高山平地难辨出。

天［thin¹］地［tei⁴］动［toŋ¹］

天［thin²］子［tsei³］造［tsu⁴］章［tsuŋ⁵］报［bu⁵］天［thin²］官［kəŋ¹］

师［sai¹］人［ŋien²］烧［siu¹］香［juaŋ²］来［tai²］拜［pai⁵］佛［fuə⁷］

道［təm²］子［tsei³］着［tsu⁷］衫［san¹］跪［kuei⁴］地［tei¹］中［tuəŋ¹］

天地动，

第二章 《盘王大歌》整理 | 131

天子写状报天宫,

师人烧香来拜佛,

道徒着衫跪庙中。

天［thin²］地［tei⁴］动［toŋ¹］

高［ku²］山［sen¹］塔［dap⁷］倒［tu³］落［lo⁸］下［dzi⁴］冲［suəŋ¹］

大［tai⁴］州［tsieu¹］人［ŋien²］屋［puŋ⁷］落［lo⁸］地［tai⁴］倒［tu³］

青［tshiŋ²］山［sen¹］古［kəu³］木［muə⁸］地［tei⁴］底［di³］龙［luəŋ²］

天地动,

高山倒塌填山冲,

地上房屋全倒塌,

古木变成地下龙。

天［thin²］地［tei⁴］动［toŋ¹］

大［tai⁴］州［tsieu¹］人［ŋien²］众［əp⁷］立［liep⁸］不［iam⁴］住［tsəu⁴］

大［tai⁴］州［tsieu¹］磅［buŋ²］偏［bien³］波［siaŋ²］基［tɕei¹］样［iuŋ⁴］

牯［kəu³］牛［ŋuŋ²］鹿［luə⁸］马［ma̠¹］能［na̠ŋ³］葫［ha²］芦［ləu²］

天地动,

地动众人站不住,

大地颠簸如筛米,

牛马滚地像葫芦。

天［thin²］柱［tsau⁴］倒［tu³］

三 [tam²] 百 [pɛ⁷] 人 [ŋien²] 夫 [təu¹] 扶 [fuə⁷] 一 [iet⁷] 条 [ti²]
仙 [fim²] 人 [ŋien²] 抽 [tshao¹] 石 [tsi²] 方 [faŋ¹] 柱 [tsəu⁴] 脚 [tɕuə⁷]
方 [faŋ¹] 来 [tai²] 番 [fan¹] 归 [kuei¹] 立 [liep⁸] 不 [iam⁴] 牢 [liu¹]

　　天柱倒，
　　三百好汉扶一条，
　　仙人搬石塞柱脚，
　　塞来垫去都不牢。

天 [thin²] 柱 [tsau⁴] 倒 [tu³]
三 [tam²] 百 [pɛ⁷] 人 [ŋien²] 夫 [təu¹] 扶 [fuə⁷] 一 [iet⁷] 条 [ti²]
再 [tshuai³] 添 [thim¹] 三 [tam²] 百 [pɛ⁷] 扶 [fuə⁷] 不 [iam⁴] 了 [li¹]
天 [thin²] 柱 [tsəu⁴] 番 [bien³] 倒 [tu³] 万 [man⁴] 由 [ieu²] 条 [ti²]

　　天柱倒，
　　三百好汉扶一条，
　　再添三百扶不住，
　　天柱倒了千万条。

天 [thin²] 柱 [tsəu⁴] 倒 [tu³]
天 [thin²] 柱 [tsəu⁴] 倒 [tu³] 了 [li¹] 万 [man⁴] 由 [ieu²] 条 [ti²]
人 [ŋien²] 屋 [əp⁷] 倒 [tu³] 地 [tai¹] 无 [məu²] 沙 [sa¹] 数 [səu⁵]
人 [ŋien²] 神 [tsien²] 姊 [tsei³] 妹 [mui⁴] 透 [thəu⁵] 心 [fiem¹] 愁 [dzao²]

　　天柱倒，

天柱倒了千万条，

房屋倒塌数不尽，

人和神鬼都心忧。

寅［ien²］卯［ma¹］二［ŋei⁴］年［nin¹］雷［bu¹］落［lo⁸］地［si⁴］

发［fat⁸］果［ko³］温［uen⁵］雷［bu¹］在［tsuai⁵］大［tai⁴］仓［tshɔŋ¹］

七［tshiet⁷］七［tshiet⁷］四［fei⁵］九［tɕeu²］仓［tshɔŋ¹］中［tuaŋ¹］坐［tsuei⁴］

旱［han⁴］得［tu⁴］雷［bu²］公［əŋ¹］口［khu³］颈［tɕaŋ¹］干［gai¹］

寅卯两年雷落地，

发果关雷在大仓，

四十九天仓中坐，

雷无水吃喉枯干。

雷［bu²］颈［tɕaŋ¹］干［gai¹］

又［ieu⁴］求［tɕieu²］童［toŋ²］子［tɕuei³］又［ieu⁴］求［tɕieu²］娘［ŋuaŋ²］

求［tɕieu²］得［tu⁷］伏［fu²］羲［hei¹］两［ŋei⁴］姊［tsei³］妹［mui⁴］

求［tɕieu²］点［tim³］凉［luaŋ²］水［sui³］打［ta³］颈［dzaŋ¹］中［tɕaŋ¹］

雷喉干，

求了童子求姑娘，

求得伏羲两兄妹，

给点凉水润湿喉。

伏［fu²］羲［hei¹］姊［tsei³］妹［mui⁴］打［ta³］商［faŋ²］量［luaŋ²］

禾［biao²］秆［kan²］过［tɕi⁵］水［sui³］湿［iun⁴］口［gat⁷］颈［tɕaŋ¹］

雷［bu²］王［huŋ²］得［tu⁷］水［sui³］一［iet⁷］身［sin¹］壮［tsuŋ¹］

半［pien⁵］个［nɔm¹］时［tsiaŋ²］辰［hu⁴］壮［tsuŋ⁵］烂［hu³］仓［tshɔŋ¹］

　　　　伏羲兄妹打商量，

　　　　禾秆沾水解口干，

　　　　雷公得水一身胀，

　　　　半个时辰破胀仓。

种［tsuəŋ⁵］葫［ha²］芦［lau²］

四［fei³］山［sen¹］岭［liŋ²］头［tao²］暗［ɔm⁵］渐［dzam⁴］雾［məu⁴］

雷［bu²］王［huŋ²］上［tsuaŋ²］天［thin¹］送［fuŋ⁵］个［nɔm¹］齿［tshei³］

阳［iuŋ²］鸟［piu⁵］开［guai¹］声［siŋ¹］地［tei⁴］中［tuaŋ¹］图［teu²］

　　　　种葫芦，

　　　　四面山头漫大雾，

　　　　雷公走时送个齿，

　　　　阳鸟唱歌种下土。

一［iet¹］双［səŋ¹］燕［hin⁵］子［tsai³］白［pɛ⁸］才［dzɔi²］才［dzɔi²］

口［khu²］里［lei¹］含［gɔm²］花［khua¹］放［puŋ⁵］落［lo⁸］来［tai²］

口［khu²］里［lei¹］含［gɔm²］花［khua¹］放［puŋ⁵］落［lo⁸］地［tei⁴］

放［puŋ⁵］下［dzi⁴］篱［lei²］根［kuan¹］土［tei⁴］里［dzi⁴］栽［tsua¹］

　　　　一双燕子白皑皑，

　　　　口含种子落下来，

口含种子落下地，

拿到园中土里栽。

葫［ha²］芦［ləu²］瓜［kua¹］勺［səp²］大［tai⁴］州［tsieu¹］出［tshuət⁷］

大［tai⁴］哥［ko¹］行［hɛŋ²］往［hoŋ³］得［tu⁷］归［kuei²］栽［tsuai¹］

伏［fu²］羲［hei¹］种［tsuəŋ⁵］瓜［kua¹］有［mai²］七［tshiet⁷］夜［i⁵］

未［mei⁴］经［kɛŋ²］三［fam²］夜［i⁵］骨［kut⁷］头［tao²］开［guai¹］

葫芦瓜苗地中去，

哥哥拿回园中栽，

伏羲种瓜只七夜，

不到三夜芽爆开。

葫［ha²］芦［ləu²］瓜［kua²］勺［səp²］大［tai⁴］州［tsieu¹］出［tshuət⁷］

大［tai⁴］哥［ko⁵］行［hɛŋ²］往［hoŋ³］得［tu⁷］归［kuei²］居［tɕei¹］

伏［fu²］羲［hei¹］种［tsuəŋ⁵］瓜［kua¹］有［mai²］七［tshiet⁷］夜［i⁵］

未［mei⁴］经［kɛŋ²］三［fam²］夜［i⁵］便［pin⁴］开［guai¹］眉［muei⁴］

葫芦瓜苗地中出，

大哥拿回家中种，

伏羲种瓜只七夜，

不到三夜叶蓬蓬。

葫［ha²］芦［ləu⁴］瓜［kua²］勺［səp²］大［tai⁴］州［tsieu¹］出［tshuət⁷］

大［tai⁴］哥［ko⁵］行［hɛŋ²］往［hoŋ³］得［tu⁷］归［kuei²］居［tɕei¹］

伏［fu²］羲［hei¹］种［tsuəŋ⁵］瓜［kua¹］有［mai²］七［tshiet⁷］夜［i⁵］
未［mei⁴］经［kɛŋ²］三［fam²］夜［i⁵］手［sieu³］板［ba¹］篱［lei²］

葫芦瓜苗地中出，
大哥带回种下地，
伏羲种瓜只七夜，
不到三夜藤攀篱。

葫［ha²］芦［ləu²］瓜［kua²］勺［səp²］大［tai⁴］州［tsieu¹］出［tshuət⁷］
大［tai⁴］哥［ko⁵］行［hɛŋ²］往［hɔŋ³］得［tu⁷］归［kuei¹］家［tɕa¹］
伏［fu²］羲［hei¹］种［tsuəŋ⁵］瓜［kua¹］有［mai²］七［tshiet⁷］夜［i⁵］
未［mei⁴］经［kɛŋ²］三［fam²］夜［i⁵］便［pin⁴］开［guai¹］花［khua²］

葫芦瓜苗地中出，
大哥带回园中栽，
伏羲种瓜只七夜，
不到三夜就开花。

葫［ha²］芦［ləu²］瓜［kua²］勺［səp²］大［tai⁴］州［tsieu¹］出［tshuət⁷］
大［tai⁴］哥［ko⁵］行［hɛŋ²］往［hɔŋ³］得［tu⁷］归［kuei¹］藏［dzɔŋ¹］
伏［fu²］羲［hei¹］种［tsuəŋ⁵］瓜［kua¹］有［mai²］七［tshiet⁷］夜［i⁵］
未［mei⁴］经［kɛŋ²］三［fam²］夜［i⁵］起［tɕhi³］双［sɔŋ²］双［sɔŋ¹］

葫芦瓜苗地中出，
大哥拿回家里养，
伏羲种瓜只七夜，

三夜葫芦白如霜。

葫［ha²］芦［ləu²］瓜［kua²］勺［səp²］大［tai⁴］州［tsieu¹］出［tshuət⁷］
大［tai⁴］哥［ko⁵］行［hɛŋ²］往［hɔŋ³］得［tu⁷］归［kuei²］花［khua¹］
伏［fu²］羲［hei¹］种［tsuaŋ⁵］瓜［kua¹］有［mai²］七［tshiet⁷］夜［i⁵］
里［lei²］头［tao³］结［kit⁷］子［tsei³］万［man⁴］千［tshin²］发［ha¹］

　　　　葫芦瓜儿园中出，
　　　　大哥拿回家里破，
　　　　伏羲种瓜只七夜，
　　　　瓜内生籽千万个。

葫［ha²］芦［ləu²］瓜［kua²］勺［səp²］大［tai⁴］州［tsieu¹］出［tshuət⁷］
大［tai⁴］哥［ko⁵］行［hɛŋ²］往［hɔŋ³］得［tu⁷］归［kuei²］熟［tsuə⁸］
葫［ha²］芦［ləu²］初［tsho²］生［sɛn¹］金［tɕiem²］鸡［tɕai¹］卵［tɕao⁵］
未［mei⁴］经［kɛŋ²］三［fam²］夜［i⁵］大［lu¹］过［tɕi⁵］屋［əp⁷］

　　　　葫芦瓜儿园中出，
　　　　大哥拿回瓜成熟，
　　　　葫芦小时像鸡蛋，
　　　　不到三夜大过屋。

葫［ha²］芦［ləu²］熟［tsuə⁴］
修［fieu¹］划［ua⁵］葫［ha²］芦［ləu²］外［ŋi⁴］里［lei¹］盆［phuən¹］
寅［ien²］卯［ma¹］二［ŋei⁴］年［nin¹］洪［əŋ²］水［sui³］发［fat⁷］

伏［fu²］羲［hei¹］走［piao⁵］入［pi⁵］里［lei¹］头［tao²］屋［puŋ⁷］

  葫芦熟，

  挖空葫芦像间屋，

  寅卯两年发洪水，

  伏羲躲进葫芦屋。

  葫［ha²］芦［ləu²］熟［tsuə⁴］

修［fieu¹］划［ua⁵］里［lei¹］头［tao²］有［mai²］七［tshiet⁷］古［kəu¹］

寅［ien²］卯［ma¹］二［ŋei⁴］年［nin¹］洪［əŋ²］水［sui³］发［fat⁷］

伏［fu²］羲［hei¹］走［piao⁵］入［pi⁵］里［lei¹］头［tao²］铺［phəu¹］

  葫芦熟，

  挖空里头左七股，

  寅卯两年泛洪水，

  伏羲里面架床铺。

葫［ha²］芦［ləu²］瓜［kua¹］苗［mi²］大［tai⁴］州［tsieu¹］出［tshuət⁷］

青［tshiŋ²］山［sen¹］邻［lin²］里［lei¹］鸟［piu³］喊［ku²］咕［ku¹］

修［fieu¹］划［ua⁵］里［lei¹］头［tao²］有［mai²］七［tshiet⁷］阔［knɔ⁷］

横［veŋ¹］托［tho⁷］真（直）［tsa⁸］托［tho⁷］立［liep⁸］屋（深）［du¹］独［əp⁷］

  葫芦瓜儿园中出，

  青山林中鸟咕咕，

  挖空里头有七尺，

  横量直量像座屋。

葫［ha²］芦［ləu²］瓜［kua¹］勺［səp²］大［tai⁴］州［tsieu¹］出［tshuət⁷］

青［tshiŋ²］山［sen¹］邻［lin²］里［lei¹］乌［piu³］喊［ku²］咕［ku¹］

伏［fu²］義［hei¹］修［fieu¹］划［ua⁵］葫［ha²］芦［ləu²］口［khu³］

葫［ha²］芦［ləu²］锁［to³］门［muən²］内［nɔi⁴］里［lei¹］乌［əu¹］

葫芦瓜儿园中出，

青山林中鸟咕咕，

伏羲装好葫芦门，

关上大门葫内乌。

葫［ha²］芦［ləu²］熟［tsuə⁴］

修［fieu¹］划［ua⁵］里［lei²］头［tao²］有［mai²］七［tshiet⁷］行［hɔŋ²］

寅［ien²］卯［ma¹］二［ŋei⁴］年［nin¹］洪［əŋ²］水［sui³］发［fat⁷］

葫［ha²］芦［ləu²］浮［bieu¹］起［tɕi¹］上［tsuaŋ⁴］天［thin¹］堂［tɔŋ²］

葫芦熟，

挖空葫芦有七厢，

寅卯两年发洪水，

葫芦浮起上天堂。

洪［əŋ²］水［sui³］发［fat⁷］

七［tshet⁷］朝［tsi¹］七［tshet⁷］夜［i⁵］云［yan²］雾［məu⁴］塌［ba¹］

线［buŋ²］雨［sui⁵］条［tai¹］沙［fai¹］溅［tsan⁴］落［lo⁸］地［tei⁴］

比［pei³］能［naŋ³］天［thin²］河［dai²］反［tu²］倒［fan⁸］扒［pa¹］

洪水发，

　　　　　七朝七夜黑云压，

　　　　　雨如千纱牵下地，

　　　　　好比天河倒翻挂。

　　　　洪［əŋ²］水［sui³］发［fat⁷］
七［tshet⁷］朝［tsi¹］七［tshet⁷］夜［i⁵］雨［buŋ⁴］罗［lo²］沙［fai¹］
红［buŋ²］雨［si⁷］条［ti²］条［ti²］河［dai²］上［tsuaŋ³］水［sui³］
黑［buŋ²］雨［tɕi⁷］条［ti²］条［ti²］倒［tu⁵］地［tei⁴］查［jai¹］

　　　　　洪水发，

　　　　　七朝七夜雨如沙，

　　　　　红雨条条河上水，

　　　　　黑雨条条泥石渣。

　　　　洪［əŋ²］水［sui³］浸［iem⁵］
七［tshet⁷］朝［tsi¹］七［tshet⁷］夜［i⁵］浸［iem⁵］天［thin²］堂［toŋ²］
天［thin²］底［di³］茫［mɔŋ²］茫［mɔŋ²］万［man⁴］由［ieu²］海［khuai³］
洪［əŋ²］水［sui³］流［lieu²］来［tai²］浸［iem⁵］凡［pan²］阳［iaŋ²］

　　　　　洪水涨，

　　　　　七朝七夜浸天边，

　　　　　天下汪洋如瀚海，

　　　　　一片滔滔盖人间。

　　　　洪［əŋ²］水［sui³］浸［iem⁵］

葫［ha²］芦［ləu²］浮［bieu²］起［tɕi¹］上［tsuaŋ⁴］天［thin¹］庭（行）［tiŋ²］
踏［tap⁷］上［tsuaŋ⁴］天［thin²］庭［tiŋ²］望［mɔŋ⁴］天［thin²］脚［tɕuə⁷］
望［mɔŋ⁴］见［kin⁵］天［thin²］脚［tɕuə⁷］水［sui¹］浸［iem⁵］平［pɛŋ¹］

洪水涨，
葫芦浮游上天庭，
站在天庭望天脚，
望见天脚水荡平。

洪［əŋ²］水［sui³］浸［iem⁵］
七［tshet⁷］朝［tsi¹］七［tshet⁷］夜［i⁵］浸［iem⁵］天［thin²］堂［tɔŋ²］
天［thin²］底［di³］百［pɛ²］屋［dzaŋ²］都［tu¹］尽［tsin⁴］浸［iem⁵］
葫［ha²］芦［ləu²］浮［bieu²］起［tɕi¹］水［sui³］中［tuəŋ²］央［iaŋ¹］

洪水狂，
七朝七夜浸天堂，
天下百物全淹尽，
葫芦浮在水中央。

洪［əŋ²］水［sui³］浸［iem⁵］
浸［iem⁵］死［fei³］天［thin²］下［di³］万［man⁴］由［ieu²］人［ŋien¹］
重［tsoŋ⁴］留［lieu²］伏［fu⁴］羲［hei¹］两［ŋei⁴］姊［tsei³］妹［mui⁴］
水［sui³］面［min⁴］葫［ha²］芦［ləu²］内［nɔi⁴］里［lei¹］庄［iem¹］

洪水狂，
淹死天下千万人，

只留伏羲兄妹俩，

落入葫芦漂水上。

洪[əŋ²]水[sui³]浸[iem⁵]

七[tshet⁷]朝[tsi¹]七[tshet⁷]夜[i⁵]浸[iem⁵]天[thin²]阶[tɕai¹]

仙[fim²]人[ȵien²]解[tɕai³]衣[i⁵]来[tai²]拭[sei⁵]水[sui³]

仙[fim²]人[ȵien²]拭[sei⁵]水[sui³]水[sui³]不[iam¹]干[gai¹]

洪水快，

七朝七夜上天阶，

仙人解衣来戽水，

戽来戽去水不干。

洪[əŋ²]水[sui³]尽[tsin⁴]

七[tshet⁷]朝[tsi¹]七[tshet⁷]夜[i⁵]浸[iem⁵]天[thin²]阶[tɕai¹]

海[khuai²]底[du⁷]龙[luaŋ²]王[huŋ²]来[tai²]放[puŋ⁵]水[sui¹]

海[khuai²]底[du⁷]龙[luaŋ²]门[nuən²]二[ȵei⁴]扇[sin⁵]开[gua¹]

洪水退，

七天七夜退一阶，

海底龙王来放水，

两扇龙门都打开。

洪[əŋ²]水[sui³]尽[tsin⁴]

七[tshet⁷]朝[tsi¹]七[tshet⁷]夜[i⁵]浸[iem⁵]天[thin²]堂[tɔŋ²]

今［tɕiem²］夜［i⁵］酉［jeu¹］时［tsiaŋ²］来［tai²］放［puŋ⁵］水［sui³］

明［dzaŋ¹］日［ȵiet⁷］卯［ma¹］时［tsiaŋ²］减［tɕam³］得［tu⁷］塘［dzaŋ²］

洪水退，

七朝七夜退下来，

龙王酉时来放水，

卯时洪水消一塘。

洪［əŋ²］水［sui³］尽［tsin⁴］

七［tshet⁷］朝［tsi¹］七［tshet⁷］夜［i⁵］水［sui³］平［pɛŋ²］滩［than¹］

今［tɕiem²］夜［i⁵］子［tsei³］时［tsiaŋ²］减［tɕam³］得［tu⁷］古［kəu³］

明［dzaŋ¹］日［ȵiet⁷］午［ŋ̍¹］时［tsiaŋ²］减［tɕam³］得［tu⁷］双［sɔŋ¹］

洪水退，

七朝七夜水平滩，

半夜子时减一股，

明日午时减一半。

洪［əŋ²］水［sui³］尽［tsin⁴］

辰［tsau²］时［tsiaŋ²］放［puŋ⁵］水［sui³］卯［ma̍¹］时［tsiaŋ²］干［gai¹］

海［khuai³］底［di³］龙［luəŋ²］王［huŋ²］来［tai²］放［puŋ⁵］水［sui³］

洪［əŋ²］水［sui³］流［lieu²］落［lo⁸］心［fim¹］便［pin⁴］宽［giuen¹］

洪水退，

辰时退水卯时干，

海底龙王放洪水，

洪水消退人心宽。

洪[əŋ²]水[sui³]尽[tsin⁴]
龙[luəŋ²]门[muən²]放[puŋ⁵]水[sui³]地[tei⁴]出[tshuət⁷]滩[than¹]
海[khuai³]底[di³]龙[luəŋ²]王[huŋ²]来[tai²]放[puŋ⁵]水[sui³]
明[dzaŋ¹]日[ȵiet⁷]午[ŋ¹]时[tsiaŋ²]到[thao⁵]底[du⁷]干[gai¹]

洪水尽，
之王放水河滩现，
海底龙王开龙门，
明日午时水消完。

洪[əŋ²]水[sui³]尽[tsin⁴]
十[tsiep⁸]二[ȵei⁴]个[nom¹]日[ȵut⁸]头[tao²]平[pɛŋ²]上[tsuaŋ⁴]东[toŋ¹]
十[tsiep⁸]二[ȵei⁴]日[ȵut⁸]头[tao²]平[pɛŋ²]平[pɛŋ²]上[tsuaŋ⁴]
三[fam²]条[ti²]赤[tshi²]脚[tɕuə⁷]四[fei⁵]条[ti²]红[əŋ²]

洪水尽，
十二个太阳都上天，
十二个太阳一齐晒，
阳光炽热赛火焰。

洪[əŋ²]水[sui³]尽[tsin⁴]
十[tsiep⁸]二[ȵei⁴]日[ȵut⁸]头[tao²]平[pɛŋ²]晒[phui¹]焦[tsiu¹]
十[tsiep⁸]二[ȵei⁴]日[ȵut⁸]头[tao²]平[pɛŋ²]平[pɛŋ²]晒[phui¹]

赌［dəu³］你［muei²］有［mai²］贤［hen²］晒［phui¹］到［thao⁵］焦［tsiu¹］
洪水尽，
烈日如火地晒焦，
十二日头挂天顶，
日烈温高受煎烤。

三［fam²］百［pɛ²］里［kun³］钱［tsin²］买［mḁi¹］担［dam⁵］经［tɕuan¹］
又［ieu⁴］添［thim¹］四［fei⁵］百［pɛ²］买［mḁi¹］担［dam⁵］铁［l̥i⁷］
龙［luəŋ²］广［kuaŋ³］磅［pəŋ¹］弓［tɕuəŋ¹］射［fi⁵］日［ȵut⁸］月［la⁸］
龙［luəŋ²］广［kuaŋ³］磅［pəŋ¹］弓［tɕuəŋ¹］射［fi⁵］日［ȵut⁸］头［n̥ɔi¹］
三百缗钱置弓弦，
人拿四百造箭镞，
龙广做箭为什么？
龙广做箭射日头。

洪［əŋ²］水［sui³］尽［tsin⁴］
十［tsiep⁸］二［ȵei⁴］日［ȵut⁸］头［tao²］平［pɛŋ²］上［tsuaŋ²］山［sen¹］
龙［luəŋ²］广［kuaŋ²］搬［pan¹］弓［tɕuəŋ¹］射［ti⁵］十［tsiep⁸］个［nɔm¹］
重［tsoŋ⁴］留［leu²］两［ȵei⁴］个［nɔm¹］照［tsi⁵］凡［pan²］间［tɕin¹］
洪水尽，
十二日头上山巅，
龙广张弓射十个，
只留两个照人间。

洪［əŋ²］水［sui³］尽［tsin⁴］

仙［fim²］人［ȵien²］杵［ba⁴］棍［pia³］去［tɕhieu⁵］巡［ien²］天［thin¹］

仙［fim²］人［ȵien²］巡［ien²］天［thin¹］到［thao⁵］别［pɛ⁸］国［kuo³］

天［thin²］下［di³］全［tsun²］器（无）［məu²］一［iet⁷］个［tao²］人［ȵien²］

洪水尽，
仙人拄棍去巡天，
仙人巡天天下走，
不见天下有人烟。

洪［əŋ²］水［sui³］尽［tsin⁴］

仙［fim²］人［ȵien²］杵［ba⁴］棍［pia³］去［tɕhieu⁵］巡［ien²］天［thin¹］

仙［fim²］人［ȵien²］巡［ien²］天［thin¹］到［thao⁵］天［thin²］脚［tɕuə⁷］

得［tu⁷］见［kin⁵］乌［u²］龟［kuei¹］地［tei⁴］中［tuəŋ¹］眼（眠）［min²］

洪水尽，
仙人拄棍去巡天，
仙人巡天到天脚，
得见乌龟地上眠。

洪［əŋ²］水［sui³］尽［tsin⁴］

天［thin¹］底［di³］容［ieu³］浓［noŋ²］路［ləu⁴］难［nan²］行［hɛŋ²］

仙［fim²］人［ȵien²］听［theŋ⁵］问［muən⁴］乌［u²］龟［kuei¹］事［dzɔi⁴］

乌［u²］龟［kuei¹］开［guai²］口［khu³］世［sei⁵］无［məu²］人［ȵien²］

洪水尽，

大地泥泞路难行，

仙人开言问乌龟，

乌龟答说世无人。

洪［əŋ²］水［sui³］尽［tsin⁴］

乌［u²］龟［kuei¹］慌［suə⁷］哄［vaŋ³］不［iam⁴］真［tsien²］情［tsiŋ²］

天［thin²］底［di³］无［məu²］有［mai²］童［toŋ²］娘［ȵuaŋ²］子［tsei³］

打［ta³］烂［lan⁴］乌［u²］龟［kuei¹］成［tsiaŋ²］两［ȵei⁴］边［pin⁴］

洪水尽，

乌龟说谎未说真。

天下没有男和女？

仙人打龟审真情。

洪［əŋ²］水［sui³］尽［tsin⁴］

仙［fim²］人［ȵien²］杵［ba⁴］棍［pia³］去［tɕhieu⁵］巡［ien²］天［thin¹］

也［ia⁴］有［mai²］乌［u²］龟［kuei¹］偷［nim⁴］说［suə⁷］报［buo³］

应［iem⁸］行［hɛŋ²］三［fam²］步［pəu⁴］正［tsiŋ⁵］逢［puəŋ²］人［ȵien²］

洪水尽，

仙人打龟审真情，

乌龟这番说实话，

上前三步就逢人。

洪［əŋ²］水［sui³］尽［tsin⁴］

仙［fim²］人［ŋien²］杵［ba⁴］棍［pia³］去［tɕhieu⁵］巡［ien²］天［thin¹］
抬［tshao²］头［tao²］起［khi³］眼［ŋen¹］望［mɔŋ⁴］天［thin²］脚［tɕuə⁷］
葫［ha²］芦［ləu²］则［dzɛ⁷］边［pin¹］一［iet⁷］双［sɔŋ¹］人［ŋien²］
　　　　洪水尽，
　　　仙人拄棍又往前，
　　　抬头起眼望天脚，
　　　一男一女葫芦边。

洪［əŋ²］水［sui³］尽［tsin⁴］
天［thin²］底［di³］无［məu²］人［ŋien²］能［naŋ³］方［faŋ²］落［lo⁸］
姊［tsei³］杵［mui⁴］心［fim²］忧［ieu¹］孤［ku²］独［du⁸］世［sei⁵］
谁［deuəŋ³］人［ŋien²］耕［kɛŋ²］种［tsuaŋ⁵］地［tei⁴］滩［than¹］河［ho²］
　　　　洪水尽，
　　　天下无人空寥落，
　　　世上孤单兄妹俩，
　　　谁来耕地畔滩河。

洪［əŋ²］水［sui³］尽［tsin⁴］
荫［iem⁵］杀［set⁷］天［thin²］下［di³］万［man⁴］由［ieu²］人［ŋien²］
葫［ha²］芦［ləu²］留［lieu²］有［mai²］人［ŋien²］间［tɕien¹］种［tsuaŋ³］
伏［fu²］羲［hei¹］相［faŋ²］甲［kap⁷］自［kan²］和［hop⁸］亲［tshien¹］
　　　　洪水尽，
　　　天下万物又重生，

葫芦幸留人类种，

伏羲兄妹好和亲。

伏[fu²]羲[hei¹]相[faŋ²]甲[kap⁷]未[mei⁴]相[faŋ²]和[hop⁸]

姊[tsei³]妹[mui⁴]得[tu⁷]看[maŋ⁴]暗[ɔm⁵]心[fim¹]落[lo⁸]

大[tai⁴]哥[ko³]开[guai²]口[khu³]细[fai⁵]问[muən⁴]妹[mui⁴]

二[ŋei⁴]人[ŋien²]相[faŋ²]甲[kap⁷]自[kan²]相[faŋ²]和[hop⁸]

伏羲和亲还未和，

眼神传话出心窝，

哥先开口来问妹：

我俩是否把亲和？

伏[fu²]羲[hei¹]相[faŋ²]甲[kap⁷]自[kan²]和[hop⁸]亲[tshien¹]

比[pei³]能[naŋ³]糖[kam²]蔗[tsi⁵]甜[tin²]到[thao⁵]心[fim¹]

姊[tsei³]妹[mui⁴]穿[tshun¹]手[buo¹]定[tiŋ⁴]心[fim²]意[ei⁵]

娘[ŋuaŋ²]话[va⁴]几[tsi⁵]事[dzɔi⁴]再[tsuai⁵]相[faŋ²]和[hop⁸]

兄妹连心意相合，

好比蔗糖甜心窝，

兄拉妹手同心意，

妹却开言考哥哥。

伏[fu²]羲[hei¹]相[faŋ²]甲[kap⁷]未[mei⁴]相[faŋ²]和[hop⁸]

百[pɛ⁷]层[dzaŋ²]难[nan²]事[dzɔi⁴]谁[dzuəŋ³]样[iaŋ⁴]作[iso⁴]

隔［gɛ⁷］岸［ŋan⁴］烧［siu²］香［huŋ¹］隔［gɛ⁷］岸［ŋan⁴］拜［pai⁵］

火［khui³］烟［in¹］相［faŋ²］甲［kap⁷］正［tsiŋ⁵］相［faŋ²］和［hop⁸］

伏羲和亲还未和，

妹问一事怎么作？

隔岸烧香隔岸拜，

香烟相和亲才合。

伏［fu²］羲［hei¹］相［faŋ²］甲［kap⁷］未［mei⁴］成［tsiaŋ²］亲［tshien¹］

头［tao²］层［dzaŋ²］苦［khəu³］事［dzɔi⁴］暗［ɔi⁵］郎［lɔŋ²］心［fim¹］

隔［gɛ⁷］岸［ŋan⁴］点［tim³］火［khui³］隔［gɛ⁷］岸［ŋan⁴］拜［pai⁵］

娘［ŋuaŋ²］话［va⁴］烟［in¹］甲［kap⁷］未［mei⁴］经［kɛŋ²］亲［tshien¹］

伏羲和亲还未和，

头件难事哥已作，

隔岸燃香香烟合，

妹说烟和亲不和。

伏［fu²］羲［hei¹］相［faŋ²］甲［kap⁷］未［mei⁴］成［tsiaŋ²］亲［tshien¹］

百［pɛ⁷］层［dzaŋ²］难［nan²］事［dzɔi⁴］暗［ɔi⁵］郎［lɔŋ²］心［fim¹］

隔［gɛ⁷］岸［ŋan⁴］梳［so²］头［tao²］隔［gɛ⁷］岸［ŋan⁴］拜［pai⁵］

头［tao⁵］发［mi⁴］相［faŋ²］绞［tɕiu³］正［tsiŋ⁵］成［tsiaŋ²］亲［tshien¹］

伏羲和亲还未和，

妹又提事急哥哥。

隔岸梳头隔岸拜，

头发相绞把婚和。

伏［fu²］羲［hei¹］相［faŋ²］甲［kap⁷］未［mei⁴］成［tsiaŋ²］亲［tshien¹］
二［ŋei⁴］层［dzaŋ²］难［nan²］事［dzɔi⁴］暗［ɔi⁵］郎［lɔŋ²］心［fim¹］
隔［gɛ⁷］岸［ŋan⁴］梳［so²］头［tao²］发［mi⁴］相［faŋ²］绞［tɕiu³］
娘［ŋuaŋ²］话［va⁴］相［faŋ²］绞［tɕiu³］未［mei⁴］经［kɛŋ²］亲［tshien¹］

伏羲和亲还未和，
二件难事哥已作，
隔河梳头发相绞，
妹说相绞也不和。

伏［fu²］羲［hei¹］相［faŋ²］甲［kap⁷］未［mei⁴］相［faŋ²］合［hop⁸］
隔［gɛ⁷］岸［ŋan⁴］种［tsuəŋ⁵］竹［tuə⁷］隔［gɛ⁷］条［ti²］河［dai²］
隔［gɛ⁷］岸［ŋan⁴］种［tsuəŋ⁵］竹［tuə⁷］隔［gɛ⁷］岸［ŋan⁴］拜［pai⁵］
竹［tuə⁷］尾［muei¹］相［faŋ²］交［tɕiu³］再［tsuai⁵］相［faŋ²］合［hop¹］

伏羲和亲未曾和，
对岸种竹隔道河，
隔河种竹隔河拜，
竹尾相交把亲和。

伏［fu²］羲［hei¹］相［faŋ²］甲［kap⁷］未［mei⁴］相［faŋ²］合［hop⁸］
竹［tuə⁷］尾［muei¹］相［faŋ²］交［tɕiu³］过［tɕi⁵］了［liu¹］河［dai²］
妹［mui⁴］娘［ŋuaŋ²］心［fim²］意［ei⁵］真［tsien¹］多［to²］怪［kuai⁵］

竹［tuə⁷］尾［muei¹］相［faŋ²］结［tɕit⁷］未［mei⁴］经［kɛŋ²］合［hop¹］

　　　　伏羲和亲未曾和，

　　　　竹尾相绞过了河，

　　　　妹妹主意多又怪，

　　　　竹尾相绞亲不和。

伏［fu²］羲［hei¹］相［faŋ²］甲［kap⁷］未［mei⁴］相［faŋ²］合［hop¹］

隔［gɛ⁷］岸［ŋan⁴］岭［liŋ¹］头［tao²］放［puŋ⁵］石［tsi⁵］磨［mo⁴］

石［tsi⁵］磨［mo⁴］落［lo⁸］岸［ŋan⁴］相［faŋ²］合［hop⁸］了［liu¹］

石［tsi⁵］磨［mo⁴］相［faŋ²］合［hop⁸］人［ɲien²］也［ia⁴］合［hop⁸］

　　　　伏羲和亲未曾和，

　　　　隔冲岭上滚石磨，

　　　　石磨滚下相和了，

　　　　石磨相和兄妹合。

伏［fu²］羲［hei¹］相［faŋ²］甲［kap⁷］未［mei⁴］相［faŋ²］合［hop⁸］

齐［dzɔi²］齐［dzɔi²］拜［pai⁵］天［min¹］隔［gɛ⁷］岸［ŋan⁴］作［tso⁴］

放［puŋ⁵］磨［mo⁴］下［dzi⁴］山［sen¹］相［faŋ²］合［hop⁸］几［tɕien³］

用［moŋ⁴］个［nom¹］主［tsei²］意［ei⁵］比［pei⁷］大［tai⁴］哥［ko⁵］

　　　　伏羲和亲未曾和，

　　　　隔岸拜天看滚磨，

　　　　滚磨下山合上了，

　　　　再打主意难哥哥。

伏［fu²］羲［hei¹］相［faŋ²］合［hop³］未［mei⁴］相［faŋ²］合［hop³］
树［tsəu⁴］底［di³］为［vei²］肯［kuan¹］打［bo⁷］团［tun²］磨［mo²］
娘［ŋuaŋ²］前［tsiŋ²］郎［loŋ²］后［hu¹］齐［dzɔi²］相［faŋ¹］赶［tsum⁴］
相［faŋ²］赶［tsum⁴］到［thao⁵］步［pəu⁴］再［tsuai⁵］相［faŋ²］合［hop⁸］

　　　　　伏羲和亲未曾和，
　　　　　围着村下来追捉，
　　　　　妹前哥后来追赶。
　　　　　对面相逢再相合。

伏［fu²］羲［hei¹］相［faŋ²］赶［tsum⁴］未［mei⁴］相［faŋ²］合［hop⁸］
树［tsəu⁴］底［di³］打［bo⁷］团［tun²］颈［teaŋ¹］十［gat⁷］晚［gə⁷］
未［tai²］到［thao⁵］水［sui³］边［pin¹］吃［khi³］口［khu³］水［sui³］
乌［u²］龟［kuei¹］主［tsei²］意［ei⁵］教［buə⁵］大［tai⁴］哥［ko¹］

　　　　　伏羲和亲未曾和，
　　　　　树下追赶口又渴，
　　　　　哥下冲边去喝水，
　　　　　乌龟设计教大哥。

伏［fu²］羲［hei¹］相［faŋ²］甲［kap⁷］未［mei⁴］相［faŋ²］合［hop³］
乌［u²］龟［kuei¹］主［tsei²］意［ei⁵］教［buə⁵］大［tai⁴］哥［ko⁵］
先［fin²］赶［tsum⁴］几［tsi⁵］为［vei²］倒［tao⁵］身［sin¹］转［dzuən⁵］
两［ŋei⁴］人［ŋien²］对［tuai⁵］面［min⁴］自［kan²］相［faŋ²］合［hop⁸］

　　　　　伏羲相和未曾和，

乌龟把话教哥哥，

先追几圈回身转，

两人对面自相合。

为［vei²］婚［vən¹］了［li̥¹］

转［dzuən⁵］身［sin¹］等［taŋ³］娘［ȵuaŋ²］娘［ȵuaŋ²］进［pi⁸］落［lo⁸］

大［tai⁴］哥［ko⁵］看［maŋ⁴］娘［ȵuaŋ²］心［fim²］中［tuəŋ¹］笑［fiu⁵］

娘［ȵuaŋ²］七［tɕhiep⁷］大［tai⁴］哥［ko⁵］两［ȵei⁴］相［faŋ²］合［hop⁸］

成婚了，

转身拦妹妹进怀，

哥看妹来心里笑，

妹瞧哥来笑颜开。

为［vei²］婚［vən¹］了［li̥¹］

七［tshiet⁷］朝［tsi¹］花［khua²］朵［to³］上［tsuan⁴］娘［ȵuaŋ²］身［sin¹］

生［tsiaŋ²］下［dzi⁴］血［hit⁸］盆［pun²］无［məu²］名［men²］姓［fiŋ⁵］

空［khuŋ²］成［tsiaŋ²］花［khua²］朵［to³］不［iam⁴］成［tsiaŋ²］人［ȵien²］

成婚了，

七朝花孕上妹身，

生下血团不成人，

枝上开花果不成。

为［vei²］婚［vən¹］了［li̥¹］

七［tshiet⁷］朝［tsi¹］花［khua²］朵［to³］上［tsuaŋ⁴］娘［ŋuaŋ²］身［sin¹］

生［tsiaŋ²］下［dzi⁴］血［hit⁸］盆［pun²］无［məu²］人［ȵien²］表［piu³］

无［məu²］人［ȵien²］分［pun²］表［piu³］不［iam⁴］成［tsiaŋ²］人［ȵien²］

成婚了，

十月怀胎瓜熟落，

无人分破不成人，

生下血团无人破。

会［hui⁵］分［pun¹］便［pin⁴］会［hui⁵］分［pun¹］

小［fi³］娘［ŋuaŋ²］伶［lin²］俐［lei⁴］把［tso⁷］刀［dzu⁸］分［pun¹］

分［pun¹］成［tsiaŋ²］三［fam²］百［pɛ⁷］六［luə⁸］十［tsiep⁸］姓［fiŋ⁵］

三［fam²］百［pɛ⁷］九［tɕuə³］州［tsieu¹］立［liep⁸］县［giuen⁴］门［muən²］

会分最会分，

小妹用刀血团分，

分成三百六十块，

散去神州各地存。

会［hui⁵］分［pun¹］便［pin⁴］会［hui⁵］分［pun¹］

小［fi³］娘［ŋuaŋ²］伶［lin²］俐［lei⁴］把［tso⁷］刀［dzu⁸］分［pun¹］

分［pun¹］成［tsiaŋ²］三［fam²］百［pɛ⁷］六［luə⁸］十［tsiep⁸］姓［fiŋ⁵］

三［fam²］百［pɛ⁷］九［tɕuə³］州［tsieu¹］立［liep⁸］寨［tsuai⁴］村［tshun⁴］

会分最会分，

小妹伶俐用刀分，

分成三百六十姓，

九州大地立寨村。

会［hui⁵］分［pun¹］便［pin⁴］会［hui⁵］分［pun¹］

小［fi³］娘［ȵuaŋ²］伶［lin²］俐［lei⁴］把［tso⁷］刀［dzu⁸］分［pun¹］

发［fat⁷］上［tsuaŋ⁴］青［tshiŋ²］山［sen¹］成［tsiaŋ²］瑶［iu²］姓［fiŋ⁵］

发［fat⁷］下［dzi⁴］峒［toŋ⁴］头［tao²］百［pɛ⁷］姓［fiŋ⁵］人［ȵien²］

会分最会分，

小妹伶俐用刀分，

送上青山便成瑶，

落在峒头百姓人。

会［hui⁵］分［pun¹］便［pin⁴］会［hui⁵］分［pun¹］

小［fi³］娘［ȵuaŋ²］伶［lin²］俐［lei⁴］把［tso⁷］刀［dzu⁸］分［pun¹］

前［tsiŋ²］世［sei⁵］置［tsei⁵］有［mai²］直［tsa⁸］眼［ŋen¹］人［ȵien²］

今［tɕiem²］世［sei⁵］置［tsei⁵］有［mai²］横［vɛŋ²］眼［ŋen¹］人［ȵien²］

会分最会分，

小妹伶俐用刀分，

先前造的直眼人，

如今人是横眼睛。

会［hui⁵］分［pun¹］便［pin⁴］会［hui⁵］分［pun¹］

小［fi³］娘［ȵuaŋ²］伶［lin²］俐［lei⁴］把［tso⁷］刀［dzu⁸］分［pun¹］

前［tsiŋ²］世［sei⁵］置［tsei⁵］有［mai²］三［fam²］眼［ŋen̥¹］人［ŋien²］

后［hu¹］世［sei⁵］置［tsei⁵］有［mai²］二［ŋei²］眼［ŋen̥¹］身［sin¹］

会分最会分，

小妹伶俐用刀分，

先前造人三只眼，

后来造出两眼人。

会［hui⁵］分［pun¹］便［pin⁴］会［hui⁵］分［pun¹］

小［fi³］娘［ŋuaŋ²］教［buə⁵］郎［ioŋ²］外［ŋi⁴］门［muən²］分［pun¹］

一［iet⁷］百［pɛ⁷］二［ŋei⁴］十［tsiep⁸］是［tsei⁴］百［pɛ⁷］姓［fiŋ⁵］

二［ŋei⁴］百［pɛ⁷］四［fei⁵］十［tsiep⁸］猺（瑶）［iu²］姓［fiŋ⁵］人［ŋien²］

会分最会分，

妹教哥哥门外分，

一百二十为百姓，

二百四十是瑶人。

会［hui⁵］分［pun¹］便［pin⁴］会［hui⁵］分［pun¹］

小［fi³］娘［ŋuaŋ²］伶［lin²］俐［lei⁴］把［tso⁷］刀［dzu⁸］分［pun¹］

寅［ien²］时［tsiaŋ²］岭［lin̥¹］岭［lin̥¹］有［mai²］鸡［tɕai¹］叫［gai⁵］

卯［mḁ¹］时［tsiaŋ²］峒［toŋ⁴］峒［toŋ⁴］有［mai²］火［khui³］烟［in¹］

会分最会分，

小妹伶俐用刀分，

寅时岭上有鸡叫，

卯时峒峒烟火升。

会［hui⁵］分［pun¹］便［pin⁴］会［hui⁵］分［pun¹］
小［fi³］娘［ŋuaŋ²］伶［lin²］俐［lei⁴］把［tso⁷］刀［dzu⁸］分［pun¹］
嫁［sa⁵］落［lo⁸］猺（瑶）［iu²］乡［juaŋ¹］带［to²］平［pɛŋ²］髻［tsoŋ⁴］
嫁［sa⁵］落［lo⁸］峒［toŋ⁴］头［tao²］带［to²］髻［tsoŋ⁴］尖［dzin¹］
会分最会分，
小妹伶俐用刀分，
瑶寨媳妇扎平髻，
峒上媳妇扎髻尖。

会［hui⁵］分［pun¹］便［pin⁴］会［hui⁵］分［pun¹］
小［fi³］娘［ŋuaŋ²］伶［lin²］俐［lei⁴］把［tso⁷］刀［dzu⁸］分［pun¹］
天［thin³］底［di³］凡［pan²］阳［iaŋ²］有［mai²］人［ŋien²］种［tsuəŋ³］
伏［fu²］羲［hei³］姊［tsei³］妹［mui⁴］是［tsei¹］人［ŋien²］根［kɔn¹］
会分最会分，
小妹伶俐用刀分，
天下从此有人种，
伏羲兄妹是人根。

千家峒歌

细［fai⁵］声［siŋ¹］问［muən⁴］
问［muən⁴］仙［diŋ¹］北［pɛ⁴］京［kiŋ¹］管［kun³］几［tsi⁵］州［tsieu¹］

三［fam²］成［dzaŋ²］青［tshiŋ²］云［iun²］管［kun³］几［tsi⁵］县［gien⁴］

顺［suən⁴］天［thin¹］殿［tin⁴］府［fəu³］谁［dzuəŋ³］为［uei²］头［tao²］

细声问，

问妹北京管几州，

三层青云①管几县，

顺天府内谁为头？

不［iam⁴］使［sai³］问［muən⁴］

北［pɛ⁴］京［kiŋ¹］管［kun³］下［dzi⁴］十［tsiep⁸］四［fei⁵］州［tsieu¹］

三［fam²］成［dzaŋ²］青［tshiŋ²］云［iun²］管［kun³］下［dzi⁴］五［ŋ̥¹］

十［tsiep⁸］五［ŋ̥¹］州［tsieu¹］县［gien⁴］

顺［suən⁴］天［thin¹］殿［tin⁴］府［fəu³］王［huŋ²］为［uei²］头［tao²］

不用问，

北京管下十四州，

三层青云管下五十五州县，

顺天府内王为头。

细［fai⁵］声［siŋ¹］问［muən⁴］

千［tshin¹］家［tɕa¹］峒［teŋ⁴］口［khu³］在［tsuai⁵］哪［hai⁵］边［pin¹］

云［iun²］雾［mə⁴］纷［phuən²］纷［phuən¹］起［khi³］眼［ŋen¹］照［tsi⁵］

青［tshiŋ²］山［sen¹］石［tsi⁸］岭［liŋ¹］路［ləu⁴］难［nan²］行［hɛŋ²］

―――――――――

① 三层青云：天下的意思。

细声问，

千家峒口在哪边？

云雾纷纷看不见，

青山有路难辨清。

云［iun²］雾［mə⁴］暗［ɔm⁵］渐［dzam⁴］千［tshin²］家［tɕa¹］口［khu³］
石［tsi⁸］岭［liŋ¹］脚［tɕuə⁷］底［di³］是［tsei⁴］峒［teŋ⁴］头［tao²］
漂［bieu²］游［ieu²］行［hɛŋ²］来［tai²］千［tshin¹］家［tɕa¹］峒［teŋ⁴］
斩［tsam³］败［pai⁴］青［tshin²］山［sen¹］种［tsuəŋ³］落［lo⁸］地［dao²］

云雾纷纷千家峒，

石山背后是峒头，

漂游过山进峒住，

开山下种得丰收。

日［ŋut⁸］头［tao²］出［tshuət⁷］早［dzieu³］照［tsi⁵］塘［dziaŋ²］基［tɕei¹］
寒［ɔn²］鹏［buəŋ²］野［i²］鸭［ap⁷］水［sui³］面［min⁴］遮［dzi¹］
日［ŋut⁸］头［tao²］出［tshuət⁷］早［dzieu³］鹅［ap⁷］落［lo⁸］水［sui³］
齐［dzɔi²］齐［dzɔi²］凉［sɔŋ³］衣［ei¹］拍［bɛ⁷］翅［dat⁷］啼［ti²］

日头出山照塘溪，

寒鹏野鸭水上戏，

迎着红日洗翅羽，

上岸理毛拍翅啼。

日［ŋut⁸］头［tao²］出［tshuət⁷］早［dzieu³］照［tsi⁵］青［tshiŋ²］山［sen¹］
千［tshin¹］家［tɕa¹］峒［teŋ⁴］口［khu³］雾［məu⁴］粉［phuən²］粉［phuən¹］
云［iun²］雾［mə⁴］飞［buei¹］散［dzan⁵］日［ŋut⁸］当［tɔⁿ¹］照［tsi⁵］
牯［kəu³］牛［ŋuŋ²］犁［lai²］田［tiŋ²］早［dzieu³］出［tshuət⁷］门［muən²］

　　　　日头出山照山村，
　　　　千家峒里雾腾腾，
　　　　风吹雾散天晴朗，
　　　　牯牛犁田早出门。

日［ŋiet⁸］头［tao²］出［tshuət⁷］早［dzieu³］白［pɛ⁸］石［tsi⁸］岭［liŋ¹］
半［pien⁵］边［pin¹］当［tsu⁸］日［ŋut⁸］半［pien⁵］边［pin¹］阴［iem¹］
日［ŋut⁸］头［tao²］照［tsi⁵］见［kin⁵］三［fan²］江［kɔŋ¹］口［khu⁵］
半［pien⁵］暗［ɔm⁵］青［tshiŋ²］山［sen¹］半［pien⁵］水［sui³］精［tɕiem¹］

　　　　日上东山白石岭，
　　　　半边当日半边阴，
　　　　红光洒满三江口，
　　　　青山添彩水染金。

日［ŋut⁸］头［tao²］出［tshuət⁷］早［dzieu³］白［pɛ⁸］石［tsi⁸］岭［liŋ¹］
千［tshin¹］家［tɕa¹］峒［teŋ⁴］头［tao²］百［pɛ⁷］样［ŋuŋ⁴］青［tshiŋ¹］
人［ŋien²］屋［əp⁷］担［tam⁵］禾［biao²］屋［əp⁷］背［pui⁵］晒［phui¹］
日［ŋut⁸］落［lo⁸］石［tsi⁸］岭［liŋ¹］禾［biao²］回［ui²］厅［thiŋ¹］

　　　　日上东山白石岭，

峒里庄稼壮又青，

千家担禾门前晒，

日下西山担回厅。

日［ŋut⁸］头［tao²］出［tshuət⁷］早［dzieu³］白［pɛ⁸］石［tsi⁸］岭［liŋ¹］

水［sui³］过［tɕi⁵］龙［luəŋ²］门［muən²］白［pɛ⁸］石［tsi⁸］中［tuəŋ¹］

日［ŋut⁸］头［tao²］过［tɕi⁵］江［koŋ¹］天［thin²］阴［iem¹］暗［ɔm⁵］

江［koŋ²］水［sui³］行［hɛŋ²］流［lieu²］演［iem³］黄［iuaŋ²］龙［luəŋ²］

日上东山白石岭，

水过龙门石谷中，

日落山阴映江水，

弯弯河水似金龙。

日［ŋut⁸］落［lo⁸］白［pɛ⁸］石［tsi⁸］岭［liŋ¹］背［pui⁵］庄［dzɔŋ²］

姊［tsei³］妹［mui⁴］齐［dzɔi²］齐［dzɔi²］过［tɕi⁵］莲［lin²］塘［tɔŋ²］

莲［in²］塘［tɔŋ²］水［sui³］面［min⁴］白［pɛ⁸］净［dzen⁴］朵［to³］

手［tieu³］更［kɛŋ⁴］莲［lin²］子［tsei³］四［fei⁵］行［hɔŋ²］香［daŋ²］

日头落岭山背藏，

收工回家过莲塘，

满塘莲花白又美，

手摇莲花四面香。

日［ŋut⁸］落［lo⁸］江［koŋ¹］

黄［iuaŋ²］蜂［puəŋ¹］过［tɕi⁵］岭［liŋ¹］口［khu⁵］含［hɔn²］糖［tɔŋ²］

黄［iuaŋ²］蜂［puəŋ¹］含［hɔn²］糖［tɔŋ²］归［xuei¹］结［tɕit⁷］窝［tao¹］

姊［tsei³］妹［mui⁴］回［ui²］头［tao²］过［tɕi⁵］篱［lei²］巷［hɔŋ⁴］

　　　　日落江，

　　蜜蜂过岭口含糖，

　　蜜蜂含糖酿窝里，

　　哥妹同归过篱旁。

　　　　日［ŋut⁸］落［lo⁸］流［lieu²］

牯［kəu³］牛［ŋuŋ²］里［li³］累［lui³］下［dzi⁴］江［kɔŋ²］归［kuei¹］

巷［hɔŋ⁴］头［tao²］齐［dzɔi²］齐［dzɔi²］拦［lan²］温［uən⁵］满［puəŋ³］

犁［lai²］破［bai⁵］平［pɛŋ²］田［tiŋ²］休［sieu¹］不［iam⁴］吹［tshui¹］

　　　　日落岭，

　　牛羊里累①下山归，

　　村巷牛栏圈圈满，

　　牯牛犁田不用催。

　　　　日［ŋut⁸］落［lo⁸］流［lieu²］

大［təm²］峒［təŋ⁴］平［pɛŋ²］田［tiŋ²］好［khu³］种［tsuəŋ⁵］禾［biao²］

荒［uaŋ²］过［tɕi⁵］七［tshiet⁷］月［ŋut⁵］十［tsiep⁸］五［ŋ̍¹］节［tsip⁷］

平［pɛŋ²］峒［təŋ⁴］黄［iuaŋ²］禾［biao²］底［du⁷］比［pei³］勾［ŋao¹］

---

① "里累"是成群快跑的意思。

日落岭,

大峒禾苗绿油油,

过了七月目连节①,

金黄谷子勾了头。

细 [fai⁵] 问 [muən⁴] 妹 [mui⁴]
千 [tshin¹] 家 [tɕa¹] 峒 [təŋ⁴] 头 [tao²] 有 [mai²] 几 [tsi⁵] 明 [meŋ²]
四 [fei⁵] 方 [puŋ¹] 八 [pət⁷] 角 [ko⁷] 几 [tsi⁵] 井 [tsiŋ³] 水 [sui³]
谁 [dzuən³] 姓 [fiŋ⁵] 之 [tsei¹] 人 [ŋien²] 开 [guai¹] 大 [təm²] 田 [tiŋ²]

请问妹,

千家峒里问个明,

四面八方几井水,

谁人峒里开大田?

不 [iam⁴] 使 [sai³] 问 [muən⁴]
千 [tshin¹] 家 [tɕa¹] 峒 [təŋ⁴] 头 [tao²] 苗 [mi²] 不 [iam⁴] 知 [pei¹]
四 [fei⁵] 方 [puŋ¹] 八 [pət⁷] 角 [ko⁷] 九 [tɕua³] 井 [tsiŋ³] 水 [sui³]
石 [tsi⁸] 岭 [liŋ¹] 平 [pɛŋ²] 田 [tiŋ²] 唐 [təŋ²] 姓 [fiŋ⁵] 开 [guai¹]

不用问,

千家峒里妹不知,

四面八方九井水,

---

① "目连节"是农历七月十五日。

峒中大田唐姓开。

细［fai⁵］问［muən⁴］妹［mui⁴］

锄［phɔŋ²］头［tao²］出［tshuət⁷］世［sei⁵］问［muən⁴］妹［mui⁴］知［pei²］

当［tɔŋ²］初［tsho¹］锄［phɔŋ²］头［tao²］谁［dzuəŋ³］人［ȵien²］打［ta³］

谁［dzuəŋ³］人［ȵien²］打［ta³］过［tɕi⁵］开［guai¹］平［pɛŋ²］田［tiŋ²］

请问妹，

锄头来历妹讲先，

当初锄头哪人打？

哪人打锄开大田？

不［iam⁴］使［sai³］问［muən⁴］

千［tshin¹］家［tɕa¹］峒［təŋ⁴］头［tao²］苗［mi²］不［iam⁴］知［pei¹］

当［tɔŋ²］初［tsho¹］锄［phɔŋ²］头［tao²］李［lei¹］姓［fiŋ⁵］打［ta³］

唐［tɔŋ²］姓［fiŋ⁵］子［tsei³］孙［fun¹］开［guai¹］田［tiŋ²］基［tɕei¹］

不用问，

千家峒事懂不全，

台初锄头李家打，

唐姓子孙开大田。

细［fai⁵］声［siŋ¹］问［muən⁴］

细［fai⁵］问［muən⁴］王［huŋ²］瑶［iu²］出［tshuət⁷］处［tshəu⁵］乡［siuan¹］

当［tɔŋ²］初［tsho¹］出［tshuət⁷］世［sei⁵］谁［dzuəŋ³］地［tei²］当［tɔŋ²］

漂［bieu²］游［ieu²］过［tɕi⁵］海［khuai³］落［lo⁸］谁［hai⁵］乡［siuaŋ¹］
细声问，
细问瑶人出世乡，
当初住在哪方地？
漂游过海落哪乡？

不［iam⁴］使［sai³］问［muən⁴］
瑶［iu²］人［ȵien²］出［tshuət⁷］处［tshəu⁵］苗［mi²］贱［tsan⁴］知［pei¹］
瑶［iu²］人［ȵien²］出［tshuət⁷］处［tshəu⁵］武［u³］昌［tshiaŋ¹］府［fəu³］
漂［bieu²］游［ieu²］过［tɕi⁵］海［khuai³］到［thao⁵］千［tshin¹］家［tɕa¹］
不用问，
瑶人根底①妹难答，
瑶人出世武昌府②，
漂游过海到千家。

云［iun²］雾［məu⁴］暗［om⁵］渐［dzam⁴］千［tshin¹］家［tɕa¹］口［khu³］
十［tsiep⁸］二［ȵei⁴］姓［fiŋ⁵］瑶［iu²］人［ȵien²］落［lo⁸］洞［təŋ⁴］中［tuaŋ¹］
安［on²］住［tsəu⁴］立［liep⁸］屋［əp⁷］开［guai¹］耕［kɛŋ¹］种［tsuəŋ⁵］
斩［tsam³］破［pai⁵］青［tshin²］山［sen¹］又［ieu⁴］起［tɕi¹］根［kon¹］
千家峒口雾腾腾，

---

① 根底：历史的意思。
② 武昌府：传说即武汉一带。

十二姓瑶人立寨村，

定居起屋开田地，

从头开山种阳春。

冯［puŋ¹］姓［fiŋ⁵］姊［tsei³］妹［mui⁴］入［pi⁸］洞［təŋ⁴］来［tai²］

西［fai²］峒［təŋ⁴］峒［təŋ⁴］口［khu³］开［guai¹］田［tiŋ²］台［tɕi²］

耕［kɛŋ¹］种［tsuaŋ⁵］五［ŋ̥²］谷［ku⁷］禾［biao²］米［m̥ei³］好［khu³］

姊［tsei³］妹［mui⁴］宽［giuen²］游［ieu²］心［fim²］意［ei³］开［guai¹］

冯姓兄弟进峒来，

西峒峒中把田开，

开耕播种阳春好，

老少乐得笑开怀。

黄［iuaŋ²］姓［fiŋ⁵］姊［tsei³］妹［mui⁴］入［pi⁸］峒［təŋ⁴］来［tai²］

半［pien⁵］耕［kɛŋ¹］平［pɛŋ²］田［tiŋ²］半［pien⁵］种［tsuaŋ⁵］岭［l̥iŋ¹］

青［tshiŋ²］山［sen¹］好［khu³］种［tsuaŋ⁵］田［tiŋ²］好［khu³］种［tsuaŋ⁵］

姊［tsei³］妹［mui⁴］宽［giuen²］游［ieu²］年［nin¹］过［tɕi⁵］年［nin¹］

黄姓弟兄进峒来，

半种青山半种田，

山好水好田更好，

老少欢乐过丰年。

邓［taŋ⁴］姓［fiŋ⁵］姊［tsei³］妹［mui⁴］入［pi⁸］峒［təŋ⁴］村［l̥aŋ¹］

一［iet⁷］成［dzaŋ²］耕［kɛŋ¹］种［tsuaŋ⁵］二［ŋei⁴］成［dzaŋ²］粮［luaŋ¹］

大［təm²］峒［təŋ⁴］平［pɛŋ²］田［tiŋ²］真［tsien¹］好［khu³］种［tsuaŋ⁵］

黄［iuaŋ²］粮［luaŋ¹］禾［biao²］米［ŋei³］好［khu³］丰［puaŋ²］登［taŋ¹］

邓姓弟兄住峒间，

一份青山两份田，

大峒宽广田好种。

冬收五谷大丰登。

李［lei²］姓［fiŋ⁵］姊［tsei³］妹［mui⁴］在［tsuai⁵］西［fai¹］峒［təŋ⁴］

二［ŋei⁴］成［dzaŋ²］青［tshiŋ²］山［sen¹］又［ieu⁴］田［tiŋ²］塘［tɔŋ²］

田［tiŋ²］塘［tɔŋ²］草［tshu³］青［tshiŋ²］山［sen¹］出［kem⁷］宝［pu³］

四［fei⁵］季［tɕei⁵］宽［giuen²］游［ieu²］心［fim¹］不［iam⁴］忧［ieu¹］

李姓弟兄住西峒，

重山岭下好田庄，

阳春茂盛山有宝，

不愁吃用心里欢。

胡［hu²］姓［fiŋ⁵］姊［tsei³］妹［mui⁴］四［fei⁵］洞［təŋ⁴］宽［giuen²］

屋［əp⁷］底［di³］田［tiŋ²］塘［tɔŋ²］背［pui⁵］屋［əp⁷］岭［liŋ¹］

宽［giuen²］游［ieu²］过［tɕi⁵］日［ŋiet⁷］无［məu²］愁［dzao²］忆［ei⁵］

歌［ka²］词［tsei²］挂［khuaŋ⁵］口［khu³］不［iam⁴］成［tɕɛŋ²］亭［tiŋ²］

胡姓弟兄田地宽，

门前田塘屋后山，

日子宽甜透心快，

唱歌不怕喉咙干。

周［tsieu¹］姓［fiŋ⁵］姊［tsei³］妹［mui⁴］落［lo⁸］三［fam²］峒［tən⁴］

岭［liŋ¹］园［viŋ²］内［nɔi⁴］里［lei¹］好［khu³］平［pɛŋ²］田［tiŋ²］

年［nin²］成［tɕɛŋ²］好［khu³］尽［tsin⁴］人［ɲien²］丁［tiŋ¹］旺［uaŋ¹］

六［luə⁸］月［ŋut⁷］草［tshu³］过［tɕi⁵］冬［toŋ¹］无［məu²］冷［liŋ¹］

周姓兄弟住三峒，

山窝里面好田园，

人丁兴旺年成好，

夏有足粮冬有棉。

包［pei¹］姓［fiŋ⁵］姊［tsei³］妹［mui⁴］在［tsuai⁵］五［ŋ¹］泻［tən²］

青［tshiŋ²］山［sen¹］脚［tɕuə⁷］底［di³］好［khu³］平［pɛŋ²］田［tiŋ²］

青［tshiŋ²］山［sen¹］宽［giuen²］来［tai²］平［pɛŋ²］田［tiŋ²］广［kiuaŋ³］

阳［iuaŋ²］春［tshun¹］回［ui²］头［tao²］无［məu²］万［man⁴］千［tshin¹］

包性弟兄住五峒，

青山脚下肥沃田，

脊山宽来田园广，

阳春壮实年复年。

唐［toŋ²］姓［fiŋ⁵］姊［tsei³］妹［mui⁴］在［tsuai⁵］六［luə⁵］峒［tən⁴］

平［pɛŋ²］田［tiŋ²］好［khu³］种［tsuəŋ⁵］禾［biao²］好［khu³］收［sieu³］

阳［iuaŋ²］春［tshun¹］回［ui²］头［tao²］无［məu²］沙［sa¹］数［səu³］
宽［giuen²］游［ieu²］过［tɕi⁵］日［ŋiet⁷］无［məu²］心［fim¹］忧［feu¹］

　　　　唐姓弟兄住六峒，
　　　　大峒良田禾绿油，
　　　　禾米归仓千千万，
　　　　日子欢乐无忧愁。

沈［siem³］姓［fiŋ⁵］姊［tsei³］妹［mui⁴］落［lo⁸］七［tshiet⁷］峒［təŋ⁴］
青［tshiŋ²］山［sen¹］平［pɛŋ²］田［tiŋ²］好［khu³］种［tsuəŋ⁵］春［tshun¹］
五［ŋ̩²］谷［ku⁷］黄［iuaŋ²］禾［biao²］无［məu²］沙［sa¹］数［səu³］
一［iet⁷］年［nin¹］耕［kɛŋ²］种［tsuəŋ⁵］吃［khi³］三［fam²］春［tshun²］

　　　　沈娃弟兄住七峒，
　　　　山好种来田好耕。
　　　　五谷杂粮收成好，
　　　　一年耕种吃三春。

盘［pien²］赵［tsei¹］二［ŋei⁴］姓［fiŋ⁵］落［lo⁸］上［tsuaŋ⁴］峒［təŋ⁴］
屋［əp⁷］前［tsiŋ²］田［tiŋ²］塘［məu²］无［meu²］万［man⁴］千［tshin¹］
二［ŋei⁴］姓［fiŋ⁵］姊［tsei³］妹［mui⁴］好［khu³］耕［kɛŋ²］种［tsuəŋ⁵］
宽［giuen²］游［ieu²］齐［dzoi²］共［tɕuəŋ⁴］过［tɕi⁵］长［tuaŋ¹］年［nin¹］

　　　　盘赵二姓住上峒，
　　　　门前大田片片连，
　　　　两姓弟兄勤耕种，

一年四季总是春。

京［tɕiŋ²］差［tshai¹］入［pi⁸］洞［təŋ⁴］问［muən⁴］粮［luaŋ²］行［hɛŋ²］

蒋［tsuŋ³］大［tai⁴］官［tɕuən²］人［ŋien²］发［fat⁷］大［tam²］兵［pɛŋ¹］

姊［tsei³］妹［mui⁴］众［tsuən⁵］会［hui⁴］商［faŋ²］量［luaŋ²］计［tɕei⁵］

齐［dzɔi²］齐［dzɔi²］退［thui⁵］下［dzi⁴］外［ŋi⁴］当［təŋ⁵］行［hɛŋ²］

京差进峒要官粮，

蒋大官人发大兵，

老少商量应变计，

退出千家①外山行。

日［ŋut⁷］出［tshuət⁷］日［ŋut⁷］行［hɛŋ²］月［ŋut⁸］出［tshuət⁷］行［hɛŋ²］

姊［tsei³］妹［mui⁴］行［hɛŋ²］水［sui³］又［ieu⁴］行［hɛŋ²］岸［ŋan⁵］

行［hɛŋ²］来［tai²］广［kuaŋ²］东［təŋ¹］乐［lo²］昌［tshiaŋ¹］府［fəu³］

朱［tsu¹］基［tɕi¹］巷［hɔŋ¹］中［tuəŋ¹］又［ieu⁴］落［lo⁸］根［uan¹］

日也走来夜也行。

走过千江万重岭，

桑到广东乐昌府，

朱基巷地又落根。

---

① 千家：千家峒。

六庙词 ①

译：南风吹上，北风吹下，吹到龙城、连州、行平、伏灵、伏江、草司、阳州大庙。

龙城高王圣帝，出门带着四位灯郎。

连州唐王圣帝，出门带着四位青衣女人，三个撑伞游师。

行平十二游师，带着琵琶晋教功曹、托书使者。

伏灵五婆圣帝，出门带着琉璃朝板、横笛、直箫、长长木鼓、歌师七郎、歌徒八郎。

五旗兵马，带着军幡一面、凉伞一把，执旗挥刀五郎、杀将六郎。

祖宗家先出门，带有写书细笔、磨墨二郎，随身侍女；大家乘船过海，游州过县，越岭过山，来到妹乡贵地门前，口唱欢歌闹歌堂。

连州歌 ②

郎［lɔŋ²］在［tsuai⁵］湖［hu²］南［nan²］大［tai⁴］路［ləu⁴］上［tsuaŋ⁴］
不［iam⁴］知［pei¹］娘［ŋuaŋ²］屋［əp⁷］在［tsuai⁵］哪［hai⁵］边［pin¹］
不［iam⁴］知［pei¹］娘［ŋuaŋ²］村［tshun¹］做［tsəu⁵］好［khu³］事［tsaŋ⁴］
前［tsiŋ²］堂［tɔŋ²］若［iuə⁸］鼓［kəu³］唱［tshuaŋ⁵］歌［ka²］堂［tɔŋ²］

郎在湖南大路上，

不知妹屋在何方，

---

① "六庙"指龙城、连州、行平、伏灵、伏江、阴州六庙。"庙"是瑶族迁徙漂海遇难后，为还愿祭奠祖宗神而建立的公共场所。据说以龙城庙为最早，连州庙为最大。六庙词简要概述了愿会上各庙陈列的神像和唱颂的神人及供物。

② 连州：即今广东省连县一带。

不知妹村还良愿，

声声鼓响闹歌堂。

门［muən²］前［tsin²］江［kɔŋ²］水［sui³］清［tshiŋ¹］幽［ieu²］幽［ieu²］

主［tsieu³］人［ȵien²］有［mai²］事［tsaŋ⁴］到［thao⁵］连［lin²］州［tsieu¹］

主［tsieu³］人［ȵien²］有［mai²］事［tsaŋ⁴］请［tshiŋ³］神［tsien²］到［thao⁵］

众［tsuəŋ⁵］神［tsien²］来［tai²］到［thao⁵］请［tshiŋ³］入［pi⁸］州［tsieu¹］

门前江水清幽幽，

主人有事到连州①，

主人还愿请神到，

众神驾到请入州。

郎［lɔŋ²］是［tsei¹］连［lin²］州［tsieu¹］郎［lɔŋ²］

今［tɕiem²］夜［i⁵］行［hɛŋ²］来［tai²］手［sieu³］不［iam⁴］空［khuŋ¹］

郎［lɔŋ²］身［sin¹］带［to²］有［mai²］梓［tsei³］木［muə⁸］鼓［kəu³］

行［hɛŋ³］来［tai²］心［fiem²］意［ei⁵］样［iaŋ⁵］堂［tɔŋ²］中［tsəŋ¹］

郎是连州郎，

今夜到来手不空，

随身带来梓木鼓，

一片真心到堂中。

---

① 此系歌娘假托之词，试探来者是否是有来历的歌师、歌郎。唱到此，神庙的歌郎，即答歌进歌场。

门［muən²］前［tsin²］江［kɔŋ²］水［sui³］幽［ieu²］幽［ieu⁴］清［tshiŋ¹］
主［tsieu³］人［ȵien²］有［mai²］事［tsaŋ⁴］请［tshiŋ²］行［hɛŋ²］平［pɛŋ²］
主［tsieu³］人［ȵien²］有［mai²］事［tsaŋ⁴］请［tshiŋ²］客［khɛ⁷］到［thao⁵］
众［tsuəŋ⁵］神［tsien²］来［tai²］到［thao⁵］请［tshiŋ²］进［pi⁸］厅［thiŋ¹］

门前江水幽幽清，
主人还愿请行平，
主人还愿请神到，
众神来到请进厅。

仔［tɕuei³］是［tsei¹］行［hɛŋ²］平［pɛŋ²］仔［tɕuei³］
今［tɕiem²］夜［i⁵］来［tai²］时［tsei²］手［sieu³］不［iam⁴］空［khuŋ¹］
手［sieu³］中［tuəŋ¹］托［tho⁷］有［mai²］圣［siŋ⁵］朝［tsi²］板［pien³］
声［siŋ²］声［siŋ²］朝［tsi²］板［pien³］样［iaŋ⁵］神［tsien²］公［koŋ¹］

郎是行平①郎，
今夜来到手不空，
双手托起朝圣板，
朝板声声拜神公。

门［muən²］对［tɔi⁵］青［tshiŋ²］山［sen¹］木［muə⁸］林［lin²］青［tshiŋ¹］
主［tsieu³］人［ȵien²］有［mai²］事［tsaŋ⁴］请［tshiŋ³］伏［bu²］灵［liŋ²］
主［tsieu³］人［ȵien²］有［mai²］事［tsaŋ⁴］请［tshiŋ³］神［tsien²］到［thao⁵］

---

① 行平：行平庙。

众［tsuəŋ⁵］神［tsien²］伏［bu⁸］灵［liŋ²］请［tshiŋ³］进［pi⁸］厅［thiŋ²］

对门岭上竹木青，

主人还愿请伏灵①，

主人还愿请神到，

伏灵众神请进厅。

仔［tɕuei²］是［tsei⁴］伏［bu²］灵［liŋ²］仔［tɕuei³］
今［tɕuei²］夜［i⁵］到［thao⁵］堂［tɔŋ²］手［sicu³］不［iam⁴］空［khuŋ¹］
手［sicu³］中［tuəŋ¹］托［tho⁷］有［mai²］横［vɛŋ²］吹［tshui¹］竹［tuə⁷］
大［təm²］堂［tɔŋ²］里［nɔi⁴］内［lei¹］样［iaŋ⁴］神［tsien²］公［kɔŋ¹］

郎是伏灵郎，

今夜来到手不空，

双手拿起横吹笛，

堂中吹奏敬神公。②

门［muən²］前［tsin²］江［kɔŋ²］水［sui³］转［dzuən⁵］弯［vien²］弯［vien²］
主［tsieu³］人［ŋien²］有［mai²］事［tshiŋ⁴］请［tsaŋ²］伏［bu²］江［kɔŋ¹］
主［tsieu³］人［ŋien²］有［mai²］事［tshiŋ⁴］请［tsaŋ⁴］神［tsien²］到［thao⁵］
众［tsuəŋ⁵］神［tsien²］来［tai²］到［thao⁵］请［tshiŋ³］进［pi⁸］堂［tɔŋ²］

门前江水道道湾，

---

① 伏灵：伏灵庙。
② 此歌是来自伏灵庙的歌郎吹奏的。

主人还愿请伏江①,

主人请来伏江神,

众神驾临进厅堂。

仔[tɕuei³]是[tsei¹]伏[bu²]江[kɔŋ¹]仔[tɕuei³]

今[tɕuei²]夜[i⁵]到[thao⁵]来[tai²]手[sicu³]不[iam⁴]空[khuŋ¹]

手[sicu³]中[tuəŋ¹]托[tho⁷]来[mai²]沙[sa²]鼓（鼓）[kəu³]仔[tɕuei³]

沙[sa²]鼓[kəu³]横[vɛŋ²]吹[tshui¹]闹[iaŋ⁵]堂[tɔŋ²]中[tuəŋ¹]

郎是伏江郎,

今夜来到手不空,

双手拿起小扁鼓,

鼓声笛声闹堂中。

隔[gɛ⁷]岸[ŋan⁴]青[tshiŋ²]山[sen¹]木[mue⁴]林[liem²]林[liem²]

家[tɕa²]先[fiŋ¹]坐[tɕi²]马[ma¹]来[tai²]前[tiŋ²]廷[tiŋ²]

众[tsuəŋ⁵]齐[dzɔi²]家[tɕa²]先[fiŋ¹]请[tshiŋ³]下[dzi⁴]马[ma¹]

家[tɕa²]先[fiŋ¹]到[thao⁵]位[uei⁴]保[pu³]人[ɲien²]丁[tiŋ¹]

对门岭上密树林,

家先骑马到前庭,

众位家先请下马,

家先驾到保人丁。

---

① 伏江：福江庙，福江和伏江同为一庙。

门 [muən²] 前 [tsin²] 江 [kɔŋ²] 水 [sui³] 倒 [tu⁵] 流 [lieu²] 沙 [sa¹]
主 [tsieu³] 人 [ŋien²] 有 [mai²] 事 [tsaŋ⁴] 请 [tshiŋ³] 神 [tsien²] 来 [tai²]
主 [tsieu³] 人 [ŋien²] 有 [mai²] 事 [tsaŋ⁴] 请 [tshiŋ³] 客 [kɛ⁷] 到 [thao⁵]
圣 [siŋ⁵] 王 [huŋ²] 姊 [tsei³] 妹 [mui⁴] 来 [tai²] 到 [taŋ⁴] 齐 [dzɔi²]

门前江水浪淘沙，

主人还愿请神驾，

主人还愿请神到，

众位神公齐到达。

门 [muən²] 前 [tsin²] 深 [siem²] 山 [sen¹] 路 [lou⁴] 过 [tɕi⁵] 摆 [bai²]
主 [tsieu³] 人 [ŋien²] 有 [mai²] 事 [tsaŋ⁴] 请 [tshiŋ³] 圣 [siŋ⁵] 来 [tai²]
家 [tɕa²] 主 [tsieu³] 有 [mai²] 心 [fiem¹] 还 [tɕa³] 良 [iuaŋ²] 愿 [ŋun⁴]
圣 [siŋ⁵] 王 [huŋ²] 齐 [dzɔi²] 齐 [dzɔi²] 心 [fiem¹] 意 [ei³] 开 [guai¹]

门前山路一条条，

主人还愿请神到，

家主有心还良愿，

众位圣王意兴高。

细 [fai⁵] 声 [siŋ¹] 问 [muən⁴]

细 [fai⁵] 声 [siŋ¹] 讨 [thu³] 问 [muən⁴] 唱 [tshuaŋ⁵] 歌 [ka²] 郎 [lɔŋ²]
主 [tsieu³] 人 [ŋien²] 今 [tɕuei³] 夜 [i⁵] 还 [tɕa³] 良 [luaŋ²] 愿 [ŋun⁴]
娘 [ŋuaŋ²] 是 [tsei¹] 无 [məu²] 歌 [ka¹] 做 [tsəu⁵] 哪 [hai⁵] 行 [hɔŋ²]

轻声问，

轻声请问唱歌郎，

主人今夜还良愿，

小妹无歌做哪行？

莫［i⁵］问［muən⁴］郎［lɔŋ²］

郎［lɔŋ²］小［fiu³］远［vin¹］路［ləu⁴］到［thao⁵］歌［ka²］堂［daŋ²］

深［siem²］山［sen¹］隔［gɛ⁷］岸［ŋan⁴］深［siem²］夜［i⁵］到［thao⁵］

可［khɔ²］怜［lin²］过［tɕi⁵］山［sen¹］远［vin¹］路［ləu⁴］郎［lɔŋ²］

莫问郎，

小郎远道来歌堂，

隔山隔河深夜到，

跋山涉水远路郎。

龙［luən²］凤［fəŋ⁴］娘［ŋuaŋ²］

郎［lɔŋ²］小［fiu³］单［tan²］身［sin¹］路［lau⁴］头［tao²］长［tuaŋ²］

青［tshiŋ²］山［sen¹］路［ləu⁴］弯［vien²］日［ŋut⁸］落［lo⁸］早［dzieu³］

不［iam⁴］是［tsei¹］郎［lɔŋ²］小［fiu³］半［pien³］路［ləu⁴］当［thəŋ²］

好歌娘，

小郎无伴路远长，

山高路弯日落早，

不是有心误时光。

难［nan²］为［vei²］郎［lɔŋ²］

难［nan²］为［vei²］贵［kuei⁵］郎［lɔŋ²］到［thao⁵］贱［tsan⁴］乡［juaŋ¹］

苦［khəu³］着［tsu²］贵［kuei⁵］郎［lɔŋ²］行［hɔŋ²］远［vin¹］路［ləu⁴］

抽［tshao²］手［sieu³］郎［lɔŋ²］前［tsiŋ²］放［puŋ⁵］大［tai²］凉［luaŋ⁴］

辛苦郎，

辛苦行路到妹乡，

辛苦哥郎走远路，

郎前一拜请原谅。

贵［kuei⁵］乡［juaŋ¹］郎［lɔŋ²］

拜［pai⁵］叩［khao⁵］贵［kuei⁵］郎［lɔŋ²］报［bu⁵］贱［tsan⁴］娘［ŋuaŋ¹］

连［lin²］州［tsieu¹］岭［liŋ¹］头［tao²］见［puət⁸］样［iuŋ⁴］怪［kuai⁵］

珍［tsien²］珠［tsieu¹］里［li¹］累［lui¹］路［ləu⁴］良［luaŋ²］良［luaŋ²］

行［hɛŋ²］平［pɛŋ²］岭［liŋ¹］头［tao²］见［puət⁸］样［iuŋ⁴］怪［kuai⁵］

一［iet⁷］路［iəu⁴］行［hɛŋ²］来［tai²］白［pɛ⁸］净［dzeŋ⁴］良［luaŋ²］

伏［buə⁸］灵［liŋ²］岭［liŋ¹］头［tao²］见［puət⁸］样［iuŋ⁴］怪［kuai⁵］

金［tɕiem²］银［ŋɔn²］财［tsuai²］宝［pu³］堆［dui¹］厅［thiŋ²］堂［tɔŋ²］

家［tɕa²］主［tsieu³］声［siŋ²］声［siŋ¹］还［vien²］良［luaŋ²］愿［ŋun⁴］

儿［tsei³］孙［fun¹］后［hu¹］代［tuai⁴］家［tɕa²］门［muən²］旺［uaŋ¹］

贵乡郎，

拜叩歌郎问端详，

连州岭上因何故，

珍珠成堆耀眼亮？

行平岭上因何故,

一路白银闪白光?

伏灵岭上因何故,

金银财宝堆厅堂?

家主好心还良愿,

后代儿孙家门旺。

贵［kuei⁵］乡［juaŋ¹］郎［lɔŋ²］

贵［kuei⁵］乡［juaŋ¹］郎［lɔŋ²］仔［tɕuei³］好［khu³］心［fim²］思［fei¹］

贱［tsan⁴］小［fiu³］开［guai¹］门［muən²］接［tsiep⁷］郎［lɔŋ²］入［pi⁸］

人［ȵien²］话［va⁴］贵［kuei⁵］郎［lɔŋ²］好［khu³］歌［ka²］词［tsei²］

贵乡郎,

贵乡歌郎聪明样,

小妹开门迎郎入,

人说歌郎最会唱。

左［tso²］手［sieu³］接［tsip⁷］过［tɕi⁵］横［vɛŋ²］吹［tshui¹］子［tsai³］

右［bia²］手［puə¹］接［tsip⁷］得［tu⁷］好［khu³］铜［tɔŋ²］铃［liŋ²］

接［tsip⁷］得［tu⁷］连［lin²］州［tsieu¹］好［khu³］客［khɛ⁷］到［thao⁵］

抽［tshao¹］手［sieu³］胸［juən²］前［tsiŋ²］接［tsip⁷］入［pi⁸］厅［thiŋ¹］

左手接过横吹笛,

右手接过响铜铃,

迎接连州贵客到,

襟前一拜接进厅。

左［tso²］手［sieu³］接［tsip⁷］郎［loŋ²］梓［tsei³］木［muə⁸］鼓［kəu³］

右［bia²］手［puə¹］接［tsip⁷］郎［loŋ²］好［khu³］铜［toŋ²］锣［lo²］

连［lin²］州［tsieu¹］贵［kuei⁵］郎［loŋ²］行［hɛŋ²］路［iəu⁴］远［vin¹］

歌［ka²］堂［daŋ²］伶［lin̥³］里［lei¹］请［tshiŋ²］出［tshuət⁷］歌［ka¹］

左手接过梓木鼓，

右手接过响铜锣，

迎来远道连州郎，

请进歌堂来唱歌。

四庙王①——四季鲜花歌

正［tsi²］月［ŋut⁸］桃［tu²］花［khua¹］发［fat⁷］

二［n̥ei⁴］月［ŋut⁸］李［lei²］花［khua¹］开［guai¹］

三［fam²］月［ŋut⁸］斗［tao³］木［muə⁸］花［khua¹］正［tsiŋ⁵］定［tiŋ⁵］

四［fei⁵］月［ŋut⁸］金［tɕiem²］斗［tao³］发［fat⁷］天［thin¹］开［guai¹］

五［ŋ̍¹］月［ŋut⁸］南［nan²］球［tɕieu²］花［khua¹］上［tsuaŋ⁴］发［fat⁷］

六［luə⁸］月［ŋut⁸］芙［fu²］蓉［ioŋ²］花［khua¹］正［tsiŋ⁵］红［əŋ²］

七［tshiet⁷］月［ŋut⁸］莲［lin²］花［khua¹］塘［zaŋ²］下［di³］发［fat⁷］

八［piet⁷］月［ŋut⁸］荷［biao²］花［khua¹］谷［tshu⁷］里［ŋuə¹］生［tsian²］

九［tɕuə³］月［ŋut⁸］葛［ka²］藤［taŋ²］花［khua¹］过［tɕi⁵］路［ləu⁴］

---

① 即连州、行平、伏灵、伏江四庙王，是瑶族的祖宗神。

十［tsiep⁸］月［ŋut⁸］鸡［tɕai²］公［kɔŋ⁵］满［mien¹］树［tsəu⁴］红［əŋ²］
十［tsiep⁸］一［iet⁷］月［ŋut⁸］腊［la²］梅［mui²］谢［tsi⁴］落［lo⁴］花［khua¹］
十［tsiep⁸］二［ŋei⁴］月［ŋut⁸］山［sam²］茶［tsa²］满［mien¹］树［tsəu⁴］红［əŋ²］

　　　　　正月桃花发，
　　　　　二月李花开，
　　　　　三月斗木花现蕾，
　　　　　四月金斗遍地开，
　　　　　五月南球枝头放，①
　　　　　六月芙蓉满树红，
　　　　　七月莲花破水出，
　　　　　八月荷花穗上香，
　　　　　九月葛藤花连串，
　　　　　十月鸡冠花顶红，
　　　　　十一月腊梅花谢落，②
　　　　　十二月山茶展秀荣。

担［dam¹］竹［tuə⁷］过［tɕi⁵］州［tsieu¹］来［tai²］围［vei²］县［guen⁴］
人［ŋien²］人［ŋien²］说［suə⁷］得［tu⁷］县［guen⁴］围［vei²］合［hɔp⁸］
白［pɛ⁸］净［dzeŋ⁴］好［khu³］双［sɔŋ¹］连［lin²］一［iet⁷］个［tao²］
愿［ŋun⁴］在［tsuai⁵］真［tsien²］心［fiem¹］郎［lɔŋ²］要［ɔi⁵］多［to²］

---

① 斗木、金斗、南球均为瑶语音译花名。"斗木花"即梧桐花。
② 岭南瑶族山区气温较高，腊梅花往往不等到腊月到头便已开过。

背竹过州去围愿，

人说愿已早围合，

白净姑娘连一个，

郎爱真心好娇娥。

请［tshiŋ³］圣［siŋ⁵］愿［ŋun⁴］齐［dzɔi²］青［tshiŋ²］山［sen¹］出［tshuət⁷］

白［pɛ⁸］净［dzeŋ⁴］花［khua³］开［guai¹］叶［ip⁸］大［tai⁴］随［tsuei²］

青［tshiŋ²］山［sen¹］万［man⁴］水［sui³］流［lieu²］相［faŋ¹］合［hop⁸］

合［hop⁸］着［tsu⁸］风［puəŋ²］流［lieu²］同［təŋ²］路［ləu⁴］归［kuei¹］

围愿请圣出青山，

百花娇艳绿叶陪，

万道山溪终相汇，

哥妹风流同路归。

裙［tɕun²］头［tao²］定［tiŋ⁵］线［sui⁵］裙［tɕun²］定［tiŋ⁵］线［sui⁵］

定［tiŋ⁵］线［sui⁵］裙［tɕun²］头［tao²］散［dzan⁵］满［mien¹］堂［taŋ²］

天［thin²］光［giuaŋ¹］落［lo⁸］日［ŋut⁸］歌［ka²］堂［daŋ²］散［dzan⁵］

竹［lao²］筒［dəŋ²］顿［tən⁵］出［tshuət⁷］是［tsei⁴］龙［luəŋ²］现［naŋ²］

歌［ka²］堂［daŋ²］若［io⁴］是［tsei⁴］若［io⁴］不［iam⁴］是［tsei⁵］

裙［tɕun²］角［ko⁷］若［io⁴］齐［dzɔi²］若［io⁴］不［iam⁴］齐［dzɔi²］

天［thin²］光［giuaŋ¹］落［lo⁸］日［ŋut⁸］歌［ka²］堂［daŋ²］散［dzan⁵］

裙［tɕun²］角［ko⁷］拖［tho¹］泥［nei²］七［tshiet⁷］寸［tshun⁵］苔（尘）［tuai²］

线挑裙角绣花裙，

花裙飘飘在歌厅,

天光月落歌堂散,

竹筒倒豆难留一。

歌堂要散不散时,

裙角似齐又不齐,①

天光月落歌堂散,

歌娘离去裙带泥。

石［tsɔ²］上［tsuaŋ⁴］石［si²］江［koŋ¹］仰［ŋɔŋ³］

今［tɕiem²］夜［i⁵］世［sei⁵］连［lin²］四［fei⁵］庙［mi⁴］双［sɔŋ¹］

今［tɕiem²］夜［i⁵］世［sei⁵］连［lin²］四［fei⁵］庙［mi⁴］我［ŋo̥¹］

世［sei⁵］连［lin²］四［fei⁵］庙［mi⁴］是［tsei⁴］真［tsin²］双［sɔŋ¹］

石山石埂旁,

今夜试连四庙娘,

今夜初逢四庙娥,

试连四庙好娇娘。

火［khui³］烧［siu¹］格［kɛ⁷］木［muə⁵］不［iam⁴］成［tsiaŋ²］炭［than⁵］

火［khui³］烧［siu¹］六［luə⁸］笛［tit⁸］炭［than⁵］兴［hin¹］兴［hin¹］

娘［ŋuaŋ²］来［tai²］专［tsuan¹］望［waŋ⁴］成［tsiaŋ²］郎［lɔŋ²］我［ŋo̥¹］

---

① 形容歌堂要散不散之际,歌娘们难分难舍,但到歌场散时,又急速离去,裙脚扫起泥尘飞扬,何匆匆如也。

不［iam⁴］有［mai²］半［pien²］句［tɕieu⁵］定［tiŋ⁴］郎［lɔŋ²］情［tsiŋ²］
火烧朽木不成炭，
芦竹烧炭炭兴兴①，
妹来会郎专心意，
哥无半句暖妹心。

铜［toŋ²］盆［pun²］载［tsuai⁵］水［sui³］青［tshiŋ¹］流［lieu²］亮［luaŋ⁴］
锡［fi³］盆［pun²］载［tsuai⁵］水［sui³］亮［luaŋ⁴］魁［khuei²］光［giuaŋ¹］
空［khun¹］得［tu⁷］定［tiŋ⁴］郎［lɔŋ²］门［muən²］外［ŋi⁴］见［puət⁸］
不［iam⁴］得［tu⁷］定［tiŋ⁴］郎［lɔŋ²］同［doŋ²］路［ləu⁴］行［hɔŋ²］
铜盆装水碧清清，
锡盆装水亮晶晶，
空与郎哥来相见，
不能同郎一路行。

打［tu³］破［bai⁵］杯［pui¹］
人［ŋien²］话［va⁴］声［siŋ²］声［siŋ¹］打［tu³］破［bai⁵］杯［pui¹］
天［thin²］光［giuaŋ¹］落［lo⁸］日［ŋut⁸］歌［ka²］堂［daŋ²］散［dzan⁵］
唐［toŋ²］王［huŋ²］归［kuei¹］去［tɕieu⁵］世［sei¹］无［məu²］拦［lan²］
分离如同打破杯，
又似人说打破盏，

---

① 兴兴：不同情况下可作多种解释，这里指木炭好，能燃烧兴旺。

月落天明歌堂散,

唐王归去无阻拦。

歌［ka²］堂［taŋ²］散［dzan⁵］表［piu³］满［mien¹］
今［tɕiem²］夜［i⁵］歌［ka²］堂［taŋ²］散［dzan⁵］年［nin²］词［tsei²］
共［tɕuəŋ⁴］乡［juaŋ¹］歌［ka²］堂［taŋ²］不［iam⁴］久［tɕuə³］住［tsəu⁴］
归［kuei¹］家［tɕa¹］不［iam⁴］久［tɕuə³］白［pɛ⁸］乡［juaŋ¹］图［təu²］

歌堂散,

好似过年分糍粑,

这乡歌堂不长久,

别处再把歌堂搭。

上［tsuan⁴］路［ləu⁴］手［sieu³］板［pən¹］黄［viaŋ²］竹［tuə⁷］叶［ip⁸］
下［dzi⁴］路［ləu⁴］手［sieu³］板［pən¹］黄［viaŋ²］泥［nei²］藤［daŋ²］
出［tshuət⁷］门［muən²］得［tu⁷］见［kin⁵］人［ɲien²］有［mai²］我［ŋo¹］
归［kuei¹］家［tɕa¹］烧［siu¹］起［khi³］佛［fuə⁷］前［tsiŋ²］灯［taŋ¹］

上山手攀黄竹叶,

下山手拉黄泥藤,

出门见人成双对,

归家燃起佛前灯。

游愿歌 ①

当［toŋ²］初［tsho¹］正［tsiŋ⁵］茶［tsa²］旦［tam⁵］水［sui³］煮［tsəu³］

师［sai¹］人［ŋien²］结［kit⁷］愿［ŋun⁴］使［sai³］高［ku²］台［tɔi²］

当［toŋ²］初［tsho¹］结［kit⁷］愿［ŋun⁴］使［sai³］张［tsuŋ⁵］纸［tsei³］

世［sei⁵］今［tɕiem¹］还［vien²］愿［ŋun⁴］使［sai³］无［mən²］千［tshin¹］

当初供茶挑水烧，

师公许愿在高台，

当初许愿一张纸，

如今还愿万张多。

当［toŋ²］初［tsho¹］结［kit⁷］愿［ŋun⁴］使［sai³］清［tshiŋ²］茶［tsa²］

世［sei⁵］今［tɕiem¹］还［vien²］愿［ŋun⁴］使［sai³］长［tuaŋ²］抄［tshao¹］

不［iam⁴］使［sai³］长［thaŋ²］抄［tshao¹］还［vien²］不［iam⁴］过［tɕi⁵］

又［ieu²］怕［dzi⁵］外［ŋi⁴］人［ŋien²］来［tai²］听［thiŋ⁵］声［siŋ¹］

当初许愿供清茶，

如今还愿烧纸钱，

不烧纸钱不算还，

又怕别人来说闲。

游［ieu²］愿［ŋun⁴］到［thao³］

---

① 《游愿歌》是唱述"十二游师"即道师出游与归来的情形，是还盘王愿中的一个活动，即盘王子孙要跟游师一起游，以亦祭祀。

游［ieu²］愿［ŋun⁴］到［thao³］郎［lɔŋ²］郎［lɔŋ²］便［pin⁴］游［ieu²］
今［tɕiem²］年［nin¹］游［ieu²］到［thao⁵］郎［lɔŋ²］门［muən²］外［ŋi⁴］
后［hu¹］年［nin²］游［ieu²］到［thao²］别［pɛ⁸］人［ŋien²］乡［juaŋ¹］

游愿了，
轮到郎游便郎游，
今年游到郎门外，
明年游到他人乡。

游［ieu²］愿［ŋun⁴］到［thao⁵］
游［ieu²］到［thao⁵］天［thin²］平［pɛŋ²］地［tei⁴］也［ia⁴］平［pɛŋ²］
天［thin²］平［pɛŋ²］地［tei⁴］平［pɛŋ²］下［dzi⁴］小［fai⁵］雨［buŋ⁴］
游［ieu²］到［thao⁵］地［tei⁴］平［pɛŋ²］成［tsiaŋ²］秀［fieu⁵］门［muən²］

游愿了，
游往天涯和海角，
普天之内下小雨，
游到海角地更阔。

游［ieu²］愿［ŋun⁴］到［thao⁵］
游［ieu²］到［thao⁵］天［thin²］宽［ŋiuen¹］地［tei⁴］也［ia⁴］宽［ŋiuen¹］
天［thin²］宽［ŋiuen¹］地［tei⁴］宽［ŋiuen¹］下［dzi⁴］小［fai⁵］雨［buŋ⁴］
游［ieu²］到［thao⁵］地［tei⁴］宽［ŋiuen¹］成［tsiaŋ²］秀［fieu⁵］官［tɕiuen¹］

游愿了，
游得天宽地也宽，

宽宽天地下小雨，①

游完大地是秀官。

游［ieu²］愿［ŋun⁴］到［thao⁵］

游［ieu⁵］到［thao³］天［thin²］齐［dzɔi²］地［tei⁴］也［ia⁴］齐［dzɔi²］

天［thin²］齐［dzɔi²］地［tei⁴］齐［dzɔi²］下［dzi⁴］小［fai⁵］雨［buŋ⁴］

游［ieu²］到［thao⁵］地［tei⁴］齐［dzɔi²］成［tsiaŋ²］秀［fieu⁵］衣［ei¹］

游愿了，

天上地下都游完，

四面八方下小雨，

游完天地烂了衫。

不［iam⁴］唱［tshuaŋ⁵］了［liu¹］

黄［viaŋ²］秆［kan³］伏［buə⁷］排［bai²］撑［dzɛŋ¹］下［dzi⁴］洲［tsieu¹］

撑［dzɛŋ¹］到［thao⁵］洲［tsieu¹］头［tao²］黄［viaŋ²］秆［kan³］断［tun⁵］

变［pien⁵］成［tsiaŋ²］鸭［təm²］鹞［tɕaŋ³］满［mien¹］天［thin¹］游［ieu²］

不唱了，

篾缆扎牌河里流，

牌撞洲头缆绳断，

牌散如同野鸭游。

---

① 南方民族有个共同概念，即出外行游时，如遇上轻风小雨，认为是吉祥顺利的征兆。

不[iam⁴]唱[tshuaŋ⁵]了[li̥u¹]

六[luə⁸]笛[tip⁸]花[khua¹]开[guai¹]伏[buə⁷]大[təm²]排[bai²]

伏[buə⁷]得[tu⁷]大[təm²]牌[pai²]撑[dzɛŋ¹]下[dzi⁴]海[khuai³]

游[ieu²]愿[ŋun⁴]便[pin⁴]归[kuei¹]交[tɕi¹]把[pun¹]师[sai¹]

不唱了，

芦花开时扎大牌，

扎得大牌撑过海，

游愿还归师公来。

门[muən²]前[tsiŋ²]游[ieu²]愿[ŋun⁴]转[dzuən⁵]

游[ieu²]到[thao⁵]台[tɔi²]头[tao²]台[tɔi²]尾[mu̥ei¹]边[pin¹]

天[thin²]光[giuaŋ¹]落[lo⁸]日[ŋut⁸]歌[ka²]堂[taŋ²]散[dzan⁵]

游[ieu²]破[bai⁵]愿[ŋun⁴]头[tao²]别[pɛ⁸]处[tshəu⁵]天[thin¹]

门外游愿转，

转到台前台尾边，

天明月落歌堂散，

游破愿堂游外天。

斑[pien¹]竹[tuə⁷]斑[pien¹]

斑[pien¹]竹[tuə⁷]过[tɕi⁵]叶[it⁷]满[mien¹]山[sen¹]青[tshiŋ³]

花[khua¹]竹[tuə⁷]斑[pien¹]斑[pien¹]缠[dzən⁴]愿[ŋun⁴]竹[pien³]

白[pɛ⁸]纸[tsei³]连[lin²]连[lin²]过[tɕi⁵]愿[ŋun⁴]边[pin¹]

斑竹斑，

斑竹叶子满山青，

花斑斑竹做愿竹①，

白纸琳琳吊满厅。

斑 [pien¹] 斑 [pien¹] 竹 [tuə⁷]

斑 [pien¹] 竹 [tuə⁷] 竹 [pien³] 叶 [it⁷] 愿 [ŋun⁴] 本 [puəŋ³] 书 [səu¹]

斑 [pien²] 竹 [tuə⁷] 斑 [pien¹] 斑 [pien¹] 缠 [dzən⁴] 愿 [ŋun⁴] 骨 [loŋ³]

白 [pɛ⁸] 纸 [tsei³] 连 [lin²] 连 [lin²] 过 [tɕi⁵] 愿 [ŋun⁴] 图 [təu²]

斑斑竹，

斑竹叶子像把梳，

斑竹斑斑做愿骨②，

白纸琳琳吊满竹。

盘王出游歌

初 [tsho¹] 入 [pi⁸] 席 [tsi⁸]

踏 [ta⁷] 上 [tsuaŋ⁴] 一 [iet⁷] 阶 [tɕai¹] 便 [pin⁴] 二 [ŋei⁴] 阶 [tɕai¹]

千 [tshin¹] 歌 [ka¹] 万 [man⁴] 曲 [tɕuə⁷] 慢 [man⁴] 才 [tai²] 唱 [tsuaŋ⁵]

先 [tao²] 唱 [tsuaŋ²] 盘 [pien²] 王 [huŋ²] 出 [tshuət⁷] 世 [sei⁵] 来 [tai²]

初入席，

---

① 愿竹：还盘王愿时在愿堂内专用来扎挂纸花的竹子。
② 愿骨：立在堂屋角吊有纸条、谷穗、小米等的竹子，又名五谷幡。

踏上一阶又一阶，

千歌万曲且慢唱，

先唱盘王出世来。

初［tsho¹］入［pi⁸］席［tsi⁸］

走［tai²］进［thao⁵］一［iet⁷］厅［thiŋ¹］便［pin⁴］二［ȵei⁴］厅［thiŋ¹］

头［tao²］一［iet⁷］大［tai⁴］厅［thiŋ¹］大［təm²］王［huŋ²］席［tsi⁸］

慢［man⁴］唱［tsuaŋ⁵］盘［pien²］王［huŋ²］出［tshuət⁷］事［sei⁵］因［in¹］

初入席，

踏进一厅又一厅，

第一大厅盘王坐，

且唱盘王出世因。

盘［pien²］王［huŋ²］出［tshuət⁷］世［sei⁵］南［nan²］京［tɕiŋ¹］十［tsiep⁸］

宝［pu³］洞［toŋ⁴］

坐［tsuei¹］在［uei⁴］大［tai⁴］殿［tin⁴］点［tim³］山［kem²］源［ŋuən²］

点［tim³］得［tu⁷］山［kem²］源［ŋuən²］满［mien¹］天［thin²］下［di³］

行［hɛŋ²］游［ieu²］天［thin²］底［di³］凡［pan²］阳［iaŋ²］间［tɕen¹］

盘王出世南京十宝殿（峒）①，

坐在殿上点山河，

点得青山满天下，

---

① 传说南京有个十宝殿，是盘王出世的地方。

天下处处是人间。

盘［pien²］王［huŋ²］置［tsei⁵］天［thin²］又［ieu⁴］置［tsei⁵］地［tei⁴］
置［tsei⁵］了［tu⁷］山［kem²］源［ŋuən²］又［ieu⁴］置［tsei⁵］田［tiŋ²］
刘［lieu²］三［fam¹］置［tsei⁵］歌［ka¹］又［ieu⁴］置［tsei⁵］曲［tɕhuə⁷］
置［tsei⁵］下［dzi⁴］歌［ka²］词［tsei²］传［tsun²］世［sei⁵］间［tɕen¹］

盘王开天又立地，

置了青山又造田，

刘三①作歌又唱曲，

歌曲传遍人世间。

盘［pien²］王［huŋ²］出［tshuət⁷］世［sei⁵］先［fin²］出［tshuət⁷］世［sei⁵］
盘［pien²］王［huŋ²］随［tshuei²］游［ieu²］到［thao⁵］连［lin²］州［tsieu¹］
香［huŋ²］炉［ləu²］水［sui³］碗［vien³］随［tshuei²］身［sin¹］带［tɔi⁴］
走［piao³］尽［tsin⁴］山［kem²］源［ŋuən²］天［thin²］底［di³］游［ieu²］

唱起盘王出世来，

游山转岭到连州，

香炉水碗随身带，

万道青山尽兴游。

盘［pien²］王［huŋ²］出［tshuət⁷］世［sei⁵］十［tsiep⁸］宝［pu³］峒［tɔŋ⁴］

---

① 刘三：瑶族人民心中的歌王。

骑［tɕei²］马［mḁ¹］出［tshuət⁷］门［muən²］过［tɕi⁵］岭［liŋ¹］排［bai²］

香［huŋ²］炉［ləu²］水［sui²］碗［vien³］随［tshuei²］身［sin¹］带［tɔi⁴］

东［toŋ²］山［kem²］西［fai²］岭［liŋ¹］天［thin²］底［di³］来［tai²］

盘王出世十宝峒，

出门骑马过山崖，

香炉水碗随身带，

东山西岭脚下踩。

开［guai¹］天［thin²］辟［phi⁷］地［tei⁴］十［tsiep⁸］二［ŋei⁴］姓［fiŋ⁵］

十［tsiep⁸］二［ŋei⁴］姓［fiŋ⁵］姊［tsei³］妹［mui⁴］接［dzip⁷］古［kəu²］言［ɲien²］

小［fiu³］娘［ŋuaŋ²］不［iam⁴］成［tsiaŋ²］接［tsip⁷］得［tu⁷］刘［lieu²］三［fam¹］

妹［mui⁴］娘［ŋuaŋ²］

仙［fim²］曲［tɕhuə⁷］好［khu³］歌［ka²］词［tsei²］

全［tsun²］靠［khao⁵］排［bai²］排［bai²］众［tsuəŋ⁵］席［tsi⁸］师［sai¹］

人［ɲien²］老［lu²］姐［tsei³］

衫［sam²］袖［tsieu⁴］广［kuaŋ³］遮［dzi¹］丹［tan¹］妹［mui⁴］身［sin¹］

古来瑶人十二姓，

子子孙孙传古言。

小妹不曾学得刘三妹，

歌词随口编；

全靠众位歌友谅，

衫袖遮情面。

景［tɕin²］定［tin⁴］元［vin²］年［nin¹］四［fei⁵］月［ŋut⁸］八［pət⁷］

逢［puəŋ²］着［tsu⁸］圣［siŋ⁵］王［huŋ²］改［kuai³］换［vien⁴］天［thin¹］

改［kuai³］换［vien⁴］山［kem²］源［ŋuən²］向［huŋ⁵］水［sui²］口［khu³］

淹［iem³］死［fei³］天［thin²］底［di³］不［iam⁴］无［məu²］人［ŋien²］

留［lieu²］下［dzi⁴］伏［buə⁸］羲［hei¹］两［ŋei⁴］姊［tsei³］妹［mui⁴］

配［phui⁵］成［tsiaŋ²］夫［fəu²］妻［tsai¹］万［man⁴］由［ieu²］年［nin¹］

先［fin²］置［tsei⁵］瑶［iu²］人［mien²］置［tsei⁵］百［pɛ⁸］姓［fiŋ⁵］

瑶［iu²］人［mien²］百［pɛ⁸］姓［fiŋ⁵］无［məu²］万［man⁴］千［tshin¹］

又［ieu⁴］置［tsei⁵］圣［siŋ⁵］王［huŋ²］金［tɕiem²］銮［lun²］殿［tin⁴］

管［kun³］来［dzi⁴］天［thin²］底［di³］万［man⁴］由［ieu²］园［viŋ²］

造［tsu⁴］出［tshuət⁷］高［ku²］机［tɕei¹］织［tsi⁷］细［fai⁵］布［di¹］

秀［fieu⁵］弄［loŋ⁴］裙［tɕun²］角［ko⁷］占［tsam¹］罗［la⁸］衣［ei¹］

刘［lieu²］三［fam¹］置［tsei⁵］下［dzi⁴］千［tshin¹］歌［ka¹］曲［tɕhuə⁷］

交［tɕi¹］把［pa³］凡［pan²］间［tɕin¹］世［sei⁵］上［tsuaŋ⁴］移［ei²］

    景定元年四月八，

    正逢神王①改换天，

    高山变成洪水口，

    淹没天下无人烟。

    只留伏羲兄妹俩，

    兄妹联姻传后人。

    先置瑶人后百姓，

---

① 神王：指发洪水的天神，有的传说是玉帝，亦说是雨王、雷王。

瑶人百姓万万千，

又举大王坐金殿，

统管天下万家园，

造出架机来织布，

裙角挑花绣罗衣，

三妹置下千歌曲，

留给人间世代传。

寅[ten²]卯[ma¹]二[ŋei²]年[nin¹]天[thin²]大[tai⁴]旱[han⁴]
旱[han⁴]死[fei³]江[koŋ²]河[no²]无[məu²]万[man⁴]源[ŋuən²]
青[tshin²]山[kem²]古[kəu³]木[muə⁸]自[kan²]燃[tsi⁸]火[khui³]
水[sui³]底[di³]青[tshin²]苔[təi²]出[tshuət⁷]火[khui³]烟[in¹]
深[siem²]潭[toŋ²]无[məu²]水[sui³]又[ieu⁴]无[məu²]鱼[ŋieu²]
败[pai⁴]了[li¹]山[sen²]源[ŋuən²]无[məu²]万[man⁴]千[tshin¹]
十[tsiep⁸]二[ŋei⁴]姓[fiŋ⁵]瑶[iu²]人[mien²]无[məu²]计[tɕei⁵]奈[nɔi⁴]
漂[bieu²]游[ieu²]过[tɕi⁵]海[khuai³]到[thao⁵]东[toŋ²]京[tɕiŋ¹]
一[iet⁷]年[nin¹]三[fam²]百[pɛ⁷]六[luə⁸]十[tsiep⁸]日[ŋiet⁷]
愁[dzao²]愁[dzao²]急[tɕi⁸]急[tɕi⁸]在[tsuai⁵]船[tsun²]中[tuəŋ¹]
落[lo⁸]在[tsuai⁵]海[khuai³]底[di³]无[məu²]计[tɕei⁵]奈[nɔi⁴]
盘[pien²]王[huŋ²]圣[siŋ⁵]帝[ti⁵]报[buə⁵]金[tɕiem²]言[ŋien²]
大[tai⁴]船[tsun²]寅[ten²]寅[ten²]累[lui²]累[lui¹]去[tɕhieu⁵]
定[tiŋ⁴]下[dzi⁴]时[tsan²]辰[tsiaŋ²]到[thao⁵]岸[ɔn⁵]边[pin¹]
船[tsun²]行[hɛŋ²]到[thao⁵]岸[ɔn⁵]马[ma¹]行[hɛŋ²]乡[juaŋ¹]

游［ieu²］到［thao⁵］广［kuaŋ²］东［toŋ¹］南［nan²］海［khuai³］岸［ŋan⁴］
置［tsei⁵］有［mai²］田［tiŋ²］圹［toŋ²］无［məu²］万［man⁴］千［tshin¹］
流［lieu²］落［lo⁸］广［kuaŋ²］东［toŋ¹］潮［tsi²］州［tsieu¹］府［fəu³］
乐［lo²］昌［tshiaŋ¹］安［ɔn²］住［tsəu⁴］开［guai¹］田［tiŋ²］圹［toŋ²］
置［tsei⁵］得［tu⁷］田［tiŋ²］圹［toŋ²］安［ɔn¹］住［tsəu⁴］了［li¹］
儿［tsei³］孙［fun¹］答［ta⁸］谢［tsi⁴］圣［siŋ⁵］盘［pien²］王［huŋ²］
主［tsieu³］人［ŋien²］有［mai²］心［fim¹］答［ta⁸］谢［tsi⁴］圣［siŋ⁵］
小［fiu³］娘［ŋuaŋ²］唱［tshuaŋ⁵］歌［ka¹］谢［tsi⁴］神［tsien²］恩［ən¹］
答［ta⁸］谢［tsi⁴］圣［siŋ⁵］王［huŋ²］父［i²］母［tsi³］意［ei⁵］
保［pu³］佑［ieu⁴］人［ŋien²］丁［tiŋ¹］万［man⁴］千［tshin²］年［nin¹］

  寅卯二年天大旱，

  旱死江河千万源，

  青山古木自燃火，

  水底青苔冒火烟，

  深潭枯竭鱼死尽，

  毁了青山万万千，

  十二姓瑶人无出路，

  漂洋过海去东京，

  一年三百六十日，

  忧忧愁愁困船中，

  困在船中无奈何，

  盘王大帝报金言，

  定日定时船靠岸，

行船上岸马扬蹄，

游到广东南海岸，

开垦千山造万田，

流落广东潮州府，

乐昌立寨造田庄，

造起良田落居了，

儿孙一齐谢大王，

主人有心来酬谢，

小妹唱歌谢神恩，

酬谢大王父母意，

保佑儿孙千万年。

十二姓瑶人游天下①

盘［pien²］古［kou³］开［guai²］天［thin¹］置［tsei⁵］立［liep⁸］地［tei⁴］

又［ieu⁴］置［tsei⁵］江［koŋ²］河［ho²］又［ieu⁴］置［tsei⁵］田［tiŋ²］

刘［lieu²］三［fam¹］歌［ka²］词［tsei²］慢［man⁴］来［tai²］唱［tsuaŋ⁵］

先［fin²］唱［tsuaŋ⁵］瑶［iu²］人［mien²］出［tshuət⁷］世［sei⁵］源［ŋuən²］

盘古开天又立地，

又造江河又造田，

刘三歌曲慢些唱，

先唱瑶人出世源。

---

① 指瑶族迁徙的历史。

瑶［iu²］人［mien²］出［tshuət⁷］世［sei⁵］武［u³］昌［tshiaŋ⁷］府［fəu³］

发［fat⁷］入［pie⁸］青［tshiŋ²］山［sen¹］四［fei⁵］处［tshəu⁵］游［ieu²］

龙［luəŋ²］头［tao²］山［sen¹］上［tsuaŋ⁴］耕［kɛŋ²］种［tsuəŋ⁵］好［khu³］

姊［tsei³］妹［mui⁴］宽［giuen²］宥［ieu²］世［sei⁵］无［məu⁵］忧［ieu¹］

瑶人出世武昌府，

满目青山到处游，

龙头山上耕种好，

老少乐业世无忧。

细［fai⁵］声［siŋ¹］问［muən⁴］

瑶［iu⁵］人［ŋien²］出［tshuət⁷］世［sei⁵］细［fai⁵］问［muən⁴］娘［ŋuaŋ²］

龙［luəŋ²］头［tao²］山［sen¹］上［tsuaŋ⁴］住［tsəu⁴］几［tsi⁵］岁［fui⁵］

请［tshiŋ³］娘［ŋuaŋ²］开［guai²］声［siŋ¹］传［tsun²］报［bu⁵］央［iuaŋ¹］

请问妹，

细问瑶人古根源，

龙头山上住几年？

请妹传唱告我知。

寅［ien²］卯［mḁ¹］八［pət⁷］月［ŋut⁸］开［guai¹］山［sen¹］种［tsuəŋ⁵］

耕［kɛŋ²］种［tsuəŋ⁵］五［ŋ̥²］谷［ku⁷］好［khu³］年［nin²］成［tsiŋ²］

龙［luəŋ²］头［tao²］山［sen¹］上［tsuaŋ⁴］落［lo⁸］七［tshiet⁷］岁［fui⁵］

世［sei⁵］上［tsuaŋ⁴］不［iam⁴］安［ɔn¹］暗［ɔm⁵］心［fim¹］忧［ieu¹］

寅卯八月开山种，

耕种五谷好收成，

龙头山上住七载，

世不太平心暗忧。

细［fai⁵］声［siŋ¹］问［muən⁴］

问［muən⁴］娘［ŋuaŋ²］那［hai⁵］样［ŋuŋ⁴］暗［ɔm⁵］心［fim¹］忧［ieu¹］

龙［luəŋ²］头［tao²］山［sen¹］上［tsuaŋ⁵］阳［iaŋ²］春［tshun¹］好［khu³］

宽［guen²］游［ieu²］过［tɕi⁵］日［ŋiet⁷］世［sei⁵］不［iam⁴］愁［dzao²］

请问妹，

问妹为何心暗忧？

龙头山上阳春好，

日子好过怎忧愁？

龙［luəŋ²］头［tao²］山［sen¹］上［tsuaŋ⁴］本［puən³］是［tsei⁴］好［khu³］

马［ma²］鹿［luə⁸］反［bien³］乱［lun⁴］透［thəu⁵］心［fim¹］忧［ieu¹］

马［ma¹］鹿［luə⁸］耗［hao¹］散［dzan⁵］没［məu²］计［tɕei⁵］奈［nɔi⁴］

姊［tsei³］妹［mui⁴］商［faŋ²］量［luaŋ²］出［tshuət⁷］山［sen¹］游［ieu²］

龙头山上本是好，

马鹿①骚扰透心忧，

阳春受灾无法保，

---

① 指农民起义或兵乱。

姊妹商量出山游。

细［fai⁵］声［siŋ¹］问［muən⁴］
龙［luəŋ²］头［tao²］山［sen¹］丢［kuaŋ⁴］哪［hai⁵］里［tɕhieu⁵］游［ieu²］
那［hai³］年［nin¹］那［hai³］月［ŋut⁸］出［tshuət¹］游［ieu²］外［ŋi⁴］
报［buə⁵］来［tai²］寒［hɔn²］林［lin²］听［thiŋ⁵］原［ien²］由［ieu²］

请问妹，

丢了青山哪里走？

哪年哪月出山外？

请妹详细唱原由。

景［tɕiŋ³］定［tiŋ⁴］元［vin²］年［nin¹］四［fei⁵］月［ŋut⁸］八［pət⁷］
姊［tsei³］妹［mui⁴］齐［dzɔi²］齐［dzɔi²］到［thao⁵］海［khuai³］边［pin¹］
齐［dzɔi²］家［tɕai¹］商［faŋ²］量［luaŋ²］出［tshuət⁷］渡［tou⁴］海［khuai³］
姊［tsei³］妹［mui⁴］众［tsuəŋ⁵］齐［dzɔi²］广［kuaŋ⁴］山［kem²］源［ŋuən²］

景定元年四月八，

姊妹一齐到海边，

众人商量渡海去，

人齐心齐找山源。

细［fai⁵］声［siŋ¹］问［muən⁴］
天［thin²］宽［giuen²］海［khuai³］大［tai⁴］到［thao⁵］哪［hai⁵］边［pin¹］
哪［hai⁵］时［tsan²］上［tsuaŋ⁴］船［tsun²］过［tɕi⁵］大［tai⁴］海［khuai³］

几［tsi⁵］时［tsan²］长［tuan²］日［ɲiet⁷］海［khuai³］中［tuəŋ¹］间［tɕiŋ¹］
　　　　请问妹，
　　　　天宽海阔到哪边？
　　　　几时上船过大海？
　　　　海上行船多少天？

辰［tsan²］时［tsan²］踏［tap³］上［tsuan⁴］大［tai⁴］船［tsun²］去［tɕieu⁵］
七［tshiet⁷］七［tshiet⁷］四［fei⁵］九［tɕuə³］海［khuai³］中［tsoŋ²］间［iaŋ¹］
坐［tsuei¹］在［tsuai⁵］船［tsun²］中［tsoŋ¹］无［məu²］计［tɕei⁵］奈［nɔi⁴］
天［thin²］宽［guen²］海［khuai³］大［tai⁴］拢［l̥oŋ¹］哪［hai⁵］边［pin¹］
　　　　辰时开船过大海，
　　　　四十九天海中间，
　　　　困在船中无可奈，
　　　　海阔天宽哪是边？

大［tai⁴］船［tsun²］海［khuai³］里［lei¹］难［nan²］拢［loŋ¹］边［pin¹］
日［ɲut⁸］头［tao²］起［tɕhi³］落［lo⁸］四［fei⁵］九［tɕuə³］天［thin¹］
众［tsuaŋ⁸］齐［dzɔi²］船［tsun²］头［tao²］许［həu³］王［huŋ²］愿［ɲun¹］
定［tiŋ⁴］下［dzi⁴］那［hai⁵］时［tsan²］船［tsun²］到［thao⁵］边［pin¹］
　　　　船困海中难靠岸，
　　　　日起日落四九天，
　　　　众人船头许大愿，
　　　　请保众人船拢边。

船［tsun²］头［tao²］许［həu³］下［dzi⁴］盘［pien²］王［huŋ²］愿［ŋun¹］

许［həu³］了［li̥¹］良［luaŋ²］愿［ŋun⁴］保［pu³］人［ŋien²］丁［tiŋ¹］

盘［pien²］王［huŋ²］圣［siŋ⁵］帝［tei⁴］开［guai¹］大［tai⁴］意［ei⁵］

定［tiŋ⁴］下［dzi⁴］辰［tsan²］时［tsiaŋ²］船［tsun²］到［thao⁵］边［pin¹］

船头许下盘王愿，

许下良愿保人丁，

盘王圣帝开恩典，

定下辰时船拢边。

盘［pien²］王［huŋ²］圣［siŋ⁵］帝［tei⁴］心［fiem¹］开［guai¹］意［ei⁵］

辰［tsan²］时［tsiaŋ²］保［pu³］佑［ieu⁴］船［tsun²］拢［thao⁵］边［pin¹］

姊［tsei³］妹［mui⁴］下［dzi⁴］船［tsun²］哪［hai⁵］路［ləu⁴］行［hɛŋ²］

哪［hai⁵］山［sen¹］哪［hai⁵］地［tei⁴］来［tai²］开［guai¹］园［viŋ²］

盘王圣帝遂人愿，

准保辰时船靠边，

老幼上岸何方去？

哪山哪岭立家园？

下［dzi⁴］船［tsun²］来［tai²］到［thao⁵］广［kuaŋ²］东［təŋ¹］地［tei⁴］

游［ieu²］落［thao⁵］乐［lo²］昌［tshiaŋ¹］来［tai²］落［lo⁸］身［sin¹］

天［thin²］林［lin²］山［sen¹］上［tsuaŋ⁴］开［guai¹］山［sen¹］种［tsuəŋ⁵］

砍［ŋa⁷］败［pai⁴］青［tshiŋ²］山［sen¹］下［dzi⁴］阳［iaŋ²］春［tshun¹］

离船上岸到广东，
乐昌宝地且安身，
天林山上立村寨，
青山开好种阳春。

姊［tsei³］妹［mui⁴］齐［dzɔi²］落［lo⁸］天［thin²］林［lin²］山［sen¹］
那［hai⁵］王［huŋ²］管［kun³］下［dzi⁴］哪［hai⁵］一［iet⁷］年［nin¹］
哪［hai⁵］年［nin¹］哪［hai⁵］月［ŋut⁸］开［guai¹］山［sen¹］种［tsuəŋ⁵］
逢［puaŋ²］着［tsu⁸］那［hai⁵］乱［lun⁴］又［ieu⁴］抛［bei¹］根［kɔn¹］

老少落住天林山，
祖王管下好多年？
哪年哪月开山地？
又逢何事抛家园？

恭［kɔn²］德［ta⁷］王［huŋ²］祖［tsieu³］丙［pin²］寅［ien²］年［nin¹］
正［tsi²］月［ŋut⁸］十［tsiep⁸］二［ŋei⁴］抛［bei⁴］了［li¹］源［ŋuən²］
二［ŋei⁴］十［tsiep⁸］四［fei⁵］年［nin¹］劳［lu²］种［kɛŋ¹］好［khu³］
又［ieu⁴］逢［puaŋ²］反［bien³］乱［lun⁴］又［ieu⁴］抛［bei¹］源［ŋuən²］

恭德王祖丙寅年，
正月十二离家园，
二十四年未下种，
又逢乱世丢山源。

天［thin²］林［lin²］山［sen²］源［ŋuən²］日［ŋut⁸］子［tsei³］好［khu³］
又［ieu⁴］着［tsu²］反［bien³］乱［lun⁴］难［nan²］过［tɕi⁵］年［nin¹］
哪［hai⁵］样［ŋuŋ⁴］劫［tɕit⁷］乱［lun⁴］天［thin²］林［lin²］源［ŋuən¹］
姊［tsei³］妹［mui⁴］慌［vaŋ²］忧［ieu¹］躲［piao⁵］过［tɕi⁵］山［sen¹］

天林山上日子欢，
又逢反乱度日难，
天林山上遭何祸？
老幼惊慌躲过山。

二［ŋei⁴］十［tsiep⁸］四［fei⁵］年［nin¹］长［tuaŋ²］毛［mao²］反［bien³］
长［tuaŋ²］毛［mao²］反［bien³］乱［lun⁴］世［sei⁵］无［məu³］安［ɔn¹］
十［tsiep⁸］二［ŋei⁴］姓［fiŋ⁵］姊［tsei³］妹［mui⁴］肚［təu⁴］忧［ieu¹］结［ŋiet⁷］
齐［dzɔi²］齐［dzɔi²］里［nɔi⁴］内［lei¹］又［ieu⁴］行［hɛŋ²］山［sen¹］

二十四年长毛反①，
长毛反乱不平安，
十二姓瑶人心忧急，
拖儿带女又过山。

姊［tsei³］妹［mui⁴］众［tsuaŋ⁵］齐［dzɔi²］遭［tsu⁸］大［təm²］殃［iaŋ¹］
寒［hɔn²］离［lei²］天［thin²］林［lin²］游［ieu²］外［ŋi⁴］山［sen¹］
游［ieu²］落［lo⁸］哪［hai⁵］山［sen¹］又［ieu⁴］哪［hai⁵］岭［liŋ¹］

---

① 长毛反：一种兵乱或农民起义。

青［tshiŋ²］山［sen¹］哪［hai⁵］处［tɕhieu⁵］落［lo⁸］寒［hɔn²］丹［tan¹］

瑶人老少遭大殃，

丢了天林去外山，

青山万重何处去？

何处青山把身安？

姊［tsei³］妹［mui⁴］忧［ieu¹］忧［ieu¹］无［məu²］计［tɕei⁵］奈［nɔi¹］

手［sieu³］拍［bɛ⁷］胸［juaŋ²］前［tsiŋ²］无［məu²］路［ləu⁴］头［tao²］

过［tɕi⁵］山［sen¹］游［ieu²］落［lo⁸］千［tshin¹］家［tɕa¹］峒［təŋ⁴］

落［lo⁸］脚［tɕuə³］占［tsan³］破［bai⁵］又［ieu⁴］开［guai¹］头［tao²］

老少忧愁心无计，

手拍胸前无路走，

过山落户千家峒①，

砍山种地再开头。

青［tshiŋ²］山［sen¹］脚［tɕuə⁷］底［di³］千［tshin¹］家［tɕa¹］峒［təŋ⁴］

山［kem²］源［ŋuən²］宽［ŋuen²］宽［ŋuen²］好［khu³］安［ɔn¹］身［sin¹］

停［tiŋ²］脚［tɕuə⁷］千［tshin¹］家［tɕa¹］落［lo⁸］多［to⁸］久［tɕuə³］

哪［hai⁵］样［juŋ⁴］大［təm²］难［nan⁴］拢［iu³］洞［təŋ⁴］村［tshun¹］

青山脚下千家峒，

山宽地肥好安身，

---

① 峒：瑶族最早的社会组织形式，又是村社土地的所有形态。

落入峒中多少年？

哪样大祸落洞村？

落［lo⁸］脚［tɕuə⁷］千［tshin¹］家［tɕa¹］六［luə⁸］十［tsiep⁸］年［nin¹］
开［guai²］山［sen¹］耕［kɛ²］种［tsuaŋ⁵］好［khu³］年［ŋ̍aŋ²］成［tsiŋ²］
京［kiŋ¹］上［tsuaŋ⁴］差［tshai¹］勇［ioŋ³］进［pie⁸］千［tshin¹］家［tɕa¹］
王［huŋ²］粮［luaŋ²］要［ɔi⁵］拿［tso⁷］进［pie⁸］京［kiŋ¹］城［tsiŋ²］

落住峒中六十年，

开山种地好年成，

官府公差把峒进，

逼交皇粮送京城①。

逢［puəŋ²］劫［tɕit⁷］年［nin²］间［tɕin¹］难［nan²］选［sim³］开［guai¹］
王［huŋ²］兵［pɛŋ¹］大［təm²］勇［ioŋ³］里［li̥⁴］累［lui¹］来［tai²］
蒋［tsiaŋ³］大［tai⁵］官［tɕien²］人［ȵien²］开［guai¹］勇［ioŋ³］到［thao⁵］
廿［ȵei⁴］七［tshiet⁷］营［iun²］马［mḁ¹］围［vei²］洞［təŋ⁴］来［tai²］

人逢乱世难躲开，

朝廷兵勇进峒来，

蒋大官人发兵到，

廿七营马围上来。

---

① 京城即官府、朝廷。封建王朝官吏多以"交皇粮送京城"威逼欺诈百姓。

官［tɕien²］兵［pɛŋ¹］累［lui¹］层［dzaŋ²］马［ma¹］多［to⁸］众［tsuaŋ⁵］
姊［tsei³］妹［mui⁴］众［tsuaŋ⁵］齐［dzɔi²］难［nan²］挡［taŋ³］拦［lan²］
齐［dzɔi²］齐［dzɔi²］商［faŋ²］量［luaŋ²］出［tshuət⁷］洞［təŋ⁴］走［piao⁵］
千［tshin¹］家［tɕa¹］洞［təŋ⁴］里［n̩uə¹］抛［bei¹］荒［vaŋ²］凉［luaŋ²］

层层官兵人马众，
峒中老少难阻挡，
众人商量离峒走，
千家大峒又抛荒。

姊［tsei³］妹［mui⁴］退［thui⁵］落［lo⁸］千［tshin¹］家［tɕa¹］源［n̩uən²］
青［tshiŋ²］山［sen¹］凹［du³］岭［liŋ¹］踏［ta⁸］路［iəu⁴］行［hɛŋ²］
姊［tsei³］妹［mui⁴］齐［dzɔi²］齐［dzɔi²］难［nan²］出［tshuət⁷］世［sei⁵］
哪［hai⁵］处［tɕhieu⁵］安［ɔn¹］身［sin¹］才［tɕhaŋ⁵］太［thai²］平［pɛŋ²］

瑶人退出千家峒，
跋山涉水开路行，
瑶人世上无出路，
何处安身才太平？

游［ieu²］山［sen¹］游［ieu²］岭［liŋ¹］桃［tu²］源［iun²］洞［təŋ⁴］
桃［tu²］源［iun²］洞［təŋ⁴］里［lei¹］好［khu³］过［tɕi⁵］年［nin¹］
定［tiŋ⁴］落［lo⁸］桃［tu²］源［iun²］多［tsi⁵］年［nin¹］岁［fui⁵］
寒［hɔn²］丹［tan¹］求［tɕieu²］凰［faŋ⁴］唱［tshuaŋ⁵］金［tɕiem²］言［n̩ien²］

翻山越岭到桃源，

桃源峒里好"过年"①，

落住桃源多少岁？

郎请娇娥唱金言。

寒［hɔn²］央［iuaŋ¹］不［iam⁴］有［mai²］古［kəu²］根［kɔn¹］言［ŋien²］

桃［tu²］源［iun²］洞［təŋ⁴］里［lei¹］住［iem¹］七［tshiet⁷］年［nin¹］

山［kem⁸］猪［tuŋ¹］鹿［luə⁸］马［ma¹］来［tai²］作［tso⁸］造［tshu⁵］

有［mai²］种［tsuəŋ³］落［lo⁸］地［tei⁴］无［məu²］年［ŋaŋ²］成［tsiŋ²］

小妹少知古根源，

桃源峒里住七年，

山猪马鹿坏阳春，

有种落土无收成。

凤［fəŋ⁴］仙［fiŋ¹］传［tsun²］报［buə⁵］古［ləu²］根［kɔn¹］言［ŋien²］

抛［bei¹］了［li¹］桃［tu²］源［iun²］向［huŋ⁵］哪［hai⁵］边［pin¹］

哪［hai⁵］王［haŋ²］管［kun³］下［dzi⁴］哪［hai⁵］一［iet⁷］岁［fui⁵］

哪［hai⁵］月［ŋut⁸］哪［hai⁵］日［ŋiet⁷］出［tshuət⁷］桃［tu²］源［iun²］

聪明小妹唱根源，

离了桃源到哪边？

哪王坐朝哪一岁？

何年何日出桃源？

---

① 意指好过日子。"桃源洞"有说在湖南，亦说在江西，尚待考。

贵［kuei⁵］郎［lɔŋ²］莫［i⁵］笑［fiu⁵］寒［hɔn²］央［iaŋ¹］言［ŋien²］

洪［həŋ²］武［ŋ¹］管［kun³］下［dzi⁴］丙［pin²］寅［ien²］年［fui⁵］

正［tsi²］月［nut⁸］初［sɛn²］四［fei⁵］移［ei²］步［pəu⁴］起［tɕhieu⁵］

黄［viaŋ²］塘［tɔŋ²］龙［luəŋ²］炸［tsa³］又［ieu⁴］落［lo⁸］根［kuan¹］

郎歌莫笑妹歌言，

明朝洪武丙寅年，

正月初四齐移步，

黄塘龙炸①又落根。

凤［fəŋ⁴］仙［fiŋ¹］传［tsun²］报［buə⁵］古［kəu²］根［kɔn¹］源［nuən²］

黄［viaŋ²］塘［tɔŋ²］龙［luəŋ²］炸［tsa³］落［lo⁸］了［li¹］根［kɔn¹］

黄［viaŋ²］塘［tɔŋ²］龙［luəŋ²］炸［tsa³］安［on¹］样［iaŋ¹］久［tɕuə³］

几［tsi⁵］冬［təŋ¹］开［guai¹］山［sen¹］几［tsi⁵］种［kɛŋ¹］春［tshun¹］

娇妹唱传古根源，

黄塘龙炸落下根，

黄塘龙炸住多久？

开山种地几冬春？

黄［viaŋ²］塘［tɔŋ²］龙［luəŋ²］炸［tsa³］落［lo⁸］下［dzi⁴］根［kɔn¹］

开［guai¹］山［sen¹］点［tim³］种［tsuaŋ⁵］百［pɛ⁷］八［pa⁸］春［tshun²］

---

① 黄塘、龙炸是地名，分别在湖南的新田、酃县。

姊［tsei³］妹［mui⁴］齐［dzɔi²］齐［dzɔi²］各［ko⁷］立［liep⁸］住［tsəu⁴］

立［liep²］住［tsəu⁴］香［juaŋ²］烟［in¹］各［ko⁷］家［tɕa²］先［fiŋ¹］

后［hu¹］今［tɕiem¹］要［ɔi⁵］记［tɕiaŋ⁵］当［tɔŋ²］初［tshoŋ¹］事［dzɔi⁴］

香［juaŋ²］敬［tɕhaŋ⁵］盘［pien²］王［huŋ²］世［sei⁵］上［tsuaŋ⁴］传［tsun²］

爷［i²］姐［tsi³］水［sui³］源［ŋuəŋ²］莫［i⁵］抛［bieu¹］落［lo⁸］

添［thim¹］香［juaŋ¹］换［vien⁴］水［sui³］度［təu⁴］长［tuaŋ²］年［nin¹］

黄塘龙炸立寨村，

开山耕种百余春，

十二姓瑶人各立寨，

安居乐业敬祖人。

后人要记当初事，

供奉盘王代代传，

始祖根源莫抛落，

添香换水万万年。

过山根①

九［tɕuəŋ³］江［kɔŋ¹］清［tshiŋ²］水［sui³］清［tshiŋ²］龙［luəŋ²］过［tɕi⁵］

撑［tsheŋ⁵］着［tsu⁸］好［khu³］伞［fan⁵］好［khu³］遮［dzi¹］凉［luaŋ²］

南［nan²］京［tɕiŋ¹］共［tɕuəŋ⁴］守［sieu³］北［pa⁸］京［tɕiŋ¹］都［tu²］

共［tɕuəŋ⁴］纸［tsei⁸］经［tɕiŋ²］文［muən²］过［tɕi⁵］二［ŋei⁴］乡［juaŋ¹］

---

① 瑶族迁徙的根底。

九江①清水源流长，

手撑雨伞好遮凉，

南京北京都一样，

共纸券牒②迁外乡。

盘［pien²］古［kəu³］圣［siŋ⁵］王［huŋ²］置［tsei⁵］天［thin¹］地［tei⁴］
又［ieu⁴］置［tsei⁵］江［kɔŋ²］河［ho²］又［ieu⁴］置［tsei⁵］田［tiŋ²］
置［tsei⁵］立［liep⁸］山［sen²］源［ŋuan²］向［huŋ⁵］水［sui²］口［khu³］
又［ieu⁴］置［tsei⁵］江［kɔŋ²］河［ho²］无［məu²］万［man⁴］源［ŋuən¹］

盘古圣王置天地，

又置江河又置田，

高山尽头是水口，

置下江河千万源。

景［tɕiŋ⁵］定［tiŋ⁴］元［iun²］年［nin²］四［fei⁵］月［ŋut⁸］八［pət⁷］
逢［puəŋ²］着［tsu⁸］圣［siŋ⁵］王［huŋ²］改［kuai³］换［vien⁴］天［thin¹］
大［tai⁴］王［huŋ²］换［vien⁴］天［thin¹］不［iam⁴］换［vien⁴］水［sui²］
不［iam⁴］换［vien⁴］江［kɔŋ²］河［ho²］无［mən²］万［man⁴］年［nin¹］

景定元年四月八，

正逢神王改换天，

---

① 泛指多数江河。

② 即《评皇券牒》，是封建王朝给瑶民的迁徙文书。

　　　　　大王换朝不换水，
　　　　　江河流水千万年。

大［tai⁴］王［huŋ²］换［vien⁴］天［thiŋ¹］向［huŋ⁵］水［sui²］口［khu³］
改［kuai³］换［vien⁴］天［thin¹］地［tei⁴］看［maŋ⁴］后［hu¹］人［ŋien²］
重［tsəŋ⁴］留［lieu²］伏［buə⁸］義［hɛi¹］两［ŋei⁴］姊［tsei³］妹［mui⁴］
结［kit⁷］为［vei²］夫［fəu²］妻［tshuai¹］万［man⁴］千［tshin²］年［nin¹］
　　　　　神王换天洪水泛，
　　　　　改换天地淹凡人，
　　　　　留下伏羲兄妹俩，
　　　　　结为夫妻传种人。

先［fin²］置［tsei⁵］瑶［iu²］人［mien²］置［tsei⁵］百［pɛ⁸］姓［fiŋ⁵］
百［pɛ⁸］姓［fiŋ⁵］良［luaŋ²］田［tiŋ²］无［məu²］万［man⁴］千［tshin¹］
青［tshiŋ²］龙［luəŋ²］置［tsei⁵］下［dzi⁴］金［tɕiem²］鎏［luəŋ²］殿［tin⁴］
管［kun³］下［dzi⁴］人［mien²］民［men²］无［məu²］万［man⁴］千［tshin¹］
　　　　　先有瑶人后百姓，
　　　　　百姓粮田万万千。
　　　　　筑造青龙金鎏殿，
　　　　　王管天下千万人。

鲁［lu²］班［pan¹］仙［fin²］师［sai¹］置［tsei⁵］金［tɕiem²］屋［əp⁷］
桃［tu²］源［iun²］洞［toŋ⁴］里［ŋuə¹］置［tsei⁵］学［ho⁸］堂［toŋ²］

间［li³］山［sen¹］内［nɔi⁴］里［ŋuə¹］立［tɕi¹］学［ho⁸］院［iun⁴］
读［tu⁵］书［səu¹］写［fi³］字［dzaŋ⁴］字［dzaŋ⁴］成［tsiaŋ²］行［hɔŋ¹］

鲁班先师造房屋，
桃源峒里起馆堂，
间山上面立学院。
读书写字作文章。

雷［lui²］祖［tɕieu³］圣［siŋ⁵］王［huŋ²］置［tsei⁵］五［ŋ̍²］谷［ku⁷］
刘［lieu²］王［huŋ²］种［tsuəŋ⁵］树［tsəu⁴］好［khu³］遮［dzi¹］凉［luaŋ²］
竹［tuə⁷］王［huŋ²］种［tsuəŋ⁵］出［tshuət⁷］千［tshin²］年［nin¹］竹［tuə⁷］
唐［tɔŋ²］王［huŋ²］置［tsei⁵］下［dzi⁴］好［khu³］花［khua⁴］园［viŋ²］

雷祖圣王置五谷，
刘王种树遮荫凉，
竹王种下千年竹，
唐王栽花遍地香①。

刘［lieu²］王［huŋ²］出［tshuət⁷］世［sei⁵］走［piao⁵］天［thin²］下［di³］
江［kɔŋ²］水［sui³］长［tuaŋ²］流［lieu²］无［məu²］万［man⁴］千［tshin¹］
改［kuai³］换［vien⁴］唐［tɔŋ²］王［huŋ²］坐［tsuei¹］圣［siŋ⁵］殿［tin⁴］
瑶［iu²］人［mien²］退［thui⁵］下［dzi⁴］圣［siŋ⁵］王［huŋ²］前［tsiŋ¹］

刘王登殿走天下，

---

① 雷祖、刘王、竹王、唐王都是瑶族传说中的五谷、树木、竹子的创造者。

第二章 《盘王大歌》整理

山山水水行千程，

改换唐王来坐殿，

瑶人退出王殿门。

来［tai²］到［thao⁵］广［kuaŋ²］东［təŋ¹］南［nan²］海［khuai³］岸［ŋan⁴］

置［tsei⁵］下［dzi⁴］瑶［iu²］人［mien²］无［məu²］万［man⁴］千［tshin¹］

六［luə⁸］男［nam²］六［luə⁸］女［ŋieu¹］人［ŋien²］多［to²］众［tsuəŋ⁵］

盘［pien²］王［huŋ²］子［tsei³］孙［fun¹］自［kan²］连［lin²］姻［in¹］

分［pun¹］下［dzi⁴］五［ŋ̩¹］音［iem¹］又［ieu⁴］五［ŋ̩¹］郡［tɕun⁵］

五［ŋ̩¹］音［iem¹］五［ŋ̩¹］郡［tɕun⁵］各［ko⁷］香［juaŋ²］烟［in¹］

立［liep⁸］起［tɕi¹］连［lin²］州［tsieu¹］福［fu²］江［kɔŋ¹］庙［mi⁴］

又［ien⁴］立［liep⁸］黄［viaŋ²］竹［tuə⁷］圣［siŋ⁵］庙［mi⁴］廷［tiŋ²］

五［ŋ̩¹］百［pɛ⁷］年［nin²］间［ken¹］王［huŋ²］母［məu¹］转［dzuən⁵］

败［pai⁴］了［li̩¹］江［kɔŋ²］山［kem²］龙［lɔŋ²］凤［fəŋ⁴］园［vin²］

来到广东南海岸。

瑶人繁衍万万千。

六男六女儿孙众，

盘王子孙自连姻。

分下五音又五郡，

五音五郡各传宗。

造立连州福江庙，

又造黄竹大庙廷，

五百年间逢乱世，

毁败瑶人好家园。

瑶［iu²］人［mien²］出［tshuət⁷］世［sei⁵］南［nan²］京［tɕiŋ¹］十［tsiep⁸］
宝［pu³］洞［toŋ⁴］
离［lei²］了［li¹］东［toŋ²］门［muən²］南［nan²］门［muən²］街［tɕai¹］
高［ku²］山［sen¹］立［liep⁸］屋［əp⁷］来［tai²］安［ɔn¹］住［tsəu⁴］
无［məu²］屋［əp⁷］遮［dzi¹］身［sin¹］州［tsieu¹］过［tɕi⁵］州［tsieu¹］

瑶人祖地南京十宝峒（殿），

退出东门南门街，

高山大岭来落住，

无房安住州过州。

瑶［iu²］人［mien²］出［tshuət⁷］世［sei⁵］南［nan²］京［tɕiŋ¹］十［tsiep⁸］
宝［pu³］洞［toŋ⁴］
退［thui⁵］下［dzi⁴］东［toŋ²］门［muən²］南［nan²］门［muən²］街［tɕai¹］
圣［siŋ⁵］王［huŋ²］坐［tsuei¹］殿［tin⁴］管［kun³］天［thin²］下［di³］
逼［pi⁷］散［dzan⁵］瑶［iu²］人［mien²］天［thin²］底［di³］来［tai²］

瑶人祖地南京十宝峒（殿），

退出东门南门街，

圣王①坐殿管天下，

驱散瑶人普天游。

---

① 指封建统治者。

寅［ien²］卯［m̥a¹］二［ŋei⁴］年［min¹］天［thin¹］大［tai⁴］旱［han⁴］
败［pai⁴］了［li¹］江［kɔŋ²］河［ho²］十［tsiep⁸］里［l̥ei¹］滩［than¹］
青［tshiŋ²］山［sen¹］竹［tuə⁷］木［muə⁸］自［kan²］燃［tsi⁸］火［khui²］
江［kɔŋ²］河［ho²］无［məu²］水［sui³］又［ieu⁴］无［məu²］鱼［ŋieu²］

寅卯二年天大旱，

江河枯竭十里滩，

青山竹木自燃火，

江河无水鱼死完。

姊［tsei⁵］妹［mui⁴］众［tsuəŋ⁵］齐［dzɔi²］无［məu²］计［tɕei⁵］奈［nɔ¹⁴］
漂［bieu²］游［ieu²］过［tɕi⁵］海［khuai³］到［thao⁵］广［kuaŋ²］东［toŋ¹］
一［iet⁷］年［nin¹］三［fam²］百［pɛ⁷］六［luə⁸］十［tsiep⁸］日［ŋiet⁷］
愁［dzao²］愁［dzao²］意［ei⁵］意［ei⁵］在［tsuai⁵］船［tsun²］中［tuəŋ¹］

男女老幼无奈何，

漂游过海到广东，

一年三百六十日，

饥寒忧愁在船中。

坐［tsuei¹］在［lo⁸］船［tsun²］中［tuəŋ¹］全［tsun²］靠［khao⁵］圣［sin⁵］
五［ŋ¹］旗［tɕei²］兵［pɛŋ²］马［m̥a¹］保［pu³］人［mien²］丁［tiŋ¹］
七［tshiet⁷］七［tshiet⁷］四［fei⁵］九［tɕuə³］船［tsun²］到［thao⁵］岸［ɔn⁵］
烧［siu²］香［juaŋ¹］化［va⁵］纸［tsei³］谢［tsi⁴］圣［sin⁵］恩［ŋən¹］

坐在船中求神佑，

五旗兵马保人丁，

四十九天船靠岸，

烧香化纸谢神恩。

游［ieu²］到［thao⁵］广［kuaŋ²］东［toŋ¹］乐［lo²］昌［tshiaŋ¹］府［fəu³］
又［ieu⁴］落［lo⁸］平［pɛŋ²］石［tsi⁸］县［guen⁴］里［lei¹］安［ɔn¹］
姊［tsei³］妹［mui⁴］众［tsuəŋ⁵］齐［dzɔi²］游［ieu²］天［thin²］下［di³］
添［thim¹］香［juaŋ］换［vien⁴］水［sui³］度［təu⁴］长［tuaŋ²］年［nin²］

游到广东乐昌府，

又到坪石把身安，

十二姓瑶人游天下，

燃香敬祖代代传。

游［ieu²］到［thao⁵］广［juaŋ²］西［fai¹］平［pɛŋ²］乐［lo⁸］府［fəu³］
抛［bei¹］了［li¹］眼［ŋen¹］下［dzi⁴］荔［lei⁴］蒲［phəu³］乡［juaŋ¹］
千［tshin²］山［sen¹］万［man⁴］水［sui³］流［lieu²］相［faŋ¹］合［ho⁸］
盘［pien²］王［huŋ²］清［tshiŋ²］水［sui³］路［ləu⁴］中［tuaŋ¹］难［nan²］

游到广西平乐府，

又丢住地荔蒲乡，

千山万岭都走遍，

盘王子孙过山难。

出［tshuət⁷］世［sei⁵］瑶［iu²］人［mien²］十［tsiep⁸］二［ŋei⁴］姓［fiŋ⁵］
盘［pien²］王［huŋ²］四［fei⁵］处［tshəu⁵］管［kun³］青［tshiŋ²］山［sen¹］
　当［tɔŋ²］初［tsho¹］留［lieu²］爷［i²］留［lieu²］姐［tsi³］置［tsei⁵］
有［mai²］金［tɕiem²］斗［tao³］香［huŋ²］炉［ləu²］一［iet⁷］十［tsiep⁸］
　　　　　二［ŋei⁴］个［ko⁵］
始［sai³］祖［tsieu³］流［lieu²］传［tsun²］到［thao⁵］现［tsan⁴］今［tɕin¹］

　　　　当初瑶人十二姓，

　　　　盘王子孙管青山，

　　　　始祖铸有香炉十二个，

　　　　从古流传到如今。

当［tɔŋ²］初［tsho¹］瑶［iu²］人［mien²］十［tsiep⁸］二［ŋei⁴］姓［fiŋ⁵］
十［tsiep⁸］二［ŋei⁴］姓［fiŋ⁵］瑶［iu²］人［mien²］难［nan²］会［hui⁴］逢［puəŋ²］
天［thin²］底［di³］瑶［iu²］人［mien²］共［tɕuəŋ⁴］爷［i²］姐［tsi³］
游［ieu²］落［lo⁸］分［pun¹］散［dzan⁵］天［thin²］底［di³］游［ieu²］

　　　　当初瑶人十二姓，

　　　　十二兄妹难会合，

　　　　天下瑶人同根生。

　　　　分散天下去流落。

长鼓① 出世歌

梓［tsei³］木［muə⁸］爱［ɔi⁵］生［tsiaŋ²］则［hen²］背［pui⁵］岭［liŋ̥¹］
格［kɛ⁷］木［muə⁸］爱［ɔi⁵］生［tsiaŋ²］岭［tɐi²］其［tɕei²］中［tuəŋ¹］
瑶［iu²］人［mien²］深［siem²］山［sen¹］倒［tu³］大［tai⁴］木［muə⁸］
砍［tsam³］木［muə⁸］挖［dao³］鼓［gəŋ¹］两［ŋei⁴］头［tao²］蒙［muəŋ¹］

　　　　梓木长在山坡上，
　　　　格木②长在大岭中，
　　　　瑶人山中砍大树，
　　　　砍树挖鼓两头蒙。

梓［tsei³］木［muə⁸］不［iam⁴］册［dzɛ⁷］好［khu³］做［tsəu⁵］鼓［gəŋ¹］
松［tsiaŋ²］木［muə⁸］行［hɛŋ²］水［sui³］好［khu³］砍［dao³］船［tsun²］
第［tei²］一［iet⁷］深［sien²］山［sen¹］砍［tsam³］大［tai⁴］树［tsəu⁴］
第［tei²］二［ŋei⁴］马［ma²］梁［luaŋ²］砍［tsam³］四［fei⁵］方［puŋ¹］
第［tei²］三［fam¹］砍［tsam³］得［tu⁷］细［fai⁵］腰［iu¹］子［tsei³］
第［tei²］四［fei⁵］挖［dao³］空［gəŋ¹］两［ŋei⁴］头［tao²］蒙［muəŋ¹］

　　　　梓木不裂好蒙鼓，
　　　　松木浮水好钉船，
　　　　先进深山砍大树，
　　　　再架木马砍鼓坯。
　　　　精心再把鼓腰刮，

---

① 瑶族还盘王愿时必备的乐器，故唱其来源。
② 一种常绿乔木，木材褐色、坚硬，是做器具的佳材。

最后挖空两头蒙。

木［muə⁸］鼓［kəu³］秀［fieu⁵］出［tshuət⁷］细［fai⁵］演［in²］演［in²］
手［sieu³］打［bo⁷］木［muə⁸］鼓［kəu³］通［thoŋ¹］天［thin²］门［muən¹］
第［tei²］一［iet⁷］木［muə⁸］鼓［kəu³］声［siŋ²］声［siŋ¹］亮［luaŋ⁴］
第［tei²］二［ŋei⁴］木［muə⁸］鼓［kəu³］声［siŋ¹］圆［vin²］圆［vin²］
第［tei²］三［fam¹］木［muə⁸］鼓［kəu³］歌［ka¹］随［tsuei²］了［li¹］
木［muə⁸］鼓［kəu³］长［luaŋ¹］歌［ka¹］引［eŋ³］天［thin²］廷［tiŋ²］

　　长鼓制得巧又精，

　　手拍长鼓好声音，

　　一拍长鼓音洪亮，

　　二拍长鼓声音清，

　　三拍长鼓伴歌唱，

　　鼓声歌声响入云。

手［sieu³］拿［pa³］木［muə⁸］鼓［kəu³］两［ŋei⁴］头［tao²］摇［iao²］
花［khua²］朵［to³］苗［ni²］来［tai²］四［fei⁵］面［min⁴］刁［di¹］
红［əŋ²］丝［fei⁵］罗［la⁸］带［tai⁵］腰［iu¹］上［tsuaŋ⁴］缠［dzen⁴］
有［mai²］事［dzɔi⁴］将［tsiaŋ¹］来［tai²］堂［daŋ²］里［lei¹］摇［iao²］

　　手舞长鼓两头摇，

　　好花都在鼓上雕，

　　红丝罗带缠鼓腰，

　　喜庆节日堂中跳。

梓［tsei³］木［muə⁸］鼓［kəu³］

两［ŋei⁴］头［tao²］平［pɛŋ²］平［pɛŋ²］拿［tso⁷］细［fai⁵］腰［iu¹］

玄［hen²］时［tsiaŋ²］厅［thiŋ²］堂［tɔŋ²］壁［pe⁷］上［tsuaŋ⁴］挂［kuai⁵］

好［khu³］事［dzɔi⁴］行［hɛŋ²］来［tai²］手［sieu³］上［tsuaŋ⁴］摇［iao²］

梓木鼓，
两头圆圆细细腰，
平常日子壁上挂，
喜庆节日手中摇。

真［tsien¹］花［khua¹］巧［tɕhiao³］

厅［thiŋ²］前［tsiŋ²］木［muə⁸］鼓［kəu³］不［iam⁴］停［tiŋ²］摇［iao²］

郎［lɔŋ²］仙［fiŋ¹］妹［mui⁴］娘［ɲuaŋ²］开［guai¹］声［siŋ¹］唱［tshuaŋ⁵］

大［təm²］王［huŋ²］听［thiŋ⁵］歌［ka¹］在［tsuai⁵］圣［siŋ⁵］朝［tsiu²］

舞得好，
长鼓咚咚不停摇，
歌郎歌娘开声唱，
大王听歌在圣朝。

万［man⁴］丈［tsuŋ⁴］高［ku²］楼［lao²］从［pɛŋ²］地［tei⁴］起［tɕi¹］

湖［hu²］南［nan²］江［kɔŋ²］口［khu³］挂［kuai⁵］铜［tɔŋ²］铃［liŋ²］

单［tan¹］挂［kuai⁵］铜［tɔŋ²］铃［liŋ²］不［iam⁴］为［vei²］好［khu³］

台［tɔi²］望［mɔŋ⁴］四［fei⁵］邻［lin²］来［tai²］付［həu⁴］声［siŋ¹］

万丈高楼从地起，

湖南江口挂铜铃，

单挂铃声不好听，

还靠唱歌来合音。

万［man⁴］丈［tsuŋ⁴］高［ku²］楼［lao²］从［pɛŋ²］地［tei⁴］起［tɕi¹］

湖［hu²］南［nan²］江［kɔŋ²］口［khu³］起［tɕi¹］大［tai⁴］厅［thiŋ¹］

单［tan¹］有［mai²］厅［thiŋ²］堂［tɔŋ²］不［iam⁴］为［vei²］好［khu³］

厅［thiŋ²］堂［tɔŋ²］内［nɔi⁴］里［lei¹］引［ɛŋ³］歌［ka²］声［siŋ¹］

万丈高楼从地起，

湖南江口起大厅，

单有厅堂不为好，

且听堂内传歌声。

鹧鸪行游

正［tsi²］月［ȵut⁸］鹧［tsi⁸］鸪［kəu¹］不［iam⁴］吃［khi³］米［mei³］

二［ȵei⁴］月［ȵut⁸］鹧［tsi⁸］鸪［kəu¹］不［iam⁴］吃［khi³］泥［nei²］

三［fam²］月［ȵut⁸］鹧［tsi⁸］鸪［kəu¹］行［hɛŋ²］随［tsuei²］路［ləu⁴］

四［fei⁵］月［ȵut⁸］鹧［tsi⁸］鸪［kəu¹］上［tsuaŋ⁴］树［tsəu⁴］啼［tei²］

五［ŋ̍¹］月［ȵut⁸］鹧［tsi⁸］鸪［kəu¹］下［dao⁴］白［pɛ⁸］卵［tɕao⁵］

六［luə⁸］月［ȵut⁸］鹧［tsi⁸］鸪［kəu¹］引［duə³］嫩［nun⁴］儿［ŋi²］

七［tsiet⁷］月［ȵut⁸］鹧［tsi⁸］鸪［kəu¹］尾［muei¹］样［iuŋ⁴］短［tun³］

八［pet⁷］月［ȵut⁸］鹧［tsi⁸］鸪［kəu¹］尾［muei¹］样［iuŋ⁴］长［tuaŋ²］

九［tɕuə³］月［ȵut⁸］鹧［tsi⁸］鸪［kəu¹］心［fiem¹］肝［nɔi⁴］嫩［nun⁴］

十 [tsiep⁸] 月 [ŋut⁸] 鹇 [tsi⁸] 鸪 [kəu¹] 心 [fiem¹] 意 [ei⁵] 娘 [ŋuaŋ²]

十 [tsiep⁸] 一 [iet⁷] 月 [ŋut⁸] 鹇 [tsi⁸] 鸪 [kəu¹] 饮 [iem³] 大 [tai⁴] 酒 [ti³]

十 [tsiep⁸] 二 [ŋei⁴] 月 [ŋut⁸] 鹇 [tsi⁸] 鸪 [kəu¹] 嫁 [sai⁵] 远 [vin⁴] 乡 [juaɲ¹]

  正月鹇鸪不吃米，

  二月鹇鸪不衔泥。

  三月鹇鸪路上走，

  四月鹇鸪树上啼。

  五月鹇鸪下白蛋，

  六月鹇鸪孵嫩儿。

  七月鹇鸪尾毛短，

  八月鹇鸪尾毛长。

  九月鹇鸪还嫩小，

  十月鹇鸪恋情娘。

  十一月鹇鸪备喜酒，

  十二月鹇鸪嫁远乡。

  鹇 [tsi⁸] 鸪 [kəu¹] 游 [ieu²]

鹇 [tsi⁸] 鸪 [kəu¹] 心 [fiem¹] 细 [fai⁵] 爱 [ɔi⁵] 行 [hɛŋ²] 游 [ieu²]

入 [pi⁵] 州 [tsieu¹] 不 [iam⁴] 同 [toŋ³] 州 [tsieu¹] 名 [meŋ²] 姓 [fiŋ⁵]

见 [puət⁸] 人 [ɲien²] 担 [dam¹] 瓮 [ɔŋ⁵] 是 [tsei¹] 瓮 [ɔŋ⁵] 州 [tsieu¹]

  鹇鸪游，

  幼小鹇鸪爱行游，

  游州不知州的名，

见人担瓮叫翁州。

鹧［tsi⁸］鸪［kəu¹］游［ieu²］

鹧［tsi⁸］鸪［kəu¹］心［fiem¹］细［fai⁵］爱［ɔi⁵］行［hɛŋ²］游［ieu²］

入［pi⁵］州［tsieu¹］不［iam⁴］同［toŋ³］州［tsieu¹］名［meŋ²］姓［fiŋ⁵］

见［puət⁸］人［ŋien²］担［dam¹］米［mei³］是［tsei¹］禾［biao²］州［tsieu¹］

鹧鸪游，

幼小鹧鸪爱行游，

游州不知州的名，

见人挑米叫禾州。

鹧［tsi⁸］鸪［kəu¹］游［ieu²］

鹧［tsi⁸］鸪［kəu¹］细［fai⁵］心［fiem¹］爱［ɔi⁵］行［hɛŋ²］游［ieu²］

入［pi⁵］州［tsieu¹］不［iam⁴］同［toŋ³］州［tsieu¹］名［meŋ²］姓［fiŋ⁵］

见［puət⁸］人［ŋien²］磨［mɔ⁴］米［mei³］是［tsei¹］雷［buə²］州［tsieu¹］

鹧鸪游，

幼小鹧鸪爱行游，

游州不知州的名，

见人磨米叫雷州。

鹧［tsi⁸］鸪［kəu¹］游［ieu²］

鹧［tsi⁸］鸪［kəu¹］细［fai⁵］心［fiem¹］爱［ɔi⁵］行［hɛŋ²］游［ieu²］

入［pi⁵］州［tsieu¹］不［iam⁴］同［toŋ³］州［tsieu¹］名［meŋ²］姓［fiŋ⁵］

见［puət⁸］人［ŋien²］簸［bia⁵］米［mei³］是［tsei¹］糠［bi⁷］州［tsieu¹］

鹧鸪游，

幼小鹧鸪爱行游，

游州不知州的名，

见人簸米叫糠州。

鹧［tsi⁸］鸪［kəu¹］游［ieu²］

鹧［tsi⁸］鸪［kəu¹］细［fai⁵］心［fiem¹］爱［ɔi⁵］行［hɛŋ²］游［ieu²］

入［pi⁵］州［tsieu¹］不［iam⁴］同［toŋ³］州［tsieu¹］名［meŋ²］姓［fiŋ⁵］

见［puət⁸］人［ŋien²］担［dam¹］伞［fan⁵］是［tsei¹］日［ŋut⁸］州［tsieu¹］

鹧鸪游，

幼小鹧鸪爱行游，

游州不知州名字，

见人撑伞叫日州。

鹧［tsi⁸］鸪［kəu¹］游［ieu²］

鹧［tsi⁸］鸪［kəu¹］细［fai⁵］心［fiem¹］爱［ɔi⁵］行［hɛŋ²］游［ieu²］

入［pi⁵］州［tsieu¹］不［iam⁴］同［toŋ³］州［tsieu¹］名［meŋ²］姓［fiŋ⁵］

见［puət⁸］人［ŋien²］扇［puən⁴］扇［bia⁸］是［tsei¹］风［puəŋ²］州［tsieu¹］

鹧鸪游，

幼小鹧鸪爱行游，

游州不知州的名，

见人摇扇叫风州。

鹧［tsi⁸］鸪［kəu¹］游［ieu²］

鹧［tsi⁸］鸪［kəu¹］细［fai⁵］心［fiem¹］爱［ɔi⁵］行［hɛŋ²］游［ieu²］

入［pi⁵］州［tsieu¹］不［iam⁴］同［toŋ³］州［tsieu¹］名［meŋ²］姓［fiŋ⁵］

见［puət⁸］人［ŋien²］抱［lao⁵］嫩［tɕuei³］是［tsei⁴］花［khua²］州［tsieu¹］

鹧鸪游，

幼小鹧鸪爱行游，

游州不知州的名，

见人抱孩叫花州。

正［tsi²］月［ŋut⁸］正［tsi²］

鹧［tsi⁸］鸪［kəu¹］送［fəŋ⁴］拜［pai⁵］上［tsuaŋ⁴］官［tɕien²］厅［thiŋ¹］

鹧［tsi⁸］鸪［kəu¹］拜［pai⁵］官［tɕien²］不［iam⁴］得［tu⁷］受［sieu⁴］

还［dzuən⁵］归［kuei¹］送［fəŋ⁴］拜［pai⁵］旧［tɕieu⁴］时［tsei²］情［tsiŋ²］

正月正，

鹧鸪拜年上官厅，

鹧鸪拜年官不受，

回来拜上老交情。

二［ŋei⁴］月［ŋut⁸］二［ŋei⁴］

鹧［tsi⁸］鸪［kəu¹］眉［mui²］眼［ŋen¹］细［fai⁵］微［uei²］微［uei²］

鹧［tsi⁸］鸪［kəu¹］眉［mui²］眼［ŋen¹］微［uei²］微［uei²］细［fai⁵］

比［pei³］能［naŋ³］大［tɔm²］塘［tɔŋ²］野［ji²］鸭［ap⁷］儿［ŋi²］

二月二，

鹧鸪眉毛细又弯，

鹧鸪眉毛弯又细，

好比水上野鸭样。

三［fam²］月［ɲut⁸］三［fam²］

鹧［tsi⁸］鸪［kəu¹］飞［buei¹］入［pi⁸］粟［liep⁸］子［tsei³］园［viŋ²］

粟［liep⁸］子［tsei³］得［tu⁷］完［viŋ²］全［tsun²］足［tsuə⁸］了［li¹］

不［iam⁴］使［sai³］鹧［tsi⁸］鸪［kəu¹］手［sieu³］脚［tɕuə⁷］占［tsim¹］

三月三，

鹧鸪飞进粟子①园，

粟子成熟早收了，

鹧鸪空身把家还。

四［fei⁵］月［ɲut⁸］四［fei⁵］

鹧［tsi⁸］鸪［kəu¹］鹅［ŋi²］雁［ɔn⁵］向［huŋ⁵］南［nan²］飞［buei¹］

飞［buei¹］下［dzi⁴］湖［hu²］南［nan²］七［tsiet⁷］星［fiŋ¹］路［ləu⁴］

鹧［tsi⁸］鸪［kəu¹］邀［i¹］伴［bien⁴］几［tsi⁵］时［tsei²］归［kuei¹］

四月里，

鹧鸪如雁向南飞，

飞到湖南七星路，

---

① 即粟谷、小米。

何时邀伴再回归。

五［ŋ̍¹］月［ŋut⁸］五［ŋ̍¹］

鹧［tsi⁸］鸪［kəu¹］带［tɔi⁴］钾［tɕap⁷］下［dzi⁴］龙［luəŋ²］船［tsun²］

龙［luəŋ²］船［tsun²］响［bo⁷］打［bui¹］摇［iao²］风［puəŋ¹］鼓［kəu³］

鹧［tsi⁸］鸪［kəu¹］思［fei¹］着［tsuə²］亦［ie⁴］有［mai²］缘［iun²］

五月五，

鹧鸪打扮看龙船，

龙船刚响竞渡船，

鹧鸪心想真有缘。

六［luə⁸］月［ŋut⁸］六［luə⁸］

鹧［tsi⁸］鸪［kəu¹］带［tuai⁴］钾［tɕa⁷］手［sieu³］提［luəŋ⁴］枪［tshuaŋ¹］

手［sieu²］拿［pa³］三［fam²］寸［tshun⁵］长［tuaŋ²］枪［tshuaŋ¹］择［tshɛ⁷］

鹧［tsi⁸］鸪［kəu¹］收［sieu¹］召［tsi¹］甲［ap⁷］禾［biao²］粮［luaŋ²］

六月六，

鹧鸪披甲手持枪，

手捏三寸长枪棍，

鹧鸪收剪米禾粮。

七［tshiət⁷］月［ŋut⁸］七［tshiət⁷］

鹧［tsi⁸］鸪［kəu¹］下［dzi⁴］地［tei⁴］运［vin⁴］州［tsieu¹］泥［nei²］

运［vin⁴］得［tu⁷］沙［sa²］泥［nei²］都［tu¹］运［vin⁴］尽［tsin⁴］

飞［buəi¹］上［tsuaŋ⁴］田［tiŋ²］基［tɕaŋ¹］拍［bɛ⁷］拍［dat⁷］啼［thei²］

七月七，

鹧鸪下地运沙泥，

地上沙泥运完了，

飞上田埂拍翅啼。

八［pet⁷］月［ŋut⁸］八［pet⁷］

鹧［tsi⁸］鸪［kəu¹］下［dzi⁴］州［tsieu¹］运［vin⁴］泥［nei²］沙［fai¹］

运［vin⁴］得［tu⁷］泥［nei²］沙［fai¹］身［sin¹］洗［sei³］尽［tsin⁴］

飞［buəi¹］上［tsuaŋ⁴］树［tsəu⁴］头［tao²］不［iam⁴］流［lieu²］落［lo⁸］

八月八，

鹧鸪下地运泥沙，

运完泥沙力使尽，

飞上树梢翅难拉。

九［tɕuə³］月［ŋut⁸］九［tɕuə³］

鹧［tsi⁸］鸪［kəu¹］下［dzi⁴］洞［toŋ⁴］数［sa³］禾［biao²］铁［lit⁷］

数［sa³］得［tu⁷］禾［biao²］头［tao²］都［tu¹］数［sa³］尽［tsin⁴］

飞［buəi¹］上［tsuaŋ⁴］田［tiŋ²］基［tɕaŋ¹］拍［bɛ⁷］翅［dat⁷］愁［dzao²］

九月九，

鹧鸪下地捡谷粒，

数尽禾蔸无粒谷，

飞上田埂拍翅啼。

十［tsiep⁸］月［ŋut⁸］十［tsiep⁸］

鹇［tsi⁸］鸪［kəu¹］下［dzi⁴］峒［toŋ⁴］数［sa³］禾［biao²］分［pun¹］

数［sa³］得［tu⁷］禾［biao²］分［pun¹］数［sa³］了［li¹］尽［tsin⁴］

飞［buəi¹］上［tsuaŋ⁴］田［tiŋ²］基［tɕaŋ¹］拍［bɛ⁷］翅［dat⁷］完［viŋ²］

十月冬，

鹇鸪下峒捡禾穗，

数尽禾苑无禾穗，

上得田埂拍翅飞。

十［tsiep⁸］一［iet⁷］月［ŋut⁸］冬［toŋ²］打［bo⁷］下［dzi⁴］霜［sɔŋ¹］

鹇［tsi²］鸪［kəu¹］上［tsuaŋ⁴］树［tsəu⁴］吃［khi³］沙［sa²］糖［tɔŋ²］

吃［khi³］得［tu⁷］沙［sa²］糖［tɔŋ²］不［iam⁴］当［toŋ¹］饭［ben⁴］

头［tao²］插［tshiep⁷］好［khu³］花［khua¹］不［iam⁴］当［toŋ¹］双［sɔŋ¹］

十一月来冻白霜，

鹇鸪树上糖梨甜，

口吃糖梨当不得饭，

头插香花非娇娘。

十［tsiep⁸］二［ŋei⁴］月［ŋut⁸］来［tai²］是［tsei²］过［tɕi⁵］年［nin¹］

鹇［tsi²］鸪［kəu¹］下［dzi⁴］地［tei⁴］收［sieu¹］年［nin²］粮［luaŋ²］

收［sieu¹］得［tu⁷］年［nin²］粮［luaŋ²］三［fam²］百［pɛ⁷］担［dam⁵］

鹇［tsi²］鸪［kəu¹］幻［ao³］你［muei²］不［iam⁴］闻［muən²］良［luaŋ²］

十二月尾将过年,

鹧鸪下地捡年粮,

捡得年粮三百担①,

鹧鸪度日不艰难。

十二姓瑶人音郡歌②

细[fai⁵]声[siŋ¹]问[muən⁴]

盘[piən²]姓[fiŋ⁵]之[ɲie¹]人[mien²]哪[hai⁵]处[tshəu⁵]人[ɲien²]

盘[pien²]姓[fiŋ⁵]王[huŋ²]瑶[iu²]哪[hai⁵]处[tshəu⁵]住[tsəu⁴]

谁[dzuən⁴]样[iuŋ⁴]郡[tɕun⁵]名[men²]谁[dzuən³]样[iuŋ⁴]音[iem¹]

请问你,

盘姓瑶人何处人?

盘姓瑶人住何处?

什么郡名什么音?

不[iam⁴]使[sai³]问[muən⁴]

盘[pien²]姓[fiŋ⁵]王[huŋ²]瑶[iu²]平[pɛŋ²]地[tei⁴]人[ɲien²]

当[toŋ²]初[tsho¹]千[tshin¹]家[tɕa¹]峒[toŋ⁴]里[l̩ei¹]住[tsəu⁴]

天[thin²]水[sui³]郡[tɕun⁵]名[men²]便[pin⁴]商[soŋ¹]音[iem¹]

不用问,

---

① 比喻只要勤奋,就能获得粮食度日。
② 音郡歌意即十二姓瑶人名姓的分洞。

盘姓瑶人平地人，

当初住在千家峒，

天水郡名是商音①。

细［fai⁵］声［siŋ¹］问［muən⁴］

沈［siem³］姓［fiŋ⁵］之［ȵie¹］人［mien²］哪［hai⁵］处［tsheu⁵］人［ȵien²］

沈［siem³］姓［fiŋ⁵］当［tɔŋ²］初［tsho¹］哪［hai⁵］处［tsheu⁵］住［tsəu⁵］

谁［dzuəŋ³］样［iuŋ⁴］郡［tɕun⁵］名［meŋ²］谁［dzuəŋ³］样［iuŋ⁴］音［iem¹］

请问你，

沈姓瑶人何处人？

沈姓当初住何处？

什么郡名什么音？

不［iam⁴］使［sai³］问［muən⁴］

沈［siem³］姓［fiŋ⁵］之［ȵie¹］人［mien²］高［ku²］山［sen¹］人［ȵien²］

沈［siem³］姓［fiŋ⁵］当［tɔŋ²］初［tsho¹］广［kuaŋ²］东［tɔŋ¹］住［tsəu⁴］

天［thin²］水［sui³］郡［tɕun³］名［meŋ²］是［tsei⁴］角［ko⁷］音［iem¹］

不用问，

沈姓瑶人高山人，

沈姓当初广东住，

---

① 商音：五音之一，代表住中洞之意。

天水郡名是角音①。

细［fai⁵］声［siŋ¹］问［muən⁴］
包［pei¹］姓［fiŋ⁵］之［ŋie¹］人［mien²］哪［hai⁵］处［tɕieu⁵］人［ŋien²］
包［pei¹］姓［fiŋ⁵］当［toŋ²］初［tsho¹］哪［hai⁵］处［tɕieu⁵］住［tsəu⁴］
谁［dzuən²］样［iuŋ⁴］郡［tɕun⁵］名［men²］谁［dzuən³］样［iuŋ⁴］音［iem¹］

请问你，
包姓瑶人何处人？
包姓当初何处住？
什么郡名什么音？

不［iam⁴］使［sai³］问［muən⁴］
包［pei¹］姓［fiŋ⁵］之［ŋie¹］人［mien²］本［puən²］土［tei⁴］人［ŋien²］
包［pei¹］姓［fiŋ⁵］当［toŋ²］初［tsho¹］南［nan²］京［tsiŋ¹］住［tsəu⁴］
陇［luən²］阳［iaŋ²］郡［tɕun⁵］名［men²］是［tsei¹］正［tsiŋ⁵］音［iem¹］

不用问，
包姓瑶人本土人，
包姓当初南京住，
陇阳郡名是正音②。

---

① 角音：五音之一，代表住下洞。
② 正音：即宫音，代表住上调。

细［fai⁵］声［siŋ¹］问［miən⁴］

黄［viaŋ²］姓［fiŋ⁵］之［ɲie¹］人［mien²］哪［hai⁵］处［tɕhieu⁵］人［ɲien²］

黄［viaŋ²］姓［fiŋ⁵］当［toŋ²］初［tsho¹］哪［hai⁵］处［tɕhieu⁵］住［tsəu⁴］

谁［dzuaŋ³］样［iuŋ⁴］郡［tɕun⁵］名［meŋ²］谁［dzuaŋ³］样［iuŋ⁴］音［iem¹］

请问你，

黄姓瑶人何处住？

黄姓当初住何处？

什么郡名什么音？

不［iam⁴］使［sai³］问［muən⁴］

黄［viaŋ²］姓［fiŋ⁵］千［tshin¹］家［tɕa¹］峒［toŋ⁴］里［l̥ei¹］人［ɲien²］

黄［viaŋ²］姓［fiŋ⁵］也［ia⁴］共［tɕuəŋ⁴］千［tshin¹］家［tɕa¹］峒［toŋ⁴］

江［kɔŋ²］南［nan²］郡［tɕun⁵］名［meŋ²］便［pin⁴］未［mei⁴］音［iem¹］

不用问，

黄姓千家峒里人，

黄姓原住千家峒，

江南郡名是徵音。

细［fai⁵］声［siŋ¹］问［muən⁴］

李［l̥ei¹］姓［fiŋ⁵］之［ɲie¹］人［mien²］哪［hai⁵］处［tɕhieu⁵］人［ɲien²］

李［l̥ei¹］姓［fiŋ⁵］当［toŋ²］初［tsho¹］哪［hai⁵］处［tɕhieu⁵］住［tsəu⁴］

谁［dzuaŋ³］样［iuŋ⁴］郡［tɕun⁵］名［meŋ²］谁［duaŋ³］样［iuŋ⁴］音［iem¹］

请问你，

李姓瑶人何处人？
李姓当初何处住？
什么郡名什么音？

不[iam⁴]使[sai³]问[muən⁴]
李[lei¹]姓[fiŋ⁵]之[ɲie¹]人[mien²]高[ku²]山[sen¹]人[ɲien²]
李[lei¹]姓[fiŋ⁵]千[tshin¹]家[tɕa¹]峒[toŋ⁴]里[lei¹]住[tsəu⁴]
河[ho²]南[nan²]郡[tɕun⁵]名[men²]便[pin⁴]角[ko⁷]音[iem¹]

不用问，
李姓瑶人高山人，
李姓原住千家峒，
河南郡名是角音。

细[fai⁵]声[siŋ⁴]问[muən⁴]
邓[taŋ⁴]姓[fiŋ⁵]之[ɲie¹]人[ɲien²]哪[hai⁵]处[tɕhieu⁵]人[ɲien²]
邓[taŋ⁴]姓[fiŋ⁵]当[toŋ²]初[tsho¹]哪[hai⁵]处[tɕhieu⁵]住[tsəu⁴]
谁[dzuən³]样[iuŋ⁴]郡[tɕun⁵]名[men²]谁[dzuən³]样[iuŋ⁴]音[iem¹]

请问你，
邓姓瑶人何处人？
邓姓当初何处住？
什么郡名什么音？

不[iam⁴]使[sai³]问[muən⁴]

邓［taŋ⁴］姓［fiŋ⁵］千［tshin¹］家［tɕa¹］峒［toŋ⁴］里［lei̥¹］人［ŋien²］

邓［taŋ⁴］姓［fiŋ⁵］也［ia⁴］共［tɕuəŋ⁴］千［tshin¹］家［tɕa¹］峒［toŋ⁴］

陇［luəŋ²］西［fai¹］郡［tɕun⁵］名［meŋ²］便［pin⁴］角［ko⁷］音［iem⁵］

不用问，
邓姓千家峒里人，
邓姓同住千家峒，
陇西郡名是角音。

细［fai⁴］声［siŋ¹］问［muən⁴］

周［tsieu¹］姓［fiŋ⁵］之［ŋie¹］人［mien²］哪［hai⁵］处［tɕhieu⁵］人［ŋien²］

周［tsieu¹］姓［fiŋ⁵］当［toŋ²］初［tsho¹］哪［hai⁵］处［tɕhieu⁵］住［tsəu⁴］

谁［dzuəŋ³］样［iuŋ⁴］郡［tɕun⁵］名［meŋ²］谁［dzuəŋ³］样［iuŋ⁴］音［iem¹］

请问你，
周姓瑶人何处人？
周姓当初住何处？
什么郡名什么音？

不［iam⁴］使［sai³］问［muən⁴］

周［tsieu¹］姓［fiŋ⁵］千［tshin¹］家［tɕa¹］大［təm²］峒［toŋ⁴］人［ŋien²］

周［tsieu¹］姓［fiŋ⁵］千［tshin¹］家［tɕa¹］下［dzi⁴］峒［toŋ⁴］住［tsəu⁴］

平［pɛŋ²］南［nan²］郡［tɕun⁵］名［meŋ²］便［pin⁴］洪［hoŋ²］音［iem¹］

不用问，
周姓千家峒里人，

周姓千家下峒住，

平南郡名是洪音①。

细［fai⁵］声［siŋ¹］问［muən⁴］

赵［tsei¹］姓［fiŋ⁵］之［ŋie¹］人［mien²］哪［hai⁵］处［tɕhieu⁵］人［ŋien²］

赵［tsei¹］姓［fiŋ⁵］当［toŋ²］初［tsho¹］哪［hai⁵］处［tɕhieu⁵］住［tsəu⁴］

谁［dzuəŋ³］样［iuŋ⁴］郡［tɕun⁵］名［meŋ²］谁［dzuəŋ³］样［iuŋ⁴］音［iem¹］

请问你，

赵姓瑶人何处人？

赵姓当初住何处？

什么郡名什么音？

不［iam⁴］使［sai³］问［muən⁴］

赵［tsei¹］姓［fiŋ⁵］之［ŋie¹］人［mien²］平［pɛŋ²］地［tei⁴］人［ŋien²］

赵［tsei¹］姓［fiŋ⁵］也［ia⁴］共［tɕuəŋ⁴］千［tshin¹］家［tɕa¹］峒［toŋ⁴］

天［thin²］水［sui³］郡［tɕun⁵］名［meŋ²］便［pin⁴］角［ko⁷］音［iem¹］

不用问，

赵姓瑶人平地人，

赵姓原住千家峒，

天水郡名是角音。

细［fai⁵］声［siŋ¹］问［muən⁴］

---

① 洪音：即宫音。

胡［həu²］姓［fiŋ⁵］之［ŋie¹］人［mien²］哪［hai⁵］处［tɕhieu⁵］人［ŋien²］
胡［həu²］姓［fiŋ⁵］当［toŋ²］初［tsho¹］哪［hai⁵］处［tɕhieu⁵］住［tsəu⁴］
谁［dzuəŋ³］样［iuŋ⁴］郡［tɕun⁵］名［meŋ²］谁［dzuəŋ³］样［iuŋ⁴］音［iem¹］

请问你，

胡姓瑶人何处人？

胡姓当初住何处？

什么郡名什么音？

不［iam⁴］使［sai³］问［muən⁴］
胡［həu²］姓［fiŋ⁵］之［ŋie¹］人［mien²］本［puən²］土［tei⁴］人［ŋien²］
胡［həu²］姓［fiŋ⁵］南［nan²］京［tɕiŋ¹］平［pɛŋ²］地［tei⁴］住［tsəu⁴］
皇［huŋ²］女［ŋieu⁴］郡［tɕun⁵］名［meŋ²］便［pin⁴］礼［lei¹］音［iem¹］

不用问，

胡姓瑶人本土人，

胡姓南京平地住，

皇女郡名是礼音①。

细［fai⁵］声［siŋ¹］问［muən⁴］
雷［lui²］姓［fiŋ⁵］之［ŋie¹］人［mien²］哪［hai⁵］处［tɕhieu⁵］人［ŋien²］
雷［lui²］姓［fiŋ⁵］当［toŋ²］初［tsho¹］哪［hai⁵］处［tɕhieu⁵］住［tsəu⁴］
谁［dzuəŋ³］样［iuŋ⁴］郡［tɕun⁵］名［meŋ²］谁［dzuəŋ³］样［iuŋ⁴］音［ien¹］

---

① 礼音：即羽音。

请问你，

雷姓瑶人何处住？

雷姓当初住何处？

什么郡名什么音？

不［iam⁴］使［sai³］问［muən⁴］

雷［lui²］姓［fiŋ⁵］之［ŋie¹］人［mien²］本［puən²］土［tei⁴］人［ŋien²］

雷［lui²］姓［fiŋ⁵］也［ia⁴］共［tɕuən⁴］千［tshin¹］家［tɕa¹］峒［toŋ⁴］

江［kɔŋ²］南［nan²］郡［tɕun⁵］名［men²］便［pin⁴］角［ko⁷］音［iem¹］

不用问，

雷姓瑶人本土人，

雷姓也住千家峒，

江南郡名是角音。

细［fai⁵］声［siŋ¹］问［muən⁴］

唐［toŋ²］姓［fiŋ⁵］瑶［ŋie¹］人［mien²］哪［hai⁵］处［tɕhieu⁵］人［ŋien²］

唐［toŋ²］姓［fiŋ⁵］当［toŋ²］初［tsho¹］哪［hai⁵］处［tɕhieu⁵］住［tsəu⁴］

谁［dzuəŋ³］样［iuŋ⁴］郡［tɕun⁵］名［men²］谁［dzuəŋ³］样［iuŋ⁴］音［iem¹］

请问你，

唐姓瑶人何处人？

唐姓当初住何处？

什么郡名什么音？

不［iam⁴］使［sai³］问［muən⁴］

唐［tɔŋ²］姓［fiŋ⁵］之［ŋie¹］人［mien²］洛［lo²］昌［tshian¹］人［ŋien²］

唐［tɔŋ²］姓［fiŋ⁵］也［ia⁴］共［tɕuən⁴］千［tshin¹］家［tɕa¹］峒［tɔŋ⁴］

平［pɛŋ²］南［nan²］郡［tɕun⁵］名［meŋ²］便［pin⁴］角［ko⁷］音［iem¹］

不用问，

唐姓瑶人乐昌人，

唐姓也住千家峒，

平南郡名是角音。

细［fai⁵］声［siŋ¹］问［muən⁴］

冯［buŋ¹］姓［fiŋ⁵］之［ŋie¹］人［mien²］哪［hai⁵］处［tɕhieu⁵］人［ŋien²］

冯［buŋ¹］姓［fiŋ⁵］当［tɔŋ²］初［tsho¹］哪［hai⁵］处［tɕhieu⁵］住［tsəu⁴］

谁［dzuəŋ³］样［iuŋ⁴］郡［tɕun⁵］名［meŋ²］谁［dzuəŋ³］样［iuŋ⁴］音［iem¹］

请问你，

冯姓瑶人何处人？

冯姓当初何处住？

什么郡名什么音？

不［iam⁴］使［sai³］问［muən⁴］

冯［buŋ¹］姓［fiŋ⁵］千［tshin¹］家［tɕa¹］西［fai⁵］洞［tɔŋ⁴］人［ŋien²］

冯［buŋ¹］姓［fiŋ⁵］也［ia⁴］共［tɕuən⁴］千［tshin¹］家［tɕa¹］峒［tɔŋ⁴］

天［thin²］水［sui³］郡［tɕun⁵］名［meŋ²］便［pin⁴］角［ko⁷］音［iem¹］

不用问，

冯姓千家西峒人，

冯姓千家峒里住，

天水郡名是角音。

细［fai⁵］声［siŋ⁴］问［muən⁴］

七［tshiet⁷］十［tsiep⁸］二［ŋei⁴］姓［fiŋ⁵］瑶［iu²］人［mien⁵］哪［hai¹］样［iuŋ⁴］人［ŋien²］

七［tshiet⁷］十［tsiep⁸］二［ŋei⁴］姓［fiŋ⁵］瑶［iu²］人［mien²］各［ko⁷］哪［hai⁵］样［iuŋ⁴］

哪［dzuəŋ³］样［iuŋ⁴］排［bai²］名［meŋ²］各［ko⁷］自［tsei⁵］人［ŋien²］

请问你，

七十二姓瑶人何样人？

七十二姓瑶人各怎样？

怎样排姓怎排名？①

不［iam⁴］使［sai³］问［muən⁴］

七［tshiet⁷］十［tsiep⁸］二［ŋei⁴］姓［fiŋ⁵］瑶［iu²］人［mien²］各［ko⁷］样［iuŋ⁴］人［ŋien²］

七［tshiet⁷］十［tsiep⁸］二［ŋei⁴］姓［fiŋ⁵］瑶［iu²］人［mien²］各［ko⁷］自［kan²］样［iuŋ⁴］

各［ko⁷］人［ŋien²］排［bai²］名［meŋ²］各［ko⁷］自［kan²］人［ŋien²］

---

① 古时瑶族有按十二姓氏的顺序排列名次的习俗。

不用问，

七十二姓瑶人各样人，

七十二姓瑶人各有根，

各按宗支姓氏各排名。

不［iam⁴］依［ei¹］姓［fiŋ⁵］

百［pɛ⁷］家［tɕa¹］各［ko⁷］姓［fiŋ⁵］百［pɛ⁷］姓［fiŋ⁵］人［ŋien²］

造［tsu⁴］反［bien³］失［tsi⁸］落［lo⁸］接［dzip⁷］不［iam⁴］正［tsiŋ⁵］

各［ko⁷］人［ŋien²］排［bai²］名［meŋ²］各［ko⁷］祖［tsəu²］宗［tsoŋ¹］

不依姓，

百家各姓百姓人，

战乱流落分散了，

各排姓名各家亲。

细［fai⁵］声［siŋ¹］问［muən⁴］

龙［luəŋ²］姓［fiŋ⁵］之［ŋie¹］人［mien²］哪［hai⁵］样［iuŋ⁴］园［vin²］

龙［luəŋ²］姓［fiŋ⁵］之［ŋie¹］人［mien²］几［tsi⁵］个［tao²］女［ŋieu¹］

谁［dzuən³］姓［fiŋ⁵］来［tai²］接［dzip⁷］女［ŋieu¹］香［juaŋ²］烟［in¹］

请问你，

龙姓之人何处人？

龙姓当初几个女？

哪姓之人接香烟？

不［iam⁴］使［sai³］问［muən⁴］

龙［luəŋ²］姓［fiŋ⁵］之［ɲie¹］人［mien²］出［tshuət⁷］了［li¹］园［vin²］

龙［luəŋ²］姓［fiŋ⁵］之［ɲie¹］人［mien²］三［fam¹］个［tao²］女［ɲieu¹］

盘［pien²］赵［tsei¹］二［ɲei⁴］姓［fiŋ⁵］接［dzip⁷］香［juaŋ²］烟［in¹］

不用问，

龙姓之人出了村，

龙姓当初三个女，

盘赵二姓接香烟。

灶王歌①

灶［tou²］君［dzu⁵］娘［ma⁴］

主［tsieu³］人［ɲien²］请［tshiŋ³］你［muei²］打［bo⁷］商［faŋ²］量［luaŋ²］

三［fam²］更［kɛŋ¹］半［dam³］夜［m̥uən¹］归［kuei¹］家［tɕa¹］去［tɕhieu⁵］

无［məu²］火［khui³］点［tim³］着［tsu³］上［tsuaŋ⁴］香［ɕuaŋ²］坛［tan²］

灶君娘，

主人请你打商量，

三更半夜回家来，

无火燃香供神坛。

灶［tou²］君［dzu⁵］娘［ma⁴］

灶［dzu²］堂［tɔŋ²］里［nɔi⁴］内［n̥uə⁴］笑［fiu⁵］眉［mi²］眉［mi¹］

---

① 灶王歌：歌颂灶王的歌，瑶族称灶王为灶君娘。

主［tsieu³］人［ŋien²］叫［he⁴］你［muei²］灶［dzu²］头［tao²］磨［mo⁴］

你［muei²］不［iam⁴］开［gua¹］声［siŋ¹］我［ie¹］也［ia⁴］知［pei¹］

  灶君娘，

    灶堂里面笑眯眯，

    主人请你灶上坐，

    你不答话我也知。

  灶［tou²］君［dzu⁵］娘［ma⁴］

行［hɛŋ²］出［tshuət⁷］大［təm²］厅［thiŋ¹］吃［khi³］个［nɔm¹］真［tsaŋ⁵］

做［tsou⁵］真［tsaŋ⁵］过［tɕi⁵］酒［ti³］你［muei²］抄［tshu¹］心［fim¹］

灶［dzu²］娘［ma⁴］肚［ȵieu³］里［lei¹］是［tsei¹］聪［tshoŋ²］明［meŋ²］

  灶君娘，

    抽来饭甑放大厅，

    酒甑蒸酒你操心，

    灶娘肚里真聪明。

  灶［tou²］君［dzu⁵］娘［ma⁴］

主［tsieu³］人［ŋien²］请［tshiŋ³］你［muei²］灶［dzu²］头［tao²］磨［mo⁴］

叫［he⁴］你［muei²］吃［khi³］酒［ti³］你［muei²］不［iam⁴］声［siŋ¹］

宅［tse⁷］堂［tɔŋ²］里［nɔi⁴］内［ŋuə¹］笑［fiu⁵］哈［ho¹］哈［ho¹］

  灶君娘，

    主人请你灶头坐，

    请你喝酒你不答，

堂上客饮笑哈哈。

灶［tou²］君［dzu⁵］娘［ma⁴］
先［fin²］来［tai²］一［iet⁷］日［ŋiet⁷］灶［dzu²］头［tao²］磨［mo⁴］
行［hɛŋ²］出［tshuət⁷］大［toŋ²］厅［thiŋ¹］吃［khi³］碗［vien³］酒［ti³］
酒［ti³］来［tai²］酒［ti³］去［tɕhieu⁵］唱［tshuaŋ⁵］条［ti²］歌［ka¹］

灶君娘，
早来一天灶头坐，
走出厅堂吃碗酒，
酒来酒去唱支歌。

灶［tou²］君［dzu⁵］娘［ma⁴］
你［muei²］不［iam⁴］回［ui²］酒［ti³］我［i¹］也［ia⁴］知［pei¹］
前［tsin²］来［tai²］两［ŋei⁴］日［ŋiet⁷］少［fiu⁵］不［iam⁴］睡［tsuei⁴］
眼［ŋen²］睛［muei⁴］流［lieu²］亮［luaŋ⁴］笑［fiu⁵］眉（迷）［mi²］眉［mi⁴］

灶君娘，
你不敬酒我也知，
先来两天很少睡，
眼睛光亮笑眯眯。

灶［dzu²］君［tɕuen¹］婆［bie²］婆［bie²］灶［dzu²］君［tɕuen¹］底［di¹］
你［muei²］莫［i⁵］宅［tse²］堂［toŋ²］门［muən²］内［nɔi⁴］崎［ki²］
备［pi⁴］办［ben⁴］龙［luəŋ²］浆［tsiaŋ¹］都［tu¹］齐［dzɔi²］整［tsiŋ³］

抄［tshu¹］心［fiem¹］劳［lu²］夜［muan¹］我［i¹］也［ia⁴］知［pei¹］

灶君婆婆大灶君，

你莫躲在门角里，

酒菜都是你操办，

费心劳力我全知。

灶［dzu²］君［tɕuen¹］娘［ma⁴］

行［hɛŋ²］出［tshuət⁷］大［toŋ²］厅［thiŋ¹］吃［khi³］个［nɔm¹］浆［tsiaŋ¹］

两［ŋei⁴］人［ŋien²］吃［khi³］碗［vien³］商［faŋ²］量［luaŋ²］酒［ti³］

大［ləm²］家［dzɔi²］吃［khi³］酒［ti³］打［bo⁷］商［faŋ²］量［luaŋ²］

灶君娘，

你来大厅饮酒浆，

我俩喝碗商量酒，

席中饮酒好商量。

大［təm²］碗［vien³］在［tsuai⁵］酒［ti³］白［pɛ⁸］蓬［bui²］蓬［bui¹］

我［i¹］来［tai²］真［tshie³］献［khun⁵］你［muei²］莫［i⁵］动［toŋ¹］

你［muei²］动［toŋ¹］我［i¹］动［toŋ¹］动［toŋ¹］吃［khi³］酒［ti³］

连［lin²］连［lin²］献［khun⁵］你［muei²］两［ŋei⁴］三［fam²］盏［tsoŋ¹］

大碗盛满清香酒，

我来敬劝莫推辞，

你推我辞怎喝酒，

接连劝你两三盏。

酒［ti²］语［va⁴］讲［kɔŋ³］了［li¹］无［məu²］万［man⁴］宗［tsoŋ⁴］
连［lin²］娘［ȵuaŋ³］连［lin²］过［tɕi⁵］几［tsi⁵］多［to²］工［koŋ¹］
坛［tan²］中［tuən¹］讲［kɔŋ³］过［tɕi⁵］吃［khi³］酒［ti³］语［va⁴］
你［muei²］来［tai²］我［i¹］去［tɕieu⁵］路［ləu⁴］中［tao²］逢［puaŋ²］

酒话讲了千万宗，
连妹来往误了工，
堂中喝酒对了话，
你来我往路中逢。

灶［dzu²］君［tɕuen¹］婆［pie²］
灶［dzu²］堂［tɔŋ²］里［nɔi⁴］内［ȵuə¹］笑［fiu⁵］哈［ho²］哈［ho¹］
小［fi³］师［sai¹］叫［he⁴］你［muei²］来［tai²］吃［khi³］酒［ti³］
欢［guen²］欢［guen²］喜［hei³］喜［hei³］打［bo⁷］禾［pu²］糯［no¹］

灶君娘，
灶堂里头笑哈哈，
师公叫你来吃酒，
你却蒸米打糍粑。

灶［dzu²］君［tɕuen¹］婆［pie²］
酒［ti²］浆［tsiaŋ¹］抄［tshao¹］来［tai²］有［mai²］几［tsi⁵］多［to²］
吃［khi³］茶［tsa²］吃［khi³］饭［ben¹］过［tɕi⁵］你［muei²］手［siu³］
左［tso²］手［siu³］摸［luo¹］米［tai²］右［bia⁴］手［siu³］托［tho²］

灶君娘，

端来美酒多又多，

吃茶吃饭经你做，

右手舀来左手托。

灶 [dzu²] 君 [tɕuen¹] 娘 [ma⁴]

主 [tsieu³] 人 [ŋien²] 请 [tshiŋ³] 你 [muei²] 料 [liu⁴] 香 [juaŋ²] 坛 [tan²]

我 [i¹] 来 [tai²] 借 [tɕa³] 碗 [vien³] 主 [tsieu³] 人 [ŋien²] 酒 [ti³]

三 [fam²] 朝 [tsiu¹] 四 [fei⁵] 夜 [i⁵] 你 [muei²] 抄 [tshu¹] 心 [fiem¹]

灶君娘，

主人请你管厨房，

我来借碗主人酒，

谢你日夜操劳忙。

女人诗曲①

远 [vin¹] 乡 [juaŋ¹] 撑 [dzɛŋ¹] 船 [tsun²] 来 [tai²] 饮 [iem³] 酒 [ti³]

行 [hɛŋ²] 到 [thao⁵] 郎 [luəŋ²] 乡 [juaŋ¹] 饮 [iem³] 酒 [ti³] 蒸 [tsuaŋ¹]

主 [tsieu³] 人 [ŋien²] 出 [tshuət⁷] 得 [tu⁷] 贵 [kuei⁵] 龙 [luŋ²] 浆 [tsuaŋ¹]

出 [tshuət⁷] 小 [fiu³] 不 [iam⁴] 知 [pei¹] 言 [ien²] 语 [ŋieu¹] 长 [tuaŋ²]

出 [tshuət⁷] 小 [fiu³] 不 [iam⁴] 知 [pei¹] 言 [ien²] 语 [ŋieu¹] 事 [dzɔi⁴]

主 [tsieu³] 人 [ŋien²] 出 [tshuət⁷] 得 [tu⁷] 贵 [kuei⁵] 铜 [toŋ²] 铃 [liŋ²]

---

① 女人诗曲：指外乡来参加盘王愿的女子所唱的歌。

交［tɕi¹］把［pa³］丹［tan²］声［sin¹］不［iam⁴］会［hui⁵］声［siŋ¹］
主［tsieu³］人［ŋien²］出［tshuət⁷］得［tu⁷］银［ŋɔn²］杯［pui¹］盏［tsan³］
排［pai³］下［dzi⁴］台［tɔi²］头［tao²］台［tɔi²］尾［m̥uei¹］边［pin¹］
台［tɔi²］头［tao²］台［tɔi²］尾［m̥uei¹］能［naŋ³］花［khua²］园［vin²］
请［tsiŋ²］得［tu⁷］一［iet⁷］席［tsi⁸］富［fu²］贵［kuei⁵］人［ŋien²］
客［khe⁷］人［ŋien²］会［hai²］解［tɕai⁸］真［tsien²］心［fiem¹］意［ei⁵］
会［hai²］解［tɕai⁸］真［tsien²］心［fiem¹］神［tsien²］意［ei⁵］开［guai²］
踏［ta¹］上［tsuaŋ⁴］桥［tɕieu²］头［tao²］心［fiem¹］暗［ɔm⁵］意［ei⁵］
唱［tshuaŋ⁵］歌［ka¹］作［tso⁷］笑［fiu⁵］自［kan¹］前［tsiŋ²］连［lin²］
罗［lo⁷］衫［sam¹］协［siep⁴］协［siep⁴］官［tsuai²］厅［thiŋ¹］底［di³］
姐［tsei³］妹［mui⁴］齐［dzɔi²］齐［dzɔi²］在［tsuai⁵］眼［ŋen¹］前［tsiŋ²］
罗［lo⁷］衫［sam¹］游［ieu²］游［ieu²］官［tsuai²］厅［thiŋ¹］底［di³］
姐［tsei³］妹［mui⁴］游［ieu²］游［ieu²］在［tsuai⁵］远［vin²］州［tsieu¹］
远［vin²］乡［juaŋ¹］花［khua²］发［fat⁷］园［vin²］园［vin²］发［fat⁷］
不［iam⁴］得［tu⁷］共［tɕuəŋ²］园［vin²］成［tsiaŋ²］对［tɔi⁵］球［tɕieu²］

　　　　　　　姐妹乘船来饮酒，
　　　　　　　郎乡摆出好酒浆，
　　　　　　　主人摆宴来款待，
　　　　　　　小妹嘴笨难开腔；
　　　　　　　小妹无言心领情，
　　　　　　　主人给我一铜铃，
　　　　　　　手摇铜铃无声音，
　　　　　　　主人拿来银杯盏，

摆满桌面闪银光，

桌头桌尾花园样，

满座生辉是贵宾。

主人能解真心意，

真心实话神欢喜，

来时妹心自暗想，

唱歌风流该前往，

歌声作笑大家玩。

罗衫飘飘厅堂里，

姐妹一齐在眼前，

罗衫攸攸厅堂里，

姐妹欢乐在远州，

远州花开满园红，

怎得并蒂给双球！

好［khu³］话［va⁴］丹［tan²］

郎［lɔŋ²］话［va⁴］不［iam⁴］逢［puaŋ²］心［fiem¹］里［ŋuə¹］难［nan²］

远［vin²］乡［juaŋ¹］姐［tsei³］妹［mui⁴］都［tu¹］嫁［sa⁵］了［liu¹］

平［pɛŋ²］地［tei⁴］种［tsueŋ⁵］种［tsueŋ¹］叶［ip⁸］细［fai⁵］眉［muŋ²］

好哥郎，

哥无恋情妹着难，

远乡姑娘都嫁了，

妹似葱叶好孤单。

娘［ŋuaŋ²］乡［juan¹］有［mai²］花［khua¹］娘［ŋuaŋ²］不［iam⁴］摘［dzɛ⁷］

行［hɛŋ²］到［thao⁵］郎［lɔŋ²］乡［juan¹］娘［ŋuaŋ²］正［tsiŋ⁵］连［lin²］

红［əŋ²］罗［lo²］衫［sam¹］帕［pha⁵］无［məu²］书［səu¹］卷［tɕun⁵］

丹［tan¹］身［sin¹］行［hɛŋ²］路［ləu⁴］接［tsip⁷］金［tɕiem²］言［ŋien²］

家乡有花妹不摘，

专来郎乡觅知音，

不用红罗纱帕和书信，

只凭路上歌声吐真情。

一［iet⁷］接［tsip⁷］好［khu³］爷［i²］姐［tsi³］

二［ŋei⁴］接［tsip⁷］哥［ko⁵］嫂［ŋam¹］当［tɔŋ⁵］爷［i²］娘［ŋuaŋ²］

三［tam²］接［tsip⁷］福［fuə⁷］村［tshun¹］共［tɕuəŋ⁴］姐［tsei³］妹［mui⁴］

四［fei⁵］接［tsip⁷］出［tshuət⁸］嫁［sa⁵］落［lo⁸］人［ŋien²］乡［juaŋ¹］

先迎老前辈，

再迎大嫂和兄长，

三迎贵乡众姐妹，

四迎出嫁好姑娘。

好［khu³］放［puŋ⁵］火［khui³］

天［thin¹］上［tsuaŋ⁴］也［ia⁴］有［mai²］过［tɕi⁵］天［thin¹］星［fiŋ¹］

爷［i²］娘［ŋuaŋ²］养［juŋ³］女［si⁷］柱［waŋ³］养［juŋ¹］女［si⁷］

养［juŋ¹］女［si⁷］抛［bei¹］钧［ti⁵］养［juŋ¹］蚕［dzɔŋ²］儿［ŋi²］

养［juŋ¹］蚕［dzɔŋ²］蚕［dzɔŋ²］大［lu̥¹］蚕［dzɔŋ²］丝［fei¹］绩［tsi⁷］

养［juŋ¹］女［si⁷］传［tsun²］大［lu̥¹］传［tsun²］分［pun¹］离［lei²］

五［ŋ̍¹］更［kɛŋ¹］鸡［tɕai¹］啼［gai⁵］娘［ȵuaŋ²］担［tam⁵］水［sui³］

五［ŋ̍¹］更［kɛŋ¹］担［tam⁵］水［sui³］着［tsu⁸］风［puəŋ¹］吹［tshui¹］

装［tsɔŋ²］嫁［sa⁵］罗［lo̥²］衫［sam¹］都［tu¹］着［tsu⁷］了［li¹］

七［tshiet¹］朝［tsi¹］又［ieu⁴］梦［bei⁵］绣［fieu⁵］罗［lo̥²］衫［sam¹］

　　　　　点火把，

　　　天上也有流星过，

　　　爷娘生女枉费神，

　　　生女不如养丝蚕。

　　　养大丝蚕蚕吐丝，

　　　女儿养大离家门。

　　　早起五更娘挑水，

　　　五更挑水寒风吹，

　　　嫁妆罗衫全穿上，

　　　七天梦里暗战栗。

郎［lɔŋ²］那［na¹］郎［lɔŋ²］

郎［lɔŋ²］随［tsuei²］三［fam²］岁［fui⁵］在［tsuai⁵］学［ho⁸］堂［tɔŋ²］

读［tu⁸］到［thao⁵］五［ŋ̍¹］更［kɛŋ¹］书［səu¹］好［khu³］读［tu⁸］

读［tu⁸］了［li¹］正［tsiŋ⁵］知［pei¹］书［səu¹］字［dzaŋ⁴］行［hɔŋ²］

　　　　　郎啊郎，

　　　三岁读书上学堂，

读书读到五更夜，

知书识理作文章。

读［tu⁸］书［səu¹］女［si⁷］

读［tu⁸］书［səu¹］男［nam²］女［n̥ieu¹］会［hai²］思［fei²］量［luaŋ²］

读［tu⁸］到［thao⁵］五［ŋ̍¹］更［kɛŋ¹］书［səu¹］字［dzaŋ⁴］笔［pat⁷］

丹［tan¹］认［tsi⁷］小［fai⁵］书［səu¹］莫［i⁵］认［tsi⁷］娘［n̥uaŋ²］

读书妹，

读书男女会思量，

静夜读书易牢记，

只顾读书不想娘。

鸡［tɕai¹］那［na¹］鸡［tɕai¹］

飞［buei¹］下［dzi⁴］田［tiŋ²］基［tɕiaŋ¹］拍［bot⁸］翅［dat⁷］啼［thi²］

一［iet⁷］日［n̥ut⁸］不［iam⁴］吃［khi³］半［pien⁵］手［sieu³］米［m̥ei³］

小［fiu³］哥［ko⁷］留［lieu²］住［tu⁷］五［ŋ̍¹］更［kɛŋ¹］啼［thi²］

鸡呀鸡，

飞下田埂拍翅啼，

一日难寻半把米，

小郎喂你五更啼。

鹅［ŋo²］那［na¹］鹅［ŋo²］

飞［buei¹］下［dzi⁴］田［tiŋ²］基［tɕiaŋ¹］拍［bot⁸］若［iuo⁵］啼［thi²］

大［tai⁴］哥［ko⁵］下［dzi⁴］河［dai²］磨［dzieu⁵］刀［dzu⁸］杀［set⁷］

小［fiu³］哥［ko⁵］留［lieu²］住［tai²］五［ŋ̍¹］更［kɛŋ¹］啼［thi²］

鹅呀鹅，

飞下田埂叫喔喔，

大哥磨刀要杀你，

小哥留住五更啼。

木［m̥uə²］那［na¹］木［m̥uə²］

撑［dzɛŋ¹］下［dzi⁴］大［tai⁴］州［tsieu¹］意［ei⁵］无［məu²］流［lieu²］

大［tai⁴］州［tsieu¹］买［m̥ai¹］得［tu⁷］茶［tsa²］托［tho⁷］善［sien⁵］

人［ɲien²］来［tai²］客［khɛ⁷］去［tɕieu⁵］旦［taŋ⁴］风［puəŋ²］流［lieu²］

木呀木，

撑排下州卖银钱，

拿钱买来托茶盘，

托茶敬献众乡亲。

花［khua¹］那［na¹］花［khua¹］

撑［dzɛŋ¹］下［dzi⁴］大［tai⁴］州［tsieu¹］无［məu²］意［ei⁵］家［tɕai¹］

大［tai⁴］州［tsieu¹］买［m̥ai¹］得［tu⁷］茶［tsa²］托［tho⁷］善［sien⁵］

人［ɲien²］来［tai²］客［khɛ⁷］去［tɕieu⁵］旦［taŋ⁴］青［tshiŋ²］茶［tsa⁷］

花呀花，

拿到大州卖官家，

卖花买得托茶盘，

客来敬献一杯茶。

白［pɛ⁸］鸪［kou¹］年［nin²］生［dao⁴］一［iet⁷］对［tuai⁵］蛋［tɕiao⁵］
娘［ŋuaŋ²］姐［tsi³］生［tsiaŋ²］娘［ŋuaŋ²］独［du⁸］一［iet⁷］人［ŋien²］
一［iet⁷］人［ŋien²］去［tɕieu⁵］嫁［sa⁵］落［lo⁸］人［ŋien²］乡［juaŋ¹］
磨［mo⁴］利［lai⁴］沙［sa²］刀［tu¹］割［thit⁷］断［tun⁵］肠［tɕaŋ²］
不［iam⁴］信［sien⁵］旦［taŋ⁴］看［maŋ⁴］正［tsi²］二［ŋei⁴］月［la⁵］
一［iet⁷］双［suŋ¹］杨［iuŋ²］鸟［piu³］叫［khuin⁵］愁［dzao²］愁［dzao²］
思［fei¹］着［tsu³］爷［i²］娘［ŋuaŋ²］在［tsuai⁵］远［vin²］乡［juaŋ¹］

　　白鸪一年生两蛋，
　　父母生妹独枝花；
　　独生妹仔嫁别乡，
　　犹如利刃割断肠。
　　不信且看正二月，
　　一双阳鸟叫得慌，
　　思念爷娘在家乡。

贵［kuei⁵］乡［juaŋ¹］出［tshuət⁷］得［tu⁷］贵［kuei⁵］龙［luaŋ²］子［tsei³］
聪［tshoŋ²］明［meŋ²］出［tshuət⁷］得［tu⁷］好［khu³］文［muən²］章［tsuaŋ¹］
坐［tsuei¹］在［tduai⁵］席［tsi³］中［tuaŋ¹］接［dzip⁷］声［siŋ¹］话［wa⁴］
贵［kuei⁵］言［ŋien²］贵［kuei⁵］语［ŋieu¹］心［tiem¹］正［tsiŋ⁵］凉［luaŋ²］
笔［pat⁷］是［tsei¹］大［tai⁴］州［tsieu¹］兔［thəu⁵］毛［pie¹］笔［pat⁷］
墨［mɛ⁸］是［tsei¹］贵［kuei⁵］州［tsieu¹］松［tsoŋ²］火［khui³］烟［in¹］

家［tɕa¹］主［tɕieu³］声［siŋ²］声［siŋ¹］还［vien²］粮［luaŋ²］愿［ŋun²］
笔［pat⁷］头［tao²］各［kuə⁷］散［dzan⁵］千［tshin¹］万［man¹］年［nin¹］

贵乡出得好人才，

聪明做得好文章，

坐在席中接声唱，

唱出好歌心里欢。

笔是大州兔毛笔，

墨是贵州松火烟，

家主有心还良愿，

文章歌词传万年。

春歌

人［ŋien²］话［va⁴］春［tshun¹］到［thao⁵］春［tshun¹］无［məu²］到［thao⁵］
人［ŋien²］话［va⁴］春［tshun¹］来［tai²］春［tshun¹］无［məu²］来［tai²］
春［tshun¹］来［tai²］雷［buə²］古［kəu³］传［tsun²］声［siŋ¹］报［buə⁵］
阳［iuŋ²］鸟［piu³］树［tsəu²］头［tao²］准［tshun⁵］飞［buei¹］来［tai²］

人说春到春未到，

说是春来春未来，

春来雷鸣传消息，

阳鸟迎春在树梢。

春［tshun¹］来［tai²］到［thao⁵］
青［tshiŋ²］山［sen¹］百［pɛ⁷］木［muə⁸］报［bei⁵］嫩［nun⁴］芽［ŋia²］

嫩［nun⁴］细［fai⁵］苗［mi²］芽［ŋia²］春［tshun¹］间［ken¹］现［hin⁴］
深［siem²］房［pun²］重［tsəŋ⁴］有［mai²］眉［mui⁴］串［tshən⁵］花［khua¹］

春天到，

青山万木吐嫩芽，

枝头嫩芽春风里，

姑娘房内眉串花。

春［tshun¹］来［tai²］到［thao⁵］
花［khua¹］叶［it⁸］现［hin⁴］来［tai²］细［fai⁵］林［liem²］林［liem²］
苗［mi²］花［khua¹］现［hin⁴］广［kuaŋ⁴］老［lu²］枯［khou¹］垂［tsuei⁴］
老［lu²］叶［it⁸］落［lo⁸］土［tei⁴］讨［thu³］黄［iuaŋ²］泥［nei²］

春天到，

枝头叶茂花鲜艳，

新叶伴花无老叶，

老叶早落变成泥。

春［tshun¹］来［tai²］到［thao⁵］
树［tsəu⁴］头［tao²］阳［iuŋ²］鸟［piu³］劝［khuin⁵］愁［dzao²］愁［dzao²］
劝［khuin⁵］得［tu⁷］大［tai⁴］园［vin²］百［pɛ⁷］样［iuŋ⁴］众［tsuəŋ⁵］
劝［khuin⁵］来［tai²］单［tan²］身［sin¹］亡［mɔŋ²］心［fim¹］愁［dzao²］

春天到，

百鸟欢歌在枝头，

唱得大地百物长，

单身汉子心里愁。

春［tshun¹］天［tai²］到［thao⁵］
深［siem²］山［sen¹］百［pɛ⁷］树［dzaŋ¹］相［faŋ²］共［tɕuəŋ⁴］生［tsiaŋ²］
百［pɛ⁷］样［ŋuŋ¹］好［khu³］花［khua¹］齐［dzɔi²］现［hin⁴］众［tsuəŋ⁵］
寒［hɔn²］丹［tan²］无［mən²］伴［bien¹］独［du⁸］单［sin¹］身［tan¹］

春天到，
深山草木同伴生，
好花百样争献美，
小郎无伴打单身。

春［tshun¹］天［tai²］到［thao⁵］
阳［iuŋ²］鸟［piu³］青［tshiŋ²］山［sen¹］树［tsəu⁴］头［tao²］飞［buei¹］
齐［dzɔi²］歌［ka¹］同［toŋ²］兴［tɕuəŋ⁴］深［siem²］山［sen¹］底［di³］
郎［lɔŋ²］小［fiu³］过［tɕi⁵］山［sen¹］自［kan²］独［du⁸］归［kuei¹］

春天到，
青山阳鸟枝头飞，
同歌同乐在一起，
小郎过山独自归。

天［thin¹］上［tsuaŋ⁴］云［van²］雾［məu⁴］推［thui¹］云［van²］雾［məu⁴］
水［sui³］退［thui¹］杉［sa²］木［muə⁸］行［hɛŋ²］江［kɔŋ²］心［fim¹］
春［tshun¹］头［tao²］耕［kɛŋ²］种［tsuəŋ⁵］要［ɔi⁵］下［dzi¹］种［tsuəŋ³］

为［vei⁴］来［tai²］日［ŋut⁸］子［tsei³］不［iam⁴］等［tsuə³］人［ȵien²］

天上白云追白云，

水推杉木走江心，

春来耕耘快下种，

只因时光不等人。

春［tshun¹］到［thao⁵］久［tɕuə³］

百［pɛ⁸］鸟［piu³］声［siŋ¹］齐［dzɔi²］在［tsuai⁵］树［tsəu⁴］头［tao²］

耕［kɛŋ¹］田［tiŋ²］牛［nuŋ²］在［tsuai⁵］人［ȵien²］栏［lan²］岸［uən⁵］

出［tshuət⁷］秧［iuaŋ¹］谷［tshu⁸］种［tsuəŋ³］在［tsuai⁵］人［ȵien²］楼［phaŋ¹］

春来久，

山中百鸟唱枝头，

耕田牛在别人栏，

下种谷在别人楼。

春［tshun¹］到［thao⁵］久［tɕuə³］

田［tiŋ²］基［tɕi¹］夜［i⁵］狗（青蛙）［tɕu³］劝［khuin⁵］汪［vaŋ²］汪［vaŋ¹］

犁［lai²］头［tao²］落［lo⁸］在［tsuai⁵］人［ȵien²］铺［phəu⁵］上［tsuaŋ⁴］

禾［biao²］种［tsuəŋ³］落［lo⁸］在［tsuai⁵］贵［kuei⁵］人［ȵien²］仓［tshɔŋ¹］

春来久，

田坑青蛙叫汪汪，

犁头还在店铺里，

谷种还在富人仓。

春［tshun¹］到［tao⁵］久［tɕuə³］

无［məu²］牛［ŋuŋ²］无［məu²］犁［lai²］透［thəu⁵］心［fim¹］忧［ieu¹］

底［ti³］钱［tsin²］日［ŋut⁸］子［tsei³］水［sui³］荡［thɔŋ⁵］过［tɕi⁵］

冬［toŋ²］来［tai²］土［tei⁴］空［khuŋ⁵］无［məu²］样［iuŋ⁴］收［sieu¹］

春来久，

无牛无犁满心愁，

春光如宝流水过，

冬来空空无粮收。

春［tshun¹］到［thao⁵］久［tɕuə³］

郎［lɔŋ²］小［fiu³］忧［ieu²］苦［khəu³］娘［ŋuaŋ²］也［ia⁴］忧［ieu¹］

郎［lɔŋ²］小［fiu³］忧［ieu¹］心［fim¹］无［məu²］牛［ŋuŋ²］使［sai³］

娘［ŋuaŋ²］愁［dzao²］无［məu²］种［tsuəŋ³］冬［toŋ¹］无［məu²］收［sieu¹］

春来久，

郎心忧来妹也愁，

郎愁春耕无牛使，

妹愁无种冬无收。

春［tshun¹］过［tɕi⁵］往［mɔŋ³］

郎［lɔŋ²］小［fiu³］忧［ieu¹］慌［vaŋ¹］娘［ŋuaŋ²］也［ia⁴］慌［vaŋ¹］

郎［lɔŋ²］慌［vaŋ¹］禾［biao²］种［tsuəŋ³］无［məu²］落［lo⁸］田［tiŋ²］

娘［ŋuaŋ²］慌［vaŋ¹］大［tai⁴］田［tiŋ²］无［məu²］有［mai²］秧［iuaŋ¹］

春将去，

小郎心慌妹也慌，

郎慌有种无田种，

妹愁大田没有秧。

春[tshun¹]深[siem¹]了[liu¹]

相[faŋ²]邀[iu¹]齐[dzɔi²]共[tɕuən⁴]去[tɕhiəu¹]买[mai¹]牛[ŋuŋ¹]

来[tai²]到[thao⁵]地[tei⁴]头[tao²]牛[ŋuŋ²]有[mai¹]价[tɕa¹]

卖[mai⁴]脱[dut⁷]青[tshiŋ²]山[sen¹]买[mai¹]一[iet⁷]头[tao²]

春深了，

邀妹一同去买牛，

来到圩上牛涨价，

卖块青山买一头。

得[tu⁷]个[tao²]牛[ŋuŋ²]

相[faŋ²]邀[iu¹]商[faŋ²]量[luan²]买[mai¹]犁[lai²]耙[pa²]

出[tshuət⁷]春[tshun¹]犁[lai²]耙[pa²]添[thim¹]大[təm²]价[tɕa⁵]

添[thim¹]转[dzuən⁵]犁[lai²]耙[pa²]当[tɔŋ⁵]了[li¹]家[tɕa¹]

买了牛，

哥妹商量买犁耙，

春来犁耙涨高价，

买得犁耙倾了家。

春［tshun¹］来［tai²］日［ŋut⁸］子［tsei⁶］底［ti³］价［tɕa⁵］钱［tsin²］
紧［tɕien³］把［pa³］犁［lai²］耙［pa²］莫［i⁵］空［khuŋ⁵］闲［hen²］
天［thin²］光［giuaŋ¹］起［khi³］早［dziəu³］犁［lai²］秧［iuaŋ¹］地［tei⁴］
起［khi³］得［tu⁷］三［fam¹］早［tsi¹］当［toŋ⁵］得［tu⁷］天［n̥ɔi¹］

　　　　　春天日子太值钱，
　　　　　紧把犁耙莫贪闲，
　　　　　早早出门犁地田，
　　　　　早起三朝当一天。

耕［kɛŋ²］种［tsueŋ⁵］阳［iuaŋ²］春［tshun¹］莫［i⁵］偷［kuan⁴］工［kɔŋ¹］
手［sieu⁸］头［tao²］把［pa³］紧［tɕieu³］不［iam⁴］放［puŋ⁵］空［khuŋ¹］
插［tshei⁷］田［tiŋ²］拿［niŋ⁵］脚［tɕuə⁷］才［tɕaŋ¹］上［tsuaŋ⁴］岸［bien⁵］
因［tiŋ²］头［tao²］青［tshiŋ²］草［tshu³］又［ieu⁴］占［tsiem¹］蒙［muəŋ²］

　　　　　种田种地莫偷工，
　　　　　手上功夫莫放松。
　　　　　插田提脚才上岸，
　　　　　田中青草又密蒙。

世［sei⁵］间［tɕin¹］郎［lɔŋ²］小［fiu³］受［sieu⁴］贫［pɛŋ²］寒［hɔn²］
几［tsi⁵］片［tei³］地［tei⁴］田［tiŋ²］落［lo⁸］水［sui³］岸［ŋan⁴］
田［tiŋ²］基［tɕaŋ¹］壁［pi⁷］上［tsuaŋ⁴］千［tshin¹］年［nin²］树［tsəu⁴］
中［tsoŋ²］央［iaŋ¹］占［tsiem¹］紧［tɕien⁸］饿［ŋo⁴］蚂［ma²］蝗［vaŋ²］

　　　　　小郎家境太贫寒，

几块小田在溪边。

田坎长有千年树，

田中长满饿蚂蝗①。

世［sei⁵］间［tɕin¹］郎［lɔŋ²］小［fiu³］受［sieu⁴］贫［pɛŋ²］寒［hɔn²］

几［tsi⁵］片［tei³］浸［tsien⁵］田［tiŋ²］在［tsuai⁵］山［sen²］河［no²］

百［pɛ⁷］鸟［piu⁸］夹［dzim²］来［tai²］鼠［n̩a¹］又［ieu⁴］割［tɕam²］

禾［biao²］秆［kam³］垂［tsuei⁴］落［lo⁸］不［iam⁴］见［puət⁸］禾［biao²］

小郎家境太贫寒，

几块浸田在山间。

禾出鸟啄老鼠偷，

禾秆枯垂不见谷。

苦［khəu³］命［mɛŋ⁴］人［ɲien²］家［tɕa¹］种［tsuəŋ⁵］冲［du⁷］田［tiŋ²］

木［muə⁵］林［liem²］根［kuan²］苗［tɕaŋ⁸］泥［nei²］底［di³］尖［dzun⁵］

三［fam²］朝［tsi¹］下［dzi⁴］田［tiŋ²］犁［lai²］半［pien⁵］点［pin¹］

犁［lai²］断［nao³］耙［pa²］烂［gua⁷］叫［he⁴］王［viaŋ²］天［thin¹］

苦命人家种冲田，

田中扎满大树根。

三朝难犁半块地，

犁断耙毁喊皇天。

---

① "饿蚂蝗"是一种草。

路［ləu⁴］头［tao²］远［vin¹］

种［tsuəŋ⁵］田［tiŋ²］过［tɕi⁵］河［dai²］又［ieu⁴］过［tɕi⁵］岭［liŋ¹］

日［ŋut⁸］出［tshuət⁷］落［lo⁸］天［thin¹］未［mei⁴］经［kɛŋ²］转［dzuən⁵］

点［tim³］火［khui³］进［pi⁸］屋［puŋ²］夜［i⁵］又［ieu⁴］沉［siem¹］

路程远，

种田渡河又隔岭，

日头落岭没回转，

点火回家夜已深。

插［tshi⁷］田［tiŋ²］了［li¹］

郎［lɔŋ²］小［ti³］耙［pa²］田［tiŋ²］娘［nuaŋ¹］插［tshi⁷］秧［iuaŋ¹］

郎［lɔŋ²］小［ti³］耙［pa²］田［tiŋ²］打［tu⁷］团［tɕun²］转［dzuən⁵］

凤［fuəŋ⁴］娘［nuaŋ²］插［tshi⁷］秧［iuaŋ¹］行［hɔŋ²］对［tɔi⁵］行［hɔŋ²］

插田了，

郎耙田来妹插秧，

郎耙田来团团转，

妹插秧来行对行。

出［tshuət⁷］世［sei⁵］王［huŋ²］禾［biao²］十［tsiep⁸］二［ŋei⁴］姓［fiŋ⁵］

六［luə⁸］姓［fiŋ⁵］糯［biao²］禾［biao²］六［luə⁸］姓［fiŋ⁵］粘［tsin¹］

六［luə⁸］姓［fiŋ⁵］爱［ɔi⁵］生［tsiaŋ²］当［tɔŋ²］阳［iuaŋ²］地［tei⁴］

六［luə⁸］姓［fiŋ⁵］吃［khi³］得［tu⁷］浸［tshien⁵］水［sui³］田［tiŋ²］

古传谷子十二种，

六种糯禾六种粘，

六种要插当阳地，

六种可插冷浸田。

糯［but⁸］是［tsei¹］平［pɛŋ²］田［tiŋ²］黄［viaŋ²］禾［kan³］糯［but⁸］
粘［tsin¹］是［tsei¹］浸［thiŋ²］田［tiŋ²］冷［leŋ²］水［sui³］粘［tsin¹］
水［sui³］是［tsei¹］深［siem²］山［sen¹］冷［leŋ²］浸［thiŋ⁵］水［sui³］
细［fai⁵］细［fai⁵］流［lieu²］来［tai²］淹［im⁵］禾［biao²］田［tiŋ²］

黄禾糯谷种平田，

冷水粘禾种浸田。

水是深山冷泉水，

长长流来润稻田。

禾［biao²］黄［viaŋ²］丝［fei¹］
莫［i⁵］报［buə⁵］深［siem²］山［sen¹］大［təm²］鼠［na̩¹］知［pei¹］
大［təm²］鼠［na̩¹］得［tu⁷］知［pei¹］无［məu²］好［khu³］事［dzɔi⁴］
挑［dam¹］禾［biao²］过［tɕi⁵］岭［liŋ¹］窝［lao¹］里［le̩i¹］为［vei²］

谷金黄，

莫让深山老鼠知，

老鼠得知成祸害，

偷谷过岭窝洞埋。

田［tiŋ²］禾［biao²］冇［mao⁵］

六［tɕu⁷］箩［lai²］一［iet⁷］担［dam⁵］不［iam⁴］够［kao⁵］挑［dam¹］

三［fam²］百［pɛ⁷］手［sieu³］禾［biao²］得［tu⁷］筒［doŋ²］米［m̥ei⁸］

糠［bi⁵］龙［luəŋ²］九［tɕuə⁸］十［tsiep⁸］又［ieu⁴］九［tɕuə³］斤［tɕuan¹］

禾穗冇①,

六箩一担不够挑,

三百把禾一筒米,

糠壳九十又九斤。

田［tiŋ²］禾［biao²］冇［mao⁵］

年［nin²］头［tao²］年［nin²］尾［mueii¹］苦［khəu³］不［iam⁴］停［tiŋ²］

娘［nuaŋ²］凤［fəŋ⁴］插［tshei⁷］田［tiŋ²］腰［kai³］勾［kəu⁴］断［taŋ⁵］

郎［lɔŋ²］小［fi³］做［tsəu⁵］田［tiŋ²］打［ta³］林［lin²］跄［dzin³］

禾穗冇,

年头年尾不停忙。

妹插田来腰勾断。

郎犁田来打跟跄。

歌花歌

石［si²］榴［lieu²］生［tsiaŋ²］过［tɕi⁵］石［si²］榴［lieu²］岭［liŋ¹］

荷［ho²］萝［lo̥²］生［tsiaŋ²］过［tɕi⁵］何［ho²］罗［lo²］边［pin¹］

---

① 冇：指禾穗的谷粒不饱满。

一［iet⁷］树［tsəu⁴］好［khu³］花［khua¹］不［iam⁴］会［hui⁵］种［tsuəŋ⁵］
种［tsuəŋ⁵］在［tsuai³］园［vin²］边［pin¹］着［tsu³］藤［daŋ²］缠［dzem⁴］
石榴长在石榴岭，
荷萝①生在河岸边。
一株好花未种好，
种在园边被藤缠。

担［dam⁴］刀［tu¹］去［tɕieu⁵］斩［tsam³］藤［daŋ²］缠［dzem⁴］树［tsəu⁴］
好［khu³］花［khua¹］生［tsiaŋ⁵］上［fa⁵］尾［muei¹］缠［dzem⁴］完［vin²］
一［iet⁷］树［tsəu⁴］好［khu³］花［khua¹］不［iam⁴］会［hui⁵］种［tsuəŋ⁵］
种［tsuəŋ⁵］在［tsuai⁵］河［ho²］岸［ŋan⁴］白［pɛ⁸］沙［sa¹］头［tao²］
背刀去斩缠树藤，
一株好树藤缠完。
一蔸好花不会种，
种在河岸白沙滩。

水［sui³］深［siem¹］路［ləu⁴］遥［vin¹］难［nan²］得［tu⁷］到［thao⁵］
无［məu²］人［ŋien²］爷［i²］子［tsai³］塞［sɛ⁷］沙［sa²］坡［baŋ¹］
一［iet⁷］树［tsəu⁴］好［khu³］花［khua¹］不［iam⁴］会［hui⁵］种［tsuəŋ⁵］
种［tsuəŋ⁵］在［tsuai⁵］河［ho²］岸［ŋan⁴］白［pɛ⁸］沙［sa¹］心［fiem¹］
水长路远难走到，

---

① 荷萝：三月开花，长在河边，土名叫野石榴花。

无一后生砌沙坡。

一株好花不会种，

种在河岸白沙窝。

正［tsiŋ⁵］要［ɔi⁵］解［tɕai³］衫［sam¹］氽［tɕieu²］水［vəm¹］过［tɕi⁵］
思［fei²］量［luaŋ²］郎［lɔŋ²］命［mɛŋ⁴］当［dɔŋ⁴］千［tshin²］金［tɕiem¹］
一［iet⁷］树［tsəu⁴］好［khu³］花［khua¹］不［iam⁴］会［hui⁵］种［tsuəŋ⁵］
种［tsuəŋ⁵］在［tsuai⁵］大［tai⁴］州［tsieu¹］石［tsi⁴］壁［pi⁷］边［pin¹］

正要解衣去渡河，

想着人命值千金。

一株好花不会种，

种在沙洲石缝间。

天［thin²］光［giuaŋ¹］日［ŋut⁸］照［tsi⁵］叶［it⁷］就［pin⁴］发［fat⁷］
讨［thu⁷］妹［mui⁴］不［iam⁴］成［tsiaŋ²］郎［lɔŋ²］自［kan²］连［lin²］
一［iet⁷］树［tsəu⁴］好［khu³］花［khua¹］不［iam⁴］会［hui⁵］种［tsuəŋ⁵］
种［tsuəŋ⁵］在［tsuai⁵］大［tai⁴］州［tsieu¹］官［tɕien²］巷［hɔŋ⁴］篱［lei²］

晴空日丽叶发青，

恋妹不成自宽心。

一株好花不会种，

种在官州篱巷边。

大［tai⁴］州［tsieu¹］官［tɕien²］巷［hɔŋ⁴］官［tɕien²］多［to²］过［tɕi⁵］

官［tɕien²］子［tsai³］手［sieu³］多［to²］摘［dzɛ⁷］二［ŋei⁴］枝［tsei¹］

一［iet⁷］树［tsəu⁴］好［khu³］花［khua¹］不［iam⁴］会［hui⁵］种［tsuəŋ⁵］

种［tsuəŋ⁵］在［tsuai⁵］大［tai⁴］州［tsieu¹］官［tɕien²］巷［hoŋ⁴］中［tsuəŋ⁵］

　　　　大州官府官爷多，

　　　　官子贪花乱摘摩。

　　　　一株好花不会种，

　　　　种在官州暗屋角。

大［tai⁴］州［tsieu¹］官［tɕien²］巷［hoŋ⁴］官［tɕien²］多［to²］过［tɕi⁵］

官［tɕien²］子［tsai³］手［sieu³］多［to²］摘［dzɛ⁷］二［ŋei⁴］方［nɕiaŋ¹］

一［iet⁷］树［tsəu⁴］好［khu³］花［khua¹］不［iam⁴］会［hui⁵］种［tsuəŋ⁵］

种［tsuəŋ⁵］在［tsuai⁵］大［tai⁴］州［tsieu¹］官［tɕien²］巷［hoŋ⁴］笼［ləm²］

　　　　大州官府官爷多，

　　　　官子手多摘两朵，

　　　　一株好花不会落，

　　　　落在官家巷弄角。

　　　　　好［khu³］花［khua¹］丹［tan¹］

根［kuan²］底［di³］织［tsi⁷］篱［lei²］翻［fan²］转［dzuən⁵］难［nan²］

摘［dzɛ⁷］花［khua¹］便［pin⁴］摘［dzɛ⁷］中［tsoŋ²］心［liem¹］朵［to³］

莫［i⁵］摘［dzɛ⁷］四［fei⁵］边［pin¹］人［ŋien²］选［fun³］蚕［tsan²］

　　　　好花香，

　　　　长在园中出园难。

摘花要摘好花朵，

莫摘选剩花凋残。

好［khu³］花［khua¹］种［tsuəŋ⁵］在［tsuai⁵］官［tɕien²］厅［thiŋ¹］底［di³］

花［khua²］带［tai⁴］真［tsin²］容［ioŋ²］叶［ip⁸］带［tai⁴］垂［tsuei⁴］

人［ŋien²］乡［juaŋ¹］姊［tsei³］妹［mui⁴］偷［piŋ⁵］来［tai²］摘［dzɛ⁷］

姊［tsei³］妹［mui⁴］织［tsi⁷］篱［lei²］根［kan¹］底［du⁷］为［vei²］

好花种在官厅里，

花失真容叶黄垂。

外乡后生来偷摘，

官子织篱把花围。

送神歌

大［təm²］王［huŋ²］要［ɔi⁵］去［tɕieu⁵］且［tshi³］慢［man⁴］去［tɕieu⁵］

师［sai¹］人［ŋien²］手［sieu³］点［tim³］白［pɛ⁸］纸［tsei³］钱［tsim¹］

师［sai¹］人［ŋien²］纳［tso⁷］钱［tsin²］莫［i⁵］选［fun³］少［siu⁵］

选［fun³］少［siu⁵］师［sai¹］人［ŋien²］难［nan²］得［tu⁷］添［thim¹］

大王归家慢慢走，

师公偿给白纸钱。

白纸银钱莫嫌少，

嫌少师公难得添。

色［set⁷］板［pən³］押［pha²］押［pha²］送［fuŋ⁵］神［tsien²］去［tɕieu⁵］

糖［tɔŋ²］立［lei¹］树［tsəu⁴］上［tsuaŋ¹］挂［kuɛi⁵］铜［toŋ²］随［tsuei²］
歌［ka²］堂［daŋ²］也［ia⁴］是［tsei¹］今［tɕiem²］日［ŋiet⁷］散［dzan⁵］
姐［tsei³］妹［mui⁴］也［ia⁴］是［tsei¹］今［tɕiem²］日［ŋiet⁷］归［kuei¹］

啪啪朝板送神去，
糖梨树上挂铜锤。
歌堂就是今日散，
姐妹也是今日回。

送［fuŋ⁵］神［tsien²］去［tɕieu⁵］
送［fuŋ⁵］过［tɕi⁵］一［iet⁷］江［koŋ¹］见［puət⁴］二［ŋei⁴］江［koŋ¹］
送［fuŋ⁵］过［tɕi⁵］三［fam²］江［koŋ¹］看［maŋ⁴］不［iam⁴］了［liu¹］
能［naŋ³］抛［bei¹］鱼［ŋieu²］吊［ti⁵］下［dzi⁴］深［siem²］潭［tɔŋ²］

送神去，
送过一江又一江，
送过三江看不见，
好比抛石下深潭。

送［fuŋ⁵］神［tsien²］去［tɕieu⁵］
送［fuŋ⁵］过［tɕi⁵］一［iet⁷］山［sen¹］见［puət⁴］二［ŋei⁴］山［sen¹］
送［fuŋ⁵］过［tɕi⁵］一［iet⁷］山［sen¹］望［mɔŋ⁴］不［iam⁴］了［liu¹］
同［doŋ⁴］抛［bei¹］鱼［ŋieu²］吊［ti⁵］下［dzi⁴］山［sen¹］湾［ŋuen¹］

送神去，
送过一山又一山，

再过一山神远去，

好比抛石下山湾。

送［fuŋ⁵］神［tsien²］去［tɕieu⁵］

送［fuŋ⁵］神［tsien²］归［kuei¹］去［tɕieu⁵］到［thao⁵］神［tsien²］家［tɕa¹］

送［fuŋ⁵］神［tsien²］归［kuei¹］转［dzuɔn⁵］各［ko⁷］神［tsien²］庙［əp⁷］

神［tsien²］男［nan²］神［tsien²］女［nieu¹］笑［fiu⁵］哈［ha¹］哈［ha¹］

送神去，

送神归去到神家，

送神回转各神庙，

神儿神女笑哈哈。

细［fai⁵］相［faŋ²］贺［ho⁴］

相［faŋ²］贺［ho⁴］歌［ka²］堂［daŋ²］大［təm²］法［fat³］师［sai¹］

招［tsi²］兵［pɛŋ¹］归［kuei¹］坛［tan²］千［tshin²］年［nin¹］旺［uaŋ¹］

香［juaŋ²］坛［tan²］里［nɔi¹］内［lei¹］信［fien⁵］排［bai²］排［bai²］

来恭贺，

恭贺歌堂大法师，

招兵归坛①千年旺，

香坛盐信②千万只。

---

① 即法师招五旗兵马以保瑶人五谷丰登，带有迷信色彩。
② 即以本叶包食盐代信传递消息，以请道师。

相［faŋ²］贺［ho⁴］凤［foŋ²］

相［faŋ²］贺［ho⁴］歌［ka²］堂［daŋ²］五［ŋ²］谷［ku⁷］师［sai¹］

五［ŋ²］谷［ku⁷］黄［viaŋ²］禾［biao²］郎［lɔŋ²］进［pi⁸］转［dzuən⁵］

香［juaŋ²］门［muən²］兴［hin²］旺［uaŋ²］能［naŋ³］花［kuha²］街［tɕai¹］

来恭贺，

恭贺歌堂五谷神。

五谷归仓你运来，

香门兴旺四时春。

相［faŋ²］贺［ho⁴］凤［foŋ¹］

相［faŋ²］贺［ho⁴］歌［ka²］堂［daŋ²］伴［bien¹］席［tsi¹］师［sai¹］

朝［tsi²］朝［tsi¹］良［luaŋ²］信［fien⁵］来［tai²］相［faŋ²］请［tshiŋ³］

良［luaŋ²］信［fien⁵］排［bai²］排［bai²］四［fei⁵］路［ləu⁴］来［tai²］

恭贺你，

恭贺歌堂陪客师，

包包盐信来相请，

八万盐信万千只。

多［to²］谢［tsi⁴］主［tsieu³］

深［siem²］深［siem²］多［to²］谢［tsi⁴］主［tsieu³］家［tɕa¹］娘［ŋuaŋ²］

行［hɛŋ²］来［tai²］饮［iem³］了［liu⁴］三［fam²］年［nin¹］四［fei³］

年［nin¹］收［sieu¹］老［lu²］酒［ti³］

三 [fam²] 岁 [fui⁵] 无 [məu²] 粮 [luaŋ²] 肚 [təu³] 不 [iam⁴] 荒 [vaŋ¹]

散福酒贺歌①

丹 [tan²] 身 [sin¹] 请 [tshiŋ³] 龙 [luəŋ²] 自 [kan¹] 相 [taŋ²] 贺 [ho⁴]
安 [ən¹] 谢 [tsi⁴] 龙 [luəŋ²] 神 [tsien²] 出 [tshuət⁷] 宝 [pu⁸] 珠 [tsou¹]
主 [tsieu³] 人 [mien¹] 有 [mai⁴] 心 [fim²] 神 [tsien²] 赐 [tshei³] 福 [fuə⁷]
番 [huŋ²] 炉 [ləu²] 迎 [lin²] 圣 [siŋ⁵] 思 [fei¹] 符 [fuə⁷]
深 [siem²] 村 [tshun¹] 歌 [ko²] 堂 [daŋ²] 贵 [kuei⁵] 喜 [hei³] 事 [tsaŋ⁴]
奉 [fəŋ⁴] 还 [vien²] 良 [luaŋ²] 愿 [ŋun⁴] 地 [tsei²] 生 [tsiaŋ²] 金 [tɕiem¹]
万 [man⁴] 年 [naŋ⁵] 八 [pet⁷] 岁 [fui⁵] 神 [tsien²] 吹 [tshui¹] 起 [tɕhi³]
重 [tsuəŋ⁵] 子 [tsei³] 天 [thim¹] 孙 [fun⁵] 重 [tsuəŋ⁵] 贵 [kuei⁵] 人 [ȵien²]

宾客唱歌相祝贺，

龙神归位献宝珠；

主人心善神赐福，

香炉青烟神有来。

贵村歌堂唱好事，

奉还良愿地生金；

千秋万代神保佑，

添子添孙成贵人。

细 [fai⁵] 相 [faŋ²] 贺 [ho⁴]

---

① 即外来参加"盘王愿"的宾客向主人所唱的祝贺歌。

细［fai⁵］贺［ho⁴］歌［ka²］堂［daŋ²］对［tuai⁵］庙［mi¹］师［sai¹］

圣［siŋ⁵］王［huŋ²］所［so³］保［pu³］十［tsiep⁸］二［ŋei⁴］条［ti²］香［huŋ²］

花［khua¹］大［tai⁴］路［ləu⁴］

条［ti²］条［ti²］通［thoŋ¹］得［tu⁷］贵［kuei⁵］人［ŋien¹］街［tɕai¹］

来恭贺，

恭贺歌堂二庙师①，

盘王管下十二条香火②路，

条条通到贵人家。

门［muən²］前［tsin²］种［tsuəŋ⁵］当（档）［toŋ²］子［tsei³］

种［tsuəŋ⁵］当（档）［toŋ²］门［muən²］前［tsin²］好［khu¹］遮［dzi¹］凉［luaŋ¹］

行［hɛŋ²］来［tai²］饮［iem¹］了［li¹］七［tshiet⁷］朝［tsi¹］七［tshiet⁷］夜［i⁵］

富［fu²］贵［kuei⁵］龙［luaŋ²］浆［tsiaŋ¹］酒［ti³］

归［kuei¹］去［tɕhieu⁵］声［siŋ¹］传［tsun²］富［fu²］贵［kuei⁵］乡［juaŋ¹］

门前种糖梨，

糖梨叶茂好遮凉。

多谢主人七朝七夜酒，

回去唱传富贵乡。

---

① 二庙师：指从连州庙和伏灵庙来的贺客，泛指来客。

② 十二条香火：即瑶族十二姓，每姓为一宗支，故名十二条香火。

贺主歌 ①

金［tɕiem²］鸡［tɕai¹］拍［bɛ⁷］翅［dat⁷］是［tsei¹］夜［i⁵］生［nien¹］

郎［ləŋ²］小［fiu³］起［tɕi³］声［siŋ¹］贺［ho⁴］主［tsieu³］人［ŋien²］

家［tɕa¹］主［tsieu³］心［fiem²］心［fiem²］还［tɕaa³］良［luaŋ²］愿［ŋun⁴］

门［muən¹］前［tsiŋ²］沙［sa²］石［tsi⁸］尽［tsin⁴］是［tsei¹］金［tɕiem²］

金鸡半夜拍翅啼，
郎来献歌贺主人。
主人好心还良愿，
门前沙石变黄金。

恭［koŋ²］贺［ho⁴］主［tsieu³］

厅［thiŋ²］堂［tɔŋ²］良［luaŋ²］愿［ŋun⁴］地［tei⁴］生［tsiaŋ²］财［tsɔi²］

众［tsuaŋ⁵］圣［siŋ⁵］神［tsien²］灵［liŋ²］添［thim¹］稽［tsi¹］福［fuə⁷］

五［ŋ̩²］谷［ku⁷］丰［puəŋ²］登［taŋ¹］富［fu²］贵［kuei⁵］来［lai²］

贺主人，
还堂良愿地生财。
众圣神灵来赐福，
五谷丰登富贵来。

主［tsieu³］人［ŋien¹］心［fiem²］心［fiem²］圣［siŋ⁵］

龙［luəŋ²］神［tsien²］安［ɔn¹］宅［tse⁷］主［tsieu³］家［tɕa¹］兴［hin¹］

---

① 即歌郎歌娘对主人的祝贺歌。

千［tshin²］年［nin¹］万［man⁴］年［naŋ⁸］日［ŋut⁸］好［khu³］过［tɕi⁵］
众［tsuəŋ⁵］圣［siŋ⁵］宽［guen²］由［ieu²］付［həu⁴］人［ŋien²］丁［tiŋ¹］

主人诚心酬圣王，
龙神① 在位主家兴，
千年万年光景好，
众神欢喜护人丁。

百［pɛ⁷］般［pan¹］粮［luaŋ²］米［mei³］多［to²］就［tɕieu⁴］意［ei⁵］
荣［loŋ²］华［hua²］富［fu²］贵［kuei⁵］万［man⁴］千［tshin²］年［nin¹］
家［tɕa¹］主［tsieu³］心［fiem²］心［fiem²］还［tɕa³］良［luaŋ²］愿［ŋun⁴］
儿［tsei³］孙［fun¹］后［hu¹］代［tɔi⁴］得［tu⁷］状［tsuaŋ⁴］元［ŋuən²］

耕种五谷顺人意，
荣华富贵永长存，
主人好心还良愿，
后代儿孙中状元。

恭［koŋ²］贺［ho⁴］主［tsieu³］
深［siem²］深［siem¹］贺［ho⁴］过［tɕi⁵］主［tsieu³］家［tɕa¹］人［ŋien²］
心［fiem²］心［fiem¹］奉［təŋ⁴］还［tɕa³］元［iun²］盆［pun²］愿［ŋun⁴］
满［mien¹］笼［loŋ²］金［tɕiem²］子［tsei³］满［mien¹］笼［loŋ²］银［ŋɔn²］

贺主人，

---

① 龙神：圣王乃龙神的化身，酬了圣王，龙神即安，龙安则吉祥兴旺之意。

拱手恭贺主家人，

主人酬还缘盆愿①，

满笼黄金满笼银。

恭［koŋ²］贺［ho⁴］主［tsieu³］

圣［siŋ⁵］王［huŋ²］面［min⁴］前［tsin²］贺［ho⁴］主［tsieu³］娘［nuaŋ²］

谢［tsi⁴］还［tɕa²］良［luaŋ²］愿［ŋun⁴］接［tsip⁷］福［fu⁷］到［thao⁵］

六［lu²］畜［tshu²］兴［hin¹］旺［uaŋ⁴］满［mien¹］屋［əp⁷］

贺主人，

堂中恭贺女主人，

酬谢良愿接福到，

六畜兴旺百业兴。

恭［koŋ²］贺［ho⁴］主［tsieu³］

恭［koŋ²］贺［ho⁴］主［tsieu³］人［ŋien²］事［tsaŋ⁴］顺［suan⁴］心［fim¹］

大［təm²］王［huŋ²］保［pu³］主［tsieu³］钱［tsin²］财［tsɔi²］众［tsuaŋ⁵］

大［təm²］秤［dziaŋ⁵］称［dziaŋ¹］银［ŋɔn²］斗［tao³］打［ta³］金［tɕiem¹］

贺主人，

百事顺手又顺心，

大王保佑财源广，

大秤称银斗量金。

---

① 缘盆愿：是一种愿名，即元盆愿。

恭［koŋ²］贺［ho⁴］主［tsieu³］

唱［tshuaŋ⁵］歌［ka¹］恭［koŋ²］贺［ho⁴］主［tsieu³］家［tɕa¹］人［ŋien²］

主［tsieu³］家［tɕa¹］有［mai²］心［fim¹］奉［foŋ⁴］还［tɕa³］三［fam¹］

庙［mi⁴］良［luaŋ²］愿［ŋun⁴］完［vien²］满［m̥ien¹］了［li¹］

青［tshiŋ²］山［sen¹］黄［iuaŋ²］泥［ni¹］尽［tsin⁴］成［pien⁵］金［tɕiem¹］

贺主人，

首首贺歌献上厅，

主人酬还三庙①愿，

高山黄土变黄金。

恭［koŋ²］贺［ho⁴］主［tsieu³］

歌［ka²］堂［daŋ²］唱［tshuaŋ⁵］歌［ka¹］贺［ho⁴］主［tsieu³］人［ŋien²］

大［təm²］王［huŋ²］降［dzi⁴］下［koŋ⁵］主［tsieu³］人［ŋien²］福［fuə⁷］

长［tuaŋ²］流［lieu²］江［koŋ²］水［sui³］万［man⁴］千［tshin²］年［nin¹］

贺主人，

贺歌声声绕大厅，

大王赐福给家主，

好似江水流不停。

---

① 三庙：即伏灵庙、伏江庙、连州庙。

贺师歌

来［tai²］贺［ho⁴］仔［tɕuei³］

深［siem²］深［siem¹］喜［hei³］贺［ho⁴］众［tsuaŋ⁵］庙［mi⁴］师［sai¹］

师［sai¹］人［ȵien²］千［tshin²］年［nin¹］香［juaŋ²］门［muən²］旺［uaŋ⁴］

圣［siŋ⁵］王［buŋ²］归［kuei¹］去［tɕhieu⁵］庙［mi⁴］师［sai¹］灵［liŋ²］

恭贺你，

拱手拜贺众庙师①，

师公香火千年旺，

圣王归去庙更兴。

来［tai²］贺［ho⁴］师［sai¹］

深［siem²］深［siem¹］拜［pai⁵］贺［ho⁴］招［tsi²］兵［pɛŋ¹］师［sai¹］

一［iet⁷］年［nin¹］四［fei⁵］季［kuei⁵］香［huŋ²］火［khui³］旺［uaŋ⁴］

圣［siŋ⁵］王［buŋ²］护［həu⁴］佑［ieu⁴］好［khu³］灵［lin²］师［sai¹］

贺师公，

拱手拜贺招兵师②，

一年四季香火旺，

大王护佑好灵师。

恭［koŋ²］贺［ho⁴］师［sai¹］

---

① 众庙师：伏灵、伏江、连州四庙的道师。

② 招兵师：道师中的一种。

拜［pai⁵］贺［ho⁴］歌［ka²］堂［daŋ²］接［dzip⁷］兵［pɛŋ¹］师［sai¹］

接［dzip⁷］兵［pɛŋ¹］师［sai¹］人［ŋien²］香［huŋ²］烟［in¹］久［tɕuə³］

百［pɛ⁷］事［dzɔi⁴］随［tsuei²］意［ei⁵］世［sei⁵］兴［hin¹］财［tsuai²］

贺师公，

恭贺歌堂接兵师①，

接兵师公香火旺，

百事顺心财运通。

恭［koŋ²］贺［ho⁴］师［sai¹］

拜［pai⁵］贺［ho⁴］歌［ka²］堂［daŋ²］接［dzip⁷］龙［iuəŋ²］师［sai¹］

青［tshiŋ²］龙［iuəŋ²］安［ɔn¹］位［uei⁴］宅［tse³］家［tɔŋ²］旺［uaŋ⁴］

路［tɕao³］路［tɕao³］香［huŋ²］门［muən²］花［khua²］样［iuŋ⁴］齐［dzɔi²］

贺师公，

恭贺歌堂安龙师②，

青龙归位人财旺，

财如鲜花开四时。

恭［koŋ²］贺［ho⁴］师［sai¹］

歌［ka²］堂［daŋ²］拜［pai⁵］贺［ho⁴］五［ŋ²］谷［ku⁷］师［sai¹］

耕［kɛŋ²］种［tsuəŋ⁵］阳［iuaŋ²］春［tshun¹］对［tɔi⁵］神［tsien²］路［iəu¹］

---

① 接兵师：师公中的一种。

② 安龙师：师公中的一种。

香［huŋ²］门［muən²］四［fei⁵］季［tɕei⁵］花［khua¹］兴［hin⁵］开［guai¹］

贺师公，

歌堂拜贺五谷师，

阳春茂盛神保佑，

香花为你开四时。

恭［koŋ²］贺［ho⁴］师［sai¹］

深［siem²］深［siem¹］拜［pai⁵］贺［ho⁴］搭［ta⁸］替［thei³］师［sai¹］

师［sai²］替［thei⁵］接［dzip⁷］得［tu⁷］师［lu¹］人［ɛai¹］手［sieu³］

盐［dzao¹］信［fien¹］重［tsoŋ⁴］有［mai²］托［tho⁷］神［tsien²］台［tɔi²］

贺师公，

拱手拜贺道师徒，

师徒能接师公手，

常有盐信进师屋。

拜［pai⁵］贺［ho⁴］师［sai¹］

深［siem²］深［siem¹］拜［pai⁵］贺［ho⁴］内［nɔi⁴］里［lei¹］师［sai¹］

圣［siŋ⁵］王［huŋ²］保［pu³］佑［ieu⁴］内［nɔi⁴］里［lei¹］众［tsuəŋ⁵］师［sai¹］

香［huŋ²］门［muəŋ²］旺［uaŋ⁴］

千［tshin¹］兵［pɛŋ¹］万［man⁴］马［ma¹］护［həu⁴］师［sai²］身［sin¹］

贺师公，

拱手拜贺吹笛师，

大王保佑众笛手，

千兵万马随道师。

扶歌了①

来［tai²］时［tsei²］便［pin²］从［tsuei²］东［toŋ²］南［nan²］上［tsuan⁴］
去［tɕhieu⁵］时［tsei²］便［pin²］随［suən⁴］水［sui³］面［min⁴］推［thui¹］
莫［i⁵］放［puŋ⁵］柳［lieu²］条［ti²］花［khua²］落［lo⁸］地［tei²］
大［təm²］王［huŋ²］行［hɛŋ²］去［tɕieu⁵］不［iam⁴］回［ui²］归［kuei¹］

　　　　来时逆水东南上，
　　　　去时乘船随流水，
　　　　两岸柳绿花落地，
　　　　大王去了不同归。

扶［tuə⁷］歌［ka¹］了［li¹］
扶［fuə⁷］在［tsuai⁵］大［təm²］王［huŋ²］桌［ti⁴］案［ən⁵］头［tao²］
天［thin²］光［giuaŋ¹］落［lo³］月［ŋut⁸］歌［daŋ²］堂［daŋ²］散［dzan⁵］
大［təm²］王［huŋ²］案［ɔn³］前［tsin²］白［pe⁸］银［ŋuŋ²］妆［dzao¹］

　　　　扶歌了，
　　　　把歌竖在大王桌，
　　　　月落天明歌堂散，
　　　　银光洒满大王桌。

---

① "扶歌"即把唱歌推上顶峰之意，也意味着唱歌快要结束。

扶［tuə⁷］歌［ka¹］了［li¹］

扶［fuə⁷］在［tsuai⁵］大［təm²］王［huŋ²］水［sui²］碗［vien³］中［tuəŋ¹］

天［thin²］光［giuaŋ⁴］落［lo⁸］日［ŋut⁸］歌［ka²］堂［daŋ²］散［dzan⁵］

大［təm²］王［huŋ²］水［sui³］碗［vien³］游［ieu²］青［tshiŋ²］龙［luəŋ²］

   扶歌了，

   竖在大王水碗中，

   月落天明歌堂散，

   大王水碗游青龙。

扶［tuə⁷］歌［ka¹］了［li¹］

扶［fuə⁷］在［tsuai⁵］大［təm²］王［huŋ²］水［sui²］碗［vien³］边［pin¹］

天［thin²］光［giuaŋ¹］落［lo⁸］月［ŋut⁷］歌［ka²］堂［daŋ²］散［dzan⁵］

大［təm²］王［huŋ²］水［sui²］碗［vien³］起［puŋ⁵］青［tshiŋ²］烟［in¹］

   扶歌了，

   竖在大王水碗边，

   月落天明歌堂散，

   大王水碗吐青烟。

大［təm²］王［huŋ²］去［tɕieu⁵］

大［təm²］王［huŋ²］归［kuei¹］去［tɕhieu⁵］且［tshi³］慢［man⁴］去［miŋ²］

师［sai¹］人［ŋien²］抽［tshao²］手［sueu³］化［ua⁵］银［ŋɔn²］钱［tsin²］

师［sai¹］人［ŋien²］化［ua⁵］偿［suŋ³］莫［i⁵］嫌［gem²］少［fin³］

少［fin³］来［tai²］无［məu²］处［tshəu⁵］拿［tso⁷］化［ua⁵］添［thim¹］

大［təm²］王［huŋ²］莫［i⁵］嫌［gem²］白［pɛ⁸］纸［tsei³］钱［tsin²］

大王行，

大王归去慢慢行，

师人伸手化纸钱，

偿化纸钱莫嫌少，

少了无处再加添，

大王莫嫌白纸钱。

火［khui³］化［ua³］纸［tsei²］钱［tsin²］千［tshin¹］万［man⁴］千［tahin¹］

平［pɛŋ²］地［tei⁴］阳［iuaŋ²］春［tshun¹］好［khu³］年［nin¹］成［pien⁵］

零［lan²］散［dzan⁵］歌［ka¹］词［tsei²］完［vien²］满［m̥ien¹］了［li¹］

收［set²］尾［muei¹］唱［tshuaŋ⁵］条［ti²］答［ta⁸］谢［tsi⁴］神［tsien²］

火化纸钱万万千，

地上阳春好收成，

零散歌词唱完了，

结尾唱支酬谢神。

不［iam⁴］唱［tshuaŋ⁵］了［li¹］

风［puəŋ²］吹［tshui¹］木［muə⁸］叶［jet⁸］响［heŋ⁵］玲［liŋ²］玲［liŋ²］

木［muə⁸］叶［jet⁸］邓［taŋ⁴］风［puəŋ¹］飞［buei¹］过［tɕi⁵］界［tɕai⁵］

回［ui²］头［tao²］转［dzuən⁵］面［min⁴］路［ləu⁴］不［iam⁴］停［tiŋ²］

不唱了，

风吹木叶响玲玲，

木叶随风飘过岭，

难舍难分也要行。

不［iam⁴］唱［tshuaŋ⁵］了［li¹］

风［puən²］吹［tshui¹］梻［pɔŋ²］仔［tɕai³］响［heŋ⁵］忙［mɔŋ²］忙［mɔŋ²］

风［puən²］过［tɕi⁵］山［sen²］凉［lɔŋ⁵］仔［tɕuei³］转［dzuən⁵］屋［əp¹］

收［set²］尾［m̥uei］唱［tshuaŋ⁵］条［ti²］回［dzuən⁵］本［puən³］乡［juaŋ¹］

不唱了，

风吹梻子响叮当，

风过山梁郎归去，

最后唱支转回乡。

唱得天上月亮圆歌

小［fiu³］妹［mui⁴］单［tan²］身［sin¹］行［heŋ²］来［tai²］到［thao⁵］

爷［i¹］姐［tsi³］生［tsiaŋ²］娘［nuaŋ²］不［iam⁴］龙［luən²］玲［liŋ²］

寒［hɔn²］央［iaŋ¹］肚［tau⁴］浅［liaŋ³］不［iam⁴］会［hui⁵］唱［tshuaŋ⁵］

望［mɔŋ⁴］仙［fiŋ¹］衫［sam²］袖［tsieu⁴］广［kiuaŋ³］遮［dzi¹］情［tsiŋ²］

小妹单身独自来，

爷娘生妹不聪明，

小妹肚浅无歌唱，

望郎抬手让个情。

抽［tshao²］手［sieu³］胸［jɔŋ²］前［tsiŋ²］拜［pai⁵］三［fam²］拜［pai⁵］

拜［pai⁵］上［tsuaŋ⁴］歌［ka²］堂［daŋ²］众［tsuəŋ⁵］妭［tsei³］亲［tshie¹］
寒［hɔn²］央［iaŋ¹］不［iam⁴］敢［kan³］歌［ka²］堂［daŋ²］唱［tshuaŋ⁵］
千［tshin¹］万［man⁴］心［fim²］记［tɕaŋ⁵］外［ŋi⁴］传［tsun²］人［ŋien²］

手合胸前拜三拜，
拜上歌堂众友亲，
妹无好歌歌堂唱，
千万莫传外人听。

娘［nuaŋ²］移［ei²］退［thui⁵］
比［pei³］能［n̥aŋ³］鲤［lei²］鱼［ŋieu²］退［thui⁵］下［dzi⁴］滩［than¹］
寒［hɔn³］央［iaŋ¹］不［iam⁴］陪［pui²］众［tsuəŋ⁵］仙［fiŋ¹］凤［fɔŋ⁴］
众［tsuəŋ⁵］齐［dzɔi²］宽［guen²］由［ieu²］唱［tshuaŋ⁵］歌［ka²］堂［daŋ²］

妹引退，
好比鲤鱼退下滩，
小妹不陪众歌友，
众位欢乐闹歌堂。

二［ŋei⁴］更［kɛŋ¹］莫［i⁵］愁［dzao²］思［fei¹］
尽［tsin⁴］情［tsiŋ²］宽［guen²］由［ieu²］得［tu⁷］好［khu³］逢［puəŋ²］
万［man⁴］随［tsuei²］杨［juŋ²］柳［lieu¹］枝［tsei¹］
千［tshin¹］般［pan¹］言［ŋien²］语［ŋieu¹］在［tsuai³］歌［ka²］中［tuaŋ¹］
笔［pan⁷］吐［thui³］金［tɕiem²］言［ŋien²］落［lo⁸］卷［tɕun⁵］中［tuaŋ²］

二更莫愁思，

尽情欢乐实难逢。

迎春杨柳枝,

千言万语歌中融,

笔吐金言落纸中。

广［kuaŋ¹］遮［dzi¹］情［tsiŋ²］

安［əŋ²］好［khu³］言［ņien²］

来［tai²］到［thao³］三［fam²］年［nin¹］在［tsuai³］门［muən²］外［ŋi⁴］

申［sien¹］酉［jeu¹］二［ŋei⁴］庚［kɛŋ¹］来［tai²］唱［tshuaŋ³］歌［ka¹］

三［fam²］年［nin¹］九［tɕua³］庚［kɛŋ¹］唱［tshuaŋ³］歌［ka²］转［dzuən³］

转［dzuən³］到［thao³］厅［thiŋ²］堂［tɔŋ³］烧［pua²］纸［tsei³］钱［tsin²］

纸［tsei²］钱［tsin²］装［tsɔŋ²］在［tsuai³］金［tɕiem²］箱［faŋ¹］里［nɔi⁴］

交［tɕi⁴］钱［tsin²］乱［lun⁴］

神［tsien²］暗［ɔm³］思［fei¹］

厅［thiŋ²］堂［tɔŋ²］白［pɛ⁸］纸［tsei³］白［pɛ⁸］齐［dzɔi²］齐［dzɔi²］

金［tɕiem²］宝［pu³］交［tɕi⁴］龙［luəŋ²］手［sieu⁸］上［tsuaŋ⁴］开［guai¹］

谢深情,

说美言,

三更来到站门前；

申酉二时来唱歌,

三夜九更收歌回；

回转厅堂烧纸钱,

纸钱装在金箱里。

装得乱，

神暗想，

堂中化纸纸灰白，

金箱交郎手上提。

日［ŋut⁸］头［tao²］出［tshuət⁷］早［dzieu³］远［vin¹］天［thin¹］照［tsi⁵］
夜［i⁵］落［lo⁸］梅［mui²］山［sen¹］石［tsi⁸］上［tsuaŋ⁴］塘［dzaŋ²］
解［tɕai³］神［tsien²］意［ei⁵］
万［man⁴］随［tsuei²］杨［juŋ²］
千［tshin¹］般［pan¹］言［ŋien²］亮［luaŋ⁴］听［thiŋ⁵］歌［ka²］言［ŋien²］

第三章 《盘王大歌》的传承

农业、农村、农民问题是关系国计民生的根本性问题，随着脱贫攻坚取得全面胜利，我国"三农"工作重心转向全面推进乡村振兴。2021年，中央一号文件《中共中央 国务院关于全面推进乡村振兴加快农业农村现代化的意见》指出，要坚持把解决好"三农"问题作为全党工作重中之重，把全面推进乡村振兴作为实现中华民族伟大复兴的一项重大任务，举全党全社会之力加快农业农村现代化，让广大农民过上更加美好的生活。习近平总书记强调，乡村振兴，既要塑形，也要铸魂；既要充分挖掘具有民族特色的物质文化遗产，加大对民族村寨的保护力度，又要深入挖掘民族服饰、民俗活动等非物质文化遗产，让其在新时代展现独特魅力和风采。

第一节　乡村振兴背景下瑶族传统音乐文化的传承与认同

桐冲口村位于湘江乡南大门，倚潇湘四县，接粤桂两省，距乡政府驻地5千米，距县城沱江70余千米，是一个以过山瑶为主的少数民族聚居村寨，辖8个村民小组，167户共617人，总面积14平方千米，其中林地面积19834亩，耕地面积139亩，人均耕地面积0.23亩。这里民俗奇特，风景秀丽，居住历史悠久，被誉为"千年瑶寨"，是国家级非物质文化遗产《盘王大歌》《长鼓舞》的传承基地。

瑶族文化的保护、传承与开发、利用是桐冲口村实施乡村振兴的重要举措，成为全县乡村振兴工作的样板。2017年成为全县推进美丽乡村建设的典范和样板；2018年成功创建湖南省美丽乡村建设示范村；2019年成功创建湖南省少数民族特色村寨、国家3A级旅游景区；2020年成功创建全国文明村。

由于自然条件恶劣、耕地面积小，多年来，贫困一直困扰着桐冲口村。全村建档立卡贫困户有97户共计402人，占全村总户数的58%。2017年以前，这里一直是"国家级贫困村"，桐冲口村能够在2017年成功脱贫仰赖党的精准扶贫政策。2015年4月，湖南广播电视台扶贫工作队来到桐冲口村开展精准扶贫。结合桐冲口村的文化底蕴，扶贫工作队将挖掘和传承好瑶族文化、打造瑶文化体验基地和传承基地、实现旅游脱贫，作为桐冲口脱贫攻坚的战略目标。2015年，聘请了广州凯文旅游景区规划设计有限公司，精心编制了《勉瑶千年古寨——永州市江华瑶族自治县桐冲口村旅游区总体规划及重点片区修建性详细规划》，制定以瑶族文化、生态休闲为核心，集瑶族文化体验、滨水生态休闲、梯田生态休闲、养身康体娱乐、节事庆典活动、文化影视拍摄等于一体的多功能体系。投入29.5万元完成了"桐冲口千年瑶寨"门楼建设；投入42.5万元完成了水景鱼塘建设；投入307.2万元完成了沿江步道风雨长廊建设；投入252.4万元完成了瑶韵商业楼建设；投入196.7万元完成了瑶韵广场建设；投入89万元完成了"勉瑶千年瑶寨"房屋风貌改造。2017年累计投入资金1290万元，新建瑶族特色民居30栋，完善项目内水、电、路、讯等基础设施建设，农户在2017年年底乔迁入住。"千年瑶寨"项目共计投入资金3000余万元。

2017年年底，桐冲口村实现全村脱贫，湖南广电扶贫队撤离桐冲口村时，完成了瑶韵商业街、综合服务大楼、瑶韵广场、风雨长廊、环村水泥路、观景鱼池、30栋新时代特色的易地搬迁吊脚楼等工程。广电撤离后，如何巩固脱贫成果成为亟待解决的问题。村民们达成共识：依托瑶寨优美的生态环境和深厚的瑶族文化底蕴，不断完善旅游基础设施建设，大力发展生态文化旅游业，走出一条桐冲口模式的乡村振兴路径。

一、依托瑶族传统文化和自然资源完善"千年瑶寨"项目

"千年瑶寨"主体部分完成后，如何最大限度地发挥旅游经济效益成为当务之急。组建班子、健全制度是第一步。桐冲口村积极探索村级治理结构新模式，规范村级组织服务群众工作运行机制，走出了一条依托基层组织加强村级社会管理、建设美丽乡村的新路子。成立村民理事会、制定村规民约，村民们在村支两委和理事会的领导下，自主完成了旅游配套设施设计、修建和旅游项目打造等工程，形成了全村谋事"一盘棋"、干事"一股劲"、成事"一条心"，共谋发展的良好局面。

第一书记郑艳琼功不可没。2015年，郑艳琼被选为驻村干部，她毅然辞去江华县民族文化旅游广电体育局纪检组长的职务，扎根桐冲口村。在广东创业，月薪近万元的郑江涛，在接到郑艳琼的邀请后，果断回到桐冲口村。2017年年底，桐冲口村实现全村脱贫，郑艳琼为了家乡的发展，再一次选择留下。2018年3月，江华县正式任命郑艳琼为桐冲口村第一书记，让她继续从事扶贫工作。经过多年的建设，桐冲口村形成了以第一书记郑艳琼、村主任郑江涛、千年瑶寨旅游服务管理中心经理莫柔、老支书郑仁辉为核心的村级班子。

为进一步完善千年瑶寨基础设施建设，郑艳琼贷款60万元，并拿出自己的全部积蓄，作为千年瑶寨旅游服务管理中心的运转资本，带领村民投入

到瑶寨建设中。郑艳琼先自出资金将自己的房屋进行了样板式改造，然后再逐户做工作，用争取到的扶贫资金对全村瑶族民居进行风貌改造，形成了统一、亮丽的风景。正是有以郑艳琼为主心骨的村级班子，他们无私奉献的牺牲精神，将全村人拧成一股绳，劲往一处使，才能换来桐冲口村的"山乡巨变"。

村支两委多次组织村民外出，到乡村旅游发展好的地方进行参观学习，借鉴它们好的经验和做法，增强村民发展乡村旅游的信心。制订了"一心一带三片区"规划结构。"一心"指公共活动中心。以瑶韵广场为支撑，设置旅游公共服务、社会服务、其他服务为主要功能。"一带"指沿河风光带。依托麻江河的水系格局，塑造立体化的滨水空间，打造以滨水休闲为特色的休闲景观带。"三片区"指依托瑶族文化，打造以特色餐饮为主，结合部分创意购物、休闲养生功能的瑶族风情街区；以村庄现有保留的古民居建筑及农田为主体，打造以瑶族文化展示、研究和瑶族民俗活动表演、滨水农庄等为主要功能的瑶韵体验区；以传统瑶族民居为本底，多种样式结合，从瑶族文化中取义，打造瑶族和谐新居区，全力打造勉瑶"千年古寨"。

在凸显瑶族文化元素的同时，借助得天独厚的自然资源优势——环绕村寨的黄龙山、穿村而过的麻江河（瑶人河），开发具有瑶寨特色的旅游项目，创建千年瑶寨——"源（缘）来瑶家"国家3A级景区。游客可以竹筏泛舟、平台观景、平台亲水、竹排漂流、水库垂钓。以展示瑶文化设置旅游线路，景点有缘桥（牵手走过缘桥、共担人生风雨）、红豆许愿树（登爱情天梯、挂铜锁丝带、许万年爱恋）、夷勉堂（聚于一堂领略瑶族风情）、风雨长廊（漫步长廊，听瑶人河浅吟，穿越瑶族历史时光隧道，品味过山瑶沧桑岁月，一览《盘王大歌》《长鼓舞》的魅力）、五福转运宫（时来运转、五福临门）、犀牛谷（静坐亭中听泉语）、石壁狩猎栈道（穿越石壁瑶族原始狩猎场景，沿途设有野猪棚、捕猎夹等原始狩猎工具）、红石滩（染红的石头会说话）、瑶人河皮筏艇漂流码头（老少皆宜亲情漂、幸福家庭快乐游）。这些景点线路的设计，巧妙融合了瑶族文化元素，且满足了游客的不同层次需求，成为吸引游客前来休闲娱乐的最佳选择。

完善旅游设施、打造旅游项目是基础，更主要的是创新管理模式，桐冲口村成立了千年瑶寨旅游服务管理中心。实行"公司＋农户"运营模式，全民开办服务行业，由公司统一经营管理，业务涉及宾馆、餐厅、旅游产品、民俗表演、游乐等服务行业，游客吃饭、住宿、观看民俗表演、游乐等统一由公司分配管理，费用由公司收取，所得收入由公司与农户按比例分配。公司旗下开办的宾馆、商铺的收入和按比例分配所得的收入，除用于公司管理和景区运行费用外，其余收入全部用于全体村民分红。30栋易地搬迁的吊脚楼也成为公司经营的对象。经过翻新和集中处理，改造成民宿、餐馆和特色陈列展示馆，成了乡村旅游中传统古民居旅游的一大亮点。一层自住，二层以上交由村旅游公司改造成民宿，实行统一管理和经营，公司和村民按3∶7的比例分成。笔者2021年五一节入住一家民宿，民宿老板说："一到节假日客房基本上都会住满，这一块一年就能分红近2万元。"

全村现已发展民宿旅馆36家共180个床位，新建农家乐6家，民俗专场表演1个，从业人员达300多人，具备接待大中型旅游团的能力，接待团队和自驾游客达6万多人次，周末及节假日经常会出现客房爆满现象。2020年，接待旅游团队和自驾游客达4万多人次，村民旅游服务收入80多万元，村民人均收入达1100元。2021年国庆期间最高峰日接待游客近4000人次。"公司＋农户"运营模式极大改变了桐冲口村传统的农业生产模式，由小农经济转换为商品经济，瑶寨的村民从最开始的抵触，慢慢接受，到最终成为公司的一员，极大提高了桐冲口村的旅游接待能力，以旅游促发展成为村民的共识。村民们自愿加入村寨统一规划、统一管理中，作为公司的一员，齐心协力搞好村寨建设，初步形成了整理（Seiri）、整顿（Seiton）、清扫（Seiso）、清洁（Seiketsu）、素养（Shitsuke）、安全（Security）的6S管理模式，整个瑶寨干净整洁，责任到人，做到人人有事管，事事有人管。

二、建构民族节庆仪式，带动旅游业发展

发展乡村旅游业贵在宣传。桐冲口村不断加大对外宣传力度，拍摄桐冲口寨歌《千年瑶寨》《过山瑶过山谣》视频，寨歌用汉语演唱，采用现代曲编曲，全面展示瑶寨的自然美、建筑美，以及丰富多彩的民俗活动。歌词使用了衬词"连罗啦勒……连罗啦连连勒"，"连罗啦勒"是《盘王大歌》中的曲调。录制了微电影《千年瑶寨等你来》，讲述了一名大学生村干部在桐冲口村扶贫，发展乡村旅游项目时遇到的困难。

建构节庆仪式成为桐冲口村对外宣传的重要窗口。无论是瑶族的传统节日，如"盘王节""三月三尝新节""六月六晒福节"等，还是汉族的"端午节""七夕节""中秋节""国庆节"等，桐冲口村都举办活动吸引游客前来旅游。

白天项目有：打糍粑、漂流、瑶族足浴、竹筏、小火车、自行车、网红桥、向日葵、瑶族特色建筑吊脚楼等。晚上项目有：洪沙大席登龙宴、瑶族民俗表演、篝火晚会、烧烤。

白天，游客们既可以亲身体验瑶族传统习俗——打糍粑、瑶族足浴，也

可以参观瑶族特色建筑吊脚楼，还能游玩现代娱乐设施网红桥、漂流等。晚上的洪沙大席是瑶族人民招待贵宾的宴席，瑶族阿姐唱着敬酒歌，捧出瓜箪酒、端上十八酿、蒸上五色饭，让游客们在欢歌笑语中感受别样的民族风情。敬酒歌的曲调使用了《盘王大歌》中的"黄条沙曲"。瓜箪酒是瑶族勉哥上山劳作的必备酒，瑶家人多居高寒山区，劳动强度大，常常要以酒来活血御寒。醉喜多（瑶语：最美的姑娘）心疼勉哥在山上劳作一天，酿制了既解渴又解乏还能止饿的酒，这种酒从此成了瑶家待客的美食。

在民俗表演中，既有瑶族传统节目，也有现代节目。课题组2021年中秋节前往桐冲口村，民俗表演的活动主题为"千村万寨心向党，载歌载舞庆丰收"，节目单为：歌曲《没有共产党就没有新中国》《幸福新瑶家》，少儿走秀，歌剧《盘王大歌》，歌曲《千年瑶寨等你来》《长鼓舞》表演，种阳春走秀、竹竿舞、篝火舞。节目由千年瑶寨醉喜多艺术团表演，演员全是桐冲口村的村民。歌剧《盘王大歌》选取了《盘王出世》的片段，《长鼓舞》选取了部分套路进行表演。竹竿舞、篝火舞将节日的气氛推向高潮，演员们和游客们在《千年瑶寨等你来》的歌声中跳着竹竿舞，在《幸福新瑶家》的伴奏声中跳着篝火舞，感受瑶家新气象、新发展。

将《盘王大歌》中"连罗啦勒"曲调作为衬词创作寨歌；选取"黄条沙曲"作为敬酒歌曲调；截取《盘王出世》排演为歌剧《盘王大歌》；选取《长鼓舞》部分套路作为表演节目，这是对非物质文化遗产的创造性转化、创新性发展。《盘王大歌》《长鼓舞》作为表演得以传承，虽然丧失了其作为民俗活动的功能，但其产生的经济效益带动了传承。但节目编创缺乏专业指导，更没有加入现代化、信息化的高科技手段，对瑶族元素的提取还不够，其经济价值有待进一步挖掘。

从民俗表演活动可以看出桐冲口村村民对国家、对党的感激之情。《幸福新瑶家》歌词唱道："幸福新瑶家，美丽新瑶家，富饶的家园根连大中华。幸福新瑶家，快乐新瑶家，火红的日子笑开门前花。"唱出了瑶族同胞的心声，唱出了瑶族同胞对党和国家的爱。同时，桐冲口村将汉族传统节日和瑶族传统节日巧妙地融合起来，建构节庆仪式。既满足了汉族人追求爱情、祈福保平安等需求，也体现了瑶族同胞的信仰和价值观，使节庆仪式成为汉族同胞和瑶族同胞共同的盛宴，在欢歌笑语中迎新年、庆丰收、共享盛世华诞。瑶寨成为各族人民共度佳节的最佳旅游胜地，让各族人民见证祖国的繁荣昌盛，为祖国的富强民主摇旗呐喊，为作为中华民族大家庭的一员倍感自豪。

在保留传统节目的基础上，根据不同的节日，突出不同的宣传主题。如"中秋节"以"偷秋"传说作为宣传亮点。相传从前寨子里有一个醉喜多，她是全寨最漂亮、最聪明、最能干、唱歌最好听的女孩。很多男孩都喜欢醉喜多，为了表达对姑娘的爱慕，在八月十五晚上月儿高高挂的时候，瑶寨里的青年才俊按照寨里的传统习俗去喜欢的姑娘家里的地里"偷秋"，大家都相约着跑去醉喜多家的地里偷瓜、偷菜、偷苞谷，这一举动被未来的岳母大人发现了，小伙子们硬着头皮挨了一顿训，很多青年人脸皮薄被训走了，最后只有一个男孩勉哥留了下来。勉哥追求醉喜多的这个民间传说成了桐冲口村口口相传的"偷秋"。"醉喜多"爱情元素的提炼，让桐冲口村成为情侣们的打卡地，满园的向日葵、大酒缸的标志性建筑，寄予了恋人们对爱情的向往。"醉喜多"给桐冲口村中秋之夜增添了浪漫色彩，课题组在2021年的中秋前往桐冲口村，恰巧遇到一对青年男女，交谈得知，他们是看了宣传后，特地从江华县赶来桐冲口村过中秋。

除此之外，桐冲口村以端午节为契机打造了江华首届瑶族叩瘟节，祭药神、泼水洗尘、"六月六晒福节"、祭五谷、享五色圆箕宴、抓鱼成为活动亮点。瑶族婚俗也成为开展乡村旅游的活动契机，2021年原计划于七夕情人节举办瑶族传统婚俗仪式（后因疫情推迟一个月），婚礼当日，除了新人家眷，还有10余名外地游客前来参加，预订了60个床位，创造直接经济收益1万元。

配合旅游业发展，桐冲口村民开发民族特色旅游产品。注册"醉喜多"商标的米酒。村旅游公司每年酿酒2万公斤左右，公司窖藏储备一部分，一部分直接销售给顾客。村主任郑江涛表示，普通米酒只有几元一斤，但是窖藏一年后，价值最少翻一番。醉喜多艺术团团长郑艳琼表演歌舞之余，主要的收入是酿酒。她说："每年能卖几万斤，纯收入接近十万元，歌舞表演更多是做贡献，表演一天补贴30元，一年不到一千元，主要是为了将村里旅游做旺，只有旅游旺起来，生意才能火起来。"以圆箕宴打造特色长桌宴。八人一桌的五色圆箕宴，仅此一项可以给活动带来收入2万余元。五色圆箕宴从食材到人工全部由村民提供，所有收入进行村内循环分配。制作具有瑶族特色的竹木工艺品、奇石、根雕产品；利用本地特有的香草、厚朴等植物，制作香囊等；制作瑶家腊肉、十八酿、山笋、野菜等具有瑶家风味的特色产品。旅游产品丰富了，游客选择的机会多了，村民增收的渠道也多了。

三、打造瑶族文化传承基地

桐冲口村是国家级非物质文化遗产瑶族《盘王大歌》《长鼓舞》传承基地。瑶学专家、《盘王大歌》第28代传人郑德宏为桐冲口人。《盘王大歌》原叫《大歌书》，1963—1966年，郑德宏跑遍了湖南瑶族村寨，搜集民间流传的瑶歌手抄本，将原来只是用于祭祀盘王的《大歌书》更名为《盘王大歌》，并编撰为上、下集，上集为祭祀盘王的歌曲，下集为瑶族民间歌谣。"文化大革命"后，历时两年整理搜集的手抄本并结合演唱，用国际音标将歌词用瑶音标注，出版了书籍《盘王大歌》。如今，《盘王大歌》文化价值得到了学界的一致认可，被誉为瑶族社会的"百科全书"。2014年11月11日，《盘王大歌》经国务院批准列入第四批国家级非物质文化遗产代表性项目名录。

在搜集整理《盘王大歌》过程中，郑德宏发现了瑶族歌手赵庚妹，并教其演唱《盘王大歌》，赵庚妹成为《盘王大歌》国家级传承人。郑德宏的女儿郑艳琼继承父亲的事业，以传承瑶族文化为己任，致力于瑶族文化研究，出版了六本跟瑶文化有关的著作，郑艳琼父女俩的努力奠定了桐冲口作为瑶族文化研究中心的地位。目前，《盘王大歌》已成为瑶学研究的热点。学术界从文学、民族学、人类学、艺术学、宗教学等多学科角度出发，采用文化人类学、艺术人类学、音乐学、文献学、翻译学等多种方法，不断挖掘《盘王大歌》的价值，《盘王大歌》成为民族史诗的杰出代表。

凭借独有的文化底蕴，2018年，桐冲口村建立了"瑶学研究瑶族文化传承基地"，以文化传承带动桐冲口的经济发展。《盘王大歌》作为民俗表演的重要节目，成为瑶族元素的典型代表，激发了村民们自觉学习《盘王大歌》的热情，《盘王大歌》在桐冲口村慢慢流传开来。

桐冲口村也借助自己的文化优势，承接各类活动。如2020年8月，湖南省音乐家协会组织20余名青年词曲作家到桐冲口开展"决胜小康之声"——第六届潇湘好歌暨第六届潇湘青年词曲作家采风创作活动。青年词曲作家汲取瑶族音乐文化元素，围绕决胜全面小康、决战脱贫攻坚、迎接建党100周年、"我们的新湖南"——新时代新农村等重点题材，创作精品歌曲，让更多的人通过歌曲认识桐冲口村。2020年9月1日，"小康梦·千年梦"湖南文艺家看千年瑶乡采风创作活动启动暨湖南文艺家创作基地、湖南文学创作示范基地揭牌仪式在桐冲口举行。来自全省文学、戏剧、音乐、舞蹈、美术、书法、摄影、民间文艺等多个门类的艺术家走进千年瑶寨开展了采风创作活动，用文艺的力量助力脱贫攻坚。2020年9月3日晚，第二届中国舞蹈艺术大展系列活动"56个民族56种舞"，全国民族舞蹈文化视频直播走进桐冲口村，以抖音直播的形式向全国观众展示江华瑶族特色文化。活动还邀请了国家级非物质文化遗产代表性传承人赵明华和赵庚妹，现场向观众展示了瑶族长鼓舞和瑶族歌曲，让更多的人认识瑶族，了解瑶族特色文化。一系列活动的开展，将桐冲口村打造为瑶族文化传承基地，极大提高了桐冲口村知名度，桐冲口村作为乡村振兴示范村的榜样效应逐步向四周辐射。

经过三年的建设，桐冲口村走了一条村民人人参与、依靠自身脱贫致富的路径。绿水青山如何变成金山银山，桐冲口村给出了答案。"千年瑶寨"变身"美丽乡村"，为乡村振兴提供了示范路径。桐冲口村已经迈出了第一步，应积极拓展思路，充分发挥作为国家级非物质文化遗产《盘王大歌》《长鼓舞》传承基地的优势，加快发展进程。

一是以保护传承人资源建立"非遗+研学"机制。《盘王大歌》《长鼓舞》是节庆活动永恒不变的文化传承。以研学带动非遗挖掘，将其研学课程化，让游客、大学生及中小学生通过实地学习、互动对非遗项目进行实际体验。通过非遗挖掘带动传承人保护，传承人带动产品推销，产品推销带动传承积极性，传承积极性保障研学基地，研学基地优化瑶寨吸引力，通过搭建"产、学、研、销"链条体系，探索"非遗+"活态传承发展模式。

二是借助国家非遗政策促成"非遗+节庆"产业链。当前，随着国家非遗政策的深入推行，国家参与建构的少数民族节庆仪式有助于带动少数民族地区经济发展。要充分挖掘瑶族的传统节日、加大宣传力度，为旅游提供活动契机。以"盘王节"等民俗活动为契机对瑶族的艺术和文化传统进行重新建构，在不违背民族传统的前提下，创新仪式内容，举办瑶族服饰展、长鼓舞大赛、篝火晚会、对歌等活动，逐步形成"节庆经济""节庆产业"。

三是以瑶族特色村寨打造"非遗+民宿"模式。桐冲口村有黄龙山、麻江河等得天独厚的自然景观，有瑶族传统风格建筑——瑶寨吊脚屋等。将"瑶族婚礼""度戒"等民族活动，融入参观游览项目，推出特色民俗文化园。将民族文化糅进少数民族特色村寨建设之中，贴合少数民族特色村寨的人文环境，发挥文化品牌优势，弘扬传统民族文化。在少数民族特色村寨中进一步完善"吃、住、行、游、购、娱"六要素的配套，把民族元素融入旅游、特色民居等各方面，推进智慧旅游。

四是以建设"文化生态保护区"创新"非遗+文创"模式。瑶医、瑶药、瑶浴是瑶族先民利用自然资源优势积累的药理知识，形成的自成体系的瑶医药学体系。瑶族刺绣奇异古拙而经典的形纹图案，具有丰富的经济文化内涵。但由于长期相对封闭的师徒、家族的作坊式传承，加之传承人在现代营销和推广展示方面欠缺经验，使其无法得到有效推广。搭建聚合资源平台，实现从"传统工艺工作站"到"文化生态保护区"的模式转化，努力完善全员参与非遗保护的工作体系，为传承人提供创意设计、市场营销、宣传策划、金融资本、产业信息、展示推广、人才培养等多方面专业服务，促使非遗在秉承传统的基础上融入生活，获得创新发展，形成村民人人传承、发展中华优秀传统文化的生动局面。

五是编创瑶族歌舞剧开拓"非遗+演艺"表演空间。将有关瑶族起源的"千家峒传说""渡海神话""盘瓠神话",以及上刀山、下火海、吞筷条、踩犁头、踏竹筒火、咬碗等各种瑶族绝技重新组合和创意编排,形成文化演艺产品。通过山水实景演出、文旅演艺和歌舞类表演等对瑶族民歌、服饰、舞蹈、节庆仪式、民间习俗等非遗文化进行再开发,在当前语境下获得活态生长。拓展传统演艺表演空间,扩大传播范围,丰富旅游的内容和文化含量。

第二节 《盘王大歌》的传承与族性认同

《盘王大歌》在江华的流传分布图如下(图1):

图1 《盘王大歌》流传分布图

一、保护措施

　　受经济全球化和文化多样化的影响，依靠口头形式传承的江华瑶族民间文学《盘王大歌》的发展，一度出现了岌岌可危的情况。直至"文化大革命"之后，江华研究前辈对《盘王大歌》的整理保护工作才逐渐回归正轨。1986年，江华瑶文化的掘宝人郑德宏整理意译了《盘王大歌》的蓝本。2005年，江华瑶族自治县人民政府为加强非物质文化遗产保护工作的力度，形成良好的保护环境和氛围，下发了《江华瑶族自治县人民政府关于加强非物质文化遗产保护工作的意见》（江政发〔2009〕9号），出台了抢救和保护《盘王大歌》的具体措施。将对《盘王大歌》的保护工作纳入政府的重要议事日程、全县经济发展的整体规划和文化发展纲要。除此之外，江华还成立了以县委宣传部部长为组长，县人民政府分管文化工作的副县长为副组长，县文广新局、民族宗教事务局、旅游局等单位为成员的专抓《盘王大歌》文化遗产保护工作领导小组，组织力量、认真实施、扎实有效地做有关的普查、抢救保护和申报工作。与此同时，确认相关传承人的地位，意图通过保护传承人达到保护作品和文化表现形式的目的。2008年8月启动了培养《盘王大歌》传承人的有关工作，2009年对优秀的民族民间艺人授予称号并发放一定的传承津贴，其目的还是在于运用整合社会资源、吸纳社会资金、多方联动的方式方法，对《盘王大歌》进行保护和开发。不仅如此，还多方筹集资金，用于自2014年开始针对《盘王大歌》文化传承发展的五年保护计划（图2）。

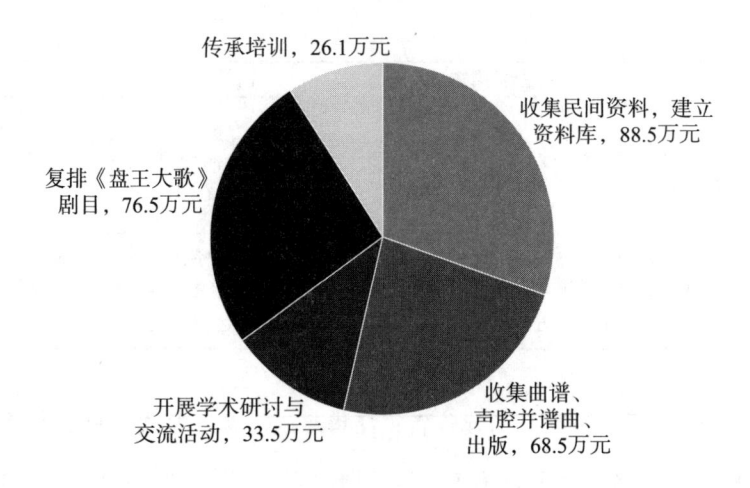

图2 五年计划经费预算

传承培训，26.1万元
收集民间资料，建立资料库，88.5万元
复排《盘王大歌》剧目，76.5万元
开展学术研讨与交流活动，33.5万元
收集曲谱、声腔并谱曲、出版，68.5万元

五年保护计划具体内容，见表1：

表1 五年计划具体内容

年份	保护措施	预期目标
2014	1. 计划重印郑德宏先生整理意译的《盘王大歌》蓝本，拓宽研读范围，扩大宣传影响 2. 将有重大影响的代表性传承人进行录音、录像，建立原始档案数据库 3. 申报国家级非物质文化遗产名录项目	1. 完善数据库资料建设 2. 扩大影响，引起全社会高度关注
2015	1. 全面系统搜集、整理《盘王大歌》腔调、曲谱资料，开展谱曲工作 2. 出版词、调、曲俱全的《盘王大歌》书籍	1. 真实、完整、系统记录《盘王大歌》 2. 使《盘王大歌》更加有效地得到保护和传承
2016	1. 以江华瑶族自治县瑶族研究学会为平台，开展《盘王大歌》专题学术研究活动 2. 举办首期《盘王大歌》传承人培训班 3. 复排《盘王大歌》剧目进行宣传推介	1. 加强理论研究，深挖文化内涵，出版论文专集 2. 启动传承人培训工作，培养后备力量 3. 通过展演达到宣传推介目的

（续表）

年份	保护措施	预期目标
2017	1. 通过媒体，全方位广泛宣传推介《盘王大歌》 2. 开设《盘王大歌》专修班（每年两期）	1. 进一步扩大影响，加强保护 2. 加强培训力度，壮大后备力量
2018	1. 在做好预定的各项保护工作的基础上，全面总结五年来的保护工作，肯定成绩，寻找差距 2. 安排部署下一个五年的保护与发展计划	保护思路清晰，目标明确，使《盘王大歌》的保护与传承工作进入全新阶段

五年过去了，2022年对比往昔，江华瑶族《盘王大歌》的发展面貌已是焕然一新。《盘王大歌》早于五年计划的第一年——2014年11月11日，就经中华人民共和国国务院批准列入第四批国家级非物质文化遗产代表性项目名录。在以2018年入选第五批国家级非物质文化遗产代表性项目名录《盘王大歌》代表性传承人赵庚妹女士和省级代表性传承人郑德宏先生为"明信片"的一代又一代传承人的指引下，江华关于《盘王大歌》的研究书籍和交流活动似一夜梨花乘着春风益然盛开，绽放在江华的县城大道和乡间小路……带动着江华的经济、文化等方面的发展，使得本是偏远落后的小县城迎来了百花盛开的春天。

二、传承人

（一）郑艳琼

郑德宏先生的女儿郑艳琼女士，从父亲的手中接过来瑶族文化传承工作的火炬。《盘王大歌》出版前的整理工作就是父女二人联手打造的成果。同样也是受了父辈的影响，郑艳琼女士一直以来都从事着自己喜爱的瑶族文化研究，曾担任过江华县文旅广体局的纪检组长。出版了《瑶人经书》《湖南瑶族奏铛田野调查》《湖南瑶族抖筛田野调查》《湖南瑶族风情》《湖南江华原生态歌舞集》《瑶族祭祀盘王礼仪研究》6本关于瑶族文化研究的著作。而今的郑艳琼女士，全身心致力于家乡的扶贫工作，成为了江华县湘江乡桐冲口的扶贫队长，成为带领村民脱贫致富的最美第一书记。她利用家乡少数民族特色的优势，发展桐冲口的旅游产业，将曾经的那个落后贫困的瑶乡，打造成家喻户晓的特色旅游村、少数民族特色村寨先进村、湖南省美丽乡村和3A级景区千年瑶寨。郑艳琼女士带领村民将父亲郑德宏曾经走过的泥泞瑶山，走成了脱贫致富、奔向小康生活的社会主义新道路。

瑶族文化根脉相传，在瑶文化研究的寂寞之路上，郑氏父女长期以来并没有现成的资料和方法、经验可循，他们走向民间田野调查、访问瑶族民间艺人，做好笔录，请求演示，不断搜集整理，日夜不绝，走到了今天的丰富与繁茂。江华瑶族在国内、国际的影响，与郑老对瑶文化的执着研究与女儿郑艳琼的不懈努力是分不开的。郑德宏老人和女儿郑艳琼向着一座座瑶族文化山峰攀登，这中间不知经历了多少艰辛、困苦和磨难。郑艳琼女士曾说：瑶族文化是千百年来日积月累约定俗成的，父亲目前对瑶族语言的研究就是要用国际音标来拼读瑶语，不能连瑶族语言都走向失传。她说，老父亲每天除了睡觉、吃饭，心中装的还是研究和思考，以至于自己也不敢有丝毫的松懈和倦怠。在研究瑶族文化过程中有时受到很大的误解，甚至遭遇不满，想到老父亲那种倔强的性格和隐忍的态度，心中的疑虑和委屈都消解了。她说，文化积淀，需要包容与开放，这样才有前瞻性和丰富性。研究学问，要走出书斋、走向田野。同时，要耐住寂寞，守静，不怕人误解，坚持从实际出发。

2008年到2013年，她曾多次往返于郴州，遇到的问题请教各地瑶老，并获得了更多的手抄本资料。她又先后到了本县的两岔河乡峻山村、灯草村，蓝山的湘蓝村，广西的开山等偏远村寨参加活动，多次进行田野调查，时间最长的达半个月。在大瑶山进行田野调查，山高路陡，也有险情，有一次在两岔河乡还遭遇过车祸，她也受了伤。但困难没有吓倒她，想到父亲高龄之年仍孜孜不倦地工作和思考，还有什么不能克服的呢。近两年来，郑艳琼奔赴广东连南、连州、连山、乳源、雷州半岛，广西贺州、富川、巴马、金秀，云南河口等地域，在瑶族文化领域中的源流、迁徙史、语言、祭祀、服饰、盘王节仪式、瑶族礼仪等多方面展开交流、调查与研究。当《盘王大歌》唱进了瑶族师公的手抄本上时、唱进了郑德宏先生的书里时，郑艳琼女士就将这歌声传播到了千年瑶寨游客的手机里，回响在了众人的心间。

（二）赵庚妹

赵庚妹是江华瑶族《盘王大歌》国家级非遗项目代表性传承人。1950年出生于江华湘江一个瑶族民间艺人世家。她自幼跟随祖父赵明福、父亲赵成和、母亲赵贵秀等人学唱瑶歌，后又师从瑶族"歌王"盘财佑和瑶族"歌仙"赵荣谦，12岁就参加瑶族"坐歌堂"对歌。1964年将瑶歌唱到北京人民大会堂，1965年加入江华民族歌舞剧团，后调任江华县文化馆、图书馆等单位工作。她多次在各种庆典活动中演唱瑶歌，同时肩负外国瑶胞的接待工作。赵老师现仍珍藏有祖父赵明福传承下来的嘉庆年间《盘王大歌》手抄本，且能熟练地讲述吟唱《盘王大歌》手抄本中的全部唱段，能用"七任曲""讲歌调""啦哗调""长声牌""短声牌""勒却""乐却""朵筛"等20多种曲调熟练演唱《盘王大歌》中的全部内容。2005年8月，赵庚妹退休，后全身心投入到弘扬瑶族文化、传承江华瑶族歌谣的工作中，书写了新的瑶歌历史篇章。

1964年秋的一天，县干部郑德宏突然来到了位于瑶山深处的湘江公社樟木口村赵庚妹家中，并对她父母表达了希望赵庚妹去县里唱瑶歌的意愿。父母一边为女儿能够获此殊荣而感到高兴，一边又开始隐隐不安。因为瑶山向来是"重女轻男"的思想，父母都是希望女儿承欢膝下，留在自己身边招郎，不忍外嫁。赵庚妹从小就是家里最懂事聪慧的女儿，从她6岁记事起，出于好奇，她经常会仰望着吊脚楼上练字的爷爷到底干什么。渐渐地，她开始学会了在爷爷抄书练字时，懂事地为爷爷研磨、添茶，爷爷也欣慰地开始教孙女认字，在别人上门问卦请事、自己出门参加仪式活动时都会把孙女带在身边。这使得还未上过学的庚妹就已经会识字，接触瑶族文化了。课题组采访年过花甲的赵老师时，她自豪地回忆着："爷爷从小就很喜欢我，他在我们四姊妹当中特别喜欢我，特别疼爱我。"赵庚妹的母亲虽然不识字，但是她开口就能即兴演唱一段《盘王大歌》，使年幼的赵庚妹对《盘王大歌》的曲调耳熟能详。"识字""会曲"，这是赵庚妹12岁就能参加"坐歌堂"、成为当地家喻户晓的"童星"，以及日后能前往北京演唱瑶歌的重要原因，也是伯乐郑德宏能够到访赵庚妹家的直接原因之一。

1964年11月，赵庚妹作为江华和全国瑶族同胞的代表，参加全国首届少数民族业余文艺会演。站在北京人民大会堂宽敞明亮的大舞台上，赵庚妹深情唱起《站在瑶山望北京》："站在瑶山望北京、瑶歌唱给主席听。山高路远难听见，千里相隔心连心……"这首歌就是引用《盘王大歌》中的同一种曲调——"过山声"。歌词蕴意深远、简短精悍，曲调古韵悠远，两者结合相得益彰。在第二年江华县举行的10周年县庆活动中，赵庚妹就开始主持坐歌堂和唱瑶歌，在这之后每隔 10 周年的县庆活动赵庚妹都会参加。哪家嫁娶，或是赶场、赶圩以及村子里的大型活动，也都会邀请赵庚妹唱瑶歌。自此，赵庚妹便与瑶歌结下了一生情缘。

时至 57 年后的 2021 年，年过古稀的瑶歌传承人赵庚妹，在湖南永州为祝贺建党一百周年而创作的歌曲《唱支山歌给党听 2021》中，再次用汉、瑶语领唱，为歌曲增光添彩。在接受"今日永州"的媒体采访中，赵庚妹再次回忆起了她的"1964"："那是 1964 年 11 月，郑德宏先生找到我，让我去北京人民大会堂参加全国少数民族业余艺术观摩演出会。全国有 18 个代表队，我们湖南代表队有 9 个参演节目，包括苗族、侗族、土家族和瑶族节目。瑶族节目有两个：一个是瑶族舞蹈《汽车开到荆竹寨》，一个就是我个人站在台上清唱原生态的瑶语歌曲《站在瑶山望北京》。当时我们不知道毛主席来了，后来在幕布后看到了毛主席、周总理等党和国家领导人，14 岁的我内心非常激动。从那时到现在，这首歌伴随了我几十年。每每唱到这首歌，当年的那一幕就浮现在眼前，令我终生难忘……57 年后的今天，我们迎来了中国共产党的百年诞辰，我再次用汉、瑶语来领唱这首歌，心情格外激动。共产党是人民的大救星，我打心底里感谢共产党带领全国人民取得一个又一个的伟大胜利，让全国人民过上了这么美好的生活。我们瑶族同胞要世世代代拥护中国共产党，坚定不移地跟党走。流传在民间的一首瑶歌这样唱道：'高山高岭一蔸藤，藤子开花十二层。瑶家一心跟党走，叫我回头万不能！'"

作为比共和国小一岁的瑶族同胞，赵庚妹在《盘王大歌》的影响下逐渐成长，同时也见证了新中国的成长，目睹了全国特别是永州大瑶山 70 多年来翻天覆地的变化。如今耄耋之年，德艺双馨的郑德宏先生，当年的郑干部，更是赵庚妹永远心怀感恩的伯乐。

赵庚妹从事民族文化工作40年，开展瑶歌传承活动50载。自2005年退休后，她就被邀请到各地讲课，湖南科技学院音乐系也曾多次邀请她为学生教唱瑶歌。如今，赵庚妹每周四晚到县图书馆为群众传授瑶歌、瑶语，每周六到县职业中专为40多名瑶文化爱好者进行培训。目前，她到湘南学院、江华民族艺校等培训达十几期，培训人数达1000多人。她主持瑶族"坐歌堂"和全县赛歌活动30多次，举办瑶歌培训班50多期。在第八届瑶族盘王节中指导演唱《盘王大歌》，同时还担任湖南科技学院瑶歌教唱客座教授，以及民族歌舞剧团、湘江乡桐冲口村《盘王大歌》传承基地瑶歌传唱教师，把《盘王大歌》的歌声传到了江华的大街小巷、乡间小路，传到了世界各地。

赵庚妹时常在思考：新的时代、新的力量，发扬《盘王大歌》的形式也必须与时俱进、不断创新。传统的《盘王大歌》都是以直接演唱的形式出现在观众的面前，在1964年的北京舞台上，赵庚妹甚至只能用清唱形式表演《盘王大歌》。而今科技发展的时代，自媒体行业日趋渐进，传统的表演形式已远远不能满足观众的欣赏要求。所以寻找《盘王大歌》新的表演形式，也成为十分重要的课题。直至歌舞剧《瑶歌不老唱千年》的出世，《盘王大歌》的表演形式也进入了新的传承发展时代。

2021年12月24日，第七届湖南艺术节群众文化舞台艺术终评于湖南省益阳市落下帷幕。三年一届的湖南艺术节是湖南省举办的最高艺术赛事，由湖南省委宣传部、省文化和旅游厅举办，至今已成功举办六届。本次艺术节突出中国梦时代主题，旨在记录新时代、书写新时代、讴歌新时代，集中展示全省三年来文化事业发展的新成果，努力推出具有时代风格和湖湘品格的优秀作品，助力中华优秀传统文化传承发展，为湖南"三高四新"战略实施汇聚强大精神力量。经过省里层层选拔，永州市共7个节目入围第七届湖南艺术节终评，其中江华瑶族自治县有3个节目入选，又通过在益阳8天的现场展演评委评审，江华县的音乐类节目《留西啦哩—月儿朦朦亮》和戏剧类《瑶歌不老唱千年》双双荣获最佳作品奖（金奖）；少儿舞蹈《瑶山趣娃》获得优秀作品奖（银奖），名列全省前列。《瑶歌不老唱千年》由赵庚妹及其弟子赵世宜等倾情演出。作品主要讲述大山里歌妈的孙女瑶瑶大学毕业后，向往外面的世界，不愿意学唱瑶歌，认为学唱瑶歌解决不了实际问题，没有发展前途。后通过乡文化站田站长的教育开导，在不断的矛盾冲突中，瑶瑶终于转变了观念，改变了看法，决心接过阿婆的传承棒，让瑶歌生生不息、传唱千年。该剧在2020年就曾被评为湖南省精品作品，剧本也是不断更新，在各大舞台上展演。小剧目大内涵，艺术节上评委对该剧评价很高，大家一致认为作品虽小，但精彩纷呈，亮点多。该剧以瑶族音乐元素为基础，充分汲取了瑶歌中"蝴蝶歌""留西啦哩""长仙牌""下河嗓子""瑶族山歌调"等唱腔的精华，既有原生态的根，又有创新流行的美。节目开头讲到的瑶族漂洋过海的传说故事，赵庚妹演唱的那一段就是《盘王大歌》中，歌妈最有代表性的一首"引歌"。此剧麻雀虽小，五脏俱全，可以说原生态的根和创新的美同时展现其中，对传统的瑶歌又重新做了一次整理和提升。同时该剧还把乡村振兴、文化振兴、文化自信巧妙融合，高度得到了升华。乡村要振兴，文化振兴必不可少，文化要振兴，文化自信必不可少，其旨在呼吁世人积极保护和传承即将消逝的一些少数民族非物质文化遗产。

如今，赵庚妹的身后已是弟子成群、桃李满园，不仅有赵湘莲、盘琴、赵世宜、冯梅香、盘秋玲、李仁萍、李湘萍、赵春萍、赵玉兰、蒋登义、盘鹰、曾照华等30多名《盘王大歌》优秀传承人才,还培养学生共计1000多人。其中盘琴在第三十五届亚广联演出《盘王大歌》荣获金奖,赵世宜在韩国演唱《盘王大歌》,其中《洪水沙曲》《瑶族敬酒歌》等节目荣获2012年中韩国际文化交流会"无穷花奖"最高奖。赵世宜、冯梅香在永州市红歌大赛演唱《盘王大歌》节目荣获金奖,其他学生和弟子跟赵庚妹一道常年四季在瑶山大地的乡间村寨、学校社区教唱与传唱着瑶族的《盘王大歌》。"忽如一夜春风来,千树万树梨花开",沿着瑶族歌谣传承、传播活动道路走来,赵庚妹如今已是硕果累累,荣获了一系列荣誉奖项,迎来了金黄的秋季。赵庚妹多次被评为"优秀共产党员"和"先进文化工作者",并于2009年被江华瑶族自治县人民政府授予"瑶族歌娘"和"瑶文化突出贡献者"称号。在2009年、2012年湖南省举办的"欢乐潇湘"大型群众文化艺术会演中编排和领唱的《盘王大歌》节目分别获得银奖与金奖;2012年被湖南省人民政府确定为《盘王大歌》项目省级代表性传承人;在2014年湖南省第四届大学生艺术展演活动、2014年全国大学生艺术节展演活动中,教唱和编排的《盘王大歌》节目分别获得一等奖和金奖;2018年被国务院确定为《盘王大歌》项目国家级代表性传承人;2020年编排和教唱的《盘王大歌》节目,参加湖南红色旅游文化节山歌邀请赛,获最佳节目奖。赵庚妹钟爱瑶族文化,长期以来不遗余力地用真情去保护、传承《盘王大歌》,用行动去培养《盘王大歌》后续人才,用创新去展示传播《盘王大歌》,让《盘王大歌》这一民族文化奇葩大放异彩。这在江华乃至全国都是一件功德无量的幸事,为国家和社会作出了重要的贡献,受到了社会各界的好评与敬重。

作为国家级非物质文化遗产代表性传承人,迄今为止,赵庚妹接受的宣传采访已不计其数。不论是镜头面前,还是乡间树下,赵庚妹的工作就是讲解江华瑶族的《盘王大歌》，叙述她和《盘王大歌》一生的美妙情缘。除此之外，赵庚妹还在各个地区的舞台上为大家宣传、展演江华瑶族的《盘王大歌》。

1965—1995年，她连续在江华瑶族自治县成立庆典活动中演唱瑶歌，主持坐歌堂、赛歌会。1985年，她代表瑶族同胞参加了在广西南宁举办的全国首届瑶族盘王节，演唱瑶歌、表演瑶族长鼓舞。2020年6月13日上午，江华"文化和自然遗产日"活动，在神州瑶都瑶族广场拉开序幕。"文物赋彩全面小康"是当年的全国活动主题。活动现场，赵庚妹与上千名群众和师生进行瑶歌、瑶语交流互动，还与市级非遗传承人李仁萍表演了《盘王大歌》、瑶族《长鼓舞》等非遗文艺节目，让现场群众切身感受到了瑶族非遗文化的独特魅力。积极促进此次活动"做好文化自然遗产保护工作，传承文化自然遗产和人类文明成果"宗旨的宣传。同年12月31日晚20时，"盘王大歌"音乐沙龙活动在油岭瑶寨开启，来自广东、湖南、广西等地的瑶族民间歌手，为现场数百名游客和群众献演了一场原生态的瑶族歌舞大赛。当天活动，连南以主题音乐沙龙的形式，邀请了全国各地的瑶族音乐专家、歌手、传承人齐聚一堂，展示和欣赏"盘王大歌"音乐，并以嘉宾访谈、现场互动提问的形式共同交流和探讨"盘王大歌"音乐的传承创新和发展。赵庚妹带着徒弟登台献唱原生态《盘王大歌》，与在场学者和代表人共探瑶族文化。在交流中融合发展，必能让瑶族文化更好地传播开去。2022年5月2—3日，江华举办了"湖南旅发大会·唱响好永州"主题活动。赵庚妹在江华瑶族自治县沱江镇月亮湖畔的吊脚楼——瑶家火塘，带领着一群瑶家姐妹表演了精心准备的《盘王大歌》。她的歌声瞬间把大家带入了瑶族人民的起源、婚恋、创业、迁徙中去。在独具瑶族文化特色的江华景区中，赵庚妹与瑶家姐妹无疑是一道亮丽的风景线。

多年来，赵庚妹还十分热心学术研究活动，在江华、永州、郴州、长沙、太原、北京等地都有参加《盘王大歌》学术研究会议讨论和展演、展示、传播活动。2018年11月29—30日，由中央民族大学民族学与社会学学院主办的新时代瑶学研究与瑶族地区发展学术研讨会在中央民族大学举行。来自北京、广西、广东、湖南、云南等地的高校、科研院所的瑶学研究专家，各瑶族地区瑶学研究负责人以及部分国家级和省、市级瑶族文化遗产传承人等50余人参加会议。赵庚妹作为湖南省江华瑶族自治县《盘王大歌》国家级传承人，还在瑶族优秀传统文化传习大会上教学生们唱起了瑶歌。当晚，大会还举行了瑶族优秀传统文化传习大会暨2018年北京瑶族"盘王节"联欢晚会，瑶族"盘王节"联欢会上，江华民族歌舞团还与中央民族大学瑶族学生进行合唱。与之相类似的瑶学文化研究活动，早已经成为赵庚妹的日常工作。

在采访中，赵庚妹跟课题组透露自己目前最想做的和自己觉得最有意义的是整理自家传承下来的80段左右的《盘王大歌》手抄本。在谈笑叙往中，想起自己当年的青葱岁月，看着眼前早已长大成年的孙儿，赵老师常会在不经意间感慨——属于自己的芳华岁月已逝，但心中依然还有未完成之事——赵庚妹虽然有很多弟子，但是自家的孙儿中却并没有愿意接下赵老师传承棒之人，她理解时代变化后，年轻人有自己的想法和选择，所以她没有强求。但如此一来，自家代代相传的《盘王大歌》歌段，在她之后就没有人传承了……这不免让她十分苦恼。

就此，赵庚妹在采访中说到，现在跟她学《盘王大歌》的弟子，年纪差不多都是五十多岁的人了，但是现在的年轻人会说瑶话的并不多，而且现在有学习瑶歌意愿的年轻人也是寥寥无几。除此之外，学习《盘王大歌》的过程也是困难不断的。赵庚妹说："第一，《盘王大歌》的大多数歌本都是一代又一代的瑶族师公通过口口相传的方式留存下的手抄本，歌唱的内容也都是千百年来的瑶族历史、民间传说等。《盘王大歌》就是瑶族师公传下来的，用以师公做法事或是在'还盘王愿'敬神的祭祀歌。《盘王大歌》是民间文学，歌词内容讲述的是瑶族的十二姓、瑶族的来历、天地自然、生产劳动……这里面不仅歌颂了盘王高王，还讲述了道德伦理、爱情故事等。除此之外，《盘王大歌》中，还有结合汉文化的内容，例如《梁山伯与祝英台》的一段唱，这个故事不是瑶族的，但是当时的法师也把这些爱情故事一大段地写进了《盘王大歌》。《盘王大歌》一开始并不是一个固定的本子，它是师公在演绎的过程中逐渐添加形成的。最早的是 12 段，现在按照家里祖传到现在整理出来的就是 80 多段了。所以学习《盘王大歌》不仅要会曲谱，还要懂得一定的瑶族历史文化和流传渊源。第二，不同地区甚至是不同家族流传下来的《盘王大歌》的歌词、曲谱都会有些许不同，所以在研究手抄本时就会有误差。第三，瑶族人民只有属于自己的民族语言，但没有自己民族的文字，所以前人在记录、整理手抄本时大多是借用或音译汉字，甚至还会有很多错别字，这不仅给学唱《盘王大歌》的弟子造成困扰，还给研究瑶文化的学者带来阻碍。第四，即便是会瑶语的人也不一定就能学会唱《盘王大歌》。所以现在我就想在余生之年，把自己家目前最全、最完整的 80 段左右的《盘王大歌》整理出来，把里面的错别字或是借用字都纠正过来，保留存档，出版成书。然后把我会的所有的唱腔和曲调都录音、存谱，给将来想要学习《盘王大歌》的学生和研究瑶族文化的学者一个方向和渠道。我想这就是我这一生最大的幸运，也是想为传承瑶文化这方面做出的一点贡献。"

如今，赵庚妹已经整理完毕祖传《盘王大歌》手抄本，《盘王大歌》音乐唱腔资料也准备出书。在谈话的尾声，赵庚妹还笑着向笔者表示："我想着将来盘王节祭祀大典的最后（传统仪式上的尾声都会有献上《盘王大歌》这一仪式环节），如果能献上我整理出来的《盘王大歌》书籍，敬奉盘王、告祭祖先、传阅同胞，这将是我莫大的荣幸，也将是我坚定的志向。"

三、瑶歌不老，唱响"乡村振兴"

（一）音乐剧的探索发展

近年来，多部瑶族原创音乐剧的精彩上演，展现了非遗文化魅力。《瑶歌不老唱千年》的编剧为陈永祥、许贤志，作曲者为朱光永、姚娟，主要由国家级非遗项目《盘王大歌》传承人、瑶族歌妈赵庚妹参演。该剧以瑶族音乐元素为基础，充分汲取了瑶歌中"蝴蝶歌""留西啦哩""长仙牌""下河嗓子""瑶族山歌调"等唱腔的精华，既深深扎根于原生态，又进行创新，吸收了当下的流行元素。修改后的剧本更是在是否学瑶歌的矛盾冲突中巧妙地融合进了"乡村振兴"的主题，为乡村振兴铸造了"文化振兴""文化自信"的灵魂，以文化建设为其凝聚了精神动力，使其音乐剧主旨达到了新的高度。

2017年9月12日晚，湖南省永州市举行的"欢乐潇湘"湖南大型群众文艺会演决赛中，上演了12个具有浓郁的地方特色和民族风情的节目，例如民俗表演《婚嫁》、群舞《瑶山人龙》、舞蹈《咔嚓梭》等。其中，瑶族小音乐剧《瑶歌不老唱千年》在悠长的歌声与跌宕起伏的故事中，展示了瑶族漫长的历史文化与瑶歌独特的韵味。歌剧通过展现以国家级非物质文化遗产名录的传承人歌妈、县文化馆馆长田馆长、6名学习瑶歌的弟子与大学毕业待业在家的歌妈孙女瑶瑶的对立，探讨了在外出打工浪潮的冲击之下，瑶歌老一代传承人如何向新一代传承人"传经送宝"，千年瑶歌如何才能永葆青春活力的时代难题。歌剧也在生动的情节发展中给出了自己的答案：正是通过一代又一代人的口耳相传，瑶歌文化才能唱响千年。

在改革开放的背景下，音乐剧鲜明地体现了瑶瑶是该和歌妈继续学习瑶歌，还是该和大多数人一样外出打工的矛盾。这种矛盾无疑是普遍的，极具代表性，其矛盾的核心在于瑶歌在当今社会到底还有无价值。当瑶瑶经过乡文化站田站长等人的教育开导，确定了瑶歌的价值后——"我们的瑶歌是经过几千年大浪淘沙老祖宗留下的宝贵财富，你不要守着金山不晓得金子贵嘞"；当瑶瑶知道自己从前在省里比赛唱的瑶歌《蝴蝶歌》即将参加中央电视台《民歌·中国》栏目，而自己也"很快就会成为瑶山里飞出的金凤凰"时，音乐剧里的矛盾便迎刃而解了。从前的瑶瑶向往外面的世界，认为瑶歌既难懂又难唱，无法赚钱养家，走出大山去城里打工才是正途，后来意识到唱瑶歌同样能实现自身价值，并且瑶歌本身拥有崭新的社会功能——文化扶贫，便对学唱瑶歌没有了抵抗情绪，终于转变了观念、改变了看法，决心接过阿婆的传承棒，让瑶歌生生不息、传唱千年。音乐剧的结尾是温馨美好并充满希望的，歌妈成为瑶歌进乡镇、进校园、进社区的培训班的老师与国家级的非遗传承人，瑶瑶也成为文化馆的非遗专干。

音乐剧将瑶瑶思想的转变归结为瑶歌魅力的影响，提出了"文化不仅有精气神，也育人化心"的观点，虽然十分正确，但并未在音乐剧中得到充分体现。促使瑶瑶变化的和观众所感受到的，不是瑶歌具有多大的魅力，而是瑶歌具有多大的外在价值，且这种价值在一定程度上被理想化、美化了。这就使得整个音乐剧主题显得较为单薄、空洞，缺乏具体内容的支撑，没有相应的政策措施确保其价值的实现，人物内心也缺少内在的、自发性的、持久的传承动机。倘若瑶瑶所唱的瑶歌未曾获奖，也没有获得一份稳定的工作，那她还愿意留在瑶乡吗？

相比之下，《〈瑶歌不老唱千年〉2021年修改定稿》所表现的主题与内容则深刻得多，注入了新的时代课题。2021年11月19日晚，于永州市瑶族图腾园上演的2021神州瑶都（中国·江华）瑶族盘王节群众文艺展演中，《瑶歌不老唱千年》再次以精彩的表演将演出的气氛推向高潮，充分表达了江华人民对美好生活的向往与赞颂。在修订版的剧本里，瑶歌的传承与发展遇上了乡村振兴战略，这两者成功的结合昭示着在瑶族地区实施乡村振兴战略的必要性与其取得的重大成就。习近平总书记强调，乡村振兴既要"塑形"也要"铸魂"，而传承瑶族传统文化便是铸造瑶族乡村振兴的魂。

（二）音乐剧与"乡村振兴"

新修订的音乐剧看似与原剧本相差无几，但其中心内容无疑大大升华。除田站长、歌妈、瑶瑶、瑶歌弟子若干人外，新剧本还添加了一个新人物阿强——瑶瑶男友，回乡创业的20多岁瑶族青年。若瑶瑶作为"离"的代表，阿强很显然便是"留"的典型。剧本的开头仍是瑶瑶准备外出离家，既因为对阿强的思念，更为了前往远方"追求美好的生活"。但当她决意离去、众人劝阻不下之时，田站长又带来了好消息：瑶瑶参演的《春暖瑶山》节目被推荐参加全国少数民族文艺会演，且"深圳客商"阿强回到了这个小乡村，并将成为此节目里瑶瑶的搭档。在众人的欢呼与喜悦中，戴墨镜、以口罩遮面的阿强成为以山区旅游为中心的瑶族乡村振兴的代表，表达了将瑶歌塑造为乡村旅游的金字招牌的美好愿望。由此，瑶歌的传承在乡村振兴的征途上落到了实处，传承人以何种手段、有何种政策支撑用以传承瑶歌，都有了合理且确切的解释，为瑶族文化发展繁荣提供了不竭动力。

除在故事情节的起伏上，《瑶歌不老唱千年》这部音乐剧在歌词中也加入了大量体现乡村振兴的内容，例如："果树层层垛打垛，油路弯弯进山窝。快递成天走穿梭，大妈直播爱吆喝""阿哥办起农家乐，山外游客一拨拨""阿妹采茶笑呵呵，茶好不怕销不脱""牛羊成群肥又壮，鱼跃水塘起欢波。脱贫攻坚结硕果，乡村振兴又开锣""打起长鼓唱起歌，喜事一个接一个""儿走千里要回寨，热汗要在家乡洒""弘扬传统守住根，瑶歌不老唱千年""春风缕缕过山崖，山寨铺满红彩霞。乡村振兴迈大步，建设美丽新瑶家"，等等。"快递""直播""农家乐"等一系列现代生活的产物，乘着乡村振兴的春风，吹进了这千年瑶寨。而瑶歌文化作为一种深沉持久的力量，无疑为乡村振兴战略提供了精神鼓励。而反过来，乡村振兴也有利于瑶族文化的传承和发展，以文化特色为载体，将传统文化元素、红色文化元素融入瑶寨休闲观光游中，将作为古老的非物质文化遗产的瑶歌与文化创意产业相结合，无疑能够促进乡村产业的振兴与脱贫攻坚，并筑牢乡村振兴的文化根基。

乡村振兴战略实施背景下的湖南瑶歌文化再建构，其意义不仅在于留住瑶歌的历史，更在于如何以瑶歌等瑶族文化促进乡村全面振兴，如何更好地继承与保护，进行文化自身的创新，以使其更加高质量地发展。这就迫切需要提升瑶族文化的精神价值与引领价值，保护和利用瑶族文化遗产，打造瑶族文化产业的特色品牌，以满足瑶族人民对美好生活的追求。修订版音乐剧之所以更能获得广泛好评，其原因就在于抓住了乡村振兴这一战略核心，为如何更好地在乡村振兴这条金光大道上传承、发展瑶歌指明了方向。

　　时代潮流的冲击、保护传承意识的淡薄、民族记忆渐渐流逝……在诸多因素的影响下，瑶族民歌不可避免地走向飘摇。但若选择恰当而新颖的传承方式，将瑶族民歌与时代精神相结合，使瑶族传统文化有机融入现代社会文化之中，擦亮瑶歌这张文旅名片，演绎独属于瑶族的民俗风情，将瑶族民族风情和乡村生态环境作为推动乡村高质量发展的最大优势，独具特色、再生性强的瑶歌一定程度上亦可能被强化并再次焕发勃勃生机，而民族团结由此推动，民族精神由此振奋。如何在当下的社会语境中持续让瑶族传统的瑶歌文化绽放夺目光辉，是每一位传承者与当事人需要面对、思考、解决的问题。

第四章

《盘王大歌》在『盘王节』中的传承

瑶族"盘王节"是祭祀始祖盘王的节日，源于瑶族"还盘王愿"仪式。"盘王节"通过庆典、习俗和符号的形式，将瑶族的历史文化传统清晰地表达出来，使其成为可被感知的情感。在维系民族情感的基础上，对象征瑶族的文化符码进行现代化转换，2006年，"盘王节"被列入国家级非物质文化遗产保护名录。目前，"盘王节"已成为瑶族同胞最大的节日，同时也是打造瑶族文化名片，实现脱贫致富、乡村振兴的有效路径。每年"盘王节"，各地政府不断加大投入，创新活动形式，扩大宣传力度，诚邀八方游客欢聚一堂，共赏瑶族盛宴，见证瑶族的历史与未来。可以说，"盘王节"是瑶族追求自我发展的过程，是对传统进行的发明，他们没有固守"还盘王愿"繁琐的仪式程序，而是加入了现代元素，将"还盘王愿"由传统的"族群—民间信仰"上升为"国家—政治认同"，实现了"族性认同"。

第一节 "盘王节"仪式建构

"盘王节"祭祀活动，历经数千年的传承和发展，已逐步形成了瑶族人民纪念祖先、崇拜英雄的节庆活动，成为瑶族传统文化传承的平台，也是瑶族最具民族特色的文化品牌。但是，由于瑶族支系较多、分布面广，而且不断迁移，所处的生活环境差异较大，各地祭祀盘王的活动多样而复杂。就祭祀盘王的称谓而言，各地都不相同。例如，广西八步过山瑶称"还盘王愿"，富川平地瑶称"踏歌堂""祭人王"，钟山红头瑶称"朝踏节"，连山排瑶称"耍歌堂"，湖南江华瑶族称"跳盘王""奏铛"等。然而，其宗旨是一致的，都是对盘王的祭祀和颂扬。1984年8月17—20日，经广西瑶学学会专家提议，由广西壮族自治区民族事务委员会牵头，在南宁召开了来自湖南、广东、云南、贵州和广西等省、自治区的瑶族干部代表座谈会。会议研究决定：瑶族统一的节日为"瑶族盘王节"，时间定为每年农历十月十六日，以歌舞的形式，纪念祖先、庆祝丰收，表达瑶族人民对盘王的怀念和对美好生活的追求。自此，祭祀盘王统一称"瑶族盘王节"。

1985年农历十月十六日，全国各地的瑶族代表和民间艺人会集广西南宁，以歌舞联欢的形式，举行了"瑶族盘王节"，取得了良好的效果。自此，各地瑶族聚居的县、区和乡镇，都举办了"盘王节"，以此纪念始祖盘王。1990年，经广西瑶学学会提议，由贺县（现为贺州市八步区）人民政府牵头，召集江华、江永、乳源、连山、连州、连南、富川、钟山、恭城和贺县等十县市代表举办座谈会。经协商研究决定：由十县市轮流主办"盘王节"，初定两年一届，全称为"湘粤桂三省区十县（市）南岭瑶族盘王节"（简称"南岭瑶族盘王节"），并商定1992年农历十月十六日，由贺县举办首届南岭瑶族盘王节，从而开创了联合举办瑶族"盘王节"的先河，影响很大。但是，参与的一些成员认为，这个名称局限性很大，不利于媒体和商家的推介，不利于形成品牌，而且只局限于十县市，不利于节庆规模的扩大和拓展。为此，2006年轮到广东连州主办第八届"盘王节"时，正式定名为"中国瑶族盘王节"。此后，除邀请成员县市参加外，主办方还邀请了其他瑶族自治县或瑶族人口较多的县市参加该节日，从而扩大了"盘王节"的规模，并成为瑶族地区的文化品牌。

由于对瑶族历史文化认识的局限和受客观因素的制约，举办"盘王节"面临一些难题，祭祀仪式各行其是，很不规范。主要表现在，既没有统一的瑶族图腾和盘王像，也没有规范统一的祭祀程序。然而，传统的盘王祭祀仪式存在着内容冗长复杂、祭祀时间长、祭祀元素缺乏等缺点，已不能满足新时期社会祭祀的需要。1984年确立的"瑶族盘王节"及其所举办的活动，仅仅表现了"盘王节"中娱人部分，但自古流传的"盘王节"内容包括祭祀、娱神、娱人三部分，新的"盘王节"却割舍了"盘王节"的主体内容即祭祀盘王。

从2007年开始，瑶族专家奉恒高针对"盘王节"存在的问题，就规范祭祀盘王的礼仪主持召开了座谈会，听取了各方面的意见。在此基础上，组建了"瑶族盘王节祭祀礼仪研究"课题组，并把该课题列入了贺州市人民政府和广西民族大学瑶学研究中心的课题计划。课题组认为统一、有组织、规范的"盘王节"应成为现今瑶族人民祭祀祖先的形式。如何创新这一模式，成为瑶族文化的品牌，将瑶族祭祀中重要内容、仪式用新的简化的形式加以优化，充分体现瑶族的文化特点成为课题组亟待解决的问题。

课题组经过一年多的努力，基本实现了原定的研究目标。经由奉恒高和何建强编著的《瑶族盘王祭祀大典——瑶族盘王节祭祀礼仪研究》一书，于2010年9月由民族出版社出版，对各县"盘王节"祭祀盘王的祭祀礼仪，进行了认真探索和研究。特别是地处南岭中心地带的江华瑶族自治县，在2005年盘王节活动中由县人民政府主持首次公祭盘王大典，开创了"盘王节"祭祀盘王的先河。广西瑶学学会会长张有隽教授评价："这是全国第一个政府公祭盘王活动，对于弘扬瑶族文化、增进民族团结，具有很重大的意义。"从2010年起，坚持年年由县政府组织举办盘王节，开展公祭盘王、千人长鼓舞、演唱《盘王大歌》等文化活动，祭祀盘王的礼仪逐步规范和完善。历届盘王节举办情况见表2：

表2 历届盘王节

届数	时间	地点	名称
第1届	1992年11月6—10日	广西贺县（现贺州市八步区）	第一届湘粤桂三省区十县（市）南岭瑶族盘王节
第2届	1993年11月29日	广东乳源瑶族自治县	乳源瑶族自治县30周年县庆暨第二届湘粤桂三省区十县（市）南岭瑶族盘王节
第3届	1995年11月24—25日	湖南江华瑶族自治县	江华瑶族自治县成立四十周年暨第三届湘粤桂三省区十县（市）南岭瑶族盘王节
第4届	1998年10月24—26日	广西钟山县	广西钟山县第八届体育运动会暨第四届湘粤桂三省区十县（市）南岭瑶族盘王节
第5届	2001年11月8—11日	广东连南瑶族自治县	第五届湘粤桂三省区十县（市）南岭瑶族盘王节暨清远市旅游招商经贸洽谈会
第6届	2002年11月19—22日	湖南江永县	第六届湘粤桂三省区十县（市）南岭瑶族盘王节暨江永女书国际研讨会
第7届	2004年11月27—28日	广西富川瑶族自治县	第七届中国南岭瑶族盘王节暨富川脐橙节
第8届	2006年11月24—26日	广东连州市	第八届中国瑶族盘王节暨第二届连州国际摄影年展
第9届	2007年11月24—26日	广西恭城瑶族自治县	第九届中国瑶族盘王节暨第五届桂林恭城月柿节
第10届	2008年11月13日	广东连山壮族瑶族自治县	第十届中国瑶族盘王节
第11届	2010年11月20—22日	广东乳源瑶族自治县	第十一届中国瑶族盘王节
第12届	2012年11月28—30日	湖南江永市	第十二届中国瑶族盘王节暨江永首届香柚节
第13届	2015年11月25—27日	湖南江华瑶族自治县	庆祝江华瑶族自治县成立60周年暨第十三届中国瑶族盘王节
第14届	2017年12月2—4日	广西贺州市平桂区	"重钙之都·魅力平桂"第十四届中国瑶族盘王节
第15届	2018年11月22—24日	广西富川瑶族自治县	第十五届中国瑶族盘王节暨富川脐橙和文化旅游节
第16届	2020年11月28—30日	广西金秀瑶族自治县	"乐游金山秀水·畅享世界瑶都"第十六届中国瑶族盘王节

传统的祭祀活动由两个部分组成：一是以传承香火、祈福为主体的传灯

接代活动；二是祭祀祖先盘王的娱神娱人的歌舞文化活动。活动开展分三个步骤进行：氛围营造、请祭祀人员、祭祀仪式流程。祭祀仪式流程分藤香良愿和大排良愿两个阶段。瑶族祭祀盘王的奏铛活动，大型的非常完整，但是复杂繁缛，现在常见的是中小型的"还愿"活动，其大体程序如下。

第一，氛围营造。不管是以哪种形式举行的还愿祭礼，首先都要营造浓郁的瑶族传统宗教文化氛围。一是布置神坛，包括神龛、神像、祭台、祭祀法器、香炉、纸钱、蜡烛、香、鞭炮、楹联、竹幡、草标，披红挂绿，使祭祀场面庄严肃穆；二是准备丰富的物资，如大猪、雄鸡、糯米粑、米酒等祭品；三是家家户户杀鸡宰鸭以节庆礼仪设宴款待亲朋好友，男女老少穿上瑶族盛装，所有瑶人必须穿瑶服、讲瑶话、唱瑶歌，他们认为只有这样，盘王才会高兴，才会"显灵"，才能保证活动圆满成功。

第二，请祭祀人员。祭祀人员由三个小组组成。一是瑶师组，有主师、招兵师、祭兵师、赏兵师、造钱师、徒弟；二是乐师组，有鼓乐师、唢呐师、长鼓客、歌娘、歌女、歌郎；三是后勤组，有正厨师、煮饭娘等。

第三，仪式流程。第一阶段以传承香火、祈福为主的传灯接代的藤香良愿仪式流程为：装堂（即布置神台、神坛）—请圣—落禁—传灯—招兵—招五谷—祭兵—上光—元盆愿—送圣；第二阶段祭祀盘王娱人娱神的大排良愿仪式流程为：装堂—请王—《盘王大歌》开篇娱盘王—乐四庙王—横连大席、唱《盘王大歌》—送王。

上述两个部分是整个仪式的主体组成部分，蕴含着极其丰富的文化内容，是瑶族独特的歌堂祭祀文化，既表现了瑶族祭祀盘王的原始形式，也反映了瑶族原始宗教对汉族道教文化的吸收与融合。下面以高浪田瑶寨"还盘王愿"为例。

2015年1月24日至27日，坐落于江华瑶族自治县两岔河乡群山之中的高浪田瑶寨，世代居住在这里的瑶民赵德凤家，举办了这样一场历时三天四夜的原生态"还盘王愿"礼仪活动。这次"还盘王愿"的家主赵德凤，是一位年过七旬的老人。据老人说，如今山里的瑶民生活一天比一天好，现在自己身体还硬朗，一定得还这个愿。时年88岁高龄的还愿师赵德科，是本次还愿仪式的领头人，整个还愿礼俗仪式都是由他运筹部署（赵德科老先生已于91岁去世）。本次还愿礼俗的主乐师，来自湘桂交界的一个瑶族村寨，在后面的仪式中老爷子充当了"童男"的角色。还愿礼仪中负责祭祀供品的厨娘是家主的一位亲戚。三天四夜的还愿礼俗大致分上下两大节，即"藤香良愿"和"大排良愿"。愿中又分许多小愿，有元盆祭兵良愿、圆猪良愿、盘王歌堂良愿、圆箕愿、围堂游愿、献五谷魂、打长鼓等30余种形式。在立坛、升香请圣场景中，圣坛前众师公手摇法铃，唱经诵咒，翩翩起舞，但见烟雾缭绕、人头攒动，听闻鼓乐声、铃铛声、吟唱声不绝于耳。

"还盘王愿"仪式从头天傍晚开始，高浪田瑶寨参加"还愿"礼仪的还愿师、各路师公、乐师们会陆续抵达主家。当晚，参加此后三天"还愿"的徒弟们在师傅带领下举行了一个有趣的戒荤仪式：先闻肉香，次日起连续三天吃斋。第一天天还未亮，鼓乐声就已响起，参加祭祀礼仪的人们已然早早围坐在主家的长桌席旁开始"喝起席酒"了。早餐后，寨子里主事的村主任在主家堂屋里开始张罗布置"还愿"场景。堂屋正、侧厢分列的神像由圣主帝、太清、玉清、上清、玉皇大帝、十殿、海番、把坛六师、张天师、李天师等24张画像组成。师公们在稻草铺就的"地毯"上跳"盘王"，寓意着神圣不可侵犯。在瑶人的观念里，盘王祖先是他们的大神，身不净，则对祖先不敬，是瑶人的大忌。主祭师公来到坛口作法，警示妖魔鬼怪勿得进入神坛，跳盘王的场地神圣不可侵犯。入夜，鼓乐响起，挂灯——还子孙愿仪式开始，师公手握上元棍，围着白布铺垫的木凳跳舞诵咒。"还盘王愿"礼俗中的挂灯仪式，为勉瑶重要的文化特征之一，是瑶族历史上生生不息的"还盘王愿"科仪制度，也是瑶族男子神圣的成人礼仪。在师公的演示与歌谣诵念中，瑶族12姓人漂洋过海的历史得以生动演示。还愿师吟诵着："翁位接来留爷世，爷世接来留子孙……"师公通过叩圣承灯、承凳、升灯、唱经、诵咒拔卦、诵经文、拔经文等程式，为挂灯的晚辈们贺灯解厄，预示瑶族子孙若日月之循环、星辰之繁衍、薪火之永续，代代不息。

第二天，两位主祭师先行在圣坛前跳起祭兵舞，请神接圣，请三清三元，请十二游师、五谷仙娘、风伯雨师等诸多神灵。主家门前搭起祭台，一众师公登台鸣角诵经，开启元盆祭兵良愿。烟熏缭绕之下，称禾谷以敬神、招兵买马。师公手持秤杆、谷袋和牛角，边鸣角、边撒米。向四方五路招禾魂、献五谷，祝愿子孙发达、五谷丰登、六畜兴旺。圆箕良愿，师公们在圆箕上摆放酒、食物，其中一个圆箕上摆放了十二只杯子，代表着瑶族十二姓氏，同时，交纸马头牲，请盘王和五旗兵马下神龛享用。主祭师公李宜汉拔卦、诵咒，准备纸马。圆猪良愿，厨娘净手、着盛装，预备好一应工具，几个壮汉抬进两头大白猪于圣坛前宰杀。在供奉着大圆猪的祭坛前，两位师公在稻草上跳起了瑶族"漂洋渡海"的舞蹈，以感谢盘王神灵保佑，让风浪中的十二姓瑶人平安抵达彼岸。祭坛上，逐一请下分列于堂上的各路神像，将古老的"盘王印"织锦悬挂于堂前正中，老还愿师亲自剪出纸旗，制作纸花等，为盘王献旗、献花。夜晚，歌堂良愿开启，师公先行在祭堂前唱经诵咒，童男、童女列于盘王印左右、还愿师两侧。歌堂良愿分为上本流乐和下本流乐两个部分，还愿师带着童男、童女要吟唱各种歌本，用"宫、商、角、徵、羽"等古老调式演唱。丰富的歌谣和古老的词牌曲调，洋溢着远古的音乐和文化气息（能唱"还愿歌"的男童由三位老者代替了）。

还愿礼仪进入第三天。村主任上香，师公手捧盘王像，在祭坛前跳起了乐舞，以示瑶人后代对先祖的感恩戴德，对漂洋过海历史的回顾。下午，围堂游愿开始。还愿师带着师公、鼓乐师和童男、童女们沿山寨巡游，并一路表演瑶人历史上刀耕火种的生活方式。接下来是一些有趣的表演，有打铁修路、砍树架桥、择地建房、扫地迎神、打长鼓等。祭堂上，两位壮汉强劲有力的长鼓舞较为罕见，令人耳目一新。还愿仪式进入尾声，家主亲自点燃纸马、纸钱，口中念念有词，敬献给盘王及祖先。祭坛前、供桌上，除了供奉着的圆猪、佳肴，还有一本古老的手抄本瑶族史诗书《盘王大歌》。"还盘王愿"祭祀礼仪承载着瑶人的过去，化石般地再现了瑶族的历史源流、迁徙路线和历史事件，展示出一个历史上曾经苦难的民族艰难发展的进程。喝"散福酒"情景与喝"起席酒"一样，是家主为答谢全体师公尽力帮忙而设的饯行酒席。

"盘王节"创新了原生态民间传统祭祀活动的仪式流程，仪式流程如下：

第一阶段

第一项：请圣（装堂、献酒、献香）

第二项：解秽、落禁

第三项：招五谷

第四项：祭兵

第五项：元盆愿

第六项：送圣

第二阶段

第一项：请王

第二项：乐四庙王（修山造路、买木架桥、扫家使者、铺台下案、杀牲使者、红罗花帐）

第三项：借花接王闹歌堂（唱堂、塞空、围坛、打长鼓）

第四项：坐席读书（游坛、刀耕火种）

第五项：送王

"盘王节"成为瑶族人民的欢庆盛会，从不同的层面用不同的方式充分展示瑶族人民的精神面貌，体现瑶族的政治、经济、文化等发展水平。盘王节活动的举办由三方面的内容组成：公祭盘王大典、文化交流活动、经济交流活动。公祭盘王大典，即政府主持、官方与民间共同参与的祭祀盘王的文化交流活动，指在瑶族歌舞、体育、服饰、饮食等方面举办赛事或汇演，开展瑶学研讨会等；经济交流活动，指开展瑶族产品展销会、博览会、区域经济项目合作等，旨在构建瑶族区域经济、文化圈。从2011年至2014年，江华举办的盘王节，活动内容就包含了上述三个方面。而举行的公祭盘王大典，创新发展了祭祀仪式；举办的文化活动之长鼓舞大赛总决赛，弘扬了瑶族长鼓舞文化，丰富了长鼓舞的文化内涵；全国瑶族服饰大赛，展示了瑶族各个分支精彩纷呈的服饰；瑶族美食节，展示了瑶族饮食文化；不同主题的瑶学研讨会，如2011年"神州瑶都理论研讨会"，从不同的层面对建设美好的瑶都进行论证和研讨，同时对瑶族发展的各个方面也进行了广泛交流和研讨。

第二节 "盘王节"仪式创新与功能转换

对比高浪田"还盘王愿"的仪式流程，与郑艳琼编著的《瑶族祭祀盘王礼仪研究》中"神州瑶都"祭祀盘王的规范仪式流程，虽然现在江华盘王节上祭祀盘王的仪式流程已经发生了巨大的改变，但是依旧保存着些许传统步骤。例如，在仪式流程的后半部分的坐席读书，都是祭祀中最重要的祭祀仪式，由主师们在席中诵唱《盘王大歌》。除此之外，因为传统的祭祀都要唱《盘王大歌》和大量的瑶歌，并跳长鼓舞，所以在礼成前歌舞告祭中都会有相同的歌舞表演，或者是表演为祭祀盘王而创作的歌颂盘王的歌舞。传统的"还盘王愿"最开始就是以家族为单位举办的祭祀仪式，由家族的长者安排部署各项活动流程，家族亲友也都有各自负责的任务。装堂、请圣……每一个阶段每一项步骤都有专门的人负责带领族内亲友共同负责，包括后勤保障工作都有特定的厨娘安排必要的宴食或祭品。家主就像是这场仪式的幕后制作人，带领的长者无疑是指挥现场的导演，师公、青年、妇女、儿童，以及来上香的村主任……在这场仪式中都有着属于自己的角色，而仪式的唯一主题就是祭奠先祖、还愿祈福。整个祭祀场景的布置也具有浓厚的民族特色。在仪式的后期呈上的《盘王大歌》象征着瑶民族的圣物史书，记载着瑶族人民古往今来的生活历史传说，承前启后，供瑶族人民后世子孙万代瞻仰。

现今"盘王节"祭祀大典则是各个地区的人民政府和相关部门策划创办的。以江华瑶族自治县举办的"盘王节"仪式来说，江华虽是一个少数民族自治县，以瑶族居住人口居多，但是全县的汉民族等其他各族人民也会参与到"盘王节"盛典当中，不论是政府领导或负责部门的人员配备，还是参与仪式演出人员和各地观众都已不再是瑶族人民的特定，而是以江华政府部门为主导，各部门、各民族、各媒体共同合作的"大庆"。多民族人民的加入、多民族文化的融合，削弱了祭祀仪式色彩，却增添"各民族共同发展"的时代气息。

以2020年的庚子年神州瑶都（中国·江华）祭祀盘王大典的流程为例。庚子年农历十月十六日，上万名群众齐聚江华瑶族自治县瑶族图腾园，参加祭祀大典。上午9点48分，市委常委、县委书记、市委一级巡视员罗建华宣布祭祀盘王大典开祭。主祭人、县委副书记、县长、二级巡视员龙飞凤为盘王始祖敬献花篮，恭读祭文，并发表讲话："神州瑶都，最美县城，声名远扬，幸福之乡，脱贫攻坚，全面决胜，产业强县，同奔小康。"县委副书记龙赋云担任祭祀大典司仪。鼓、锣、炮、角、乐依次鸣奏后，参祭人员向盘王始祖献上供品，并向盘王始祖鞠躬祈祷，愿盘王始祖护佑瑶族儿女年丰物阜、神州大地风调雨顺、五谷丰登，县领导伍继承、廖树清上前明烛；艾克海、刘江明、黄世才为盘王敬献高香。中国民间文艺家协会党组成员、副秘书长吕军，省文旅厅党组成员、副厅长尚斌，中南大学党委常委、副校长朱学红，衡阳师范学院党委副书记刘福江，省民宗委二级巡视员厉德均和罗建华、贺辉、钟君、欧阳元初、龙飞凤、黄志坚、陈槐权等领导向盘王敬献花篮。中国瑶族文化传承研究中心，海南、湖南、广西等地的瑶学学会、瑶族县、瑶族乡代表，历任老县长赵荣、李俊湘、李祥红以及群众代表先后向盘王敬献了花篮。随后，全体参加祭祀大典的人员向盘王灵位行鞠躬礼。大殿前摆开横连大席，县领导黄志坚、陈槐权、唐基归、李华林、赵锋、张国栋、文嵩、安青走上大席献酒，请盘王赴宴，饮酒听歌。县委常委、县委宣传部部长张恒请出《盘王大歌》。瑶歌、瑶舞队开始歌舞告祭，向盘王始祖鞠躬祈祷，愿盘王始祖护佑瑶族儿女年丰物阜，神州大地风调雨顺、五谷丰登。那粗犷雄浑的长鼓舞、宁静深邃犹如来自天籁的瑶歌，弘扬盘王勤俭克艰精神，传递了新时代瑶族人民增进民族团结、巩固脱贫成果、推进乡村振兴、加快富民强县、建设美丽瑶都的决心和信心。江华瑶族自治县的高浪田寨"还盘王愿"祭祀仪式与江华瑶族自治县庚子年盘王节祭祀大典对比见表3：

表3 祭祀仪式与"盘王节"对比表

仪式	高浪田寨"还盘王愿"	庚子年盘王节祭祀大典
时间	1月24日至27日	农历十月十六日上午
地点	两岔河乡高浪田寨家主赵德凤家	县城瑶族图腾园广场
主祭人	赵德科	县长龙飞凤
承办方	家主赵德凤	江华瑶族自治县人民政府各部门
参与人	瑶族亲邻	各地群众
奉书人	家主赵德凤点燃纸马、纸钱，口中念念有词，敬献盘王祖先。供桌供奉着《盘王大歌》	县委宣传部部长张恒请出《盘王大歌》

瑶族是世界上迁徙最多的山地民族，有"南岭无山不有瑶"之称。江华地处湘粤桂三省接合部的南岭腹地，是中国瑶族历史上重要的中转站、大本营和发祥地。南岭走廊的民间交流融合，使江华瑶族文化具有独特的地域性和鲜明的民族性；相对封闭的自然和社会环境，又使其历史文化遗存得到较好的保留。至今，江华还是保留奏铛、"还盘王愿"、度戒、长鼓舞、《盘王大歌》、《评王券牒》等瑶族文化较完整的主要区域之一，瑶族文化底蕴相

当深厚。2017年8月27日至30日,中国民协考察评审专家组赴湖南省江华瑶族自治县江华现场考评,认为江华文化源远流长,传承发展思路清晰,"神州瑶都"品牌建设成效斐然,是瑶族风情、瑶族文化保存、传承最好的地方。经中国民协研究,于9月20日正式批复在湖南江华瑶族自治县成立"中国瑶族文化传承研究中心"。12月2日,2017神州瑶都(中国·江华)瑶族盘王节开幕式上,中国民间文艺家协会向江华瑶族自治县正式授牌"中国瑶族文化传承研究中心"。中国瑶族文化传承研究中心作为中国民间文艺家协会主办、隶属于中国民协的专业委员会,将以江华为基地,会集专家团队,建成具有国内、国际影响力的中国瑶族文化的学术研究中心、人才培养基地、文化创意产业支撑平台和国家少数民族文化生态保护的示范基地,服务瑶族地区和国家经济社会文化发展。

近年来,江华瑶族自治县充分发挥自身在瑶族历史、地理、文化等方面的优势,在打造"神州瑶都"品牌的基础上,大力实施"文化强县"战略,有效加强了瑶族文化的保护、传承和发展,把挖掘、保护、传承瑶族文化提升到增强发展软实力、培育发展后劲的战略高度,提出了把江华建成中国瑶族文化的研究中心、传承中心、开发中心、展示中心的目标。目前,江华已建有天下瑶族第一殿"盘王殿"、世界最大的瑶族图腾坊、世界最大的瑶族铜铸长鼓,拥有湖南省唯一的县级民族歌舞团和民族艺术学校,《瑶族长鼓舞》《盘王大歌》被列为国家级非物质文化遗产保护名录,相继成立了江华瑶学学会、湖南瑶族文化研究中心,组织了一系列瑶学理论研讨活动和瑶族文化旅游节,瑶族文化传承研究氛围浓厚。江华瑶族自治县先后获得"湖南省保护非物质文化遗产十强县""中国民间文化艺术之乡""中国少数民族特色村寨"等称号,一年一度的江华瑶族"盘王节"已成为湖南省少数民族节庆四大品牌之一。

　　文化品牌的成立，不仅使《盘王大歌》等瑶族文化得到了传承发展，而且还带动了江华瑶族自治县经济、政治、生态等方面的发展。由"盘王节"流程表可知，"盘王节"的活动内容安排不仅是传统的祭祀典礼和歌舞表演，连带着还有一系列的商务展会、电商活动等。活动的范围也不只是在县城，许多活动安排，出于人口流动的原因，更多的是拓展江华旅游景点的开发。近年来，江华对水口爱情小镇的开发建设也是精益求精，以瑶族文化特色为主，融合了各民族文化特色以及旅游商业等。一些重大活动也会在水口地区举办，周末偶尔还会有相应的表演活动，表演的内容也不只是瑶族文化内容，现代歌曲舞蹈表演的加入，同时也迎合了年轻人的品味。多年精心发展，使得搬迁新建的水口爱情小镇成为了全县最受欢迎的旅游景点之一。除此之外，江华千年瑶寨桐冲口村也成为了一个"活招牌"。每年除了江华瑶族自治县举办的大型"盘王节"仪式，桐冲口村还会有属于自己的盘王节流程安排，以2021年千年勉瑶古寨桐冲口盘王节（11月20日）活动安排为例，见表4：

表4　桐冲口村"盘王节"活动安排表

	节目	演出地点	备注
"盘王节"下午表演时间表(15:00开始)	礼仪之邦	瑶人广场	汉服舞蹈
	唐·舞韵旗秀	瑶人广场	模舞
	伞韵	瑶人广场	行走模舞
	没有共产党就没有新中国	瑶人广场	舞蹈
	莲花亭	瑶人广场	行走舞
	瑶族长鼓	瑶人广场	舞蹈串烧
	溜溜的山寨	瑶人广场	瑶族舞蹈
	九儿	瑶人广场	摩登舞

（续表）

	节目	演出地点	备注
	蓝色天梦	瑶人广场	民族藏族舞
	小看戏	瑶人广场	陕北舞蹈
	歌里江华	瑶人广场	瑶族服饰展示
	足迹		行走剧目
			篝火舞蹈互动
盘王节夜间表演时间表（16:30开始）	盘王节瑶族传统祭祀仪式	夷勉堂	
	瑶族长鼓祭祀舞蹈	夷勉堂	国家非物质文化遗产
	叩槽技	夷勉堂	瑶族民间传统文化创作
	游客上香祭拜	夷勉堂	
	瑶家登龙宴开始	瑶人广场	
	上刀山下火海	夷勉堂	
	火把祝福仪式	瑶人广场	需凭火把券在工作人员的引导下领取火把
	篝火点火仪式	瑶人广场	
	盘王大歌	瑶人广场	国家非物质文化遗产
	瑶族长鼓舞	瑶人广场	国家非物质文化遗产
	瑶歌对唱	瑶人广场	
	瑶服走秀	瑶人广场	瑶族民间传统文化创作
	瑶家竹竿舞	瑶人广场	请在瑶家阿妹的引导下进行
	瑶家篝火文化仪式	瑶人广场	民族与时尚篝火歌曲，狂欢即在当下

桐冲口村的"盘王节"安排虽也融合了多民族、多形式的表演内容，但更多还是以瑶族文化表演为主，更具有传统特色。不仅如此，桐冲口村每周还会不定期举行表演晚会。在笔者与桐冲口村第一书记郑艳琼女士的采访交流中，郑女士说道："我们桐冲口周末都会不定期地举行表演晚会，表演形式多样，不仅有热闹的长鼓表演、篝火晚会，在长桌宴敬酒环节里还会唱《盘王大歌》里'黄条沙曲'的敬酒歌，民俗表演中也会专门表演《盘王大歌》里的《盘王出世》等一些传统活动。我经常还会把一些精彩的表演视

频发布在我的个人抖音账号中，利用现在流行的自媒体形式，让更多的人了解江华桐冲口，了解江华瑶族文化。"在一代又一代人的多年努力下，江华桐冲口村从一个贫穷落后的小瑶寨，发展成了现在的 3A 级旅游景区，成为江华旅游发展行业的又一道"里程碑"。旅游业的进步，也逐渐带动了江华瑶族自治县的经济等方面的发展，加强了江华全县的经济实力。2017 年至 2020 年，江华瑶族自治县全年旅游业发展情况见图 3：

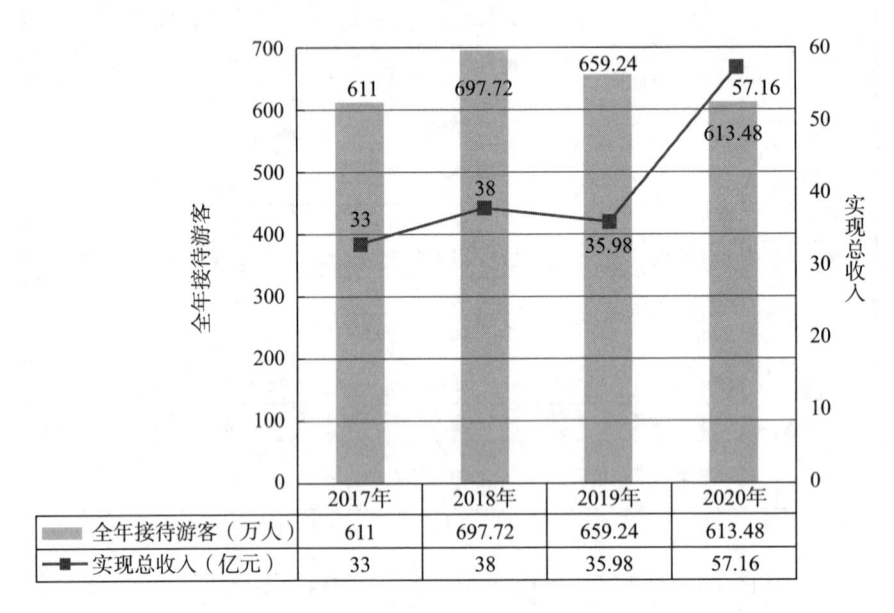

	2017年	2018年	2019年	2020年
全年接待游客（万人）	611	697.72	659.24	613.48
实现总收入（亿元）	33	38	35.98	57.16

图 3 2017—2020 年江华瑶族自治县旅游业发展情况图

"盘王节"不再是一家一户、一村一寨的族内"还愿"活动，而是对外展示瑶族形象的窗口、打造瑶族传统文化名片的契机。瑶民们穿着瑶服，摆出具有地方、民族特色的产品，举办文艺演出、打造民族风情街，以吸引游客前来旅游，从而带来经济效益。"唱盘王歌""跳长鼓舞""打黄泥鼓"失去了传统的祭祀功能，结合流行元素，成为庆典节目的保留曲目，更有甚者，成为大型歌舞剧的核心元素。如在2018年乳源瑶族自治县"盘王节"活动中，乳源瑶族自治县打造的当代瑶族原创音乐剧《过山"瑶"》首演，以过山瑶文化中最智慧、最独特的精神象征——瑶族民歌为线索，以四幕34首歌曲，配以民族舞蹈表演为故事核心，艺术再现了"过山瑶"迁徙的历史。瑶族儿女"耕作一山，则移一山""千里开田来就水，万里抛心来就山，走了一山又一山，背起竹篓把家搬"的艰辛迁徙史被融进音乐剧，形成了贯穿全剧的主题曲《永远的歌谣》。传统民俗和服饰在科技舞美的衬托下显得更有感染力，时空的交错重叠与自由转换使得瑶族文化在舞台上得到完美演绎。

同年，在江华瑶族自治县"盘王节"活动中，瑶族音舞诗《盘王之女》进行首演。《盘王之女》分《过山瑶》《云端上的爱》《走进新时代》三个大篇章，有《远古的传说》《过山瑶》《拉厢》《留西啦哩》等12个主要章节，用70分钟的篇幅，通过原创音乐和舞蹈，将瑶族独特的文化和瑶山新时代的巨大变化诗意地展现出来，告诉人们瑶族的昨天和今天，向观众解释千年瑶族文化的脉络。

2020年，在金秀瑶族自治县"盘王节"活动中，金秀县文化馆演出了大型原创瑶族歌舞剧《黄泥鼓之恋》，讲述历史上封建王朝残酷压迫瑶族，残害瑶民，以莫须有的罪名，把大瑶山的黄泥鼓视为妖魔，疯狂收缴黄泥鼓，大瑶山瑶寨寨佬率领寨民用生命和鲜血谱写了一段凄美、传奇的保鼓故事。

在保留"歌堂愿"主体框架的前提下，各地盘王节不断加入新的环节，如第11届乳源中国瑶族盘王节，活动内容有：2010世界瑶族公主大赛全球总决赛、盘王大典（拜盘王仪式暨大型文艺演出）、大型主题晚会——《山高水长瑶家缘》、中国民族旅游文化生态高峰论坛、水上音乐喷泉暨水幕电影首映、中国瑶绣艺术节、千人长桌宴、瑶山彩石展等。第12届江永"中国瑶族盘王节"，与中国香柚节合办，旨在展示地方形象、打造产业品牌，为各地瑶族同胞提供一个"缅怀先祖、畅叙情谊、共谋发展"的平台，加快少数民族地区文化旅游与经贸活动的融合与合作，实现共同繁荣与发展。

第五章

《盘王大歌》传承人口述史

第一节　郑德宏

郑德宏，1930年生，江华瑶族自治县湘江乡桐冲口村人，是湖南省第二批省级非物质文化遗产项目传承人。多年来，郑德宏专注于瑶族文化传承事业，四处奔波采访学习，向各地瑶族民间艺人请教，收集不同版本的瑶歌手抄本，研究瑶歌古老的九段曲牌和讲歌腔，倾注八年心血，整理出版了《盘王大歌》。

郑德宏老人从事研究瑶文化已经60年。1984年出席湖南郴州举办的全国性瑶族学术研讨会，1989年参加云南省红河州举办的瑶族瑶源文化方面的研讨会，2001年应邀出席全国在湖南临湘举办的瑶族寻根千家峒研究会，其事迹入选《湖南当代文艺家传略》《中国文艺家传集》《中国当代艺术界名人录》《中国地方史志主编名录》《中华人物辞海》等书目，其撰写的瑶族宗教与神话有30余个词条编入《中国各民族宗教与神话大词典》。郑德宏老人系中国民间文艺家协会湖南分会会员、中国广西瑶学学会会员、湖南民族学会会员，湖南瑶族文化研究中心顾问和江华瑶族自治县瑶族研究学会顾问，被称为"瑶学大师""瑶族文化的掘宝人"。2011年，中共江华瑶族自治县委、县政府授予郑德宏老人"瑶族文化传承突出贡献者"称号。走进郑德宏老人的家，感觉素静、简朴，健谈且思路非常清晰的郑老师，深居简出，他坐在书桌前，目光专注于1987年出版的《盘王大歌》。而今的这位老人，真正地见证了江华瑶族在新时期的发展变化，是一颗瑶族文化研究活化石般的启明星。

李巧伟：目前《盘王大歌》在江华的传承情况如何？

郑德宏：现在的年轻人，读书、打工，都不在家，不在家了怎么学啊？传承很困难。

李巧伟：那您的传承人呢？

郑德宏：我就传给我的女儿郑艳琼。

李巧伟：您女儿会唱，《盘王大歌》是师公唱的吧？

郑德宏：不是，是老百姓唱的，不是师公唱的。《盘王大歌》这个名，是后来我改的。

李巧伟：那之前是叫什么呢？

郑德宏：原来叫作《大歌书》，这个《大歌书》就是祭祀盘王的，乐盘王的歌，所以叫作《盘王大歌》。《盘王大歌》上集，就是祭祀盘王的歌；下集，有一部分是祭祀盘王的，有一部分是过山瑶唱自己历史的歌。

李巧伟：所以《盘王大歌》下集不是在祭祀盘王仪式上唱的。

郑德宏：是的，它不在祭祀盘王的时候唱，它是过山瑶唱自己历史的歌。这个歌放在下集是为了区分上集。

李巧伟：哦，明白了。

郑德宏：为什么要将过山瑶唱自己历史的歌放在《盘王大歌》里呢？有一个老师公叫作盘贡兴，是过山瑶有名的一个大师公。他曾经给我提出过反对意见，他说下集不是祭祀盘王的歌。我说，唱过山瑶历史的歌，盘王的子孙唱自己的历史，怎么不可以叫作《盘王大歌》？我跟他讲了很久，他非常赞同这个意见，我们瑶人唱历史的歌，应该放在《盘王大歌》里面。我把过山瑶唱自己历史的歌放到下集，比上集还要好。他双手抱着我，非常激动。

他说:"你不这么说,我实在是想不通啊。"

李巧伟: 资兴的"还盘王愿"现在是国家级非物质文化遗产项目,盘贡兴的徒弟赵光舜就是传承人。

郑德宏: "还盘王愿"和《盘王大歌》是两回事。"还盘王愿"瑶语说"奏铛",用汉语把它翻译出来,就是举办一个祭祀祖先的文化活动。"奏"就是举行、举办的意思。"还盘王愿"有两个神堂,一个是盘王的神堂,另一个是"还愿"的神堂。"还盘王愿"内容很多,主要是以继承盘王香火为主的传宗接代的活动,比如挂灯、度戒,采取歌舞形式"乐盘王",然后"还愿",还愿要挂功德,即各神的画像,"乐盘王"不用挂,只需唱《盘王大歌》,跳长鼓舞。

李巧伟: 您是几岁开始学唱《盘王大歌》的?

郑德宏: 我的祖父就是做师公的,他会"还盘王愿"。

李巧伟: 您是跟着祖父学的吗?

郑德宏: 我自己学得很少,但是他告诉我这个事是什么,要怎么做。《盘王大歌》在瑶族民间很少的。

李巧伟: 我跑了很多地方,在永州新田、祁阳,衡阳常宁,搜集了一些《盘王大歌》的手抄本。我也买了您编的《盘王大歌》,您是怎么编《盘王大歌》的?我搜集到的《盘王大歌》手抄本有很多错字、别字。

郑德宏: 20世纪60年代,国家提倡要把少数民族的民间文学、历史情况收集起来,国务院下发通知给每一个省。湖南省民族事务委员会,召集了一批人专门收集瑶族的民间文学,《盘王大歌》就是民间文学之一。

李巧伟: 您是根据您自己家收藏的《盘王大歌》整理出来的吗?

郑德宏: 不是,我跑遍了湖南郴州、永州等地,没有哪一个瑶族乡我没有去过。

李巧伟： 就是把师公家藏的《盘王大歌》搜集出来，它们各个版本都不一样是吧？

郑德宏： 不一样，但是我搜集出来的这个比较全。

李巧伟： 需要跑很多地方，然后还要把它记录下来、翻译出来，因为瑶族没有文字啊，对不对？

郑德宏： 嗯。我60年代在江华，那个时候我是湖南民间文学搜集组的组长。跟我在江华和宁远搜集到的相比较，这一套比较完整。

李巧伟： 那这一套应该也是搜集了很多家一起集成的吧？

郑德宏： 它就是一本。

李巧伟： 是从哪里收集出来的呢？

郑德宏： 在江华的码市乡。

李巧伟： 一个师公家里面吧？

郑德宏： 是的。

李巧伟： 哦，他的比较全。是些手抄本还是？

郑德宏： 手抄的。

李巧伟： 然后您把它整理出来？

郑德宏： 我把它整理出来，把他原来的歌词基本上梳理一下，像翻译一样，然后，这个瑶语是怎么唱的，我用国际音标把这个歌词的瑶语标注上。

李巧伟： 那真的就是需要跑各个乡，把它们都收集出来。

郑德宏： 还有一本书，叫《湖南江华原生态歌舞集》，我把江华瑶族民间的歌、舞整理了，《盘王大歌》哪一曲怎么唱，都记录了。

李巧伟： 叫七任曲是吧？就有七支曲子。

郑德宏：七任，其实就是七支。

李巧伟：就是在不同的环节唱的。

郑德宏：不同的环节，什么时候唱这个，什么时候唱那个。《盘王大歌》并不是以祭祀盘王成为国家非物质文化遗产的，而是以瑶族的民间文学形式成为国家非物质文化遗产的。

李巧伟：在编《盘王大歌》的过程中，您觉得最困难的是什么？

郑德宏：最难的事情就是怎么给瑶人唱的同时也让他们理解。

李巧伟：不太看得懂，不知道什么意思。

郑德宏：《盘王大歌》的内容吗？

李巧伟：是。

郑德宏：你看我翻译的那个还是知道的。

李巧伟：您整理了多少年呢？

郑德宏：搜集的时间是从1963年到1966年，"文化大革命"结束后，整理时间是两年，我负责的是民间歌谣这一部分，还有另外一个人负责民间故事。

李巧伟：里面有好多是错别字，我也拍了很多手抄本。

郑德宏：手抄本，我在下面把国际音标写出来了，实际上，你懂瑶语、会读瑶话，可以理解说的内容。

李巧伟：有些专门的师公语，不太好理解，那些师公语跟一般瑶话不太一样。

郑德宏：过山瑶讲话和唱歌是两回事。你没有真正了解瑶语，就很难知道它在说什么。我写了一本瑶汉词典，是过山瑶的，还没出版，就把歌瑶语放进去了。有一条师公语我考虑了很久，不能放进去。

李巧伟： 为什么呢？

郑德宏： 因为你学的广东师公语跟广西师公语不一样，和学的湖南的师公语又有区别，所以不能放进词典里面，我考虑后觉得不行。歌瑶语是统一的，走在什么地方都一样，所以我把歌瑶语记下来。

李巧伟： 这本书什么时候出版？

郑德宏： 已经三年了，我现在跟云南省民族事务委员会语委合作。我把第一稿写出来后，就交给他们，由他们决定怎么编，但是现在他们下去扶贫，所以现在没办法弄了，只能等扶贫工作结束了才能继续。歌谣语与平时说瑶话不一样。

李巧伟： 是有些词语有特殊的含义是吗？

郑德宏： 除了含义，主要是说的话不一样。

李巧伟： 那就是发音不一样。

郑德宏： 是的。像汉语，吃饭就是吃饭，瑶语说话是"ŋan³lan⁸"，唱瑶歌发音"ji⁵pən³"。很高的"高"，普通说话是"laŋ²"，唱起歌来是"ku²"，你看，这些都是不一样的，所以我在《盘王大歌》里面用国际音标把瑶话的唱法这个音写出来，用歌谣语写出来。

李巧伟： 所以《大歌书》也还是祭祀盘王唱的，但是因为您把它编成《盘王大歌》之后就分成了上下编，上编是编成了祭祀盘王的，下编就编成了民间歌谣集，是这样的吗？

郑德宏： 是的。

李巧伟： 所以《大歌书》就是在还愿仪式上专门祭祀盘王唱的。

郑德宏： 编成了《大歌书》以后，就是祭祀盘王用。其实都是民间歌谣，都是从民间搜集凑合起来的。

李巧伟：但是有些《盘王大歌》在平时不是不允许唱的吗？

郑德宏：真正唱《盘王出世》就是《盘王大歌》，像编进去的《石崇富贵》，这个就是民间文学，还不是瑶族的民间文学，是汉族讲的故事，瑶人把这个故事编成了歌。

李巧伟：还有《梁山伯与祝英台》。

郑德宏：是的。《盘王大歌》除了《盘王出世》，其他都是民间歌谣，它是从民间搜集起来的，唱起来乐盘王。

李巧伟：一个是供盘王，一个是乐盘王是吗？后面很滑稽的舞蹈就是乐盘王的是吗？

郑德宏：对的。

李巧伟：那些曲调、唱腔也都是民歌唱腔吗？

郑德宏：它是瑶族的各种唱腔、歌谣集合而成的。

李巧伟：有些我分不清，像那个七任曲分了梅花大曲、黄沙曲。但是这个跟我们过山瑶，主要是呐发调，这个命名为什么有的是黄沙曲，有的是呐发调，这些各种各样的命名到底是什么命名法呢？

郑德宏：这个名称的命名，你只记原调，为什么叫这样，你去问师公他都讲不出的，我也问了很多师公这些名称怎么解释，他们也不清楚。

李巧伟：是的。但是我看手抄本里面第一支曲叫什么、第二支曲叫什么都有写的。

郑德宏：这个为什么叫梅花大碗？梅花曲就梅花曲，为什么叫梅花大碗，这个解释不了。

李巧伟：那它里面有一些像送神曲，应该跟呐发调是一样的，对吗？

郑德宏：除了民间的一些歌谣曲以外，师公的唱腔又是不一样的，师公有师公的唱法。你要说它不是民间的，可是这是师公唱的，也算民间的。那这个瑶人师公为什么形成了这个唱腔，需要你去好好研究，我没有办法研究这个东西。

李巧伟：但是《盘王大歌》在日常生活是不允许唱的对吗？

郑德宏：《盘王大歌》搜集出来，用来祭祀盘王，我们就不要乱唱了。

李巧伟：其实原来都是民间的，一搜集起来反而不允许你唱了。

郑德宏：就是这个意思，《梁山伯与祝英台》哪里又不唱了呢？所以把它搜集起来，就很神圣了，要保持神圣、严肃。

李巧伟：所以实际上还是来自民间，调子也都是民间的，包括过山瑶的很多唱腔都把它融进去了。

郑德宏：对的。

李巧伟：现在终于明白了为什么《盘王大歌》是民间歌谣总集。

郑德宏：现在不管那么多了，祭祀不祭祀，随便什么时候都可以唱了。

李巧伟：那您是怎么学会唱的呢？是跟着祖父唱的吗？

郑德宏：对啊，跟很多人唱，每个人唱的都不一样，都是有变化的。我基本上是后来去调查、搜集的时候，请师公老人面对面地教，这个师公教我怎么唱，那个师公教我怎么唱，大体上是差不多，有一些地方特色不一样。

李巧伟：也就是说，您就是在搜集的过程中学会怎么唱的？

郑德宏：是的。小时候只知道唱，这些都是在搜集、整理的过程中学会的。我们那时候小，暑假一回来，祖父就要拿书本给你看、教你怎么唱，这就是启蒙。

李巧伟：那您是从小在您祖父的熏陶下就喜欢上了吗？

郑德宏：是的，后面在工作的时候就慢慢丰富了。

李巧伟：那这么多歌词您自己都要背吗？

郑德宏：不要背，现在是拿着就知道唱了。

李巧伟：现在好像会唱的师公也越来越少了。

郑德宏：可以说是没有了。40岁的师公要能把腔全部唱完，必须是专学瑶歌的人，在我们江华，我把赵庚妹推出来了，她能唱。

李巧伟：也就是说《盘王大歌》也不一定就是师公唱的。

郑德宏：是的。在祭祀盘王过程中，打开《盘王大歌》的时候，就是师公和歌妈来唱的。

李巧伟：师公、歌妈唱的都是《盘王大歌》？

郑德宏：是的。这些歌都是师公唱，歌妈也唱，乐盘王的时候，对唱就对唱，一个人唱就一个人唱。

李巧伟：那师公唱的那一段，歌妈也会唱吗？

郑德宏：也会唱的。当年几个师公都会一起唱的。

李巧伟：有时候弄仪式需要四五个师公是吗？

郑德宏：是的。个别师公可以唱完，有些师公只会唱一点，不会全部唱。歌妈是可以全部唱的。

李巧伟：现在找一个会唱的歌妈太难了。

郑德宏：我们江华这边可以去找赵庚妹。

李巧伟：她是国家级传承人。

郑德宏：是啊，我老了就是她传承了。她的祖父和父亲都是大师公，所以她就会唱。为什么她会出来呢？是我把她找出来的。

李巧伟：我听她唱了，她的嗓子特别好，唱得也很好。

郑德宏：那时候我们江华歌舞团需要一个唱瑶歌的人去北京。

李巧伟：对的，她就是给毛主席唱瑶歌的。

郑德宏：我在搞民间文学的时候去了她家，我就知道了她，就把她推荐出来了。她跟我是一个乡的，现在住在县城。

李巧伟：其实《盘王大歌》也不太好翻译，它唱的时候需要加衬词，很难用文字把它记载下来对吗？

郑德宏：这个衬词也是可以加进去的，你唱起来就有很多衬词。

李巧伟：加的话有随意性吧，有些人喜欢唱什么词就加什么，加的地方也可以自由发挥，所以有些人唱的感觉也不一样。

郑德宏：有地方特色，瑶人遍布在祖国的南方，像广东、广西、湖南、贵州、云南。分散了以后，师公的传承久而久之就变了，不太一样，这就叫地方特色。

李巧伟：那您录的《盘王大歌》还有光碟吗？

郑德宏：60年代录的，现在肯定没有了。

李巧伟：那岂不是会绝版？那后期您没有再录吗？

郑德宏：后期我搜集起来的是这样，我专门请了我们这里的老师公到我们县城去唱，他一边唱我一边录音，之后的磁带就没了。

李巧伟：那太可惜了。现在还可以补录吗？

郑德宏：来不及了，都没有了，很可惜。

李巧伟：现在把它输入电脑里面，那就可以流传下来了。

郑德宏：是这样就好了。当时我们在这里请了个老歌妈，请了个老师公，做了一个礼拜，专门请他们唱、录音。太可惜了，80年代搞《盘王大歌》整理的时候就感到非常遗憾，这些东西都没有了。

李巧伟：是很可惜。您现在再唱也比较困难了，毕竟太长了。那您女儿还会从头到尾唱吗？

郑德宏： 也不全了。现在要说唱就是赵庚妹。

李巧伟： 在搜集《盘王大歌》的过程中，您遇到的难忘的事情还记得吗？

郑德宏： 我在宁乡找一个师公的时候，翻山越岭，在山岭上看到太阳一下山就天黑了。去他家时天黑看不见，过桥时桥在中间就断了，我们过不去，没有办法，只好就在那里睡觉，太痛苦了。搜集这个民间文学，整个湖南以内，我在郴州的良田乡，上岭的时候有大雾，什么路也看不见，弄到半夜，看到对面山上有灯光，你不知道怎么走，你只能看那个灯光，但找不到路。那种痛苦啊，真是令人心酸。民间文学的搜集很辛苦，吃百家饭，睡千家床。那个时候又没有吃的，晚上又没有电灯，只能生火把。

李巧伟： 确实，里面有一些手抄本拿过来整理也好困难的。有些比较破烂的手抄本，一翻就坏，有些还直接被虫咬烂了。那您拿回来都是自己一个个校对吗？我那个时候是拿手机一张张拍的，那您那时候不能拍该怎么弄呢？

郑德宏： 我们那个时候，你即使做了很多工作，他都不拿出来给你。以前迷信，那些师公根本不会给你看。不像现在思想开放。

李巧伟： 有些师公好像不愿意跟外人说这个对吗？

郑德宏： 是的。

李巧伟： 那您怎么做工作呢？

郑德宏： 那就是有什么调查、了解就去做，有些师公还给你坐冷板凳，不理你。

李巧伟： 那怎么办呢？

郑德宏：不理你也只能坐在这里，继续跟他做思想工作。跟他说为了给我们瑶族做好事。说完以后，他不会给你拿走，你就只能坐在他家里抄。抄完以后写上名字，说明是在他家里抄的，是他提供的资料。但是他不愿意，说将来出问题就难搞。你就答应他不说——其实我知道你的名字就得了。你要他讲故事讲什么，他就很为难，表示"没有用的，不用讲，不用讲……"。

李巧伟：那你搜集回来之后还要把它整理出来？

郑德宏：要整理呀，因为你是手抄，回来我们就到长沙，在省民委，用钢板油印，不像现在可以打字。

李巧伟：那真的很辛苦。那您是在边搜集边学习瑶族文化？您现在也觉得这个瑶族文化的传承出现很大问题了？

郑德宏：现在是很难。有些初中毕业以后没有考上高中，就去打工了，他根本不在家，你说这个怎么传呢？传给谁呢？问题就在这里，比较困难。现在的传承，就是要出书，用文字来传承。我编的《盘王大歌》，是由湖南岳麓书社出版的，是湖南古籍办主编的。

李巧伟：是的。

郑德宏：现在没有再出版了。我都没有这个书了。很多想研究瑶族历史文化的人也很想要这个书，都问我要，但是我也没有了，没有办法。可不可以再出版呢？我觉得出版就是最好的传承。

李巧伟：出版就永远留下来了。

郑德宏：对呀，过几代都可以。我认为不是瑶族的人，其他民族的人，看了出版的书，他同样知道这个瑶族文化是怎么回事，这个就是传承嘛。我跟有关人士说了这个道理，我说你现在就要打报告给县里边，申请提供资助来出书。我都老了，实际上我已经完成任务了，虽说我是传承人，但是我也无能为力了，因为我没有传承的对象了。

第二节　赵庚妹

李巧伟： 赵老师，您好，请问您作为江华《盘王大歌》的传承人，您是否有一直以来出席活动的记录？

赵庚妹： 有一篇报道文章我发给你作参考，有些提法要注意，不要把个人作用讲得太大，《盘王大歌》是瑶族祖先传承下来的，不是我们编创的，我只是在传承传唱方面做了一些努力。另外《盘王大歌》不能说是江华《盘王大歌》，它是瑶族《盘王大歌》，《盘王大歌》原始手抄本在湖南、广东、广西、云南、贵州，以及美国、泰国、越南等瑶胞中都有保存。所以不能说是江华《盘王大歌》，而应该说瑶族《盘王大歌》。

李巧伟： 赵老师，想请问您的师傅是属于第几代弟子？在网上不同的报道中对于这个问题好像有不同的回答。

赵庚妹： 是这样的，我自己写的个人简历是第11代传人，这是按我家族谱辈分排的。我学《盘王大歌》是祖传的，按辈分就是第11代传人。

李巧伟： 赵老师，最近又观看了一遍您参演的《瑶歌不老唱千年》。想请教您，我们江华县的歌舞剧《瑶歌不老唱千年》与《盘王大歌》有什么渊源吗？是否类似于《盘王大歌》内涵的另一种传播形式？

赵庚妹： 我们这个节目跟《盘王大歌》确实有渊源，节目开头就讲到瑶族漂洋过海的传说故事，开始我唱的那首歌就是《盘王大歌》里歌妈最有代表性的一首"引歌",这个瑶族小歌舞剧的内涵正是你理解的《盘王大歌》的另一种传播形式。

李巧伟：我也看到了民运会的消息。想请问,在这次活动中,您的主要工作是什么呢?我最近在搜集这些年来您的主要传承活动,非常敬佩您在江华瑶族文化的突出贡献。同时还看到了您为江华代言的最新报道视频,这是否属于这次民运会的工作内容之一呢?

赵庚妹：是的,你搜集到的这些资料,都是我这几年做传承工作的一些记录,这是作为传承人应该做的。这次为民运会代言并不是运动会的工作内容,只是起到宣传推介江华的作用而已。

参考文献

一、著作类

[1] 奉恒高、何建强:《瑶族盘王祭祀大典:瑶族盘王节祭祀礼仪研究》,民族出版社2010年版。

[2] 胡铁强、陈敬胜:《族群记忆与文化认同:瑶族史诗〈盘王大歌〉的文化学解读》,湘潭大学出版社2012年版。

[3]《湖南瑶族》编写组:《湖南瑶族》,民族出版社2011年版。

[4] 黄海、邢淑芳:《〈盘王大歌〉:瑶族图腾信仰与祭祀经典研究》,贵州人民出版社2006年版。

[5] 杨昌国、陈敬胜:《瑶族史诗"盘王大歌"的社会文化学研究》,民族出版社2019年版。

[6] 杨民康、吴宁华:《盘瑶与蓝靛瑶仪式音乐文化研究》,民族出版社2016年版。

[7] 杨翔银:《与历史对话:口述史学的理论与实践》,中国社会科学出版社2004年版。

[8] 郑德宏、任涛、郑艳琼:《湖南瑶族风情》,岳麓书社2009年版。

[9] 郑艳琼:《瑶族祭祀盘王礼仪研究》,岳麓书社2016年版。

二、期刊类

［1］J. 福克斯、黄育馥：《面向过去之窗：口述历史入门》，《国外社会科学》1981 年第 1 期。

［2］陈敬胜、陈霞：《瑶族文化的象征性表述——瑶族〈盘王大歌〉的文化考察》，《湖南科技学院学报》2010 年第 3 期。

［3］陈敬胜：《21 世纪初瑶族研究的回顾与展望》，《广西民族研究》2014 年第 1 期。

［4］陈敬胜：《历史记忆与族群认同——瑶族史诗〈盘王大歌〉的文化学解读》，硕士学位论文，湖南科技大学，2010 年。

［5］郭传燕、徐世军：《瑶族"还盘王愿"节俗中长鼓舞的文化人类学考察》，《广西社会科学》2017 年第 8 期。

［6］何红一：《美国国会图书馆馆藏瑶族手抄文献新发现及其价值》，《中南民族大学学报（人文社会科学版）》2009 年第 3 期。

［7］何雅如：《湖南瑶族的族群记忆与身份认同——以〈过山榜〉和〈盘王大歌〉为例》，硕士学位论文，湖南科技大学，2016 年。

［8］贺群莲：《瑶族"还盘王愿"节俗中长鼓舞文化人类学研究》，《桂林师范高等专科学校学报》2020 年第 2 期。

［9］胡晓：《论瑶族〈盘王大歌〉的艺术特征及文化功能》，《广西科技师范学院学报》2017 年第 3 期。

［10］黄华丽：《湘南瑶族〈盘王大歌〉仪式及音乐——以礼曲"七任曲"为例》，《中国音乐》2006 年第 1 期。

［11］冀晶：《〈中国好声音〉受众需求的满足与超越》，硕士学位论文，山东师范大学，2014 年。

［12］蒋玮玮：《湘南瑶族"还盘王愿"仪式中盘瓠崇拜道教化特色分析》，《中国民族博览》2020 年第 18 期。

［13］孔军：《传承人口述史的时空、记忆与文本研究》，博士学位论文，天津大学，2017 年。

［14］李红绿：《〈盘王大歌〉中的神话类型与族群认同》，《贵州民族研究》2015 年第 11 期。

[15] 李静修：《全媒体视野下的受众审美心理研究》，博士学位论文，吉林大学，2013年。

[16] 李生柱：《中国瑶族文化经籍的海外传播及其意义》，《贵州师范学院学报》2016年第2期。

[17] 潘琼阁：《〈盘王大歌〉七任曲叙事结构及其言语行为内涵》，《楚雄师范学院学报》2015年第11期。

[18] 彭清：《瑶族典籍〈盘王大歌〉翻译与研究》，博士学位论文，湖南师范大学，2015年。

[19] 箐舜：《口碑史学方法评析》，《西北大学学报（哲学社会科学版）》1986年第3期。

[20] 荣维木：《口碑史料与口述历史》，《苏州大学学报（哲学社会科学版）》1994年第1期。

[21] 沈固朝：《与人民共写历史——西方口述史的发展特点及对我们的启发》，《史学理论研究》1995年第2期。

[22] 盛磊：《瑶族〈盘王大歌〉中的文化传统研究——以湖南"赵庚妹版"手抄本为例》，硕士学位论文，中南民族大学，2013年。

[23] 谭晗：《〈盘王大歌〉：瑶族的创世歌》，《民族论坛》2003年第3期。

[24] 唐玉泉：《论湖南江华瑶族〈盘王大歌〉的价值》，《价值工程》2011年第21期。

[25] 唐越、李勇智：《〈盘王大歌〉怪诞美的视觉艺术应用》，《时尚设计与工程》2017年第4期。

[26] 陶长江、吴屹、王颖梅：《文化生态视角下的非物质文化遗产保护性旅游开发研究——以广西瑶族盘王大歌为例》，《广西民族研究》2013年第4期。

[27] 田里、光映炯：《旅游展演与活态保护的互动与发展路径——以云南纳西族东巴文化为例》，《广东社会科学》2015年第5期。

[28] 田宇：《广西贺州黄洞村"还盘王愿"仪式的研究》，硕士学位论文，广西民族大学，2017年。

[29] 王朝林：《瑶族〈盘王大歌〉与民间信仰》，硕士学位论文，中南民族大学，2010年。

[30] 王丽娟:《口述史料档案化管理研究》,硕士学位论文,黑龙江大学,2016年。
[31] 文玲、李巧伟、杨琳:《瑶族史诗〈盘王大歌〉的日常生活美学研究》,《阿坝师范学院学报》2018年第4期。
[32] 吴宁华:《还盘王愿仪式中的"啰哩嗹"》,《中国音乐学》2012年第3期。
[33] 萧梅:《从文本到表演——一部有关瑶族史诗〈盘王歌〉的音乐民族志研究》,《人民音乐》2020年第8期。
[34] 杨雁斌:《口述史学的综合性质及研究方法管窥》,《国外社会科学》1993年第8期。
[35] 杨雁斌:《面向大众的历史学——口述史学的社会含义辨析》,《国外社会科学》1998年第5期。
[36] 杨雁斌:《浅论口述史学的发展与特点》,《国外社会科学》1993年第4期。
[37] 余阳:《美国国会图书馆馆藏瑶族手抄文献俗字研究》,硕士学位论文,中南民族大学,2011年。
[38] 翟冬园:《贵州瑶山地区基础教育均衡发展的文化路径探析》,硕士学位论文,西南大学,2011年。
[39] 张冠楠:《中国电视音乐真人秀节目与受众双向互动研究》,硕士学位论文,山东师范大学,2014年。
[40] 张海坤:《中国口述史学的理论与实践》,硕士学位论文,福建师范大学,2008年。
[41] 郑慧:《流失海外的瑶族档案文献与档案文化传播》,《档案学通讯》2017年第4期。
[42] 郑艳琼:《盘王大歌:响彻瑶寨的千年史歌》,《新湘评论》2020年第9期。
[43] 钟年:《社会记忆与族群认同——从〈评皇券牒〉看瑶族的族群意识》,《广西民族学院学报(哲学社会科学版)》2000年第4期。
[44] 周红:《江华瑶族〈盘王大歌〉的艺术特征研究》,硕士学位论文,河南大学,2011年。
[45] 周红:《湘南瑶族〈盘王大歌〉中"七任曲"的音乐特征》,《大众文艺》2011年第2期。
[46] 邹宇灵:《仪式艺术的文化边界与技艺传承——广西贺街镇瑶族"还盘王愿"个案》,《民族艺术》2018年第5期。